U0541659

■ 河南大学文献信息研究创新团队建设项目资助

河南大学图书馆学术丛书

宋代诗学视域下的桃花源主题

杨宏 著

中国社会科学出版社

图书在版编目（CIP）数据

宋代诗学视域下的桃花源主题/杨宏著 .—北京：
中国社会科学出版社，2016.9
（河南大学图书馆学术丛书）
ISBN 978 - 7 - 5161 - 8443 - 1

Ⅰ.①宋⋯　Ⅱ.①杨⋯　Ⅲ.①诗学—研究—
中国—宋代　Ⅳ.①I207.2

中国版本图书馆 CIP 数据核字（2016）第 138255 号

出 版 人	赵剑英
责任编辑	孔继萍
责任校对	季　静
责任印制	何　艳

出　　版	中国社会科学出版社
社　　址	北京鼓楼西大街甲 158 号
邮　　编	100720
网　　址	http：//www.csspw.cn
发 行 部	010 - 84083685
门 市 部	010 - 84029450
经　　销	新华书店及其他书店
印刷装订	北京市兴怀印刷厂
版　　次	2016 年 9 月第 1 版
印　　次	2016 年 9 月第 1 次印刷
开　　本	710 × 1000　1/16
印　　张	16.75
插　　页	2
字　　数	266 千字
定　　价	62.00 元

凡购买中国社会科学出版社图书，如有质量问题请与本社营销中心联系调换
电话：010 - 84083683
版权所有　侵权必究

目　录

绪论 …………………………………………………………………… (1)

第一章　考镜源流：桃源传说的发生、发展及定型 ……………… (10)
　第一节　"桃"在中国传统文化中的特殊地位 ………………… (10)
　第二节　武陵桃花源 ……………………………………………… (19)
　第三节　天台桃花源 ……………………………………………… (31)
　第四节　两种桃源传说的融合 …………………………………… (38)

第二章　回溯历史：两宋前诗歌对"桃源"意象的
　　　　　接受与解读 …………………………………………… (44)
　第一节　唐前诗歌里的桃源意象 ………………………………… (44)
　第二节　唐代诗歌中的桃源题咏 ………………………………… (51)

第三章　两宋桃源诗歌概述 ………………………………………… (71)
　第一节　宋人对桃源诗的评价 …………………………………… (71)
　第二节　宋代桃源诗歌概况 ……………………………………… (78)
　第三节　桃源意象在宋诗中的延伸 ……………………………… (93)

第四章　宋诗中桃源主题的四种阐释类型 ………………………… (99)
　第一节　四种阐释之一：仙乡幻境 ……………………………… (99)
　第二节　四种阐释之二：隐逸桃源 ……………………………… (117)
　第三节　四种阐释之三：理想之邦 ……………………………… (133)
　第四节　四种阐释之四：现实世界 ……………………………… (144)

   第五节　两宋桃源诗歌四种阐释倾向之数量统计 …………（161）

   第六节　唐宋桃源诗之比较 ………………………………（170）

第五章　宋人桃源理想成因考论 ……………………………（177）

   第一节　唤醒的记忆:历史与现实 ………………………（177）

   第二节　无奈的退行:理想与遭遇 ………………………（186）

   第三节　艰难的抉择:魏阙与江湖 ………………………（197）

   第四节　智慧的光芒:理性与疑古 ………………………（204）

第六章　宋代桃源诗歌创作方法研究 ………………………（215）

   第一节　翻案成章 …………………………………………（215）

   第二节　夺胎换骨 …………………………………………（222）

   第三节　点铁成金 …………………………………………（230）

结束语　宋以后的桃源诗歌 …………………………………（236）

参考文献 ………………………………………………………（251）

后记 ……………………………………………………………（264）

绪　　论

  大约在魏晋南北朝时期，中国文学史上出现了两个"桃花源"：一个是东晋著名诗人陶渊明创作的《桃花源记并诗》中的武陵桃花源；另一个则是与神仙传说相关的天台桃花源，其中，武陵桃花源影响较大，它可以说是中国古代文学史上的一个奇迹，几乎没有哪部作品能像它一样，引起几乎各个时代、所有中国人的共鸣，桃花源已然成为中国人头脑中一个固定的表意符号，理想世界的代名词。陶渊明创设的桃源社会，亦幻亦真，它身上既有上古神话传说中乐园的影子，也有与现实世界相似的生活环境，而其间幸福美好的生活模式是人们最为憧憬的。因此可以说，武陵桃源是文人创造的神话，是经过文人加工、改造过的人类社会。在中国，虽然有不语"怪、力、乱、神"的传统，可实际上很多文人学者都曾自觉或不自觉地参与到神话创作中，而"桃源"传说[①]对中国传统文学及文化之所以能够产生如此巨大的影响，功劳无疑应该归属于陶渊明。

---

  ① "桃源"传说包括两种：一是陶渊明《桃花源记》所描写的武陵桃源，另一种是与《桃花源记》产生时间差不多的刘晨、阮肇天台山遇仙的仙话传说。武陵桃源不是仙话，因为文中没有仙话中特有的神仙、长生等仙话的核心内容，然而它也不能说是严格意义上的神话。根据马克思对"神话"的定义，神话是原始人类以想象和幻想的形式加工过的自然界和人类社会，是人类童年时期的产物，表达了人类渴望征服自然、改造自然的愿望。陶渊明笔下的"桃源"不能说是神话，其理由有二：一、它是文人通过想象和幻想创造出来的理想社会，作者非原始的蒙昧时期的人；二、产生于人类进入文明社会之后，而非史前野蛮时代。因此应该把"武陵桃源"故事看作是文人神话。后来刘晨、阮肇天台遇仙的传说杂糅了桃花源社会的一些成分，如仙乡时间的无限与桃花源里"不知有汉，无论魏晋"的时空观，这样"桃源"故事形成了两套相互关联的混合故事，一部分是文人神话，一部分是仙话，因此这里借用"传说"来描述整个"桃源"故事体系。

陶渊明最初是作为一个著名隐逸之士被时人所追捧的，随着他的作品被越来越多人发现、欣赏，其人在文坛中的地位逐渐提高，其作品、思想，甚至生活方式，都成了后人竞相追慕效仿的对象，学陶、和陶、拟陶之风大盛。诸多作品中，《桃花源记并诗》对中国文学史、思想史影响巨大，特别是在传统文学领域，此作诞生约半个世纪后便引起文人墨客的注意，唐代出现了以王维《桃源行》、韩愈《桃源图》等为代表的七言长篇佳作。两宋时期，"桃源"母题更是受到了宋代诗人的广泛关注，他们创作出大量以"桃源""桃源行""桃源图""武陵""武陵行""秦人洞"等为题的诗作，单以《桃源行》为题的同题诗作就有9篇，以《桃源图》为题的有18篇，其他相关题目或内容的诗就更多了。面对相同或相似的题目，诗人同时或先后共同歌咏，无论是以交际为诗、以游戏为诗、以竞技为诗、以出奇为诗、以雅玩为诗，都含有争胜、竞赛的意味。[①] 后人选择前人已着力创作过的题目，于前人言之未明、语之未到、思之未至、意之未尽之处重新进行改造研发，开创出新的桃源诗歌文学传统。同一"主题的异化和深化，是古典作家以自己的方式处理传统题材的两个出发点，也是他们使自己的作品具备独特性的手段"[②]，除了有意与前人争胜的心理之外，"桃源"这一意象本身所具有的"意义的确定性和模糊性的统一、狭义性和广泛性的统一"[③] 的性质也为后世读者个性化解读提供了一个重要原型母题，引起了宋代以及后代诗人浓厚的兴趣，人们对"桃源"主题进行了多角度、全方位解读和传释。宋代诗人正是通过这种同题竞技的方式，展现出宋诗超越唐诗的一面，在中国诗歌史上留下了光辉灿烂的一页，曾经在唐人手中绽放的桃源诗歌生命之花，在宋代更是异彩纷呈。在考证、推测这个奇妙世界的基础上，人们根据个人对它的理解，以自己特有的方式，接受、演绎着各种各样的桃源故事，逐渐形成一种独特的桃源文学传统。从唐代开始，以"桃源"为主题的文艺作品便在不同历史时期出现，不仅涉及诗歌、散文等文学

---

① 参见周裕锴《元祐诗风的趋同性及其文化意义》，载《新宋学》第一辑，上海辞书出版社2001年版，第187页。
② 程千帆：《学诗愚得》，《武汉大学学报》（哲学社会科学版）1994年第1期。
③ 李剑锋：《元前陶渊明接受史》，齐鲁书社2002年版，第161页。

领域，在绘画、音乐等其他艺术形式中也屡见不鲜。随着戏剧、小说等文学样式的蓬勃发展，桃源传统也浸润到这些领域当中，其中以元、明两代杂剧和清代小说最为典型。此外，各种以"桃源"为题的山水画在中国绘画史上也是最常见的题材之一。可以说"'桃源'理想是千百年来陶学史上讨论最热烈、最集中，并且还将永无休止地讨论下去的重要范畴。它不但培养了广大华夏子孙的农业社会理想，使其沉淀在民族的文化心理深处，反映在无数作家的作品中，而且作为这种理想表现的最高艺术形态，在千百年来的文学创作上产生了枢纽连接作用，其影响甚远广泛，确实是其他任何古典文学主题所不可比拟的"①。

一　国内外研究概况

在深入讨论宋代桃源诗歌之前，十分有必要回顾一下学界对这一问题的探讨过程。自古及今，文人学者对桃源之阐释与解读多停留在对历代桃源诗歌的讨论上，从宋代开始便出现了许多相关评论，现存宋人诗话类作品中可以看到许多相关记载，明清文人也较为关注这个主题。近年来，学界的研究焦点主要集中在对唐代和宋代诗歌中桃源主题的接受与阐释上，下面做一简要梳理回顾。

一是对两个或两个以上朝代文学作品的比较研究。程千帆先生从主题、形象、风格三个方面对陶渊明、王维、韩愈、王安石所写的四首桃源诗进行了对比研究，认为后三人的桃源诗对陶渊明诗作既有继承的一面，更有发展的一面，强调了同一主题下命意、创作手法、风格的异同和继承、变通关系。② 陈恬仪对桃源主题在唐代、宋代的变化发展分析较为详尽透辟。作者的研究目光集中在对唐宋桃源诗歌主题的研究和对作者思想渊源的探求上，比较分析唐宋两代诗歌中的桃花源之异同，同时也考虑到了当时社会思潮和社会背景情况。③ 赵山林全面论述了桃源文学传统，以时代为经，除了分析解读唐、宋、元、明、清的桃源主题诗歌

---

① 钟优民：《陶学发展史》，吉林教育出版社2000年版，第5页。
② 程千帆：《相同的题材与不相同的主题、形象、风格——四篇桃源诗的比较研究》，载张伯伟《程千帆诗论选集》，山西人民出版社1990年版，第75—94页。
③ 陈恬仪：《外境追寻到内心契入——由唐至宋诗中桃花源主题的转变》，载黎活仁等主编《宋词的时空观》，（台北）大安出版社2001年版，第1—62页。

之外，还对唐人传奇、宋人的词、元人杂剧、清人小说等文学样式中涉及桃源的作品进行了解读。① 何胜莉、朱宪超讨论了从唐到元桃源诗歌的发展演变及特色。②

二是对某一时代桃源文学的研究，这类研究视角多聚焦在唐代文学领域，特别是唐代诗歌。李红霞提出唐代桃源意象发生了两种变化：世俗化和仙化。唐人的笔下，桃源完全可以从世俗的园林景观中找到，而神仙修行之说以及各种仙隐传说使唐人视桃源为仙境成为一种普遍意识。③ 刘中文认为唐代桃源题咏不仅从侧面反映了唐代社会历史文化的变迁，并且也是唐代士人心路历程的真实写照。④ 在 2010 年之后，桃源诗研究又成为学界热点，出现孙南《晚唐桃源诗研究》（哈尔滨师范大学硕士论文，2013）、侯素馨《唐代桃源诗探析》（内蒙古师范大学硕士论文，2011）、马丽樱《大历桃源诗研究》（河南大学硕士论文，2012）、邹静《宋代桃源诗研究》（广西师范大学硕士论文，2013）、谢梦洁《宋诗中的桃源意象研究》（江西师范大学硕士论文，2014）等一批硕士论文。

三是对某一作家某一作品的具体解读。董昌运采用传统诗歌分析法解读王安石之《桃源行》诗，研究思想内容、艺术特色。⑤ 阮堂明用图表对比将王维的《桃源行》《蓝田石门精舍》两首诗与《桃花源记》放在同一平面上加以分析研究，找出三者之间在思想层面上有共通之处。⑥

四是其他文学样式中桃源文学传统。宁稼雨、牛景丽探讨了唐宋以后文学作品，如元代神仙道化剧、明清两代杂剧、清代子弟书等文学样

---

① 赵山林：《古代文人的桃源情结》，《文艺理论研究》2000 年第 5 期。
② 何胜莉、朱宪超：《桃源母题的异代阐释》，《西南交通大学学报》（社会科学版）2003 年第 2 期。
③ 李红霞：《论唐代桃源意象的新变》，《西南民族学院学报》（哲学社会科学版）2002 年第 1 期。
④ 刘中文：《异化的乌托邦——唐人"桃花源"题咏的承与变》，《学术交流》2006 年第 6 期。
⑤ 董昌运：《陈意翻新 议论惊空——王安石〈桃源行〉赏析》，《阅读与写作》1995 年第 11 期。
⑥ 阮堂明：《一幅脱去行迹的"桃源图"——读王维〈蓝田石门精舍〉》，《名作欣赏》2005 年第 15 期。

式中的桃源文学。① 金昌庆和侯学智分别讨论了影像艺术和文人小说中的桃源原型。② 罗云芳《唐宋词中的桃源意象》（苏州大学硕士论文，2008）、王慧刚《桃花源记与宋代隐逸词中的"桃源"》、郭美玲《论船山词中的桃源情结》等人重点关注了唐宋词中的桃源意象。

五是桃源意象在海外文学中的影响也逐渐为学界所重视，特别是在高丽和朝鲜汉文学中的传播，参见金红梅《高丽汉文学中的武陵桃源情结考》（延边大学硕士论文，2003）、金银姬《梦游桃源图卷轴题画诗研究》（延边大学硕士论文，2014）、崔雄权《论韩国古代山水田园文学中的"武陵桃源情结"》（《吉林大学社会科学学报》2009年第3期）、李红梅《朝鲜朝国文文学中的武陵桃源意象》（《南通大学学报》2013年第3期）。

纵观整个桃源文学研究历史，虽然日趋深化细致，但仍存在一些缺憾不足之处，很多学者已经意识到"桃源"对我国传统文学影响巨大，但实际上对以"桃源"为主题的文学研究仍然比较薄弱，专著类文章几乎没有，这不能不说是一个遗憾。③ 研究者的视角已经扩展到文学、历史、社会、思想等领域，表面看来面面俱到，实际却不免流于空泛，大多分析都比较简单。单从对诗歌文本本身来看，研究者都注意到了诗歌主题、内容、思想上的发展变化，但是尚未注意到后人创作桃源诗歌实际是对桃源意象"仁者见仁，智者见智"的重新认识与诠释，几乎都没有从阐释学角度来认识理解桃源诗歌的意义，对文本理解深度不够。

二 本书研究对象、方法和主要内容

（一）研究对象

本书研究视点主要集中在两宋时期以"桃源"为主题的相关诗歌，即主题内容以《桃花源记并诗》为底本的诗歌，为了论述的方便，本书

---

① 宁稼雨、牛景丽：《人境·仙境·心境——桃源故事的流变及其文化意蕴》，《宁夏师范学院学报》（社会科学版）2007年第2期。

② 金昌庆：《影像艺术中的桃源原型叙事》，《南京师范大学文学院学报》2013年第3期。侯学智：《聊斋志异中的桃源情结》，《电影文学》2008年第4期。

③ 李剑锋《元前陶渊明接受史》一书中谈到了从南北朝到宋金时代诗文对桃源主题和典故的接受，是作为整个陶渊明接受过程中的组成部分来看的，而非专论。

拟将这些诗歌定名为"宋代桃源诗"。主要包括：

1. 直接以桃源为诗题的诗歌，如《桃源行》《桃源》《桃源图》之类的。

2. 与桃源主题相类似的诗，如《悼陈生》《梦仙谣》之类的。

3. 与桃源思想内容相关的诗，如《书王定国藏烟江迭嶂图》之类的。

4. 混入了刘晨、阮肇天台桃花源传说的、但是仍与《桃花源记并诗》思想内容相关的诗歌。

本书将以第一、二、三类桃源诗为主线，兼及第四类诗。另外对一些使用与桃源相关的意象的诗歌，如使用了"桃源""武陵""避秦"等意象入诗的诗歌，也要进行分析统计，作为整个宋代诗歌对桃源主题接受情况的一种补充。需要说明的是，对这类诗歌的探讨不包括仅仅把桃源等意象作为"替代性典故"的情况，如用桃源代指湖南常德，仅仅在地名上做无意义的置换，作为"一种最低层次的'借喻'"，它在"内涵和外延没有丝毫扩大或缩小"①，正如《木天禁语》中说到的"咏妇人者，必借花为喻，咏花者，必借妇人为喻"②，此类典故不在本书研究范围之内。

"桃源"诗在宋代可以说是大放异彩，不仅数量上远远超出前代，而且出现一些流传较广的佳作。唐人主情，宋人主理，一向以理性著称的宋代文人大量借鉴使用这种貌似虚幻、缥缈的题材进行创作，这在文学史上不得不说是一个比较特殊的现象，这究竟是出于什么原因呢？仅仅是一种对前人创作成就的挑战吗？即使是为了挑战，那么他们是怎样进行的呢？是用什么方法来超越前人已有的、相当完美的作品呢？桃源主题和宋代文学，特别是和宋代诗学、理学、历史之间以及与宋代文人思想、心理、经历之间到底有着怎样的渊源关系？这些都应该也值得作为一个课题来研究。此外，古人已经在教学活动中运用原作与受影响之作进行对比的方法来提高诗歌鉴赏力。宋代蔡正孙编写了一本《诗林广

---

① 葛兆光：《汉字的魔方：中国古典诗歌语言学札记》，复旦大学出版社 2008 年版，第 142 页。

② （元）范德机：《木天禁语·篇法·借喻》，（清）何文焕辑：《历代诗话》，中华书局 2004 年版，第 748 页。

记》，该书在陶《饮酒二十首》之五后附有苏东坡和陶饮酒诗、王安石效陶诗，《桃花源诗》后附有王安石的《桃源行》等等，蔡正孙在自序中称，此书本为"以课儿侄"而作①。今天我们通过陶诗原作与受影响之作的比较分析，找出各自特点，总结影响规律、创作规律，不论是对提高读者的阅读鉴赏能力，还是对作家借鉴前人成功的"模仿"经验，都具有十分重要的现实意义。

（二）研究方法

本书所采用的研究方法包括：

第一，采用描述性概念、表格数据等形式，首次对桃源诗歌作出明确概念性界定，全面收集统计两宋桃源诗歌，对桃源诗歌进行分类分期的整理统计（包括确立分类分期的标准）。

第二，在全面掌握两宋桃源诗整体情况的基础上，借鉴新批评的分析方法以及阐释学、接受美学的传释观念，对宋代桃源诗进行全面文本细读。这是文学内部研究。

第三，采用多学科、跨学科交叉研究方法进行综合分析研究，在读懂文本细节的基础上，结合神话学、社会学、史学的研究成果，探讨桃源诗在思想、社会、文化等方面的价值。

（三）主要内容

全书共六章：

第一章作为开篇，重点解决有关中国古代桃源传说的问题，追溯两种桃源传说的缘起，从考察中国传统桃文化入手，分析桃源故事发生、发展、定型以及融合的全过程，作为论述桃源主题的一个必要基础。

第二章是对桃源诗歌发展演变过程之回顾，着重讨论宋代以前、特别是唐代出现的桃源诗歌，追溯宋前文人对桃源诗歌接受与传释情况，重点分析唐代桃源诗中出现的三种阐释倾向：仙境说、隐逸说、理想社会说，以便与下文宋代桃源诗歌进行对比研究。第三、四、五、六章是本书的主体部分——宋代桃源诗研究：第三章概括介绍宋代桃源诗歌基本情况，第一节分析讨论宋人对陶渊明原作和唐人作品以及本朝人的和作、拟作之评价，从这些品评中可以清晰地见出宋人不同于唐人的理性

---

① 蔡正孙：《诗林广记·蔡正孙序》，中华书局1982年版，第3页。

思维方式。第二节通过表格形式，在历史分期下列举作家作品及各个历史时期作品的分布情况。第三节作为宋代桃源诗歌的延伸，补充说明宋代诗歌中"桃源"意象使用情况及特点。

第四章研究重点是宋诗中桃源主题的四种阐释类型及与唐代桃源诗歌的对比研究，这也是本书较前人研究有突破性的精华所在。前四节分别讨论以桃源为仙乡幻境、隐逸之地、理想社会、现实世界的四种阐释，在每一种阐释类型的具体研究中均以作家作品为核心，以传统文学鉴赏批评为基础，借鉴结构主义、新批评理论、阐释学和接受美学的研究方法，结合时代、社会背景、作家生平等相关内容，从字意、情感、语调、用意等层面对文本进行全面解读。在文本详解、新解的基础之上，重点考察作品和时代、社会、文人之间的关系问题，建立一套新的宋代桃源诗歌批评理论体系。第五节总结四种不同阐释倾向诗歌在六个历史时期的分布特点，选用表格形式，将作家作品分别列入，使分类更加清晰。第六节作为本章内容之小结，从主题、阐释倾向以及艺术风格两大方面来探讨唐宋两代桃源诗之异同，分析宋代桃源诗歌中产生的新变化。从对桃源主题的阐释上看，"仙乡幻境说"中出现了明显的世俗爱情幻想和彻底否定神仙传说的传释；"理想社会说"中出现了要求以宋代道统观念重建理想社会的声音；作为四种阐释倾向中数量最多的"隐逸说"中，宋人将桃源和国家兴亡、民族主义结合，产生华夷之辨的争论在唐代是从未出现过的。第四种在现实中寻找发现桃源的解说是宋代桃源诗歌全新的阐释，与前代解说向外寻求异于世俗的圣地不同，宋人将目光投入到自己身边的世界当中，用心去体验。从艺术技巧上看，宋代桃源诗显现出宋诗特有的"以才学为诗、以文字为诗、以议论为诗"的倾向，体裁上也更加多样化，打破了唐人好用七绝、七言歌行的单一形式，进行了五言古风、七言古诗、五律、五绝、七律、七绝、六言、杂言、楚辞体、歌行体以及复古的柏梁体等多种形式的尝试。

第五章分析研究宋人桃源理想成因，从历史事实、个人理想、思维方式、隐逸传统等多个角度，对宋人桃源诗歌发展演变及形成原因进行研究探讨。

第六章是关于宋代桃源诗歌创作方法论的研究，分别从主题翻案、艺术技巧的翻新，从以故为新、翻案成章、点铁成金、夺胎换骨等方面，对宋代桃源诗歌的创作方法进行分析研究。

最后是本书的结语部分。宋人文人心中的桃花源是一个田园社会，是一片净土，是小国寡民，是仙界，是理想国，是乌托邦，是避风港，是虚幻的世界，是荒唐的迷信，是诗人心灵的家园，是道学家复古的乐土，是男人的仲夏夜之梦。简要概括分析宋以后的桃源主题诗歌，主要是元明清三代以"桃源""桃源行""桃源图"为题的诗歌。这些诗歌首先在数量上无法与两宋时代相比，从主题上看，虽然各具特色，时代色彩各异，但是也基本未能跳出宋代桃源诗歌的四种阐释倾向，可以说是宋代桃源诗歌的余绪。

第一章

考镜源流：桃源传说的发生、发展及定型

我国古代有两种体系的桃源传说，一种是以陶渊明创作的《桃花源记并诗》为代表的武陵桃源传说，这种传说可以看作是文人创作的神话；另一种是魏晋南北朝时期志怪小说中记载的刘晨、阮肇天台山遇仙传说中的天台桃源，属于仙话系。两种体系故事有一个共同之处：都与桃或桃树相关联。为何两种不同体系传说故事都不约而同选择了"桃"这种植物来塑造桃源世界，却没有选择其他植物构建一个杏花源、梨花源或李花源？这不是用简单的巧合或是偶然性选择可以解释的，而是由"桃"这种植物本身在中国民俗信仰中独特的地位所决定的。

第一节 "桃"在中国传统文化中的特殊地位

桃，作为一种很早就被人们所认识熟知的自然物，它生命力旺盛，易于成活，广泛分布于原始先民居住的黄河流域地区。从最早的原始采摘到人工种植过程中，除了观赏性、食用性之外，人们还逐渐发现这种植物的药用价值。桃的种种特性使这种植物越发神秘起来，在万物有灵原始宗教信仰影响下形成了对桃的灵物崇拜，并逐渐发展成一种文化信仰，作为人们共同认可的一种信息载体，世世代代承袭相传，于是，如同中国的"梅文化""菊文化"一样，由桃、桃花、桃叶、桃实、桃根等形成的桃文化也成为我们民族集体记忆和心理深层的积淀物，在整个中国传统文化中占有非常独特的地位。关于桃的信仰传说影响了中国传统社会文化生活的很多方面。

一 再生

叔本华在《爱与生的苦恼——生命哲学的启蒙者》中指出:"由于对死亡的认识带来的反省使人类获得形而上的见解,并由此得到一种慰藉,反观动物则无此必要,亦无此能力。所有宗教和哲学体系,主要即为针对这种目的而发,以帮助人们培养反省的理性,作为死亡观念的解毒剂。"① 正是在这种死亡意识的观照中,早期人类形成灵魂不死或再生观念。在中国古代神话里最常见到的是生命形式发生变化,使个体生命得以延续的类型,如禹的父亲鲧因治水不力,被天帝殛杀在羽山之郊,而后化为黄能②(一说为黄龙)的神话,作为人的生命形态虽然消失了,但是又以动物的形态继续存活下去,生命没有终结,而是绵延不绝。神话学家泰勒指出:"对古代人而言,死亡不是生命的终结,而是达到再生的过渡"③,而死后的变形形式便是生命延续的一种表现。中国古代神话中还有很多类似的传说,又如夸父神话,《山海经·海外北经》云:

> 夸父与日逐走,渴,欲得饮,饮于河渭。河渭不足,北饮大泽,未至,道渴而死。弃其杖,化为邓林。④

毕沅注云:"邓林即桃林也,'邓','桃'音相近。"⑤《山海经·中山经·中次六经》也有记载:"又西九十里,曰夸父之山……其北有林焉,名曰桃林,是广员三百里……"⑥ 可与毕注参证。

夸父在寻求光明的途中倒下了,但他并未死亡,而是以另外一种生命形式继续生存。手中之杖化作桃林,桃林就是夸父灵魂不死的象征,

---

① [德]叔本华:《爱与生的苦恼——生命哲学的启蒙者》,陈晓南译,中国和平出版社1986年版,第149页。
② 《史记》,上海古籍出版社1997年版,第34页《夏本纪》司马贞索隐云:"鲧之羽山,化为黄熊,入于羽渊。熊音乃来反,下三点为三足也。东晰《发蒙纪》云:'鳖三足曰熊。'"
③ [英]爱德华·泰勒:《原始文化:神话、宗教、哲学、语言、艺术和习俗发展之研究》,连树声等译,上海文艺出版社1992年版,第355页。
④ 袁珂:《山海经校注》,上海古籍出版社1980年版,第238页。
⑤ 同上书,第239页。
⑥ 同上书,第139页。

是夸父生命的又一种形式。《列子·汤问》记载更为详细，且略有差异：

> 夸父不量力，欲追日影，逮之于禺谷之际。渴，欲得饮，未至，道渴而死。弃其杖，尸膏肉所浸，生邓林。邓林弥广数千里焉。①

夸父的肉身精血滋润了手中之杖，幻化出数千里的桃林。在原始初民看来，肉体的死亡并不是真正的死亡，因为灵魂是不灭的，它只是发生了生命形式上的变化。夸父化身为桃林，而非其他植物或者动物，这可能是与桃树易于成活，生长周期短，三四年便可开花结果，在早春时节便盛放出美丽的花朵，生命力旺盛等自身生物性特点分不开。从《山海经》中很多记载可以看到，桃树数千年前就已经在我国广大地区被广泛种植，可知人们对桃的这种植物特性认知程度较高。大约是出于这个缘故，在中国神话传说中，桃很容易便被当做了沟通生死、延续生命的圣物。

二 诛邪

古人早在先秦时代就认为桃木具有禳除凶邪之功效，最早在《左传·昭公四年》中就有了桃木禳灾的相关记载：

> 桃弧、棘矢以除其灾。

近人杨伯峻注曰：

> 出冰时，用桃木为弓，以棘为箭，置于储冰室之户以禳灾。②

在他们看来，祭祀取冰之时，将用桃木制成的弓和荆棘做成的箭放在储冰室之中可以不受灾祸和邪恶的侵扰。到了汉代，桃木的祛邪功能进一步具体化为驱除恶鬼，王充《论衡·订鬼篇》载：

---

① 《列子集释》，杨伯峻撰，中华书局1979年版，第161页。
② 《春秋左传注》，杨伯峻撰，中华书局1990年版，第1249页。

第一章 考镜源流:桃源传说的发生、发展及定型

《山海经》又曰:沧海之中,有度朔之山,上有大桃木,其屈蟠三千里,其枝间东北曰鬼门,万鬼所出入也。上有二神人,一曰神荼,一曰郁垒,主阅领万鬼。恶害之鬼,执以苇索而以食虎。于是黄帝乃作礼,以时驱之,立大桃人,门户画神荼、郁垒与虎……①

《淮南子·诠言》曰:

羿死于桃棓。高诱注云:"棓,大杖,以桃木为之,以击杀羿,由是以来鬼畏桃也。"②

羿是上古神话中著名的神性英雄,他本领超群,曾经射掉天上的九个太阳,解决人间大旱,又杀死各种为祸人间的怪兽,给人们的生活带来幸福安宁。就是这样一个神性的英雄,最后却死于小人手中的桃木棒。在人们为之扼腕叹息的同时,也让人对桃木心存敬畏,于是在民间信仰中桃木就具有了驱邪制鬼的功能,并且逐渐演变成一种世代相传的民间习俗,据《后汉书·礼仪志》载:

五月五日,朱索五色印桃为门户饰,以[难]止恶气。③

《荆楚岁时记》则曰:

正月一日,……贴画鸡户上,悬苇索于其上,插桃符其旁,百鬼畏之。④

《晋书·礼志上》载:

---

① (汉)王充:《论衡》,上海人民出版社1974年版,第344—355页。今本《山海经》里没有此条,王充依据的当是古本。
② (汉)刘向:《淮南子》,高诱注,《诸子集成》(第七册),中华书局1958年版,第235页。
③ 《后汉书》,中华书局2005年标点本,第3122页。"难"字为衍字。
④ (梁)宗懔:《荆楚岁时记》,影印文渊阁《四库全书》本。

岁旦，常设苇茭桃梗，磔鸡于宫及百寺之门，以禳恶气。①

唐代诗人孟郊曾作了一首《弦歌行》来描绘驱傩祭祀场面，其中也提到了使用桃弓棘矢：

驱傩击鼓吹长笛，瘦鬼染面惟齿白。暗中崒崒拽茅鞭，裸足朱裈（一作禅）行戚戚。相顾笑声冲庭燎，桃弧射矢时独叫。②

此诗所描述的乃古代民俗中祭祀的场面。其中，"桃弧射矢"，"桃弧"指桃弓，"矢"谓棘矢，均为古代避邪除灾之具。《太平御览》引《典术》曰："桃者，五木之精也，故厌伏邪气者也。桃之精生在鬼门，制百鬼，故今作桃人梗，着门以厌邪，此仙木也。"③古人多以画有神荼、郁垒二神像的桃木板挂在大门两侧，用以压邪。

三　长寿

在民间信仰中，桃树还有主生的功能。《艺文类聚》卷九十一辑《玄中记》曰："东南有桃都山，上有大树，名曰桃都，枝相去三千里。上有天鸡，日初出，照此木，天鸡即鸣，天下鸡皆随之。"④这些传说应该出自于更早的《山海经》，桃都山上的桃都树，显然和《山海经》中记载的扶桑树发生了重叠，成为光明与黑暗的交界。何新先生在其所著《诸神的起源》一书第六章"神树扶桑与宇宙观念"中认为由神树扶桑、桃都、若木载日或迎日的神话衍生出桃都山、扶桑等地名。⑤"其枝间东北曰鬼门"⑥，是万鬼出入之门，可以说象征着生死之门。桃树被赋予了介于光明与黑暗、生命与死亡的特性，它既可以主生，也可以主死。上文已经

---

① 《晋书》，中华书局1976年标点本，第1214页。
② 《孟郊诗集校注》卷一，华忱之、喻学才校注，人民文学出版社1995年版，第31页。
③ （宋）李昉等：《太平御览》，嘉庆年间歙县鲍氏刻本。
④ （唐）欧阳询：《艺文类聚》，汪绍楹校，上海古籍出版社1982年版，第1584页。
⑤ 何新：《诸神的起源》，北京工业大学出版社2007年版。
⑥ （汉）王充：《论衡·订鬼篇》卷二二，前引书，第344页。

提到了桃的主死功能，主死功能则演变成禳灾避祸、驱除邪恶的观念。而桃的主生功能在后世的民间信仰中逐渐衍生发展出使人长寿的观念。

人们对生命的渴求、死亡的畏惧并未随着文明的发展、社会的进步逐步消失，反而愈演愈烈。这种对生命的渴望就是希望寿命无限延长，最好能够与天地同寿。于是人们便幻想出了许多神奇的仙药宝物，服食之后能使人长生不死，而桃也是这种不死药之一。

托名汉代东方朔的《神异经·东荒经》云：

> 东方有树，高五十丈，叶长八尺，名曰桃。其子径三尺二寸，和核作羹，食之令人益寿。①

《汉武帝内传》云：

> 七月七日，西王母降命侍女，索桃果。须臾，以玉盘盛仙桃七颗，大如鸡卵，形圆色青，以呈王母，母以四颗与帝，三颗自食。桃味甘美，口有盈味。帝食，辄收其核以备种植。王母曰："此桃三千年生食，中夏地区种之不生。"帝乃止。②

大约成书于东汉的《神农本草经》也有食桃能够长寿的记载：

> 玉桃服之，长生不死。若不得早服之，临死日服之，其尸毕天地不朽。③

食异桃能够使人寿命延长，延缓死亡的到来，这无疑为对死亡充满恐惧的古人带来了福音。虽然这种罕有的桃实不易得到，可遇而不可求，但是终归给了人们生存的希望。这种食仙桃可长生不死的传说被中国人接受下来，演化出很多类似的故事，如《西游记》中对天宫蟠桃园里三种

---

① （汉）东方朔：《神异经》，影印文渊阁《四库全书》本。
② （汉）班固：《汉武帝内传》，影印文渊阁《四库全书》本。
③ （清）张英、王士禛等纂：《渊鉴类函》卷三九九，同文书馆民国六年（1917）石印本。

不同种类蟠桃食用后效果的描述，三千年、六千年、九千年，从开花到结果、成熟，所用时间越久，便越能使人寿命延长，直至寿与天齐，长生不朽，达到超脱生死的境地。

食桃长生的信仰后来在民间发展演变成以桃或用面做成桃形状的食品为老人贺寿的习俗，而桃也被称为寿桃了。

四 女性

以桃花比喻女性，这种桃文化的发生可以追溯到先秦时期。最早的诗歌总集《诗经·周南·桃夭》中以"桃之夭夭，灼灼其华。之子于归，宜其室家。桃之夭夭，有蕡其实。之子于归，宜其家室。桃之夭夭，其叶蓁蓁。之子于归，宜其家人"①的诗句来叙写一个美丽年轻女子出嫁时人们对她的美好祝愿。灼灼夭桃不仅象征春光灿烂、生机勃勃的美好季节，也代表着女性的青春靓丽。相似的还有《诗经·召南·何彼襛矣》中以桃花来赞美新娘"何彼襛矣，华如桃新"②，祝福周平王的孙女嫁给齐王之子。《诗经·卫风·木瓜》里也有"投我以木桃，报之以琼瑶。匪报也，永以为好也。"③ 闻一多先生是这样理解的：

> 初民习俗，于夏日果熟时，有报年之祭，大会族人于果园之中，恣为欢乐，于事士女分曹而坐，女竞以新果投其所悦之士，中焉者或解佩玉以相报，即相与夫妇焉。
>
> 古俗果实实属女子之证，夫果实为女子所有，则女之求士，以果为贽，固宜。④

投桃报李与男女之间的求偶密切相关，尤其是女求男时，不方便直说，于是借助果实，如桃、李等作为表情达意的工具。早期的民歌开创了以桃花意象来指代女性的文学传统，就像屈原所创造"香草美人"以

---

① 周振甫：《诗经译注》卷一，中华书局 2002 年版，第 9 页。
② 同上书，卷一，第 33 页。
③ 同上书，卷二，第 92 页。
④ 闻一多：《诗经通义》，载朱自清、郭沫若等编《闻一多全集（二）·乙集》，开明书店 1948 年版，第 142—143 页。

喻君子美德的比兴传统一样，桃花和女人之间也出现了类似固定关系，逐渐形成以桃花喻美人的象征体系。后世文学作品中"面如桃花""色若桃花""桃花人面"等都是这一象征体系的再现。春秋时代，息国的国君夫人息妫容貌美丽，被人称作"桃花夫人"。唐代的孟棨在《本事诗·情感》①中记载了一个美丽动人而感伤的桃花与少女的故事，崔护京都郊游，邂逅一少女，次年再访，伊人已去而桃花依旧，崔护感伤不已，题诗慨叹。他那首"人面桃花相映红"的诗也成为千古名篇。这也就不难解释为什么后来的仙话传说中会出现仙、人借桃实遇合，而后成婚的故事情节了。晋人干宝的《搜神记》佚文载："刘晨、阮肇入天台取谷皮，迷不得返。经十三日，饥。遥望山上有桃树，子实熟。遂跻援葛至其下，啖数枚，饥止体充。食毕，行酒，俄有群女持桃子，笑曰：'贺尔婿来！'"②这虽然也是食山桃成仙，但已与汉时食山桃成仙有所区别，成仙后不仅遇到了仙女，并且还与仙女成了婚，这是人间生活的超理想化，也是最早将桃与女色联系起来的记载。

五 成仙

食桃使人成仙的传说大约起于秦汉时期，可以分为两种情况：

一是食用仙人之桃致人成仙。只要有机会食桃，不管任何人、任何身份都能成仙，这可以说是中国人渴望生活自由、生命有常意识的一种体现。《搜神记》卷一记载有蜀中王侯贵人追随葛由来到绥山，饱食山桃成仙的故事：

> 前周葛由者，蜀羌人也。周成王时，好刻木作羊卖之。一旦，乘木羊入蜀中。蜀中王侯贵人追之上绥山。绥山多桃，在峨眉山西南，高无极也。随之者不复还，皆得仙道。故里谚云："得绥山一桃，虽不得仙，亦足以豪。"山下立祠数十处。③

---

① （唐）孟棨：《本事诗》，载丁福保辑《历代诗话续编》，中华书局1983年版，第10页。
② （晋）干宝：《搜神记》，汪绍楹校注，中华书局1979年版，第249页。
③ 同上书，第4页。（又见于《艺文类聚》卷八六引《列仙传》）

《浙江通志》卷二〇一"黄十公"条下记载了宋人黄十公得仙桃故事：

> 管人樵于仙桃山，见二叟对奕，得余桃啖之，观奕未竟，归已三载。①

这些都是普通人得到仙人所赠仙桃而得以成仙的传说故事。

二为偶然食用山野之桃而成仙。《幽明录》载：

> 汉明帝永平五年，剡县刘晨、阮肇共入天台山取谷皮，迷路不得返。经十余日，粮尽，饥馁殆死。遥望山上有一桃树，大，有子实，而绝崖环涧，永无登路。攀援藤葛，然后得上，各啖数桃而不饥。……既出，无复相识，问得七世孙。传闻上世入山，迷不得归。②

《白玉蟾集》载：

> 宁都金精山系第三十五福地，汉初，张芒女丽英入山获二桃得道，长沙王吴芮聘焉。至洞中，见女乘紫云在半空，谓芮曰："吾为金星之精，降治此山。"言讫，升天而去。③

这些记述，表面上看来虚幻神奇，其实无论通过哪种途径食桃成仙，都是人们在对桃的医疗功效和养生功能的认知基础之上衍生出来的一种变形的夸张反映。

从唐代开始，桃作为仙物，开始与佛门结缘，这可能是佛教徒为了迎合当时社会风习而模仿成仙故事来宣传佛教的手段之一，如段成式《酉阳杂俎》载：

---

① （雍正）《浙江通志》，民国二十五年（1936）刻本。
② （宋）刘义庆：《幽明录》，（宋）李昉等编：雍正《浙江通志》，民国二十五年（1936）刻本。《太平御览》卷四一，前引书。
③ （清）汪灏等：《佩文斋广群芳谱》卷五四，影印文渊阁《四库全书》本。

长白山，相传古肃然山也。岘南有钟鸣，燕世桑门释惠霄者，自广固至此岘，听钟声，稍前，忽见一寺，门宇炳焕，遂求中食。见一沙弥，乃摘一桃与霄。须臾，又与一桃。语霄曰："至此已淹留，可去矣！"霄出，回头顾，失寺。至广固，见弟子言，失和尚已二年矣。霄始知二桃兆二年也。①

史论在齐州时，出猎，至一县界，憩蘭［兰］若中，觉桃香异常，访其僧。僧不及隐，言近有人施二桃，因从经案下取出献论，大如饭碗。时饥，尽食之，核大如鸡卵，论因诘其所自。僧笑："向实谬言之。此桃去此十余里，道路危险，贫道偶行脚，见之觉异，因掇数枚。"论曰："今去骑从，与和尚偕往。"僧不得已，导论北去荒榛中。经五里许，抵一水，僧曰："恐中丞不能渡此。"论至决往。乃依，僧解衣载之而浮，登岸。又经西北，涉二小水，上山越涧数里，至一处，奇泉怪石，非人境也。有桃数百株，枝干扫地，高二三尺，其香破鼻。论与僧各食一蒂，腹果然矣。论解衣将尽力包之，僧曰："此或灵境，不可多取。贫道尝听长老说，昔日有人亦尝至此，怀五六枚，迷不得出。"论亦疑僧非常，取两个而返。僧切戒论不得言。论至州，使招僧，僧已逝矣。②

桃能致仙的信仰在唐代为佛道二教所共同接受，可见桃文化信仰已经渗透到社会生活各个领域，为不同阶层、不同信仰的人所认同接受，并且也为两种不同体系桃源故事在唐代的最终融合创造了有利条件，民间信仰中桃本身所具有的种种神异特性则成为融合的基础。

第二节　武陵桃花源

陶渊明笔下的武陵桃花源带给后世人们无限遐想，桃花源究竟是什么？在回答这个问题之前，首先应该对武陵桃花源的来历调查一番。先秦两汉时期，很多文学作品中就已经出现了人们对理想世界的描绘，它

---

① （唐）段成式：《酉阳杂俎》卷二，方南生点校，中华书局1981年版，第18页。
② 同上书，卷二，第21—22页。原文作"闍若"，误，应为"蘭若"。

的萌芽可以追溯到遥远的蒙昧时期。上古神话传说中描述了"原始乐园",它展示了人类童年时期的美好时光。随着苦难时代的到来,人们萌发了对"乐土"的憧憬和向往。进入理性时代,人们虽然不再相信神话中的美丽家园,但是却并没有放弃对乐园的追求,而是不约而同地去追寻理想中的大同世界,无论是老子提倡的"小国寡人……甘其食,美其服,安其居,乐其俗。邻国相望,鸡犬之声相闻"[①]的农村社会生活,还是儒家主张的"五亩之宅,树之以桑,五十者可以衣帛矣;……百亩之田,勿夺其时,八口之家,可以无饥矣"[②]的天下大同社会,其实都是人类理想生活的写照,都是人类乐园理想的缩影。

首先来看《山海经·海内经》中记载的一个令人神往的"都广之野":

> 西南黑水之间,有都广之野,后稷葬焉。爰有膏菽、膏稻、膏黍、膏稷,百谷自生,冬夏播琴。鸾鸟自歌,凤鸟自儛,灵寿实华,草木所聚。爰有百兽,相群爰处。此草也,冬夏不死。[③]

这里自然生产着各种味道鲜美、滑如脂膏的粮食作物,无论春夏秋冬,人不需要费力去耕种,就能收获粮食。百鸟啼鸣,百兽丛聚,和睦相处;草木繁盛,经冬不凋,四季常青。又《列子·黄帝》云:

> 华胥氏之国,在弇州之西,台州之北,不知斯(当为距)齐国几千万里,盖非舟车足力之所及,神游而已。其国无帅长,自然而已;其民无嗜欲,自然而已。不知乐生,不知恶死,故无夭殇;不知亲己,不知疏物,故无爱憎;不知背逆,不知向顺,故无利害。都无所爱惜,都无所畏忌,入水不溺,入火不热,斫挞无伤痛,指擿无痟痒。乘空如履实,寝虚若处床,云雾不硋其视,雷霆不乱其

[①] 朱晴园:《老子校译》,世界书局1968年再版,第198页。
[②] 《孟子·梁惠王上》,杨伯峻:《孟子译注》,中华书局2005年版,第17页。
[③] 《山海经校注》,前引书,第445页。

听,美恶不滑其心,山谷不踬其步,神行而已。①

神话中这些乐园具有与世隔绝的、封闭的地理环境,和谐富足的生活状态,但是却隐秘难寻,地理坐标模糊,"西南黑水之间";有的虽然有明确的地标,然而可望而不可即,"非舟车足力之所及",只可"神游"而已。其实从对都广之野到华胥之国的描述中,可以发现先民们的原始思维已经逐渐被理性思维所替代。都广之野中的人们所要求的仅仅是衣食无忧,人与自然的和谐相处,而且人们愿意相信真的存在这样一片乐土,于是赋予它在西南地区黑水之间的位置。华胥之国已经不能看作纯粹原始思维下的产物,它已经明显地浸染了哲学理性思维的色彩。首先它不再是人们经过努力可以到达的地方,这里与人间根本无路可通。从这一点上看,此时的人们开始对它存在的可能性产生了疑问。其次,华胥之民的生活已经不仅仅局限于口腹之欲的无条件满足,而是对精神境界的更高要求,更强调个人思想认识领域中的觉悟,体现出先秦道家学说所提倡的无欲无求、天人合一的思想。不过,无论是原始思维还是理性思维,人类对乐园世界的渴望与憧憬之心始终是相通的。

进入奴隶社会之后,人们对乐园的理解再次深化、具体化,没有剥削、没有压迫的平等社会成为乐园之雏形,《诗经·魏风·硕鼠》描述了人们最朴素的现实乐园理想,遭受重重苦难之下的他们寄希望于一处安居乐业、不受剥削的"乐土""乐国""乐郊",远离那些像大老鼠一样贪得无厌的统治者,他们毫无怜悯之心,只知一味巧取豪夺:

  硕鼠硕鼠,无食我黍。三岁贯女,莫我肯顾。逝将去女,适彼乐土。乐土乐土,爰得我所。
  硕鼠无鼠,无食我麦。三岁贯女,莫我肯德。逝将去女,适彼乐国。乐国乐国,爰得我直。
  硕鼠硕鼠,无食我苗。三岁贯女,莫我肯劳。逝将去女,适彼乐郊。乐郊乐郊,谁之永号?②

---

① 《列子集释》,前引书,第41页。
② 《诗经译注》卷三,前引书,第156页。

到了陶渊明手中，他创作的《桃花源记并诗》将这一理想社会进行了更详细的解说，作者用优美的语言、细腻的笔触精心描绘了一幅美丽的乐园画卷。

桃花源记并诗

　　晋太元中，武陵人捕鱼为业，缘溪行，忘路之远近，忽逢桃花林。夹岸数百步，中无杂树，芳草鲜美，落英缤纷；渔人甚异之。复前行，欲穷其林。林尽水源，便得一山。山有小口，仿佛若有光；便舍船从口入。初极狭，才通人；复行数十步，豁然开朗。土地平旷，屋舍俨然，有良田美池桑竹之属；阡陌交通，鸡犬相闻。其中往来种作，男女衣着，悉如外人；黄发垂髫，怡然自乐。见渔人，乃大惊；问所从来，具答之。便要还家，设酒杀鸡作食；村中闻有此人，咸来问讯。自云先世避秦时乱，率妻子邑人来此绝境，不复出焉；遂与外人间隔。问今是何世，乃不知有汉，无论魏晋。此人一一为具言所闻，皆叹惋。余人各复延至其家，皆出酒食；停数日，辞去。此中人语云："不足为外人道也。"

　　既出，得其船，便扶向路，处处志之。及郡下，诣太守说如此。太守即遣人随其往，寻向所志，遂迷不复得路。

　　南阳刘子骥，高尚士也；闻之，欣然规往。未果，寻病终。后遂无问津者。

　　嬴氏乱天纪，贤者避其世。黄绮之商山，伊人亦云逝。往迹寖复湮，来径遂芜废。相命肆农耕，日入从所憩。桑竹垂余荫，菽稷随时艺。春蚕收长丝，秋熟靡王税。荒路暧交通，鸡犬互鸣吠。俎豆犹古法，衣裳无新制。童孺纵行歌，斑白欢游诣。草荣识节和，木衰知风厉；虽无纪历志，四时自成岁。怡然有余乐，于何劳智慧！奇踪隐五百，一朝敞神界。淳薄既异源，旋复还幽蔽。借问游方士，焉测尘嚣外！愿言蹑轻风，高举寻吾契。①

---

①《陶渊明集校笺》卷六，杨勇校笺，上海古籍出版社2007年版，第275页。

东晋太元中武陵渔人在好奇心驱使下,顺溪溯流而上,忽然发现了一片美丽的桃花林。他打算一探究竟,于是沿着桃林继续前行,林子消失在溪水尽头,这里有一座山,山上有一个小口。渔人进入洞口,试探着向前走。走了数十步,突然眼前豁然开朗,映入眼帘的是一望无际的沃野平畴,整齐栉比的房屋居舍,良田万顷,竹林森森,桑麻遍野,阡陌纵横,鸡犬相闻。人们愉快地劳动着。无论男女老幼,穿着打扮与外界无异,个个心情愉悦,欢乐幸福。这里没有现实世界的种种丑恶、不受官府的剥削压榨,是一个令人向往的乐园世界。

再来看《桃花源诗》:

"嬴氏乱天纪,贤者避其世。黄绮之商山,伊人亦云逝"是说秦嬴的统治破坏了原有的、正常的历法秩序,变乱天时,天地万物失和,导致国家灾异丛生,变乱不断[①],因此贤明之士选择了遁世,建立新的社会。那么正常的"天纪"究竟是什么呢?作者在诗的第七句到十八句作出了解说,在他看来一个完美的社会模式应当是仿效上古传说中的尧舜贤君建立的大同社会:"大道之行也,天下为公。选贤与能,讲信修睦,故人不独亲其亲,不独子其子,使老有所终,壮有所用,幼有所长,矜寡孤独废疾者,皆有所养。男有分,女有归,货恶其弃于地也,不必藏于己;力恶其不出于身也,不必为己。是故,谋闭而不兴,盗窃乱贼而不作,故外户而不闭,是谓大同。"(《礼记·礼运》[②])顺天应人,不违背天理人情;秩序井然,社会安定;人们安居乐业,和睦相处,日出而作,日落而息,春种秋收,完全不必担心沉重的赋役杂税。男女老幼都能受到良好的教育,生活在温馨温暖的家庭环境和仁爱和谐的社会环境之中。他们崇奉上古之礼法,"俎豆犹古法,衣裳无新制",追求礼治的和谐,"童孺纵行歌,班白欢游诣"的场景正是儒家大同社会的道德情操之体现。这样一个美好的世界,在幽闭五百年之后,向人间敞开了大门,原本以为时过境迁当有圣人复出,然而却发现外面的世界依然是"大伪斯兴",和这里完全不同,"淳薄既异源",于是"旋复还幽蔽",不得不再次隐匿行踪。

---

① 袁传璋:《〈桃花源记并诗〉疑义管窥》,《安庆师范学院学报》1994年第1期。
② 《礼记今注今译》,王梦鸥注译,台北商务印书馆1979年版,第290页。

农耕文明发达的古代中国社会，农业为立国之根本，人们希望有一个自给自足、安宁稳定的社会经济环境来从事农业生产劳作。陶渊明的桃花源理想所描绘的宁静、和美的乐土，正是农耕社会人们追求安土乐天、抗拒暴政的明证，也正体现了晋、宋之乱世间农耕人民对和乐、太平生活的追求和企盼。而极少变动的简单再生产过程，很容易让人们产生一种往而又返、循环往复的时间观，《老子》曰："万物并作，吾以观其复"①，时间在与天地同一的回转中周而复始，寒去暑来。这种时间观念的最直接作用是促使人们产生了尚古意识，人们更愿意追忆过去、怀念往昔的美好。尧、舜即成为中国士子们永久追忆的明君的象征。远古人们淳朴简单的生产方式、平等协作的社会关系便成了广大文人士子心中理想的社会蓝图。这也是在残酷的剥削制度下，不堪重负的百姓们最原始、最强烈的呼声。这种感情在中国古代诗词中表现得非常突出。而陶渊明在桃花源理想中对美好社会的幻想也就必然带有中国传统文化中的某些复古意识痕迹。可见，正是基于中华民族农耕文明的影响，桃花源理想是封闭的、小农的、安恬快乐的，并带有复古色彩的。②

武陵桃花源与世隔绝，环境幽雅，景色宜人，这里没有战乱，没有统治者的搅扰，人们平等相处、真诚相待，过着富足安乐的生活，没有现实社会的丑恶与虚伪、战乱与纷争，是诗人归园田居理想实现的最佳场所。陶渊明认为上古社会是隐士生活的理想时代，希望自己能生活于上古时代。他在《五柳先生传》一文中叙述了五柳先生的兴趣和生活后，发出赞叹曰："黔娄之妻有言：'不戚戚于贫贱，不汲汲于富贵。'极其言兹若人之俦乎？酣觞赋诗，以乐其志，无怀氏之民欤？葛天氏之民欤？"③无怀氏、葛天氏都属传说中的上古帝王，文中的五柳先生即指陶渊明自己，《五柳先生传》里还提到，自己"常著文章自娱，颇示己志"，因此《桃花源记》无疑可以看作是诗人示志之作。

与《桃花源记》诞生差不多的时间里，相继出现了很多类似的传说记载，这些传说中描绘了很多与武陵桃花源相似的理想社会。

---

① 《老子校译》，前引书，第 41 页。
② 徐治堂：《"桃花源"理想的深层意蕴》，《渭南师范学院学报》2001 年第 3 期。
③ 《陶渊明集笺注》卷六，前引书，第 502 页。

《搜神后记》卷一"穴中人世"条云：

> 长沙醴陵县有小水，有二人乘船取樵，见岸下土穴中水逐流出，有新砍木片逐流下，深山中有人迹，异之。乃相谓曰："可试如水中看由何尔？"一人便以笠自障，入穴。穴才容人。行数十步，便开明朗然，不亦不异世间。①

同上书"韶舞"条：

> 荥阳人姓何，忘其名，有名闻士也。荆州辟为别驾，不就，隐遁养志。常至田舍，人收获在场上，忽有一人，长丈余，萧疏单衣，角巾，来诣之，翩翩举起双手，并舞而来，语何云："君曾见韶舞不？此是韶舞。"且舞且去。何寻逐，径向一山，山有穴，才容一人。其人即入穴，何亦随之入。初甚至急，前辄闲旷，便失人，见有良田数十顷。何遂垦作，以为世业。子孙至今依赖之。②

刘敬叔在《异苑》卷一（《初学记》卷八引宋盛弘之《荆州记》同）记述：

> 元嘉初，武陵蛮人射鹿，逐入石穴，才容人。其人入穴，见其旁有梯，因上梯，豁然开朗，桑果蔚然，行人翱翔，亦不以为怪。此蛮于路斫树为记。其后茫然，无复仿佛。③

《太平寰宇记》卷七三"彭州·九陇·白鹿山"条引《周地图地》云：

> 宋元嘉九年，有樵人于山左见群鹿，引弓将射之。有一麈所趋险绝，进入石穴，行数十步，则豁然平旷，邑屋连接，阡陌周通，

---

① （晋）陶潜：《搜神后记》，汪绍楹校注，中华书局1981年版，第6页。
② 同上书，第3页。
③ （汉）刘敬叔：《异苑》，清嘉庆十年张氏旷照阁本。

问是何所？友人答云："小成都。"①

相类似的还有《云笈七签》卷一一二"蜀氏"条：

> 蜀氏遇晋氏，饥，辈三五人挟木弓、竹矢入白鹿山，捕猎以自给，因值群鹿骇走，分路格之。一人见鹿入两崖问（误，当为"间"）才通人。过，随而逐之。行十余步，但见城市栉比，闾井繁盛，了不见鹿。徐行市中，因问人曰："此何处也？"答曰："此小成都耳，非常人可到，子不宜久住。"遂出穴，密志归路，以告太守刘悛。悛使人随往，失其旧所矣。②

《太平寰宇记》卷一一八《郎州·武陵县》引南朝黄闵《武陵记》（又见庾仲《冲雍荆记》）云：

> 鹿山有鹿穴，昔宋元嘉初，武陵溪蛮人射鹿，逐入一石穴，穴才可容人，蛮人入穴，见有梯在其傍，因上梯，豁然开朗，桑果蔼然，行人翱翔，不似戎境。此蛮乃批树记之。其后寻之，莫知处所。

同卷《黄闻山》下又引曰：

> 昔有临沅黄道真，在此山侧钓鱼，因入桃花源。陶潜有《桃花源记》。今山下有潭，立名黄闻，此盖闻道真所记，道为其名也。

陈葆光《三洞群仙录》卷五引《桃源记》云：

> 晋太康中，武陵渔人黄道真泛舟，自沅溯流而入，见山中桃花夹岸，落英缤纷。睹一石洞湑流，中吐寒声漱玉，居室蝉联，池亭连贯。虽男冠女服，略同于外，然所服鲜洁，颜色灿然。见道真甚

---

① （宋）乐史：《太平寰宇记》，影印文渊阁《四库全书》本。
② （宋）张君房编：《云笈七签》，四部丛刊本。

悦，递邀至家，为具酒食。问今所历代，道真具以实告，众皆感叹曰："何人世之多迁贸也！"道真辞出。他日复寻花源之路，乃迷不复见矣。①

江少虞《宋朝事实类苑》卷四三引杨文公《谈苑》"华阴隐人"条云：

华山南有川，广袤数百里，连山洞，不知其极。人有登莲花峰绝顶俯瞰，人烟舍屋相望，四时常有花木，疑灵仙之窟宅。又云秦人避难者居此，其后裔也。开宝中，有数人衣服异制，出华阴市中，人诘之，曰："我居华阴川，因采药迷路至此，何所也？"后不知所诣，疑其地仙。②

这几则传说或简或详，与陶渊明创造的"桃源社会"有许多相似之处。首先从时间上看，都是出现在晋太康、太元，宋元嘉年间；从空间角度来说，集中在荆、湘、蜀地或华山。发现者都是在极其偶然的情况下，经由一个"洞穴"，找到了一个封闭的、与世隔绝的乐园，这里土地肥沃、房舍整齐，人民辛勤劳作，自食其力，各得其所，男女老少充满喜悦之情，过着无忧无虑、丰衣足食的幸福生活。故事发生发展结构也都基本一致：出发—偶入—离开—寻觅—迷失，都是典型的魏晋时期志怪小说模式。

晋宋之际出现这些类似的避乱以及理想社会传说，应该说并非偶然，有一定的事实依据和现实背景。陈寅恪在《桃花源记旁证》中提到："西晋末年戎狄并起，当时中原避难之人民……其不能远离本土迁至他乡者，则大抵纠合亲族乡党屯聚堡坞，据险自守，以避戎狄寇盗之难。"③ 从上述记载的传说中虽然无法看到堡坞的痕迹，但是聚族据险避乱于某处，自给自足，却是大有可能。陶渊明在其《拟古》九首其二中大加赞扬的

---

① （宋）陈葆光：《三洞群仙录》，《道藏》，明正统十年刻本。
② （宋）江少虞：《宋朝事实类苑》卷四三，上海古籍出版社1981年版，第562页。
③ 陈寅恪：《桃花源记旁证》，《清华学报》1936年。

节义士雄——田畴子泰,就是汉末魏初的一个著名的坞堡堡主,"辞家夙严驾,当往至无终。问君今何行?非商复非戎。闻有田子泰,节义为士雄。斯人久已死,乡里习其风。生有高士名,既没传无穷。不学狂驰子,直在百年中"(《拟古》九首其二)①。根据《三国志·魏书·田畴传》的记载,田畴曾受幽州牧刘虞的知遇之恩,奉使入长安。归途得知虞被公孙瓒所害,于是"率举宗族他附从数百人埽地而盟曰:'君仇不报,吾不可以立于世!'遂入徐无山中,营深险平敞地而居,躬耕以养父母。百姓归之,数年间至五千余家"②。《晋书·庾衮传》中的记载更为详尽:"齐王冏之唱义也,张泓等肆掠于阳翟,衮乃率其同族及庶姓保于禹山。"进入禹山之后,衮带领人们"峻险厄,杜蹊径,修壁坞,树藩障,考功庸,计丈尺,均劳逸,通有无,缮完器备,量力任能,物应其宜,使邑推其长,里推其贤,而身率之。分数既明,号令不二,上下有礼,少长有仪,将顺其美,匡救其恶"③。这里俨然已经是一个独立而有组织的小社会了,人们自给自足,各尽所能,且注重教化,知书达理,正是理想大同社会的再现。此外,《宋书·夷蛮列传》载:"宋民赋役严苦,贫者不复堪命,多逃亡入蛮。蛮无徭役,强者又不供官税,结党连群,动有数百千人……所在多深险,居武陵者……谓之五溪蛮……所居皆深山重阻,人迹罕至焉"④,为武陵蛮射鹿的传说提供了史实依据。

社会原因。东晋南朝时期,恰是中国历史上历经汉末战乱、西晋短暂统一之后出现的平静期。统治者为了巩固王权、恢复社会生产,往往汲取道家学说里无为而治思想,将其运用到国家政治生活当中。史载江东名士顾和对执政者王导说:"明公作辅,宁使网漏吞舟,何缘采听风闻,以察察为政。"⑤ 王导采纳了这一主张,经常"劝帝克己""为政务在清静"⑥。除了当时的政治条件外,无为而治的盛行与上层士族文人中玄学思想广泛传播接受有很大的关系。从曹魏时代开始,玄学思想的影

---

① 《陶渊明集校笺》卷四,前引书,第187页。
② 《三国志》卷一一,(晋)陈寿撰,(宋)裴松之注,中华书局1982年版,第341页。
③ 《晋书》卷八八,中华书局2003年标点本,第4859—4860页。
④ 《宋书》卷九七,中华书局2000年标点本,第2396页。
⑤ 《晋书》卷八三,前引书,第4598页。
⑥ 《晋书》卷六五,前引书,第3693页。

响开始显现，何晏、王弼贵"无"，王弼注《老子》第五十七章说："上之所欲，民从之速也。我之所欲唯无欲，而民亦无欲而自朴也。此四者，崇本以息末也。"① 郭象认为名教出于自然，治天下也应顺民之性，无为而治。他说："无为之言，不可不察也。夫用天下者，亦有用之为耳。然自得此为，率性而动，故谓之无为也。"② 西晋的杜预讲过，"上古之政，因循自然"③，纪瞻在对策中说，"羲皇简朴，无为而化"，他认为"当今之政宜去文存朴，以反其本，则兆庶渐化，太和可致也"。④ 连崇尚儒学的傅玄也讲"舜举五臣，无为而化"⑤。汤用彤先生认为无为主义即"虚君"主义，他总结道："君仁莫不仁，君子之德风，故最要在君德。君德不在于躬亲万机，而在安排得宜，或因导得体，或能纯任天机，一方无名（中和），一方无为（inactive）。此说至魏晋而大行。"⑥ 确实，当时赞成无为而治的不在少数，并且均以上古传说中唐尧虞舜的社会为模式，表现出一定的怀古倾向，这便成为桃花源理想社会的思想渊源。

个人因素。社会的动荡、官场的丑恶唤起陶渊明对山居田园生活的渴望，因为诗人"性本爱丘山"，迫于生计，才不得不"误入尘网中"为五斗米折腰。当诗人终于放下一切包袱，逃离官场，带着愉悦的心情重新找回自我之时，那么桃源便成为他田园生活的最理想环境，这里完全是一幅纯自然田园风光，隐秘的环境与世隔绝，既没有世俗人的打扰，又不见俗世的丑恶、黑暗，它是经历躬耕生活的诗人从避世中找到的理想社会。

尽管史籍的记载为武陵桃源的现实性提供了理论上的依据，然而它毕竟是经过作者精心加工而成的一件富有鲜明文学色彩的精美的艺术品，并且由于它诞生在神仙道教思想盛行的六朝时期，加之"渊明《桃花源记》，初无仙语，盖缘诗中有'奇踪隐五百，一朝敞神界'，后人不审，

---

① 《老子道德经》，（晋）王弼注，广雅书局光绪二十五年重刊，武英殿聚珍本。
② 郭庆藩：《庄子集释》，中华书局1961年版，第466页。
③ 《晋书》卷三四，前引书，第2127页。
④ 同上书，卷六八，第3844页。
⑤ 同上书，卷四七，第2757页。
⑥ 汤用彤：《魏晋玄学论稿》，载《魏晋玄学与政治思想》，上海古籍出版社2001年版，第132页。

遂多以为仙。……此皆求之过也"①，作品本文也给读者的理解带来了迷惑，因此很快就被演绎附会染上了仙境色彩。梁任昉《述异记》卷十载："武陵源在吴中，山无桃木，尽生桃李，俗呼为桃李源，源上有石洞，洞中有乳水，世传秦末丧乱，吴中人于此避难，食桃李食者皆得仙。"② 为了躲避秦末的战乱，一些吴中人偶然来到了武陵源，因这里遍生桃李，因此又名桃李源。源上有一个石洞，石洞里有乳水。也许是在更偶然的情况下，其中一些人食用桃李果实，于是便成了地仙。祝穆曾评价道："陶潜叙桃源事初无神仙之说，梁任安贫为《武陵记》亦祖述其语耳，后人不深考，因谓秦人至晋犹不死，遂以为地仙。"③

作为文学作品的《桃花源记》"在独特、完整而自足的言说形式之语言结构中，实隐涵作者心灵内在深处之'生命的原音'、文类书写规约中之'艺术记忆'和历史文化情境立之'集体记忆'"④，分别是作者理想世界无处寻觅的避世无奈、约定的故事结构以及千百年来中国人心中的理想家园。武陵桃花源、小成都这一系的传说体现了传统农耕社会里广大人民最朴素的愿望：安居乐业，躬耕自给。从个人角度来看，桃源是作者避世隐居理想的反映，桃源山水林壑幽深隐秘、风俗淳厚朴质，与外边世界的丑恶截然不同，其表意为陶渊明厌恶弃绝之意，深层则蕴含着其"高举之思"，此可谓深得靖节本怀。清人吴楚材、吴调侯在论及《桃花源记》时就曾说："靖节当晋衰乱时，超然有高举之思，故作记以寓志，亦《归去来兮辞》之意也。"⑤

这里还需多说几句的是，笔者以为，武陵桃花源，即陶渊明笔下的桃花源世界，与西方学者创造的理想国、乌托邦社会虽然有很多相似之处，都是那么美好、安宁、和平，令人神往，并且同乌托邦观念一样，"意味着憧憬超乎现实的另一个更美好的社会……表示对现状某种程度的

---

① （宋）吴子良：《荆溪林下偶谈》卷二，（清）王谟辑：《增订汉魏丛书》，金溪王氏乾隆五十六年刻本。
② （梁）任昉：《述异记》，影印文渊阁《四库全书》本。
③ （宋）祝穆：《方舆胜览》，中华书局2003年版，第535页。
④ 郑文惠：《新形式典范的建构——〈桃花源记并诗〉新探》，"世变与创化：汉唐、唐宋转换期之文艺现象"研讨会会议论文，台湾，1999年1月。
⑤ （清）吴楚材、吴调侯：《古文观止》卷七，中华书局1987年版，第271页。

不满以及对现状的批判"①,具有强烈的批判性。但是二者不完全相同。西方乌托邦观念可以追溯到《圣经》中的伊甸园、柏拉图的《理想国》,直到托马斯·穆尔创造出乌托邦空想社会,可以说乌托邦概念更多是和宗教、政治理念联系在一起的、对传说中黄金时代的复古幻想。陶氏桃花源在接受神话传说的基础上(上古三皇五帝时代因缺乏考古学证据支持,加上流传下来的记载多少有些虚幻成分在内,因此从科学角度看,应该看作是一种传说),更多地吸收了儒家理想中对上古三代治世的怀古向往,从这一点上看,二者确有共同之处。但是与乌托邦不同的是,桃花源就存在于人世间,它是有历史事迹、文学传统、地理环境等许多因素作为基础,通过作者再创作才完整地呈现在读者眼前的,"是依据于现实也着眼于现实的想象,而非纯粹耽于高人梦幻的空想"②。因此,武陵桃花源不能绝对说是空想社会,是中国古代的乌托邦,虽然它的确有相当多幻想因素包含其中。笔者认为它其实是一种具有现实依据的复古式社会,它经过了文人对其进行的理想化改造。我们可以说桃花源是一种具有乌托邦性质的理想社会,而不能说它是中国古代的乌托邦,否则就全然否定了它具有现实依据的一面。

第三节 天台桃花源

天台桃花源传说见于《幽明录》《搜神后记》等志怪小说中,如《太平御览》卷四一引《幽明录》曰:

> 汉明帝永平五年,剡县刘晨、阮肇共入天台山取谷皮,迷不得返,经十余日,粮尽,饥馁殆死。遥望山上有一桃树,大,有子实。而绝岩邃涧,了无登路,攀葛扪萝至上,啖数枚,而饥止体充,复下山。持杯取水饮,步进,渐见芜菁叶从山腹流出,甚鲜新,复一杯流出有胡麻饭。相谓曰:"此处去人径不远。"度山,出一大溪,溪边有二女子,资质妙绝。见二女,持杯出。便笑曰:"刘阮二郎捉

---

① 张隆溪:《乌托邦:世俗理念与中国传统》,《山东社会科学》2008年第9期。
② 同上。

向所失流杯来。"晨、肇既不识之，二女便呼其姓，如似有相见。忻喜问："来何晚耶？"遂同还家。家皆瓦屋，南壁下各有一大床及东壁，皆施绛罗，帐角悬铃上，金银交错。床头各十侍婢，便敕云："刘阮二郎经涉山阻，向虽得琼实，犹尚虚弊，可速作食。"有胡麻饭、山羊脯，甚美。食毕行酒，有群女来，各持三五桃子，笑而言："贺女婿来！"酒酣作乐，刘阮忻怖交并。至暮，令各就一帐宿。女往就之，言声清婉，令人忘忧。至十日后，求还去。女云："君已来是宿缘，所牵何？复欲还耶？"遂留半年。气候草木是春时，百鸟呼鸣，更怀土，求归甚苦。女曰："当如何？"遂呼前来女子有三四十人，集会奏乐，共送刘阮，指示还路。既出，亲旧零落，邑屋改异，无复相识。问得七世孙，传闻上世入山迷不得归。①

卷八六二引《续齐谐记》曰：

> 刘晨、阮肇入天台山，有女仙人为设胡麻饭、山羊脯，因留连之。

卷九六七引《幽明录》曰：

> 剡县刘晨、阮肇共入天台山采药。路迷，不得返，十三日粮尽，饥饿欲死。望山上有一桃，大有子实，而绝岩邃涧，永无登路。攀缘藤葛，然后得上，各啖数桃而不饥。下山，一大溪边有二女，姿质绝妙，因要还家。敕婢云："刘阮二郎向虽得琼实，犹尚虚弊，可速作食。"遂停半年，怀土思归。女曰："罪牵君如何？"便语以大路。

《太平广记》卷六一引《神仙记》"天台二女"条云：

> 刘晨阮肇入天台采药。远不得返。经十三日饥。遥望山上有桃

---

① 《太平御览》卷四一，前引书。

树子熟。遂跻险援葛至其下。啖数枚。饥止体充。欲下山。以杯取水。见芜菁叶流下。甚鲜妍。复有一杯流下。有胡麻饭焉。乃相谓曰。此近人矣。遂渡山。出一大溪。溪边有二女子。色甚美。见二人持杯。便笑曰。刘阮二郎捉向杯来。刘阮惊,二女遂忻然如旧相识。曰。来何晚耶。因邀还家。东南二壁各有绛罗帐。帐角悬铃。上有金银交错。各有数侍婢使令。其馔有胡麻饭、山羊脯、牛肉。甚美。食毕行酒。俄有群女持桃子。笑曰。贺汝婿来。酒酣作乐。夜后各就一帐宿。婉态殊绝。至十日求还。苦留半年。气候草木。常是春时。百鸟啼鸣。更怀乡。归思。甚苦。女遂相送。指示还路。乡邑零落。已十世矣。①

宋代高似孙撰《剡录》卷三"仙道"条曰：

刘晨、阮肇,剡县人,汉明帝永平十五年采药于天台山。望山头有一桃树,取食之。又流水中有胡麻饭屑,二人相谓曰："去人不远。"因过,水深四尺。许行一里,又度,一山出大溪,见二女,颜容绝妙。便唤刘阮姓名,问："郎来何晚也？"馆服精华,东西帷幔宝络,左右尽青衣。下胡麻饭、山羊脯,设甘酒,歌调作乐,日暮止宿。住半年,天气和,适常如二三月,鸟鸣悲惨,求归甚切,女唤诸仙女歌吹送还乡。乡中怪异。验得七代子孙,传闻祖翁入山,不知何在。太康八年失二公所在。剡有桃源在县三里。旧经曰：刘阮入天台遇仙,此其居也。林概《越中诗》："绣被歌残人竟远,桃花源静客忘归"。②

剡县人刘晨和阮肇入天台山取谷皮,迷失道路,饥饿几死,忽然间发现了绝岩峭壁上生长着一株果实累累的大桃树,二人可谓绝处逢生了,靠着树上的桃子渡过了死亡危机,接着便是奇遇连连,先是遇到两位姿容绝丽的女子,然后进入神仙府邸,温柔之乡,过了半年逍遥自在的生

---

① （宋）李昉等编：《太平广记》,中华书局1961年标点本,第383页。
② （宋）高似孙：《剡录》,《邵武徐氏丛书》,光绪中刻本。

活。二人毕竟是凡夫俗子，思乡心切，终于告别了华丽精致的神仙洞府、美丽温柔的神姝仙子，然而让他们没有想到的是，到家之后家乡已经是面目全非了，原来时间已经过去了数百年。

天台仙山的源头同样可以上溯到先秦时代。从古代神话传说中神奇美丽昆仑仙山和海上的神山中便不难发现它的影子：

> 海内昆仑之虚，在西北，帝之下都。昆仑之虚方八百里，高万仞。上有木禾，长五寻，大五围。面有九井，以玉为槛。面有九门，门有开明兽守之，百神之所在。
> 开明西有凤凰、鸾鸟……开明北有视肉、珠树、文玉树、玗琪树、不死树……①

昆仑山是天帝在下方的都邑，在大地的西北方，方圆八百里，高万仞，山顶上生长着高大的稻子。山的每一面都有九口白玉为栏的井、九扇门，由开明兽把守着。这里是诸神的居所。这里有凤凰、鸾鸟，还有能结出精美珠玉的各种宝树。还有一种树，它的果实能够使人长生不死，叫做不死之树。

此外还有漂浮在汪洋大海中的五座仙山或三座仙山，《列子·汤问》载：

> 其中有五山焉，一曰岱舆，二曰员峤，三曰方壶，四曰瀛洲，五曰蓬莱。其山高下周旋三万里，其顶平处九千里。山之中间相去七万里，以为邻居焉。其上台观皆金玉，其上禽兽皆纯缟，珠玕之树皆丛生，华实皆有滋味，食之皆不老不死，所居之人皆仙圣之种。②

又见于《史记·封禅书》：

---

① 《山海经校注》，前引书，第294、299页。
② 《列子集释》，前引书，第151页。

> 自威、宣、燕昭使人入海求蓬莱、方丈、瀛州。此三神山者，其传在勃海中。……诸仙人及不死之药皆在焉。其物禽兽尽白，而黄金银为宫阙。①

相传在茫茫渤海之中有五座（或三座）漂浮不定的大海中的仙山，仙人们就居住在上面。那里的楼台高阁都是用黄金白玉搭建而成的，而且还生长着各种能结出美玉的珠树，人吃了可以青春永驻，不老不死。

上古神话传说中的华胥之国在后世流传演变过程中受到道教神仙说的影响，逐渐由神话乐园转向了道教的仙乡洞天。《云笈七签》卷一三引九仙君撰《太清中黄真经》云：

> 玄镜章云：华胥国者，非近非远乎，非人境所知，非车马所道。此国方广数万里，其国无寒热，无虫蛇，无恶兽。国内人民尽处台殿，上通诸天往来。人无少长，衣食自然，不知烟焰劳计之勤，不识耕桑农养之苦。所思甘腴，随意自生；百味珍羞，盈满堂殿；甘泉涌溜，注浪横飞；九酝流池，自然充溢，人饮一盏，体生光滑。异竹奇花，永无凋谢；祥禽瑞兽，韵合宫商。一国人民互相崇敬。然其国境外有三十里草莽，荆榛四面充合，上有飞棘罗覆数重，下有蒺藜密布其地。欲游是国，先度此中，不顾凡身，然可得入。少生悔意，终不见达。

华胥之国的位置是无法用现实地理坐标来确定的，它"非人境所知，非车马所道"，生活在这个国度的人们，没有首领的管辖统治，一切都顺其自然。民众个个都无欲无求，顺应自然，因此他们没有生死寿夭的烦恼；他们不在意亲疏远近，不知道什么是背叛和顺从，彼此之间没有利益冲突，无爱无恨，所以没有什么东西能让他们心生畏惧。最神奇的是他们入水不会溺亡，入火也不会烧伤，能够在空中行走却如履平地，云雾遮不住他们的双眼，雷霆乱不了他们的听觉，美丑搅乱不了他们的内心，总之，没有什么能够伤害到这些神仙般的华胥之民，仿佛藐姑射之

---

① 《史记》，前引书，第1121页。

山吸风饮露的仙人一般。

所谓上古神话中的"乐园",在神话学上通常指幻想里的无忧无缺、无病无灾,乃至无生无死的特殊地区或"世界"(包括"现实"或"死后"的处所)①,昆仑山和海上五神山正是典型的神话乐园,同时也是仙话乐园的滥觞,不死之树、不死之药、仙人等都是仙话中特有的、常见的;天台仙女居处"南壁下各有一大床及东壁,皆施绛罗,帐角悬铃上,金银交错"的奢华装饰与仙山上黄金白银为宫、玉石为栏的仙宫也别无二致,而天台仙女洞府同样是一个能让普通人获得永恒生命的居所。在这里,时间的流逝难以觉察,人的寿命无限延长。

更重要的一点是在天台桃源里生活着美丽的仙女,而有缘来到此间的人不仅能够得到仙女的青眼,并且可以体验超越常人的生命。这种人通过和神的交往得到永恒生命的仙话可以追溯到《穆天子传》中周穆王和西王母交游的故事。作为人间最高统治者的帝王与神话中的女神以一种朋友身份进行了交流,人对神充满了敬畏与仰慕,神对人也是友好而和善的,但是人与神之间存在严格的界限,神高高在上,人则匍匐于神的脚下。到了战国后期,宋玉的《高唐赋》《神女赋》里出现了高唐神女、巫山神女神话,这些神话中的神女们开始走下了神坛,向人间帝王传达爱慕之情,人与神之间的界限被打破,这种人仙恋爱的传说为后来传统的文学创作提供了一个美好的爱情主题,仙女的绝世姿容用娇艳的桃花作比,实在是恰当不过,于是桃源也与之发生了联系,这种联系通常是这样的:以武陵桃源为基调,混入天台桃源,桃源世界变为凡与仙的混合体;接着仙人出现或者仙凡通婚,而后凡人得道升仙。需要注意的是这一系列发展变化的故事中,都离不开一个关键的物品——桃,从西王母传说和天台桃源传说来看,无论是周穆王还是刘晨、阮肇,都和"桃"发生了联系,而这"桃"都是人间所没有的,只有天上的仙人才能拥有,凡人想得到它,完全要看个人的运气如何了。

魏晋南北朝时期,还出现了袁相根硕和王质烂柯的传说。这两种传说与天台桃源传说都有相似之处。王质烂柯传说讲述樵夫王质山中观童子下棋,一局终了,发现手中砍柴用的斧头,木质的斧柄已然腐朽了。

---

① 萧兵:《〈山海经〉的乐园情结》,《淮阴师专学报》1997年第2期。

他同样是遇到神仙，无意中获得超常寿命。身处山中之时，他丝毫没有感到时间的流逝，直到出山之后才惊奇地发现自己原本生活的世界已是面目全非。这个传说与天台桃源传说的共同处在于：遇仙之后，他们所处的时空与外界发生了断裂，时间停滞，在获得永恒生命的同时，也断绝了和外边世界的联系。现摘录烂柯相关传说如下，《类说》载：

  信安郡石室山　晋时王质伐木，至见数童子棋。与质一物，如枣核，含之不觉饥。视斧柯烂尽。既归，无复时人。①

《玉芝堂谈荟》卷二五云：

  城南十五里有烂柯山，一名石室，道书青霞第八洞天。晋樵者王质入山，观二童奕，质置斧而观，童子与质一物，如枣核，食之不饥，局终而柯烂矣。②

袁相、根硕传说见于《搜神后记》卷一：

  会稽剡县民袁相、根硕二人猎，经深山重岭甚多，见一群山羊六七头，逐之。经一石桥，甚狭而峻。羊去，根等亦随渡，向绝崖。崖正赤，壁立，名曰赤城。上有水流下，广狭如匹布。剡人谓之瀑布。羊径有山穴如门，豁然而过。既入，内，甚平敞，草木皆香。有一小屋，二女子住其中，年皆十五六，容色甚美，着青衣。一名莹珠，一名□□（缺）。见二人至，欣然云："早望汝来。"遂为室家。忽二女出行，云复有得婿者，往庆之。曳履于绝岩上行，琅琅然。二人思归，潜去归路。二女追还已知，乃谓曰："自可去。"乃以一腕囊与根等，语曰："慎勿开也。"于是乃归。后出行，家人开视其囊。囊如莲花，一重去，一重复，至五盖，中有小青鸟，飞去。

---

① （宋）曾慥：《类说》卷八，北京图书馆古籍出版编辑组编：《北京图书馆古籍珍本丛刊》，1998年影印本，子部杂家类，第62册。
② （明）徐应秋：《玉芝堂谈荟》，明徐氏蒨园康熙四十二年修补印本。

根还知此,怅然而已。后根于田中耕,家依常饷之,见在田中不动,就视,但有壳,如蝉蜕也。①

这个传说与前两种遇仙永生的传说略有不同,家人的偶然好奇,打开仙女所赠的腕囊,使得根硕化为了蝉蜕,脱壳而去。袁相的结果不得而知,也许和根硕差不多吧。这则故事中其实也提到了获得永恒生命的一种方式:从道家神仙角度看,脱去凡人皮囊,犹如蝉之脱壳,是为尸解②,是得道成仙的途径之一。从神话学角度看,从人变成了蝉蜕,生命形式发生了转换,获得新生。这和上古神话中夸父死后的变异是有相通之处的。总之一句话,袁相、根硕蝉蜕仙话传说同样是人们对永恒生命的追求,而这与天台桃源说又发生交叉,因此在很多文学作品中烂柯传说和蝉蜕传说同样和天台传说被当作凡人在偶然情况下获得永恒生命的典故与武陵桃源说一起使用。

天台桃源系传说发生的背景时间通常是东汉明帝或魏晋时期,故事记录的时间多在魏晋南北朝时期。东汉后期是中国道教形成、初创期,魏晋南北朝则是道教发展时期,整个社会、特别是上层士族贵族文士们崇尚老庄易学说,喜欢谈玄论道,与道教徒关系密切,崇尚道教服食、炼丹、求长生等活动。天台遇仙传说出现在这种社会背景下是很正常的一件事,它显然是道教神仙思想影响下的产物。

第四节 两种桃源传说的融合

武陵桃源和天台桃源在后人的接受传释过程中发生了一定程度的融合,融合方式是在武陵桃源被仙化的基础之上,再添加刘晨、阮肇天台遇仙传说。为什么会出现这样的融合呢?笔者认为首先当从《桃花源记并诗》和刘阮传说本文来考察。

武陵桃花源被仙化是融合的前提条件,它之所以被仙化,首先是因

---

① (晋)陶潜:《搜神后记》,前引书,第2页。
② 《论衡·道虚篇》:"夫蝉之去复育,龟之解甲,蛇之脱皮,鹿之堕角,壳皮之物解壳皮,持骨肉去,可谓尸解矣。"前引书,第112页。

为陶渊明在《桃花源记并诗》本文中留下两处令人迷惑之处：一是作者说桃源中人"自云先世避秦时乱，率妻子邑人来此绝境，不复出焉，遂与外人间隔"，本文的空白给阐释者提供了想象空间，渔夫看到的桃源人究竟是当时的避秦人还是避秦人的后代？如果是当时的避秦人，那么他们此时应该已经六百多岁了，大大超出普通人的寿命，而是传说中长生不死的仙人。二是诗中有"奇踪隐五百，一朝敞神界"两句，作者似乎认为桃花源是神仙所居之处，是"神界"，那么此间人自然就是神仙了。本文意义的模糊性、多重性为后来读者的多种阐释提供了可能。

两种本文的共同点为二者相融提供了必要条件：

第一，共有的结点。两个故事中都有桃、溪水、山洞这些审美意象，它们不单单是文学审美功能的载体，从神话学角度看是具有过渡或引渡性质的意象[①]，它们有使生命形态发生变化的"再生"功能。特别是桃花，在我国传统文化中，桃这种植物本身具有的种种神异性成为两种桃源体系传说融合的基础，正是桃的存在，才使两处桃源的神奇隐秘成为可能。从上古神话和长期以来形成的崇桃风俗看，桃是一种神奇的植物，具有避灾免祸、指引异界的神力，桃源的居民一开始就是因为避秦时战乱而进入桃源世界的，在洞中，他们一直过着无灾无祸的幸福生活。记中的渔人无意之中进入桃源，居民们因其毫无机心与恶意而接纳了他；但当他出洞后向太守报告，企图用世俗的纷扰喧嚣来污染桃源仙境的纯净时，桃源的洞门便永远关闭了。这正说明了桃源因为有了那一片"落英缤纷"的桃林而具备了驱灾免祸的力量。同样是由神奇的桃树指引，刘晨、阮肇避免饥饿而死，并且遇到了天台女仙，获得了永恒生命。

武陵渔人和刘晨、阮肇一样，他们都是缘溪而行，在桃或桃花的指引下，经过特殊的"山洞"，发现了与自己所处世界大相径庭的另外一种时空。桃花、流水、山洞隔绝了两个完全不同的世界，一个是世俗平常世界，另一个是理想反常空间，桃花林既是常与异、俗与圣空间的中介点，可以视为"生命形式转化"的主要媒介、过渡点，同时也是两种体系故事的交叉点，为二者的融合提供了可能。从山洞入则暗示生命形式发生转换，穿过"洞"是从俗世到异世的必经通路，是原初生命形态向

---

① 郑文惠：《新形式典范的建构——〈桃花源记并诗〉新探》，前引会议论文。

另一种生命形式转化的必须仪式。

农耕民族生存最依赖的便是水和土地，作为传统农业大国的中国一直有着浓厚的水文化意识。在中国传统文化中，水兼具再生、净化的功能，上古神话中有羿渡过弱水才进入昆仑山求到不死之药、鲧跳入羽渊化为黄能等等原初的生命形式转化传说，生命延续离不开水。民间传统习俗，初生婴孩来到人世经历的第一种仪式便是洗浴，民间因此有了专门为新生三朝儿洗澡的洗婆；人死之后，也要由家人用水洗净全身，以示清白离开；就连传说中分隔阴阳世界的也是水——"奈河"。这些足以说明水具有死而复生的仪式功能，同桃、洞一样是连接两个对立世界的纽带。

第二，相同的情节。两种故事都遵循魏晋时期志怪小说常见的"追寻"母题样式①：出发—偶入—离开—迷失。武陵渔人：缘溪行—桃花林、山洞、溪水、山洞—进入异境—思归离开—迷失（异境）。刘晨、阮肇：入山—桃树、流水—进入异境—思归离开—迷失（世俗）。武陵渔人和刘晨、阮肇都是无意中闯入异世，又因偶然思归而离开了；离开之后又刻意回来寻找，却再也无法回来，神秘异境与现实世界始终存在着一种对抗。

第三，相似的时间历程。两个桃源都是与现实世界平行的存在，但是却存在着时间和空间上的差异。俗世人误入之后便暂时与外界时间隔绝开来，而这个异世是如此美好，可以满足一定的生存要求（武陵桃花源），甚至是人内心最隐秘的欲望（天台桃花源）。俗世的时间是不存在的，人们在这儿完全无法觉察时光飞逝的变幻，世间沧海桑田的变化。

第四，相似的故事结构。采用了中国民间故事常用的"重叠"或"三叠式"结构。"三叠式"结构指的是故事描写人物、事件时，前后三次发生重叠变化②，如三顾茅庐、三打白骨精等故事情节，回环往复的结构既吸引了读者的注意力，激起阅读或者聆听兴趣，同时对故事高潮的

---

① 这里关于"追寻"母题的概念借鉴了郑文惠《新形式典范的建构——〈桃花源记并诗〉新探》一文中的观点，结合两种桃源体系故事特点进行解读。

② 王宏喜：《文体结构举要》，经济管理出版社1992年版，第142页。

到来起到层层铺垫、推波助澜的作用。魏晋时期是我国传统小说初创期，此时的一些小说已经具备了类似的结构。《桃花源记》采取了渔人、太守、刘子骥寻访桃花源事迹，就是一种较为简单的三迭式结构。而天台桃源故事则更简单些，只重叠一次，这大概是刘阮故事较《桃花源记》早出的缘故。

无论是天台桃源还是武陵桃源，它们之所以成为历代文人墨客讽诵的对象，并且在后世文学作品当中呈现出水乳交融的现象，除了二者有许多共同点之处，更重要的是它们都为挣扎在兵祸战乱痛苦之中的人们创造了一个自由幸福的乐园世界。在这个世界里，没有帝王将相主宰人们的命运，没有天灾人祸打扰人们的生活，人们春种秋收、自食其力，不必担心官府吏役催租逼赋，人人自得、个个安乐，华屋美食、果腹而歌；这里民风淳朴，没有外间的尔虞我诈、弱肉强食；这里也没有族长男权，男女可以自由恋爱、自定义婚姻，而不必担心世俗的繁文缛节，父母之命，媒妁之言。如此美好的理想世界，不仅是乱世人民心中的乐土，也是对现实不满的人们之精神寄托场所。

从社会历史背景来看，秦汉时期以来经久不衰的神仙方术学说，六朝时深受士族大家欢迎的服食炼丹道家思想，在这些因素的共同作用下，两种桃源世界在唐代迅速融合起来。有唐一代，李氏家族出于政治上的考虑，为自己夺取隋朝政权的合法性、神圣性辩护，除了继续以儒家学说治国之外，对宗教，特别是道教思想也善加利用，李渊、李世民父子有意把老子李耳奉为自己的祖先，并编制各种关于李耳的神话。从唐高宗于乾封元年（666）追尊老子为"太上玄元皇帝"开始，中间除去武则天期间仍称老子为"老君"外，其余时代皆尊称为"皇帝"。至唐玄宗天宝十三年（754）加长号"大圣高上大道金阙元元皇帝"[①]。高宗时将《老子》《庄子》提升到"经"的位置，在科举考试中开设老庄、道家考试的科目。很多道教人士受到皇帝的赏识，被极度宠信，"开元中，征（申元之）至，止开元观，恩渥愈厚，时又有邢和璞、罗公远、叶法善、吴筠、尹愔、何思达（一作远）、史崇、尹崇、秘希言，佐佑玄风，翼戴

---

① （宋）王溥：《唐会要》卷五〇，上海古籍出版社1978年标点本，第865页。

圣主……虽汉武、元魏之崇道，未足比方也"①。最著名的道士司马承祯更是受到睿宗特殊优待，后来被人称为"山中宰相"，而以他为代表的茅山上清派一系影响最大，远远超过道教其他门派。这一派所宣扬的神仙洞天对当时上层社会人士有很大吸引力。在统治者的大力提倡下，神仙道教思想的蓬勃发展，求仙、求长生的风气盛行，唐人普遍认为仙境是现实存在的，神仙是可成的，因而洞天福地仙境传说在唐代普遍流行起来。这些传说是武陵桃源和天台仙话的综合体，它们既有武陵桃源的寻源奇遇，同时又结合了天台桃源的遇仙传说。《太平广记》中记载了很多传说如杜子华、韦卿材、秦时妇人等传说。如《李虞》条记载了李虞游华山时遇到洞中人的际遇：

> ……川岩草树。不似人间。亦有耕者。耕者睹二人颇有惊异。……因自言曰："某姓杜，名子华，逢乱避世。遇仙侣。居此已数百年矣。"因止宿，饮馔皆甚精丰。……且请无漏于人。后杨君复往寻其洞穴，不可见矣……②

《秦时妇人》条载五台山僧法朗偶入石洞，洞中妇人告诉他：

> 妇人云："我自秦人，随蒙恬筑长城。恬多使妇人，我等不胜其弊，逃窜至此。初食草根，得以不死。此来亦不知年岁，不复至人间。"③

故事中李虞和法朗与武陵渔人一样，都是通过洞穴，无意中发现了一个洞中（或洞外）世界，他们同样和此间人进行了交流，得知这些人都是因躲避乱世或暴政而进入的。与武陵桃源中人不同的是，这里的居民或遇到了神仙或服食了异草，总之都已经是逍遥神仙了。这些与武陵桃源和天台桃源相似的仙乡传说的产生经历了"古代的原始信仰传承与

---

① （宋）李昉等编：《太平广记》卷三三，前引书，第210页。
② 同上书，卷四八，第267页。
③ 同上书，卷六二，第389页。

神话发展",在"道教成立之后以神仙思想为主"等因素的影响,"到了陶渊明,又把仙乡的传说落实到现实的人文世界上去"①,最终在唐代走向融合。唐人将武陵桃源看作是一个封闭天地,一个与人境相对的仙境也是再自然不过的事情。

　　武陵桃源和天台桃源相同,实际上都是在一定历史社会条件下,通过人们的想象和幻想加工而成的。与远古神话不同,它们更多地加入了人的理性思考,染上了更多哲学色彩,特别是武陵桃源,从诞生不久就开始受到热切关注,经过数百年,乃至千年,尽管每个时代对它的理解都有差异,但却无法阻碍它成为国人心中一个美丽的情结,像遗传密码一样,深深地烙刻在一代代中国人脑海里,绵延不绝,传承至今。

---

① 王孝廉:《中国的神话世界》,作家出版社1991年版,第92页。

第二章

回溯历史：两宋前诗歌对"桃源"意象的接受与解读

为了形成一套相对完整的桃源诗歌接受史理论，在讨论宋代桃源诗歌之前，十分有必要回溯一下宋以前桃源主题的发展历程。同很多文艺作品一样，《桃花源记并诗》诞生之初并没有引起同时以及稍后时代人们的关注，而是和它的主人一起默默地被遗忘了。然而，一部优秀的作品不会永远被埋没在故纸堆里，反而"因为时间久了，蕴藏着的光辉是总会为人所发现的"①，随着陶渊明本人在新的历史时期逐渐被重新发现、接受、认可，《桃花源记》和其他作品的价值也才为后代人们所承认、推崇，出现了许多追和、模拟之作，形成文学史上独特的陶渊明文学现象。

第一节 唐前诗歌里的桃源意象

人类对事物的了解认知是一个漫长而渐进的过程，同样在文学领域里，欣赏者对一个作家、一部作品的理解接受也需要一个循序渐进的过程。囿于人类自身在某一阶段认知能力的局限，加上优秀作品本身具有的超越表层意义的深刻意义存在，"一部文学作品，并不是一个自身独立、向每一个时代的每一个读者均提供同样观点的客体。它不是一尊纪念碑，形而上学地展示其超时代的本质。它更多地像一部管弦乐谱，在其演奏中不断获得读者新的反响，使本文从词的物质形态中解放出来，

---

① 王瑶：《〈陶渊明集〉前言》，载《中国文学：古代与现代》，北京大学出版社2008年版，第280—289页。

第二章 回溯历史：两宋前诗歌对"桃源"意象的接受与解读

成为一种当代的存在"①，不同时代读者置身于不同时代背景之下，因而具有了不同的"期待视野"（horizon of expectations）②，读者对一个作家或一部作品的接受，总是要受到时代总体环境、时代观念、文学潮流以及个人生活经历、教养、知识结构等因素的制约与限制，一部作品在它产生的那个时代，甚至诞生很久以后的一段时间里都有可能不会被理解接受。

陶渊明在他生活及逝后的几十年乃至整个南北朝时期，首先是被当作一个志趣高尚、超逸拔俗的隐逸高士来看待的。最初，他以一个隐士的形象出现在世人眼中，他是东晋南北朝著名的"寻阳三隐"之一。

沈约《宋书·周续之传》云：

> （续之）入庐山事沙门释慧远。时彭城刘遗民迹遁庐山，陶渊明亦不应征命，谓之"寻阳三隐"。③

萧统《陶渊明传》中说道：

> 时周续之入庐山事释慧远，彭城刘遗民亦遁迹匡山，渊明又不应征命，谓之"浔阳三隐"。④

即使和他过从甚密的好友颜延之，其《陶征士诔》中对陶的评价也只是：

> 有晋征士寻阳陶渊明，南岳之幽居者也。弱不好弄，长实素心，学非称师，文取指达；在众不失其寡，处言逾见其默。⑤

---

① 姚斯：《文学史作为向文学理论的挑战》，载《接受美学与接受理论》，辽宁人民出版社1987年版，第26页。
② 同上书，第26—56页。
③ 《宋书》卷九三，前引书，第2280页。
④ （梁）萧统：《昭明太子集》卷四，影印文渊阁《四库全书》本。
⑤ （梁）萧统选编：《日本足利学校藏宋刊明州本六臣注〈文选〉》卷五七，（唐）吕延济、刘良、张铣、吕向、李周翰、李善注，人民文学出版社2008年版。

可见人们对陶渊明的赞赏仅仅是因为他的隐逸行动。

陶渊明隐遁庐山之中,曾屡次拒绝朝廷的征召,《宋书·陶渊明传》载,"义熙末,(陶渊明)征著作佐郎,不就","自高祖王业渐隆,不复肯仕"①。在崇尚隐逸的两晋南北朝时期,这种不受王命、高洁脱俗真我性格使他备受尊崇。相对于他的隐名,陶的诗文却是知音甚稀。之所以出现这种情况,与当时文学审美思潮密切相关。陶作平淡质朴的美学风格与当时注重雕饰、声律的审美风尚大相径庭。以谢灵运、颜延之、鲍照为代表的元嘉三大家的诗文创作追求浓墨重彩的风格,成为一时的典范。《宋书·谢灵运传论》曰:

> 爰逮宋氏,颜谢腾声。灵运之兴会标举,延年之体裁明密,并方轨前秀,垂范后昆。②

钟嵘《诗品》对颜谢的评价是:

> (颜诗)体裁绮密,情喻渊深。动无虚散,一句一字,皆致意焉。又喜用古事,弥见拘束……汤惠休曰:"谢诗如芙蓉出水,颜如错彩镂金。"③

《诗品序》:

> 颜延、谢庄,尤为繁密。于时化之,故大明、泰始中,文章殆同书钞。④

谢灵运虽有"才高词盛"⑤,"吐气天拔,出于自然"⑥的一面,但其

---

① 《宋书》卷九三,前引书,第2287页。
② 同上书,卷六七,第1778页。
③ (梁)钟嵘:《诗品》卷中,(清)何文焕辑:《历代诗话》,前引书,第13页。
④ 同上书,序言,第4页。
⑤ 同上。
⑥ (梁)萧纲:《与湘东王书》,《四库全书总目》,影印文渊阁《四库全书》本,第一卷。

诗歌创作过于注重辞采藻绘，装饰华丽厚重，诗中虽不乏清新可爱的词句，总体上却难逃"富艳难踪"①，"寓目辄书，内无乏思，外无遗物"，"颇以繁芜为累"② 之嫌疑。质言之，颜、谢等人引领的美学思潮是追求辞采富艳华美，典故繁密雅致。这种风潮成为当时诗坛上占统治地位的审美观念，并影响了南朝乃至唐初的审美趣味。再看时人对陶诗的评价，"文体省净，殆无长语"③，"文取指达"④，"质直"如同"田家语"⑤，质朴省炼、直白晓畅的语言，没有繁冗的故实装点，这与颜谢等人的审美追求截然不同，甚至可以说陶作与当时读者的期待视野差之千里。既然陶作无法满足当时读者的审美要求，那么他的作品在南朝初期不受重视也就不足为怪了。

　　直到钟嵘《诗品》将陶渊明的诗作列入中品开始，陶渊明作为诗人的地位才算是确立起来，加上萧氏家族，特别是萧统对陶的偏爱，人们对陶作的兴趣也逐渐浓厚了许多，一些诗人在诗歌中开始使用陶诗中出现过的意象，有的还直接化用陶的诗句入诗。虽然这一时期接受者对陶本人的认知从高尚的隐逸之士转化为诗人，而且还是不错的诗人，但是这种认知仍然停留在"古今隐逸诗人之宗"的层面上，先是隐逸，然后才是诗人。这也就不难解释读者为何从一开始接受便将《桃花源记并诗》定位成隐逸之作了。从现存资料看，对《桃花源记并诗》的接受最早大约出现在南朝齐梁时代。

　　据笔者统计，南北朝时期共计有 15 首诗中用到了"桃源""武陵"等意象。最初的接受者们喜欢将"桃源""武陵"等字眼直接拈来嵌入自己的作品当中，往往把它们看作一个典故，用来比喻隐逸之所，是一种高雅脱俗、自由自在的隐居环境，是一种非人间的存在。如谢朓《游敬亭山诗》中有"缘源殊未极，归径入窅迷"⑥ 的诗句，隐约透露出一点

---

① （梁）钟嵘：《诗品》序言，前引书，第 2 页。
② 同上书，卷上，第 9 页。
③ 同上书，卷中，第 13 页。
④ 颜延之：《陶征士诔》，（梁）萧统选编：《日本足利学校藏宋刊明州本六臣注〈文选〉》，前引书，第 57 卷。
⑤ （梁）钟嵘：《诗品》卷中，前引书，第 13 页。
⑥ 逯钦立编：《先秦汉魏晋南北朝诗》齐诗卷三，中华书局 1983 年版，第 1431 页。

桃源的影子。周舍《还田舍诗》："薄游久已倦，归来多暇日。未凿武陵岩，先开仲长室。松篁日夜长，蓬麻岁时密。心存野人趣，贵使容吾膝。况兹薄暮情，高丘正萧瑟。"① 诗中直接出现了"武陵"这个意象，用来指代归田后的居所，以显示田居生活的优游自得。沈君攸《赋得临水诗》里有"开筵临桂水，携手望桃源"② 一句，"桃源"作为和"桂水"相对的意象出现。萧氏兄弟的诗文中也出现了桃源意象。萧统《锦带书十二月启》(《夹钟一月》)："走野马于桃源……放旷烟霞，寻五柳之先生。琴尊雅兴，谒孤松之君子。"③ 萧绎《荆州放生碑》也有"鱼从流水，本在桃花之源"④ 的描写。

陈代接受者继承了梁代好称"桃源"的传统，伏知道《赋得招隐》中有"桃花隔世情"⑤，陈后主《立春日泛舟玄圃各赋一字六韵成篇》中有"暖日暧桃源"⑥ 句，在《上巳宴丽辉殿各赋一字十韵诗》里则云"日照源上桃"⑦。

徐陵是南朝学习陶作比较成功的诗人之一，加上作者本身具有较高的文学素养，他的作品高出同代人许多。试看他的《山斋诗》：

> 桃源惊往客，鹤峤断来宾，复有风云处，萧条无俗人。山寒微有雪，石路本无尘。竹径蒙笼巧，茅斋结构新。烧香披道记，悬镜厌山神。砌水何年溜，檐桐几度春。云霞一已绝，宁辨汉将秦。⑧

这首诗以"山斋"命名，描绘了安闲舒适的世外隐逸生活场景：微雪、石路、竹径、茅屋、滴水、檐桐，一派静谧安闲的景色，这里与世隔绝，感受不到红尘之喧嚣，完全不需理会外界世事沧桑变幻，国家朝代兴衰

---

① 逯钦立编：《先秦汉魏晋南北朝诗》梁诗卷一三，前引书，第1774页。
② 同上书，梁诗卷二八，第2111页。
③ （梁）萧统：《昭明太子集》，前引书，第三卷。
④ （明）张溥辑：《汉魏六朝百三家集》卷八四，影印（清）光绪五年（1879）彭懋谦信述堂刊本，江苏古籍出版社2001年版。
⑤ 逯钦立编：《先秦汉魏晋南北朝诗》陈诗卷九，前引书，第2603页。
⑥ 同上书，陈诗卷四，第2514页。
⑦ 同上书，第2515页。
⑧ 《徐陵集校笺》卷一，许逸民校笺，中华书局2008年版，第114页。

第二章 回溯历史:两宋前诗歌对"桃源"意象的接受与解读 49

更替。

比较特殊的是张正见《神仙篇》:

> 浔阳杏花终难朽,武陵桃花未曾落。已见玉女笑投壶,复睹仙童饮六博。①

此诗虽然使用"武陵桃花"的典故,但用法却与大多数不同。这里的"武陵"用的还是陶渊明笔下的武陵,却不再是那个理想中的隐逸之所,已经成了神仙逍遥之乡。这首诗是现存可以看到的南北朝时期第一首、也是唯一一首将武陵桃源与仙乡幻境相联系的诗歌,武陵桃源第一次在诗歌中被染上了神话色彩。

包括《桃花源记并诗》在内的陶渊明作品在北朝同样被广泛接受。魏收的《棹歌行》云:"雪溜添春浦,花水足新流。桃发武陵岸,柳拂武昌楼。"② 提起桃花,便立刻联想起是武陵的桃花,可见《桃花源记》在北朝影响之深。

由南入北的庾信是这一时期使用桃源意象最多、最好的诗人,在他现存诗文中有六首提到了桃源。早期作品《明月山铭》中有"宁殊华盖,讵识桃源?"③ 的句子。《奉报赵王惠酒》中说到误入桃花源:"梁王修竹园,冠盖风尘喧。行人忽枉道,直进桃花源。"④《徐报使来止得一见》诗用难以寻觅的桃花源比喻与友人见面之不易,"更寻终不见,无异桃花源"⑤。特别是他的《拟咏怀二十七首》之二五,在这首咏怀诗里,诗人将桃花源作为自己向往已久、以书酒为伴的隐逸生活的象征:

> 怀抱独惛惛,平生何所论。由来千种意,并是桃花源。谷皮两书帙,壶卢一酒樽。自知费天下,也复何足言。⑥

---

① 逯钦立编:《先秦汉魏晋南北朝诗》陈诗卷三,前引书,第 2482 页。
② 同上书,北齐诗卷一,第 2268 页。
③ 《庾子山集注》卷一二,(清)倪璠注,许逸民校点,中华书局 1979 年版,第 700 页。
④ 同上书,卷三,第 286 页。
⑤ 同上书,卷四,第 371 页。
⑥ 同上书,卷三,第 247 页。

还有《咏画屏风诗二十五首》之四、之十八：

> 逍遥游桂苑，寂绝到桃源。狭石分花径，长桥映水门。管声惊百鸟，人衣香一园。定知欢未足，横琴坐石根。①
> 三危上凤翼，九阪度龙鳞。路高山里树，云低马上人。悬岩泉溜响，深谷鸟声春。住马来相问，应知有姓秦。②

高山白云、深谷清泉，崎岖小道，马上行人构成一幅静谧安闲的美景。两首诗都是对《桃花源记》本文的一种诗意性解读，风景如画、幽远神秘的山谷，与世隔绝的隐逸之士，这里没有时间概念，世事变幻也不能侵扰人心。庾信出使北朝被羁留，不得不滞留北方，其晚年诗文作品中处处流露出乡关之思和退隐之心，与世隔绝的桃源自然成了他心中最佳的隐逸之所。

  隋代享国日浅，加之刚刚经历了南北朝乱世，诗歌创作本来就不是很繁荣，现存诗歌数量有限，因此这一时代对桃源的接受基本上是南北朝创作的延续，并且数量很少，题材内容单一，通常将深山中的道观古寺或名山大川比作世外桃源，展现诗人对山居隐逸生活的向往。李巨仁在《登名山篇》中提到"避世（乐府作绝迹）桃源士，忘情漆园吏"③，希望能够抛却世俗之心，遍访名山大川，遨游江湖，过着求仙寻真、不问世事的生活。由北朝入隋的著名诗人卢思道也好用与桃花源相关的意象，他早年在周武帝平齐后，与阳休之、颜之推在长安同赋《听鸣蝉篇》，其中有"寻源不见已封侯……归去来，青山下，秋菊离离日堪把"④的诗句，几乎句句使用陶诗意象，用桃源、归去来、菊花等来表达企羡归隐之情；在另一首《城南隅燕》中有"即事消声地，何须远避秦"⑤句，使用了"避秦"典故。

---

  ① （北周）庾信：《庾子山集注》卷四，（清）倪璠注，许逸民校点，中华书局1979年版，第354页。
  ② 同上书，第359页。
  ③ 逯钦立编：《先秦汉魏晋南北朝诗》隋诗卷七，前引书，第2727页。
  ④ （隋）卢思道：《卢思道集校注》，祝尚书校注，巴蜀书社2001年版，第39页。
  ⑤ 同上书，第33页。

陶渊明作品接受史的初始阶段，即从南北朝到隋末（420—618）这近两百年时间里，桃源基本上还是停留在作为一种借代性典故而被接受使用的阶段，用来指代风景优美的深林泉谷、幽居隐逸的场所，通常是与红尘俗世相对的隐秘之所在，意义较为单一，缺乏更深层的内涵，让人一望即知，还是一种"表达具体的明确的意义的形式"①，显得生硬、呆板，缺少变化，且于全诗的意境并无多少帮助。但是从另一个角度看，这两百年里，"武陵""桃源"已经作为具有固定内涵意义的意象被日益增多的作者、读者所接受，表明陶渊明的志趣爱好、理想憧憬、生活方式已开始被象征化、模式化②，开始得到越来越普遍的文化和心理认同。此外，仙乡桃源也开始出现在接受者的视野当中，仙话传说的影响渐露端倪。

第二节　唐代诗歌中的桃源题咏

伴随着对陶渊明及其作品的理解日益加深，陶诗中的许多意象、典故被大量接受使用，桃源意象在唐代诗歌中出现的频率也越来越高。五言、七言、歌行、古体、律体、绝句等不同体裁，记游、赠别、抒怀、酬答等不同题材的诗歌中都会发现桃源的影子，而且出现了以桃源、武陵、桃花溪、桃花坞等为主题的专门诗作，笔者查检《全唐诗》《全唐诗补逸》《全唐诗续补遗》《全唐诗续拾》等书籍，大约有26人45首。③桃源的内涵也伴随着唐代诗人创造性和变异性的解读与传释而更加丰富多元。

唐代诗歌对桃源的接受与传释主要有三种倾向，分别是以桃源为隐逸之境、理想社会和仙家幻境。其中以桃源为隐逸之境和理想社会的解说经常交织在一起，同一首诗呈现出两种交叉融合的阐释，这两种解说在唐代桃源诗歌中数量不多，笔者将前两种倾向放在一起来探讨。另外

---

① 葛兆光：《汉字的魔方》，前引书，第143页。
② 李剑锋：《元前陶渊明接受史》，前引书，第32页。
③ 因本书重点在宋代桃源诗歌，因此对唐代桃源诗歌数量的统计可能还不是最准确的数字。

需要说明的是,即使是同一位作者,在不同场域中、不同经历后、人生的不同阶段里,对桃源的理解可能不同,甚至是矛盾的。

一 隐逸之境与理想社会

唐代诗人继承了南北朝时期文人对《桃花源记》的理解与接受,以桃源为隐逸之境或理想社会。

隋末唐初之际的隐逸诗人王绩是唐代陶渊明接受第一人。有着与陶渊明相似的生活体验、经历三仕三隐的诗人接受了陶渊明桃花源式的社会理想。他的《春庄酒后》诗描绘了一幅与武陵桃花源类似的人间田园风光:

> 野客元图静,田家本恶喧。枕山通箪阁,临磵创茅轩。约略裁新柳,随宜作小园。草依三径合,花接四邻繁。野妇调中馈,山朋促上樽。晓羹犹未糁,春酒不须温。卖药开东铺,租田向北村。梦中逢栎社,醉里觅桃源。猪肝时入馔,犊鼻即裁裈。①

诗人以平和质朴的笔调,向读者展现了自己醉心的山居田园生活,这便是诗人醉里寻觅的世外桃源。如果说此诗中的桃源更接近现实的话,作者在《醉乡记》一文中塑造了一个近乎于神话世界的奇异"醉乡",充分展现出自己心中的理想之国:

> 醉之乡,去中国不知其几千里也。其土地旷然无涯,无丘陵阪险;其气和平一揆,无晦明寒暑;其俗大同,无邑居聚落;其人任清,无爱憎喜怒,呼风饮露,不食五谷。其寝于于,其行徐徐。与鱼鳖鸟兽杂处,不知有舟车械器之用。
>
> 昔者黄帝氏尝获游其都,归而杳然丧其天下,以为结绳之政已薄矣。降及尧舜,作为千钟百壶之献。因姑射神人以假道,盖至其边鄙,终身太平。禹、汤立法,礼繁乐杂,数十代与醉乡隔。其臣羲和,弃甲子而逃,冀臻其乡,失路而道夭。故天下遂不宁。至乎

---

① (唐)王绩:《王无功文集》卷三,韩理洲点校,上海古籍出版社1987年版,第97页。

末孙，桀、纣怒而升其糟丘，阶级千仞，南面向而望，卒不见醉乡。成王得志于世，乃命公旦立酒人氏之职，典司五齐，拓土七千里，仅与醉乡达焉，四十年刑措不用。下逮幽、厉，迄乎秦、汉，中国丧乱，遂与醉乡绝。而臣下之受道者，往往窃至焉。阮嗣宗、陶渊明等数十人，并游于醉乡。没身不返，死葬其壤，中国以为酒仙云。

嗟乎！醉乡氏之俗，其古华胥氏之国乎？何其淳寂也如是？绩将游焉，故为之记。①

王绩笔下的"醉乡"显然吸收了更多道家思想、庄列文风，境界比《桃花源记》更为阔大，想象幻想色彩浓烈。文章第一部分正面描写醉乡：这里的自然条件优越，沃野千里，一望无际；气候温和，四季如春，没有寒暑变化；社会环境和谐、安宁，风俗淳朴。生活在这里的居民更是像藐姑射山的神人一样，不食人间烟火，餐风饮露，无喜无悲，无爱无恨，心态平和，任何时候都是一副安然自得的样子。他们与大自然已经融为一体，和谐相处，与鸟兽同群、游鱼为伴，不知舟车器械，真正是绝圣弃智的至人。第二部分通过对黄帝、尧舜、禹汤、周成王等贤君圣主施政情况的回顾，反衬醉乡世界的美好、隐秘、难寻。当伟大的轩辕黄帝进入这个理想国度之后，深深惭愧自己治理的国家远远不及这里。黄帝之后，圣明君主尧舜也曾有幸得到仙人的指点，到达醉乡之边境。此后，历史上著名的贤君圣主都无缘得见神奇的醉乡世界。只有阮籍、陶潜一类的"受道"之人才再次进入，入而不返，埋骨于斯，令人以为他们已经成仙了。王绩对"醉乡"解说，既有与桃花源所描绘的远古社会理想一脉相承的一面，同时兼具某种神秘性，"受道"之人偶然进入，刻意寻找却找不到，他的解说有意无意向武陵桃花源靠近了。

到了盛唐时代，大量桃源意象和典故出现在山水田园诗作中，这时"桃花源已不仅仅是一个普通意象，而是一个凝聚着盛唐诗人的理想和憧憬，甚至某种潜意识体悟的原型母题"②。他们以桃源来赞美现实中的人间美景、山川风物、田园别业、宫观寺庙等，这类诗歌在唐代不是很多，且

---

① 《王无功文集》卷五，韩理洲点校，前引书，第181页。
② 李剑锋：《元前陶渊明接受史》，前引书，第161页。

专门题咏较少，据笔者不完全统计仅有包融的《武陵桃源送人》、王维的《口号又示裴迪》、李白《小桃源》、孟浩然《宿武阳川》等。

包融的《武陵桃源送人》诗曰："武陵川径入幽邃，中有鸡犬秦人家。先时见者为谁耶，源水今流桃复花。"①此诗也是对《桃花源记》故事的概括，更注重实景描写，河川、幽谷、鸡犬、秦时人家、流水桃花，构成一幅优美图画。王昌龄《武陵开元观黄炼师院三首》（其二）则云："松间白发黄尊师，童子烧香禹步时。欲访桃源入溪路，忽闻鸡犬使人疑。"②着重对开元观黄炼师院幽境之赞美。

王维写下了"安得舍罗网，拂衣辞世喧。悠然策藜杖，归向桃花源"③。此诗又名《菩提寺口号又示裴迪》，其写作背景与诗人在安史之乱中被迫接受伪职有关。在诗中诗人抒写了经历变乱、人生种种不如意之后，看破红尘，渴望回归隐逸桃源的心愿。这与诗人在19岁写下的《桃源行》将桃源阐释为仙乡幻境解说是不同的。

李白同样向往静谧安宁的桃源世界，可惜却遗憾无法找到它，"昔日狂秦事可嗟，直驱鸡犬入桃花。至今不出烟溪口，万古潺湲二水斜。露暗烟浓草色新，一番流水满溪春。可怜渔夫重来访，只见桃花不见人"④。于是诗人只能从现实生活中去寻找传说中的桃花源，当他发现黟县桃源时，看到的是一个百里烟霞、草木灵秀、民风古朴的美好世界；"黟县小桃源，烟霞百里间。地多灵草木，人尚古衣冠"⑤，神奇美丽的土地，上古淳朴的风俗，没有现实世界的丑恶，令人神往。

大历诗人特有的感伤情调不可避免地浸润了桃源世界，虽然这里依然景色幽美，但却蒙上了一层淡淡的忧伤。如卢纶的《同吉中孚梦桃源》：

春雨夜不散，梦中山亦阴。云中碧潭水，路暗红花林。花水自

---

① 本文所引唐人诗歌，除特别注明的以外，均出自《全唐诗》，中华书局2005年重印版，包融此诗出自卷一一四，第1157页。

② 同上书，卷一四三，第1454页。

③ （唐）王维：《口号又示裴迪》，《王右丞集笺注》卷一三，（清）赵殿成笺注，上海古籍出版社1984年版，第254页。

④ （宋）王象之：《舆地纪胜》卷六八，李勇先校点，中华书局1992年版，第2330页。

⑤ （唐）李白：《小桃源》，《李太白全集》卷三○，（清）王琦注，中华书局1977年版，第1423页。

第二章 回溯历史:两宋前诗歌对"桃源"意象的接受与解读

深浅,无人知古今。①

春雨绵绵,经夜不绝,连梦中亦是乌云密布,起首两句为全诗定下了幽暗、低沉的基调。一潭碧水在云雾中若隐若现,花自开落,水自流淌,一条幽径通向桃花盛开的密林深处,这里便是诗人梦境中的桃源,凄清孤寂。

当人生仕途失意、命运多舛,或者壮志难酬的时候,诗人们对桃源世界的欣羡便显露无遗了,然而在不同诗人眼中,桃源各有特色。在孟浩然的笔下,桃源是幽冷的、是孤清的,夕阳西下,河面上渐渐昏暗下来,孤舟一叶,停靠水边。群山连绵,猿啼阵阵,潭边却只有水中的倒影与诗人相伴:

川暗夕阳尽,孤舟泊岸初。岭猿相叫啸,潭嶂似空虚。就枕灭明月,扣船闻夜渔。鸡鸣问何处?人物是秦余。②

此诗题为《宿武阳川》,据佟培基师考证,当为"宿武陵即事","人物是秦余"一句用桃源中避秦人之典故。孟浩然一生,郁郁不得志,仕宦无门,游历四方以消解胸中之块垒,最终选择归隐生活。在诗人眼中,桃源的色彩是黯淡的、凄冷的,诗中未明确归隐之思,但选择武陵作为游历之所,恐怕已经兴起归隐之志了,而武陵桃源已然成了隐居地的象征。

经历安史之乱的杜甫,因忤肃宗,经历重重打击之后,于乾元二年(759)弃官走秦州,滞留秦州期间,诗人发现了"世外桃源":

传道东柯谷,深藏数十家。对门藤盖瓦,映竹水穿沙。瘦地宜翻粟,阳坡可种瓜。船人近相报,但恐失桃花。③

---

① 《全唐诗》,前引书,卷二七七,第3136页。
② 《孟浩然诗集笺注》(增订本)卷中,佟培基笺注,上海古籍出版社2013年版,第245页。
③ 《杜诗详注》卷七,(清)仇兆鳌校注,中华书局1979年版,第583页。

此诗为杜甫所作《秦州杂诗二十首》组诗中第十三首。来到秦州之后，诗人听说有一处深隐之所，亲自来到此间，果然名不虚传，景色宜人，青藤环绕草屋茅舍，碧水白沙映照青竹，人们因地制宜，种植瓜粟，仿佛桃花源一般。秦州带给诗人无限惊喜。他的另一首《赤谷西崦人家》同样展示给世人一个美好的隐逸桃源：

> 跻险不自安，出郊已清目。溪回日气暖，径转山田熟。鸟雀依茅茨，藩篱带松菊。如行武陵暮，欲问桃源宿。①

诗人在惶恐难安的路途中，忽然欣喜地发现了一个世外桃源，山谷中有一处人家，茅屋山田，松菊篱笆，啁啾啼叫的鸟雀，水流潺湲的小溪，一切显得那么美好，静谧而和谐。此刻，国家的安危、仕途的险恶、个人的得失，在这一瞬间似乎都可以暂时放下了。其实唐代其他诗人和杜甫有着相当程度的共鸣，在他们看来，只要是能够让人们平静生活的地方，都可以看作桃源，何须一定要去寻找那个传说中的武陵源呢，"何用深求避秦客，吾家便是武陵源"②，"只此无心便无事，避人何必武陵源"③，不需去寻找传说中的桃源，只要做到"无心"，那么人间处处是桃源。

当然在唐人眼中，追寻桃源世界并非都是为了躲避现实中遭受的挫折苦难，在实现自己的理想之后，功成身退，隐居于此也是很不错的选择，"若待功成拂衣去，武陵桃花笑杀人"④，"功成拂衣去，归入武陵源"⑤，以桃源为隐逸之境、理想乐园的阐释在唐代数量不是很多，并且大多不是专题诗作，而是在抒写隐逸山居或者抒发个人情感时偶然用到桃源意象。从深层文化意义来看，唐人憧憬的桃源乐土往往是环境清幽、恬淡安闲、与世无争、幽深难寻、清静无为、和谐快乐的，这里与现实社会中的喧嚣繁杂、纷争不断、尔虞我诈、争名夺利、社会动乱、民不聊生的情况形成强烈对比，宛如一个神仙世界。既然这"桃源望断无寻

---

① 《杜诗详注》卷七，（清）仇兆鳌校注，中华书局1979年版，第593页。
② （唐）吴融：《山居即事》四首其四，《全唐诗》卷六八四，前引书，第7926页。
③ （唐）吴融：《偶书》，同上书，卷六八七，第7963页。
④ （唐）李白：《当涂赵炎少府粉图山水歌》，《李太白全集》卷八，前引书，第424页。
⑤ （唐）李白：《登金陵冶城西北谢安墩》卷二一，同上书，第976页。

处",而唐代庄园经济的发达、园林的繁盛又为唐人提供了在现实中寄托理想、怡然自乐的天地,故唐人转而将桃源比作自己游憩的自然山水田园,因此人们虽然把桃源当作非现实的产物,但对它的描绘常常是一幅世俗生活场景,这种情况同样出现在以桃源为仙境的阐释里。

二　视桃源为仙乡幻境,此类桃源诗歌大约有29首

汉魏以来神仙家学说的影响一直延续到了唐代。唐代统治者对道教神仙的痴迷与推崇,使有唐一代始终弥漫着浓厚的神仙宗教色彩。特别是中唐以后,以桃源为仙境的解读形成规模,这其中又可分为两种略有差异的情况。

（一）仙隐桃源。由于受到当时崇道风气的影响,桃源被很多人认为是仙家所居的洞天福地。道教典籍《云笈七签》卷二七中"洞天福地"引司马承祯集成的《天地宫府图》,他将桃源称为"白马玄光天",位列三十六洞天之三十五。唐代诗人将武陵桃源与道教的神仙传说糅合在一起,使桃源世界逐步走向仙隐一路,这时的桃源成了求真悟道的非现实的梦幻世界。孟浩然《武陵泛舟》:"武陵川路狭,前棹入花林。莫测幽源里,仙家信几深。水回青嶂合,云渡绿溪阴。坐听闲猿啸,弥清尘外心。"[1] 此诗以桃源为仙家之境,是涤清世俗之心的修炼场所。王昌龄《武陵开元观黄炼师院三首》（其二）云:"先贤盛说桃花源,尘忝何堪武陵郡。闻道秦时避地人,至今不与人通问。"[2] 将桃源中的避秦人当作神仙不死之民,以桃源为仙乡幻境。李白在《奉饯十七翁二十四翁寻桃花源序》中直指桃源为"神仙之境",别为洞天,而"桃源之避世者"都是"超升先觉"[3]之士。在其诗作《拟古十二首》其十中也有"仙人骑彩凤,昨下阆风岑。海水三清浅,桃源一见寻"[4]的诗句,希望从桃源中追寻仙人的痕迹。他的《古风》其三十一则曰:"郑客西入关,行行未能已。白马华山君,相逢平原里。璧遗镐池君,明年祖龙死。秦人相谓

---

[1] 《孟浩然诗集笺注》宋本集外诗卷,前引书,第480页。
[2] 《全唐诗》卷一四三,前引书,第1454页。
[3] 《李太白全集》卷二七,前引书,第1255页。
[4] 同上书,卷二四,第1092页。

曰：'吾属可去矣。'一往桃花源，千春隔流水。"① 将神仙传说与桃源结合在一起。

如果持桃源仙境说的诗人们将桃源视为完全不同于俗世生活环境的异世所在，那么在王维手中，陶渊明创造的桃花源演变成了一个充满人世情味，却又虚幻空灵、缥缈无依的仙源世界。这里借用王润华先生的观点并略加改造，它由一个逃避乱世的、没有兵灾人祸的理想乐园，一个政治虚实结合体变成了"一个神仙境界，他（王维）避开写实的细节，通过静谧、虚幻、奇妙的情节，表现一个属于宗教的、哲学的乌托邦，一个仙人乐土。"② 现摘录其著名的七言歌行体长诗《桃源行》如下：

渔舟逐水爱山春，两岸桃花夹去津。坐看红树不知远，行尽青溪不见人。

山口潜行始隈隩，山开旷望旋平陆。遥看一处攒云树，近入千家散花竹。

樵客初传汉姓名，居人未改秦衣服。居人共住武陵源，还从物外起田园。

月明松下房栊静，日出云中鸡犬喧。惊闻俗客争来集，竞引还家问都邑。

平明闾巷扫花开，薄暮渔樵乘水入。初因避地去人间，更闻成仙遂不还。

峡里谁知有人事，世中遥望空云山。不疑灵境难闻见，尘心未尽思乡县。

出洞无论隔山水，辞家终拟长游衍。自谓经过旧不迷，安知峰壑今来变。

---

① 《李太白全集》卷二，第 127 页。
② 王润华：《"桃源勿遽返，再访恐君迷"》，载《唐代文学研究》第五辑，广西师范大学出版社 1994 年版，此文中提到陶渊明的桃花源由"一个逃避乱世的、没有兵灾人祸的空想乐园，一个政治乌托邦"变成"一个神仙境界，他（王维）避开写实的细节，通过静谧、虚幻、奇妙的情节，表现一个属于宗教的、哲学的乌托邦，一个仙人乐土"。王先生用了两个"乌托邦"，笔者对其中将桃花源视为"政治乌托邦"的观点持不同意见，原因已见于上文，故此在这里略加改造。

第二章 回溯历史:两宋前诗歌对"桃源"意象的接受与解读

当时只记入山深,青溪几度到云林。春来遍是桃花水,不辨仙源何处寻。①

这首诗写于诗人19岁时,充溢着少年人特有的浪漫情怀和瑰丽绚烂的奇思妙想,全诗色彩明艳,格调欢快,热情洋溢。首先诗人将自己与渔人进行了角色置换,替渔人代言,诗人成了武陵渔人,重新演绎了桃源故事。他以渔人的视角细细地审视着这个令人吃惊的方外世界,阳光明媚,春意盎然,青溪潺湲,桃花盛开,渔舟逐水,山回路转,沃野千里,土地平旷,翠竹桃花,苍松明月,风光旖旎,一派美景,无异人间。然而细细看来,这里已经不同于陶渊明笔下那个躲避战乱、安宁和平的乐园国度,而是一个与人世相对立的"仙境",此中居人虽仍着秦时的衣衫,然而"初因避地去人间"的他们,已经是"更闻成仙遂不还"了。渔人因想家告别了桃源中的仙人,出去之后又想回来,却发现虽然桃花流水,景色依旧,可惜再也无法找到这个神仙世界了。此诗与《桃花源记》略有不同的是:陶作中现实因素较多,"土地平旷,屋舍俨然,有良田美池桑竹之属。阡陌交通,鸡犬相闻,其中往来种作,男女衣着,悉如外人",由于作者本身具有躬耕田园生活的实际经验,对农业劳作比较熟悉,"相命肆农耕,日入从所憩。桑竹垂余荫,菽稷随时艺"。王维则以唐代庄园经济和潇洒的隐逸生活为基础,塑造了一个没有人间烟火的仙境、灵境:这里田园起于"物外"之境,鸡犬在半空云里喧闹,而居民已非秦时避乱的灾民,而成为避世之仙。诗人借助桃源抒写对自由、和谐、美好、安宁的理想社会的憧憬和向往,展现出盛唐时代诗人们特有的浪漫主义情怀,积极向上、慷慨激昂的时代气息。

武元衡《桃源行送友》借送别友人传达对桃源仙境的向往与企羡,"多君此去从仙隐",自己营营一生,汲汲于世俗琐事、功名利禄,因此诗人为自己不能过着像友人样清心寡欲神仙般的生活而感到后悔:

武陵川径入幽遐,中有鸡犬秦人家。家傍流水多桃花,桃花两边种来久。流水一通(一作道)何时有。垂条落蕊暗春风,夹岸芳

---

① 《王右丞集笺注》卷六,前引书,第98页。

菲至山口。岁岁年年能寂寥，林下青苔日为厚。时有仙鸟来衔花，曾无世人此携手。可怜不知若为名，君往（一作任）从之多所更。古驿荒樯平路尽，崩湍怪石小溪行。相见维舟登览处，红堤绿岸宛然成。多君此去从仙隐，令人晚节悔营营。①

权德舆之《桃源篇》从一幅桃源图画入手，抒写对仙乡洞天的向往：

> 小年尝读桃源记，忽睹良工施绘事。岩径初欣缭绕通，溪风转觉芬芳异。
> 一路鲜云杂彩霞，渔舟远远逐桃花。渐入空蒙迷鸟道，宁知掩映有人家。
> 庞眉秀骨争迎客，凿井耕田人世隔。不知汉代有衣冠，犹说秦家变阡陌。
> 石髓云英甘且香，仙翁留饭出青囊。相逢自是松乔侣，良会应殊刘阮郎。
> 内子闲吟倚瑶瑟，玩此沉沉销永日。忽闻丽曲金玉声，便使老夫思阁笔。②

从诗的前两句来看，此诗当是一首题画之作，诗人在观赏画作之时忽然想起了以前读过的《桃花源记》，随之在欣赏过程中展开丰富联想。山崖、小径、鲜云、彩霞、渔舟、桃花既是图中实景，也可以说是武陵桃源的想象场景。从第九句开始逐渐向想象世界、神仙幻境过渡，此中人身着秦代衣衫，个个庞眉秀骨、气质不凡，生就一副仙人容貌。他们用甘美香甜的石髓云英热情招待渔人。石髓、云英、青囊均是神仙道教的圣物，能用这些神奇之物待客的自然是仙翁了。武陵桃源成了仙人隐居的仙乡福地。后面两句"相逢自是松乔侣，良会应殊刘阮郎"，将两位著名的神仙——赤松子、王子乔，与和天台仙女有过交往的刘晨、阮肇并举，至此武陵桃源和天台桃源显现出初步融合的趋势了。

---

① 《全唐诗》卷三一六，前引书，第 3547 页。
② 同上书，卷三二九，第 3682 页。

曹唐、刘商、胡曾等诗人同样对桃源是仙境表示赞同。如刘诗《题水洞二首》其一①"桃花流出武陵洞，梦想仙家云树春。今看水入洞中去，却是桃花源里人"，将武陵桃源与仙家洞府联系起来。曹唐《题武陵洞五首》其五："渡水傍山寻绝壁，白云飞处洞天开。仙人来往无行迹，石径春风长绿苔。"希望桃花流水能够指引方向，"寄语桃花与流水，莫辞相送到人间"（其一），重回人间，"殷勤重与秦人别，莫使桃花闭洞门"（其二）②，同样表达了对桃源神仙世界的渴望。

胡曾以反问的形式肯定了桃源中生活着长生不死的神仙："一溪春水彻云深，流水桃花片片新。若道长生是虚语，洞中争得有秦人？"③还有其他诗人如李宏皋，诗人借秦人之口，抒己之志，"他年倘遂平生志，来着霞衣侍玉皇"④。

国家社会动荡不安时，人们迫切需要一方远离世俗世界的隐逸净土，躲避战乱，保全性命，安居乐业。面对社会国家的种种弊端，诗人们处在深深的迷茫与痛苦之中，而桃花源无疑为他们提供了一处修身养性的庇护所。这里与世隔绝，不必考虑外界的种种烦恼与苦痛，可以回归自然与天真，摆脱世俗世界的局限与束缚。试以皮日休和陆龟蒙所作二首同名五古《桃花坞》为例：

> 夤缘度南岭，尽日穿林樾。穷深到兹坞，逸兴转超忽。坞名虽然在，不见桃花发。恐是武陵溪，自闭仙日月。倚峰小精舍，当岭残耕垡。将洞任回环，把云恣披拂。闲禽啼叫寮，险狖眠砷矶。微风吹重岚，碧埃轻勃勃。清阴减鹤睡，秀色治人渴。敲竹斗铮摐，弄泉争咽喅。空斋蒸柏叶，野饭调石发。空羡坞中人，终身无履袜。⑤

> 行行问绝境，贵与名相亲。空经桃花坞，不见秦时人。愿此为东风，吹起枝上春。愿此作流水，潜浮蕊中尘。愿此为好鸟，得栖

---

① 《全唐诗》卷三〇四，前引书，第 3463 页。
② 同上书，卷六四一，第 7404 页。
③ （唐）胡曾：《武陵溪》，同上书，卷六四七，第 7481 页。
④ （唐）李宏皋：《题桃源》，同上书，卷七六二，第 8737 页。
⑤ 同上书，卷六一〇，第 7093 页。

花际邻。愿此作幽蝶,得随花下宾。朝为照花日,暮作涵花津。试为探花士,作此偷桃臣。桃源不我弃,庶可全天真。①

二者在艺术手法上各有千秋,皮诗中,作者一开始就选择了置身诗外的角度,以一名俗世访客的身份,静静地打量着这个恬静而幽美的世界,用细腻的笔触对桃花坞里的环境进行了精心的细部刻画。山峰小溪,屋舍田地,悠闲自得的禽鸟在竹林中啼鸣,猿猴懒懒的酣睡在山石间。微风吹拂着山间重重烟岚,碧色的微尘在空中轻舞飞扬。翠竹铮铮,泉流呜咽。似乎是不忍心打破这里的安宁谐和,直到最后,诗人才不得不出现了,他对自己无法像坞中居民一样过着无拘无束的生活而叹息。

相较皮日休工笔细绘的细节描写,人在诗外的创作方法和清峻淡泊艺术风格而言,陆诗则是大笔写意,直抒胸臆,感情喷薄而出,不加掩饰。作者采用排比手法写下了八句诗,"愿此为东风,吹起枝上春。愿此作流水,潜浮蕊中尘。愿此为好鸟,得栖花际邻。愿此作幽蝶,得随花下宾",将自己对桃花坞的热爱大胆宣泄出来,同时也刻画出其环境之雅致。这种宣言式的抒情加描写更能激起读者一探桃花坞究竟的好奇心。诗的结尾部分引入东方朔偷王母仙桃的仙话故事,将桃花坞染上了仙乡色彩。这种将现实生活仙化的写作手法,其实正是晚唐时代家国动荡、战乱不休,人们安居乐业的朴素愿望破灭在思想领域中的反映,这时的文人已经丧失了盛唐时代那种蓬勃向上的进取精神,转而投向了宗教的怀抱,希望借此给干涸枯寂的心灵以些许安慰。

(二)第二种情况是在以桃源为仙境的基础上借鉴了刘晨、阮肇天台遇仙的故事,通过"遇仙"这个中间环节,最终形成了武陵桃源与天台桃源的叠加融合,使武陵桃源成为仙乡福地。需要指出的是,唐人诗歌大多仅仅是借用了刘阮二人遇仙的情节来串联诗句,却抛弃了仙凡结合的情节。

刘禹锡《桃源行》中虽未提到刘晨阮肇故事,但实际看来与天台桃源属同一系列。武陵渔人随波逐流,误入桃源仙洞。洞里仙子争相询问人间情形。他们以石髓松脂来款待渔人,并告知他,他们是来这里种玉

---

① (唐)李宏皋:《题桃源》,《全唐诗》,卷六一八,前引书,第 7171 页。

（修仙）的。

　　渔舟何招招，浮在武陵水。拖纶掷饵信流去，误入桃源行数里。清源寻尽花绵绵，蹋花觅径至洞前。洞门苍黑烟雾生，暗行数步逢虚明。俗人毛骨惊仙子，争来致词何至此。须臾皆破冰雪颜，笑言委曲问人间。因嗟隐身来种玉，不知人世如风烛。筵羞石髓劝客餐，灯爇松脂留客宿。鸡声犬声遥相闻，晓光葱笼开五云。渔人振衣起出户，满庭无路花纷纷。翻然恐迷乡县处，一息不肯桃源住。桃花满溪水似镜，尘心如垢洗不去。仙家一出寻无踪，至今水流山重重。①

此诗保留了陶渊明诗作中武陵、渔人、桃花、流水的几个意象，出发—进入—离开—迷失的情节结构，但是主题上发生了变化，桃源不再是秦代遗民避乱隐居之所，而是种玉神仙的洞府。他的另一首长诗《游桃源一百韵》②是唐人桃源题咏中最长的一篇，仍然是在接受陶作故事情节基础上加以展开敷衍，同样是将武陵桃源视为了仙乡福地。诗人用一半篇幅叙写了游仙经历，在神仙洞府中的所见所闻，这里到处是珍禽异兽、仙家至宝，"清猿伺晓发，瑶草陵寒圻。祥禽舞葱茏，珠树摇玓瓅。羽人顾我笑，劝我税归轫。霓裳何飘飘，童颜洁白皙。重岩是藩屏，驯鹿受羁靮。楼居迩清霄，萝茑成翠帟"，原文各方仙人聚居于此，"仙翁遗竹杖，王母留桃核。姹女飞丹沙，青童护金液。宝气浮鼎耳，神光生剑脊"，又有"枕中淮南方，床下阜乡舄"，在这幽远缥缈的神秘幻境中，诗人浮想联翩，讲述了瞿氏子成仙的故事，由此进一步引发出仙凡差别，凡仙相照，感悟人生："买山构精舍，领徒开讲席。冀无身外忧，自有闲中益"，"且欲遗姓名，安能慕竹帛。长生尚学致，一溉岂虚掷"，感慨人生短暂，世路艰难，功名利禄不过是过眼烟云，不若一心求道，消除烦恼忧愁。《桃花源记》表达的是"傲然自足，抱朴归真"的回归远古大同

---

① （唐）刘禹锡：《刘禹锡集笺证》卷二六，瞿蜕园笺证，上海古籍出版社1989年版，第819页。

② 同上书，卷二三，第653页。

社会的主题，而刘诗则是在游仙刺激下的人生感喟，具有理性和哲学思辨成分。然而过于浓厚的宗教色彩使全诗更像一篇宣讲道教神仙学说的劝谕文。刘诗中虽然流露出求仙、学仙、羡仙的情感，但是更多的是对人生无常、世事坎坷的一种无奈，与道教神仙一味追求生命永恒、长生不死不太一致。其实考察唐代以桃源为仙境的桃源诗歌，大多如此，诗人们表现对神仙仙境的向往与憧憬，并非单纯是因为惧怕死亡而渴求不死之生命，往往是由于对现世社会和个人遭际感到无可奈何，渴望摆脱俗世的羁绊，因此才产生出求仙的欲望。

武陵桃源与天台桃源融合更多表现在以天台传说为主题的诗歌里。曹唐所作五首以刘阮入天台遇仙为主题的游仙诗，这组诗以天台遇仙传说为底本，融入了武陵桃源意象，体现了两种桃源的融合交叉。按照故事发生、发展的全过程，可以将其排列为以下顺序：

刘晨阮肇游天台

树入天台石路新，细云和雨动无尘。烟霞不省生前事，水木空疑梦后身。

往往鸡鸣岩下月，时时犬吠洞中春。不知何地归依处，须就桃源问主人。

刘阮洞中遇仙子

天和树色霭苍苍，霞重岚深路渺茫。云窦满山无鸟雀，水声沿涧有笙簧。

碧沙洞里乾坤别，红树枝边日月长。愿得花间有人出，免令仙犬吠刘郎。

仙子送刘阮出洞

殷勤相送出天台，仙境那能却再来。云液既归须强饮，玉书无事莫频开。

花当洞口应长在，水到人间定不回。惆怅溪头从此别，碧山明月照苍苔。

仙子洞中有怀刘阮

不将清瑟理霓裳，尘梦那知鹤梦长。洞里有天春寂寂，人间无路月茫茫。

玉沙瑶草连溪碧，流水桃花满洞香。晓露风灯易零落，此生无处问刘郎。

刘阮再到天台不复见诸仙子

再到天台访玉真，青苔白石已成尘。笙歌寂寞闲深洞，云鹤萧条绝旧邻。

草树总非前度色，烟霞不似往年春。桃花流水依然在，不见当时劝酒人。①

这五首诗构成一个完整的故事，借游仙外衣来抒写对人间爱情的礼赞。诗人分别站在刘阮和仙子的角度，展开合理的想象和联想，重新演绎续写了天台桃源故事，为这段人仙恋爱悲剧掬一把同情之泪。前三首诗讲述刘晨、阮肇二人入天台山游玩，在某处山洞中遇到了美丽的仙子。二人无法割舍人间生活，多情的仙子只得无奈地送二人出洞。这三首诗是忠实于传说本身的，第四、五首分别抒写仙子对刘阮二人的相思，刘阮二人再寻仙子而不得的惆怅。这组诗构建了一出完整的人仙恋爱悲剧。故事发生的环境：细雨纤云，水木烟霞，石径幽洞，鸡鸣月下，犬吠洞中，静谧而迷人的山间美景让人联想到陶渊明笔下那个神秘安宁的桃花源世界。烟岚微云，绵绵细雨为诗歌奠定了迷茫感伤的基调。除了自然景观的描绘之外，诗人还借助"渺茫""惆怅""寂寞""寂寂""茫茫""萧条"等刻画心理活动的词汇加重恋爱双方伤感、愁苦的离别之情、相思之切。在这组诗里，诗人没有直接让人物站出来讲述，而是以景抒情，将凄苦、哀伤的情感寄寓于朦胧、凄迷的景物当中。

说到桃源，唐代著名诗人韩愈的《桃源图》在神仙道教思想兴盛的唐代可谓是独树一帜，历代诗歌批评以及今人的观点大都认为它是桃源母题诗歌接受史上的一个重要转捩，从它开始出现了对流传已久的神仙传说之怀疑与批判。

神仙有无何渺茫，桃源之说诚荒唐。流水盘回山百转，生绡数幅垂中堂。武陵太守好事者，题封远寄南宫下。南宫先生忻得之，

---

① （唐）曹邺：《曹祠部集》附曹唐诗，影印文渊阁《四库全书》本。

波涛入笔驱文辞。文工画妙各臻极，异境恍惚移于斯。架岩凿谷开宫室，接屋连墙千万日。嬴颠刘蹶了不闻，地坼天分非所恤。种桃处处惟开花，川原近远蒸红霞。初来犹自念乡邑，岁久此地还成家。渔舟之子来何所，物色相猜更问语。大蛇中断丧前王，群马南渡开新主。听终辞绝共凄然，自说经今六百年。当时万事皆眼见，不知几许犹流传。争持酒食来相馈，礼数不同樽俎异。月明伴宿玉堂空，骨冷魂清无梦寐。夜半金鸡啁唽鸣，火轮飞出客心惊。人间有累不可住，依然离别难为情。船开棹进一回顾，万里苍苍烟水暮。世俗宁知伪与真，至今传者武陵人。①

韩愈的这首诗，学界通常以为作者是在否定、批判神仙之说，指出其中的荒谬不实之处，笔者对这一结论不能完全赞同。这是一首题画诗，作者首先赞扬画者画功、书法之妙，接着对画面内容进行简单概括，然后便跳出画作本身，展开想象联想讲述桃源中人是如何进入这个奇妙世界、安居乐业的，他们不闻外边"嬴颠刘蹶""地坼天分"，"大蛇中断丧前王，群马南渡开新主"的朝代更迭，沧海桑田变化，世事变幻莫测，这里的人却一无所知。诗的开头用"神仙有无何渺茫，桃源之说诚荒唐"起，结尾与开头照应，用"世俗宁知伪与真，至今传者武陵人"作结，对桃源之中是否有仙人存在提出怀疑，指出神仙真伪难辨。这大约是历代文学批评以之为批判桃源神仙传说的重要依据。但是从韩愈对桃源中人的描写来看，诗人对神仙之说的看法却有些矛盾，"自说经今六百年"，"当时万事皆眼见"两句，似乎又回归到神仙一路上了，表现的是"洞中才七日，世上已千年"的神仙道教时空观。相对于神仙那里短暂的日子，凡间世界却已发生了翻天覆地的变化。桃源里的隐居者自称眼见了六百年世移时迁、人事变幻，六百年的时光对神仙来说仅仅是弹指一挥间，而对普通人短暂的一生来说却是根本无法想象的，显见此间人必然是享有永恒生命的仙人。因此笔者认为，韩愈本人对桃源世界的看法是两歧的，他一方面断然否定神仙方术之说，但另一方面却无法摆脱神仙传说的影响。大胆推测一下，韩愈虽然积极主张力排佛老，否定一切虚幻不

---

① （唐）韩愈：《朱文公校昌黎先生文集》卷三，（宋）朱熹校，四部丛刊本。

实的宗教偶像,这些大约都是出于政治目的的需要,假如不考虑政治因素的话,韩愈本人应当并不是对宗教持完全否定态度的,他很有可能也曾接受过一些道教神仙思想。受唐代整个大环境影响,作为一个学者,他不可能完全不了解宗教,特别是道教思想,只有通晓,才能去批判宗教领域中存在的一些荒唐、不合理之处。还有一个有趣之处,韩愈比较看重的一个侄孙韩湘①,是一个身怀异术的奇人②,这让人不免怀疑韩愈是不是绝对排斥道教呢?这里笔者作一大胆推论,韩愈对神仙长寿之说并非全然反对,至少对神仙的存在与否还是比较疑惑的,因此他对桃源的态度多少有些暧昧,而不像宋人那样,断然否定神仙之说。宋人洪迈记录的韩愈逸诗可资佐证:

> 唐五窦《联珠集》载,窦牟为东都判官,陪韩院长、韦河南同寻刘师,不遇,分韵赋诗。都官员外郎韩愈得"寻"字,其语云:"秦客何年驻,仙源此地深。还随躞蹀骑,来访驭云襟。院闭青霞人,松高老鹤寻。犹疑隐形坐,敢起窃桃心。"今诸本韩集皆不载。③

"秦客""仙源"显然是来自《桃花源记》中的意象(非天台桃花源体系),韩愈在此诗中已经承认了武陵桃花源的仙境性质。

除了关注桃源世界本身之外,唐代诗人对桃源中的隐逸之士也较为关注。盛唐大诗人李白在自己的诗文中发挥奇异瑰丽、大胆浪漫的想象和联想,对避秦人的形象进行了创造性发挥:

---

① 元和十四年,韩愈上表极谏迎佛骨事后,被贬潮州,途中曾作三首诗《宿曾江口示侄孙湘二首》《左迁至蓝关示侄孙湘》给自己的侄孙韩湘,并且托付他"知汝远来应有意,好收吾骨瘴江边",可见韩愈对韩湘是比较看重的。

② (唐)段成式:《酉阳杂俎》卷一九,前引书,第185—186页:"韩愈侍郎有疏从子侄自江淮……侄拜谢,徐曰:'某有一艺,恨叔不知。'因指阶前牡丹曰:'叔要此花青紫黄赤唯命也。'韩大奇之。遂给所须试之。乃竖箔曲,尽遮牡丹丛,不令人窥。掘窠四面,深及其根,宽容人座。唯贵紫矿轻粉朱红,旦暮治其根。凡七日,乃填坑。白其叔曰:'恨较迟一月。'时冬初也,牡丹本紫,及花发色白红历绿。每朵有一联诗,字色紫分明,乃是韩出官时诗一韵,曰:'云横秦岭家何在,雪拥蓝关马不前',十四字。韩大惊异,侄且辞归江淮,竟不愿仕。"据此看来韩湘故事在晚唐时已具雏形,韩湘在当时人看来,应当是一位具有异能的得道之士。

③ (宋)洪迈:《容斋随笔·四笔》卷六,上海古籍出版社1978年版,第677页。

秦人相谓曰："吾属可去矣。"一往桃花源，千春隔流水。①

称是秦时避世人，劝酒相欢不知老。各守麋鹿志，耻随龙虎争。②

谪官桃源去，寻花几处行。秦人如旧识，出户笑相迎。③

第一首《古风》中的秦人提前预见了即将发生的天下大乱，毅然走进了桃花源，一去便是千年，保全了自身和后代子孙。第二首里的山中隐士甘于平淡安宁的生活，耻于与世间蝇营狗苟、汲汲功名富贵的小人为伍，这一份潇洒与豁达令诗人敬佩不已。第三首诗是诗人勉励安慰贬官亲属之作，希望自己的从弟不要沮丧消沉，完全不必担心孤独与寂寞，那里的人们是热情而好客的，一定会如同桃花源中的避秦隐士对待偶然闯入的渔人一样，热忱地欢迎他。诗人借赞美桃源中的避秦人间接展现自己的桃源梦。

类似的有施肩吾《桃源词二首》，同样是替人代言，借避秦之士口，发出了对世事沧桑变幻、古今兴亡的慨叹：

夭夭花里千家住，总为当时隐暴秦。归去不论无旧识，子孙今亦是他人。

秦世老翁归汉世，还同白鹤返辽城。纵令记得山川路，莫问当时州县名。④

时光飞逝，世事无常，在浩瀚的历史长河中，人类是如此渺小，即使如同桃花源中的避秦隐士，获得永恒的生命又能怎样？沧海桑田的变化，兴亡盛衰的更替，面对自然，面对历史，人类只能发出物是人非的叹息，却毫无办法，永远是时间的弃儿。"白鹤返辽城"句借用了"丁令威"故事：

---

① （唐）李白：《古风五十九首》其三十一，《李太白全集》卷二，前引书，第127页。
② （唐）李白：《山人劝酒》，同上书，卷四，第227页。
③ （唐）李白：《赠从弟南平太守之遥二首》之二，同上书，卷一一，前引书，第586页。
④ 《全唐诗》卷四九四，前引书，第5060页。

第二章 回溯历史:两宋前诗歌对"桃源"意象的接受与解读

丁令威本辽东人,学道于灵虚山,后化鹤归辽,集城门华表柱。时有少年,举弓欲射之。鹤乃飞,徘徊空中而言曰:"有鸟有鸟丁令威,去家千年今始归。城郭如故人民非,何不学仙冢累累。"遂高上冲天。今辽东诸丁云其先世有升仙者,但不知名字耳。①

丁令威学仙化作一只白鹤返回故乡,却发现家乡已物是人非,于是发出了不如归去学仙以免除死亡之痛苦的感慨。这里诗人将桃源中的避秦人与丁令威故事联系在一起,展现对人生无常、造化莫测的无可奈何。

总之,无论是把现实中幽深绝美的环境比作桃源,或者纯然将桃源作为神仙世界,还是对桃源中景色、人物的赞美,唐代诗人对桃源始终充溢着一种向往与欣羡的感情,桃源是他们心中最淳美的乐土,是他们的理想家园。桃源及其代表的与现实社会相对的、自由、和谐的理想国度是唐人心中的一个诗意情结。初盛唐人往往喜用桃源来消解胸中郁结的不快,面对仕途失意、命运多舛,个人理想与现实社会发生剧烈冲突之时,身心俱疲的他们需要暂时借用桃源来抚慰躁动不安的心灵,或者借隐逸来抬高自己的身价,达到进入仕途的目的。阔大的盛唐气象让诗人们充满激昂向上的热情,关注现实,因而他们笔下的桃源是繁华、美丽的。中唐人将桃源改写成仙乡,这时的桃源已不再是"士大夫优游其间取得从物质到精神自给自足的洞天福地——庄园的影子,而是'幽寻如梦想'的避难所"②,经历社会重大变故之后的中唐人已经失去了盛唐时代那种斗志昂扬、激情澎湃的进取精神,心态趋于平和,甚至有些畏缩,他们痛苦地挣扎在仕与隐的夹缝中,于是把桃源当作了精神和心灵上的救命稻草,用桃源来调整失衡的心态,医治受伤的心灵。晚唐时期社会动荡、战争频繁,士人们才真正回避、疏离、反抗现实,真心向往隐逸生活。

最后借用林继中先生关于桃源的评论来对唐代桃源诗作一小结:"盛唐人是用世上庄园重塑桃源形象,中唐人是用世外桃源来幻化地面上的

---

① (晋)陶潜:《搜神后记》卷一,前引书,第1页。
② 林继中:《田园夕阳话晚唐》,《漳州师范学院学报》1994年第3期。

田庄，晚唐人则干脆不提什么桃源，直写幻境。"① 总之，在唐人那里，桃源始终是人们心中一个美丽的幻梦，无论是把桃源当作仙乡福地的解说，还是与神仙幻境很接近的深隐之处，都是把桃源当作与世俗世界对立的存在。从深层的文化蕴含来看，唐人憧憬桃源乐土在于它恬淡无争、自然无为、丰饶自足、和谐快乐的神性特质，而这种美好随着现实的变化却逐渐成为一种奢望，因此唐人眼中的桃花源总是虚无而空幻而缥缈的异世存在。他们渴望进入这样一个异界，不受外界侵扰，与世无争，享受个人心目中的理想生活。他们追寻仙乡福地的目的并不单纯在于获得永恒生命，而是更希望能够过着与俗世生活无异的日子，继续享受世俗中的一切。

---

① 林继中：《田园夕阳话晚唐》，《漳州师范学院学报》1994年第3期。

第三章

两宋桃源诗歌概述

"渊明文名，至宋而极。"① 两宋时期是陶渊明诗文作品接受高潮期。这一时期，无论是陶的人品还是作品都逐渐被人们推到极致，成为理想人格和诗歌审美的典范。宋人对陶渊明及其诗文作品的喜爱和崇拜可以说是前所未有的，超越了南北朝、隋唐时期，贯穿两宋始终。范温在其《潜溪诗眼》中就曾宣称"古今诗人惟渊明最高"②，可以毫不夸张地说，陶渊明在宋代已经不仅仅是一个著名作家，他已经成为宋代文化史上一个固化的文化符号，其文其人都是宋人用心学习仿真的对象。宋人尊陶、和陶、拟陶，并以陶渊明为知音，对他的作品进行阅读、学习、整理、解说，尤其对《桃花源记并诗》更是从全方位、多层次、多角度进行解读与传释，不仅在诗歌中拆解使用原典本文中的各种意象，而且创作出众多与桃源主题密切相关的诗歌。

第一节 宋人对桃源诗的评价

和陶诗始自苏轼，他不无自豪地宣称："古之诗人有拟古之作矣，未有追和古人者也，追和古人则始于吾。吾于诗人无所甚好，独好渊明之诗。渊明作诗不多，然其诗，质而实绮，癯而实腴，自曹、刘、鲍、谢、李、杜诸人皆莫及也。吾前后和其诗凡一百有九篇，至其得意，自谓不

---

① 钱锺书：《谈艺录》，生活·读书·新知三联书店2001年补订本，第88页。
② （宋）范温：《潜溪诗眼》，吴文治主编：《宋诗话全编》，江苏古籍出版社1998年版，第1260页。

甚愧渊明，今将集而并录之，以遗后之君子"（《子瞻和陶渊明诗集引》①）。胡仔《苕溪渔隐丛话》前集卷四也称："追和古人诗，则自东坡始。"② 自渊明作桃花源诗之后，至唐时始现同题之作，到宋代除了同题诗作，还涌现出许多和作、拟作，数量颇丰。追和拟作之外，宋人首次对陶作和前代及本朝诗人的桃源诗进行了评说。这些评论散见于宋人诗话作品以及诗人和陶《桃花源诗》诗序或自注当中，撇开重复引用的，共计是 18 条。笔者拟对这些评价做一分析研究，考察宋人对桃源诗歌的态度与看法，或许能为后来研究者的研究工作提供一点有益的参考。③

宋人对桃源诗歌的评价重在对作品主题思想方面的解读，大致可以分为两种情况：一种是分析研究《桃花源记并诗》本文，另一种是品评鉴赏后世诗人追和之作。下面分别概括叙述一下这两种解读。

一 对《桃花源记并诗》的评论探讨

宋人对《桃花源记并诗》的分析研究包括了对作者本意的推测和作品艺术技巧的评价。

首先来看对作者创作意图的分析。宋代文人普遍认为，陶渊明作《桃花源记并诗》的本意并非以桃源为仙境、以避秦人为神仙，而是后世之人，特别是唐代诗人的误读，导致桃花源被浸染上仙话色彩。苏轼认为"世传桃源事，多过其实。考渊明所记，止言先世避秦乱来此，则渔人所见，似是其子孙，非秦人不死者也"。李纲也称"桃源之事，世传以为神仙，非也。以渊明之记考之，秦人避世者子孙相传，自成一区，遂与世绝耳"。王十朋则云："世有图画桃源者，皆以为仙也。故退之《桃源图诗》诋其说为妄。及观陶渊明所作《桃花源志》，乃谓先世避秦至此。则知渔人所遇乃其子孙，非始入山者能长生不死，与刘阮天台之事异焉。"薛季宣《梦仙谣》自注曰："陶潜、伍安贫记黄道真误入桃花源事，世传以为仙，或曰非也。"④ 吴子良评价曰："渊明《桃花源记》初

---

① （宋）苏辙：《子瞻和陶渊明诗集引》，《栾城集》后集卷二一，四部丛刊本。
② （宋）胡仔：《苕溪渔隐丛话》，陆德明校点，人民文学出版社 1962 年版，第 21 页。
③ 这里笔者仅对这些评述进行简单整理说明，具体分析详见下文具体诗歌研究。
④ 分别见于他们所作桃源诗的序言。苏轼《和陶桃花源并引》、李纲《桃源行并序》、王十朋《和韩桃源图》、薛季宣《梦仙谣》后自注，具体出处见下文。

无仙语,盖缘诗中有'奇踪隐五百,一朝敞神界'之句,后人不审,遂多以为仙。"①黄震也反对桃源神仙说,他认为:"渊明《桃花源记》叙武陵人自云:'先世避秦乱来此。'则渔人所见乃其子孙,非秦人不死者。特其地深阻,与外人间隔耳,非有神异。东坡载蜀青城老人村,险远不识盐酱,亦桃源之比。仇池世称福地,而王钦臣尝奉使过之,有九十九泉,万山所环,可避世如桃源。然则世有增广桃源之事为神仙者甚矣,其好怪也。使果神仙,安有不知今为何世,而待问渔人者乎?"②宋人认为,根据常理推断,晋太元中武陵渔人所见之桃花源人应该是当年躲避秦末战乱的那些人的后裔,子孙相传延续下来,特殊的地理环境使他们与世隔绝,不知世事,并非有什么神异之处。如果桃源人是神仙的话,神仙应是无事不知、无事不晓的,怎么可能去向一个渔夫询问世间之事?他们用现实生活中存在的例证,如青城老人村、仇池来证实桃源存在的可能性;运用假设之法来判定桃源仙境说之荒谬。这些推测评价有理有据,逻辑严密,体现出宋代文人强烈的理性思辨精神。

宋人认为,渊明作记和诗只是忠实地记录当时发现的桃源社会,"武陵桃源秦人避世于此,至东晋始闻于人间。陶渊明作记,且为之诗,详矣"③,并没有说桃源中生活的是神仙。唐代文人却误认为桃源人是传说中长生不死之仙人。宋朝苏轼、洪刍二人,不谋而合,明确指出唐人之说的荒诞不经。胡仔《苕溪渔隐丛话》曰:"东坡此论盖辨证唐人以桃源为神仙,如王摩诘、刘梦得、韩退之作《桃源行》是也。……洪驹父云:'桃源非神仙,予素知状。比来见东坡《和渊明桃源诗》序,论其非神仙,暗与人意合。其敢妄言如此,岂非预先偷子一联诗乎?'"④他们推测陶渊明创作《桃花源记并诗》应或是意有所指,或是耻事贰姓,或是为国守节:

按《宋书》本传云:"潜自以曾祖晋世宰辅,耻复屈身后代。自

---

① (宋)吴子良:《荆溪林下偶谈》卷二,前引书。
② (宋)黄震:《黄氏日钞》卷六二,影印文渊阁《四库全书》本。
③ (宋)陈岩肖:《庚溪诗话》卷下,丁福保辑:《历代诗话续编》,前引书,第177页。
④ (宋)胡仔:《苕溪渔隐丛话》前集卷三,前引书,第13页。

> 宋高祖王业渐隆，不复肯仕，所著文章皆题其年月，义熙以前则书晋氏年号，自永初以来，唯云甲子而已。故五臣注《文选》用其语，又继之云：'意者耻事二姓。故以异之。'此说虽经前辈所诋，然予窃意桃源之事以避秦为言，至云'无论魏晋'乃寓意于刘裕，托之于秦，藉以为喻耳。"①
>
> 予谓避秦之士非秦人也，乃楚人痛其君国之亡，不忍以身为仇人役，力未足以诛秦，故去而隐于山中耳。至晋而后，渔者见其子孙，或夸诧以为神仙，固已非矣。渊明岂轻于作此记，亦私痛晋之士大夫翻然而事刘裕而无耻者尔。②
>
> 或谓此记渊明寓言即义熙题甲子耻事二姓之验也，岂为束带见乡里小儿，然后归隐哉？③

还有诗人对桃源存在与否各抒己见。以苏轼、李纲为代表的诗人认为桃源是客观存在的，但也有诗人认为桃源是虚假的。陆文圭详细研读本文之后提出疑问："然余考之《本记》亦有可疑，如渔人回舟竟不能认前路，后有问津者辄死。桃源果在世间，何不可复见耶？"④ 在他看来，桃源只是作者虚构的产物。

其次是对《桃花源记并诗》作品语句的评点。《诗人玉屑》卷六"简妙"下引唐子西语录云：

> 唐人有诗云："山僧不解数甲子，一叶落知天下秋。"及观元亮诗云："虽无纪历志，四时自成岁"，便觉唐人费力。如《桃源记》言"尚不知有汉，无论魏晋"，可见造语之简妙，盖晋人工造语，而

---

① （宋）洪迈：《容斋随笔·三笔》卷一〇，前引书，第536页。
② （元）方回：《桃源行·序言》，（明）程敏政：《新安文献志》卷五〇，影印文渊阁《四库全书》本。
③ （宋）陆文圭：《题桃源手卷·后记》，北京大学古文献研究所编《全宋诗》卷三七一一，北京大学出版社1991—1998年版，第44592页。如无特别说明，本书所引宋代诗歌均出自此书，以下仅注明卷数、页码。
④ （宋）陆文圭：《江阴有桃源图方圆尺许宫室人物如针粟可数相传有仙宿民家刻桶板为之一夕而成明日遁去友人以本遗余戏题二绝》诗后自注，《全宋诗》卷三七一三，前引书，第44614页。

元亮其尤也。①

评价陶渊明擅长自作诗语，且语言简洁巧妙，似空中而出，不费气力。在这些诗句面前，唐代诗人的好句便显得过于冗赘了。

从以上宋人对《桃花源记并诗》的评价来看，通过文本细读，他们发现了陶作本文留下的许多空白之处，包括诗人本意、桃源的真实性、桃源中人的身份等，这些都为宋人重新解构桃源主题提供了广阔的阐释空间。

二 鉴赏评定后人追和之作

宋人除了评论陶作本身之外，对唐代及本朝人所作桃源主题诗歌也同样兴趣浓厚，进行了大量的点评。这些点评包括对韩愈、王维、刘禹锡、王安石、张舜民、苏轼、王令、汪藻、朱敦儒、胡宏、刘炎等人作品的解说讨论。他们认为其中王维、刘禹锡、王令等人将桃源仙化了，而王安石、苏轼则不同，此二人的桃源诗可以说破除了千百年来笼罩在桃源世界里的神仙迷雾。②

第一，评韩愈《桃源图》诗。这其中既有对韩愈此诗创作意图的推测，如《还溪诗话》作者认为韩愈《桃源图》"亦风之类也"③，寄寓了讽谏美刺之目的；也有对韩诗字句的评点，胡仔说韩愈首创"蒸红"一词，王安石《春日绝句》中"晴日蒸红出小桃"就源自韩诗的"种桃处处惟开花，川原远近蒸红霞"。④《彦周诗话》云："退之《桃源行》云：'种桃处处皆开花，川原远近蒸红霞'，状花卉之盛，古今无人道此语。"⑤韩愈将连绵不绝、怒放的桃花比作天空中美丽的红色云霞。在晴

---

① （宋）魏庆之：《诗人玉屑》卷六，上海古籍出版社1978年版，第136页。

② （宋）吴子良：《荆溪林下偶谈》卷二，前引书："如韩退之诗云'神仙有无何渺茫，桃源之说尤荒唐'，刘禹锡云'仙家一出寻无踪，至今流水山重重'，王维云'初因避地去人间，及至成仙遂不还'，又云'重来遍是桃花水，不下仙源何处寻'，王逢原亦云'惟天地之茫茫兮，故神仙之或容。惟昔王之致治兮，恶魑魅之人逢逮。后世之陵夷兮，固神鬼之争雄'，此皆求之过也。惟王荆公诗与东坡《和桃源诗》所言最为得实，可以破千载之惑矣。"

③ （宋）无名氏：《环溪诗话》，影印文渊阁《四库全书》本。

④ （宋）胡仔：《苕溪渔隐丛话》前集卷三五，前引书，第235页。

⑤ （宋）许顗：《彦周诗话》，（清）何文焕辑：《历代诗话》，前引书，第387页。

日的照耀下，天际盛开的桃花连成一片绯红色霞彩，随着空气的微微波动，仿佛是一片色彩绚烂的红霞正在一望无际的平川沃野上缓缓地流动着。一个"蒸"字，将那种动态之美刻画得淋漓尽致，可谓是别出心裁，自创新语，超越古人。

　　第二，评王安石《桃源行》诗，同样是从作者本意与艺术技巧两个方面进行点评。胡仔认为王安石此诗与苏轼《和陶桃花源》创作意图"暗合"，都是在"辨证唐人以桃源为神仙"①。方回评价王诗："王介甫'知有父子无君臣'之句，尤为悖理"，他认为桃源人是楚国人后裔，是"盖深知君臣之义者"，他们避秦的原因是"楚人痛其君国之亡，不忍以身为仇人役，力未足以诛秦，故去而隐于山中耳"，因为"楚虽三户，亡秦必楚，不遽亡之，则亦避之"②，王安石介甫不知个中原因，因此作出无君社会推断，这是有悖纲常伦理的。方回此说虽然是摘句批评，但是考虑它产生的特殊历史背景，这种说法也情有可原了。大宋王朝被蒙古人灭掉，蛮夷取代了华夏，堂堂华夏民族不得不"披发左衽"了。这个时候如果仍然只知父子而忘了君臣大义，那么国破家亡的奇耻大辱是不是应该忘记呢？当面临家国存亡之际，此说出现是必然的。从艺术技巧方面来看，宋人认为王安石此作虽可"追配古人"，但是犯了用典的错误，"荆公《桃源行》云：'望夷宫中鹿为马，秦人半死长城下'，指鹿为马乃二世事，而长城之后乃始皇也。又'指鹿事'不在望夷宫中。荆公此诗追配古人，惜乎用事失照管，为可恨耳"③。诗话的作者显然没有分清文学创作与历史事实的区别，过度拘泥于对历史事件的考证，而忽视了诗歌作为文学形式所具有的特殊性、概括性。从历史角度看，修建长城之事乃始皇帝所为，而指鹿为马之事发生在秦二世皇帝胡亥统治之时，并且指鹿为马之事发生在二世去望夷宫事之前，而非望夷宫中。④ 作

---

① （宋）胡仔：《苕溪渔隐丛话》前集卷三，前引书，第12页。
② 以上引言均引自方回《桃源行》并序。
③ （宋）胡仔：《苕溪渔隐丛话》前集卷三引《高斋诗话》，前引书，第13页。
④ （宋）李壁：《王荆公诗注》卷六，影印文渊阁《四库全书》本，《桃源行》注曰："二世梦白虎啮其左骖马，杀之。卜曰：'泾水为祟。'二世斋于望夷宫。宫在长陵西北，临泾水作之，以望北夷。始，赵高欲为乱，恐群臣弗听，乃先设验。持鹿献于二世，曰：'马也。'二世笑曰：'丞相误耶？谓鹿为马。'问左右。左右或默，或言马，以顺高。言鹿者，高因阴中以法。方高设此验时，二世犹未至望夷宫也。"

为一个饱读诗书的学者，王安石不会不知道这个显而易见的史实。笔者认为，诗人之所以在诗中将此二事并举，其实与唐人边塞诗作中如"秦时明月汉时关"，"青海长云暗雪山，都城遥望玉门关"① 等诗句将不同地理方位、时空并举的用意是完全一致的，都是为了凸显诗歌主题而采用的一种表现方式。秦时的明月和汉时的关城从时间上看是不可能存在于同一时间的；而青海和玉门关二者，一个在今天的青海省，即青海湖；另一个在今天的甘肃境内②，从空间上看也不会在同一个地理区域，但是从诗句表达效果来看，时空的错乱并未对诗作产生影响，反而给诗歌更增添了一层苍凉厚重的历史感，为突出塞外征战的将士们保家卫国的坚定决心和豪迈气质起到了恰到好处的烘托作用。艺术来源与生活又高于生活，"但是艺术又并非自然和历史、社会的机械的翻版，它不可能，也没有必要一点一滴地都符合生活真实及科学要求。只有并不拘于现实中部分事实的真实性，才能够获得更高级、更集中的典型性"③，诗歌属于文艺创作范畴，不等同于写史，要求尽可能高、甚至是绝对的准确性，王氏的两句诗虽然在历史事实上发生了错乱，从艺术技巧上看，却颇得唐人风致，采用互文见义的方式，提高了诗句的表现力；从主题的表达效果上看，突出了秦始皇、秦二世的暴虐与昏聩，这正是让贤士选择避世隐居的根本原因。正如李壁所说："据公诗意，概言秦事实，探祸乱之始，而互著之。如诗话所言，亦几狭矣"④，《高斋诗话》作者的评价显然是胶柱鼓瑟了。

第三，评苏轼、张舜民、汪藻、朱敦儒、胡宏诗作。宋人对苏的《和陶桃花源》的评价重在主题分析上，认为此诗的功绩在于辩驳了自唐人那里流传开来的神仙传说。陆游推测张舜民《渔父》诗作于元丰间诗人被贬官湖南一带的那段时间里。⑤ 陈岩肖推崇汪藻《桃源行》，给予

---

① 王昌龄《出塞》《从军行》。程千帆先生《论唐人边塞诗中地名的方位、距离及其类似问题》一文中对唐人边塞诗中类似的情况做了详尽阐述，列举了很多类似诗句，载张伯伟编《程千帆诗论选集》，前引书。
② 同上书，第98页。
③ 同上书，第106页。
④ （宋）李壁：《王荆公诗注》卷六，前引书。
⑤ （宋）陆游：《老学庵笔记》卷一，中华书局1979年版，第3页。

"思神语妙，又得人所未道"的赞誉。① 何汶称朱敦儒《小尽行》与陶诗"山中无历日，寒尽不知年"句"无间"。② 洪迈对胡宏《桃源行》诗评价很高，认为此诗"屈折有奇味"③，评介此说深得渊明之本意。

从以上宋人对陶渊明原作、唐人拟作及本朝人和作、拟作的评点来看，宋人对陶作本文、唐人及本朝人的作品显然是经过一番精心研究的，他们发现了原作与和作、拟作的许多"模棱处、朦胧处、空白处、否定处、争议处、缺憾处"④，这无疑为宋代文人对桃源主题进行再创作提供了方便，针对这些不足和空白进行"填补、推翻、改造、开拓、建构"⑤，创造出宋代独特的桃源诗歌，并且他们对本朝人的作品是很有信心的，虽然也看到了白璧微瑕之处，但是却普遍认为超越了唐代桃源诗作，特别是对桃源主题的阐释，比起唐代诗人来要高明许多。

第二节 宋代桃源诗歌概况

两宋时期的诗歌当中，出现了很多以"桃源"为主题的诗歌，这类诗歌主要包括两种：第一种是直接以"桃源""秦人洞""武陵""桃花源""桃源图"等为题的同题诗作，如梅询《桃源》，梅尧臣《武陵行》《桃花源诗》，王安石《桃源行》，潘兴嗣《秦人洞》，苏轼《和陶桃花源》，华镇《题桃源图》等；第二种是虽未直接以"桃源"为题，但从诗歌主题内容来看，与桃源联系紧密，如刘攽、刘敞的同题诗作《华山隐者图》，苏轼《书王定国所藏烟江迭嶂图》，邹浩《悼陈生》，欧阳澈《梦仙谣》，史尧弼《留题丹经卷后》，刘克庄《即事十绝》，萧立之《送人之常德》，释文珦《记梦》等，虽然题目中并无与桃源直接相关的词，但是其思想内容或直接与桃源故事相关，或借助桃源故事为蓝本来展现，还有的用桃源世界来描摹现实景

---

① （宋）陈岩肖：《庚溪诗话》卷下，前引书，第177页。
② （宋）何汶：《竹庄诗话》卷一八，常振国、绛云点校，中华书局1984年版，第354页。
③ （宋）洪迈：《容斋随笔·三笔》卷一〇，前引书，第537页。
④ 张高评：《〈明妃曲〉之同题竞作与宋诗之创意研发——以王昭君之"悲怨不幸与琵琶传恨"为例》，《中国学术年刊》第29期（春季号），2007年3月。
⑤ 同上。

物，如于石的《小石塘源》诗。两种情况的桃源主题诗歌，在两宋共计201首，有122位作家参与了创作。此外，还有一些诗歌虽然也以"桃源"为题，如黄訚《题桃源》一诗："本自深村老圃来，偶分符竹到天台。漫山幸可容桃李，莫待刘郎去后栽"①，实际内容却与两种体系的桃源传说本身并无太大关系，只是将天台桃源典故借来描写桃花，这类诗歌不在本书讨论范围之内。

为了对宋代桃源诗歌在不同社会历史时期所展现出的特有风貌有一个较全面、清晰的认识，笔者拟将这些诗做一个初步的历史分期研究，作为对桃源诗歌断代研究的一种尝试。采用历史研究方法对某一时段文学作品、文艺思想、文学现象等进行分期研究的方法并不新鲜，笔者之所以选用这种看似老套的办法来进行研究，意在将这些诗歌还原回它们所产生的社会环境与历史大背景之下，把中国古代传统的知人论世与西方现当代阐释学、接受美学的研究方法融会贯通来重新审视桃源诗歌，从中找出一些可能存在的规律，从而对其有更为全面的了解认知。

同唐代文学分期类似，关于宋代诗歌的分期问题也有许多不同看法，主要有清人全祖望的"四变"说，即仁宗庆历以后为"一变"，黄庭坚和江西诗派的崛起为"二变"，南宋建炎以后到永嘉四灵出现为第"三变"，第"四变"是宋末。② 近人陈衍模拟严羽等人对唐诗的分法，将宋诗也分为初、盛、中、晚四个时期，分别是：元丰、元祐前为初期，北宋王安石、苏轼、黄庭坚、陈师道等人为代表的盛宋时期，南渡之后以曾几、陈与义以及中兴四大家为代表的中期，四灵以后则是晚期：

> 今略区元丰、元祐以前为初宋。由二元尽北宋为盛宋，王、苏、黄、陈、晁、张具在焉，唐之李、杜、岑、高、龙标、右承也。南渡茶山、简斋、尤、萧、范、陆、杨为中宋，唐之韩、柳、元、白也。四灵以后为晚宋，谢皋羽、郑所南辈，则如唐之有韩偓、司空

---

① （宋）黄訚：《题桃源》卷二六六四，第32178页。
② （清）全祖望：《宋诗纪事·序》，《鲒埼亭集外编》卷二六，四部丛刊本。

图焉。①

当代学者胡念贻在陈衍分期基础上提出的四期八阶段说，分别为：（1）北宋前期，即北宋开国到英宗末年（960—1067），以真宗为界，又可以分作两个阶段。（2）北宋后期，其中神宗、哲宗时为第一阶段，以王安石、苏轼为代表；第二个阶段是哲、徽、钦宗三朝，以黄庭坚和江西诗派为代表。（3）南宋前期，高宗一朝为第一阶段，孝、光、宁三朝为第二阶段。（4）南宋末期，宁宗、理宗时以四灵为代表的诗人为第一阶段；南宋末年则是第二阶段，以文天祥、汪元量、郑思肖等人为代表。②陈植锷参照方回有关宋诗流派论述划分出六期，分别为：第一，沿袭期，宋朝开国至仁宗天圣八年（960—1030）；第二，复古期，仁宗天圣九年到嘉祐五年（1031—1060）；第三，创新期，仁宗嘉祐六年到徽宗建中靖国元年（1061—1101）；第四，凝定期，徽宗崇宁元年到高宗绍兴三十一年（1102—1161）；第五，中兴期，高宗绍兴三十二年到宁宗庆元六年（1162—1200）；第六，飘零期，宁宗嘉泰元年到元初（1201年—十三世纪末）。许总支持陈植锷说，将宋诗分为六个时期。只是在年代划分上与陈说略有差异：第一，北宋初期（960—1021），唐风笼罩；第二，北宋中期（1022—1062），风骚激越；第三，北宋后期（1063—1100），奇峰突起；第四，北南之际（1101—1162），水阔风平；第五，南宋中期（1163—1207），中流砥柱；第六，南宋末期（1208—1279），余波绮丽。③此外还有二期说、三期说、五期说等划分方法。④

前人对宋诗分期问题的研究，笔者认为有许多可资借鉴之处，特别是许总的六分法，笔者比较认同。此说较为全面地反映出宋代诗歌发展、演变、形成的全过程，而且尽量做到不割裂历史，但又照顾文学发展与历史事件更替不同步的特点，在历史演变与文学发展二者的

---

① 陈衍：《宋诗精华录》前言，巴蜀书社1992年版，第6页。
② 胡念贻：《略论宋诗的发展》，《齐鲁学刊》1982年第2期。
③ 参见傅璇琮、蒋寅等编《中国古代文学通论》（宋代卷·绪论），辽宁人民出版社2005年版，第13—14页。
④ 张远林、王兆鹏：《宋诗分期问题研究述评》，《阴山学刊》2002年第4期。此文对宋诗分期问题诸家各说都有介绍，笔者不再一一赘述。

结合中找到一个较好的平衡点。笔者在对两宋桃源主题诗歌进行研究时便采用许说,根据桃源诗歌创作的实际情况略作微调:前五个时期与许说基本一致,但第六个时期时间断限延至14世纪初,包含由宋入元的遗民诗人,如方回(1227—1307),他的《桃源行并序》创作于南宋被元灭之后;还包括元人统治地区经历过宋与金、蒙战争的诗人,如刘因(1249—1293)、赵孟頫(1254—1322)等人,这些人虽然身处异族统治地区,但深受汉族传统文化影响,对华夷之别心存芥蒂,或者心向大宋,或者是与赵氏家族有着千丝万缕的瓜葛,故与遗民诗人归为一类。此外还要说明几个问题:

第一,同其他诗歌一样,桃源主题诗歌也要受到社会历史背景、文化思想等因素的制约,它不能脱离一定的社会历史、政治生活环境,然而文学的发生不同于历史事件,文学史不等同于历史,历史事件对文学创作的影响不是在事件发生开端便开始的,一结束就结束的,文学作品的产生总是要晚于社会历史事件。因此笔者在对桃源诗歌进行分期研究时,在采用前人宋代诗歌划分法的基础上,充分考虑桃源诗歌自身发展情况来制定划分标准。

第二,由于一些作家生平信息缺失,有的甚至完全找不到任何线索来判断他生活在哪个时代,并且无法从诗本文中判断出任何相关背景资料。既不知人,也无法论世,这给作品准确分期带来了很大困难,只能付之阙疑,留待贤者。这不得不说是一个遗憾,笔者只能尽己之力,尽可能做到相对准确。为了研究的全面性,故只将作家、作品列入最后,而不归于任何一时期。

第三,作家个人创作在人生经历的不同阶段会有很大差异,即使是对同一主题的解读也会有较大差别,因此这会对分期的确定性产生影响,因为将一个作家的不同创作阶段划分在两个甚至更多时间断限里是不切合文学创作实际情况的。对同一个作家,本人主要生活年代跨越前后两个时期,根据学界通常采用的说法来考虑置于前期或后期,而不割裂开来分置两个时期,这种划分也便于考察单个诗人创作思想、风格之变化。

表一　　　　　　　　　两宋桃源诗作者作品一览表

分期	作者	作品	诗体	全宋诗卷次①	全宋诗页码
北宋初期：太祖建隆元年至真宗天禧五年（960—1021）②	张咏	《游桃源观》	七律	50	504
		《舟中晚望桃源山》	七律	50	504
		《过武陵溪》二首	七绝	51	546
	李含章	《游桃源观》	七律	55	601
	梅询	《桃源》	七绝	99	1117
	冯信可	《桃源图》	七古	162	1823
	范仲淹	《风水洞》	七绝	169	1917
	陈肃	《桃源洞》③	五古	174	1984
北宋中期：仁宗天圣元年至仁宗嘉祐八年（1022—1062）④	梅尧臣	《武陵行》	五古	3	56
		《桃花源诗并序》	七古	28	1032⑤
	许当	《小桃溪》	五律	226	3380
	张方平	《桃源二客行》	七古	308	3883
	陶弼	《司马错城》	七绝	406	4990
		《武陵》	七绝	406	4992
		《寄桃源管明菩》	七绝	407	5001
	曾巩	《桃花源》	七绝	456	5533
	蔡襄	《桃花溪》⑥	七绝	117	1180⑦
	刘敞	《华山隐者图》	五古	467	5656
		《苍筤源》	五古	467	5661
		《桃源》	七律	478	5786

---

　　① 若无特别说明，宋人诗作均引自北京大学古文献所编《全宋诗》（1—72 册），北京大学出版社 1991—1998 版。

　　② 1022 年真宗改年号为乾兴，但 2 月仁宗便即位，改年号为天圣，故只用了上一年天禧的年号。李崇智：《中国历代年号考》（修订本），中华书局 2001 年版。

　　③ 此诗据《全宋诗》编辑者称选自（清）黄家驹、冠北甫编订的《麻姑山志》卷六，清同治五年刻本。考察原出处，第一句"轻烟绿满溪"，"绿"字当作"丝"，《全宋诗》编者误。

　　④ 1063 年 4 月前仁宗在位，4 月英宗即位，改年号为治平。

　　⑤ （宋）梅尧臣：《梅尧臣集编年校注》，朱东润校注，上海古籍出版社 1980 年版。

　　⑥ 据莫砺锋先生《〈唐诗三百首〉中有宋诗吗？》一文，此诗非唐人张旭作品，当是宋人蔡襄之作。莫砺锋：《〈唐诗三百首〉中有宋诗吗？》，《文学遗产》2001 年第 5 期。

　　⑦ 《全唐诗》，前引书。

续表

分期	作者	作品	诗体	全宋诗卷次	全宋诗页码
	潘兴嗣	《秦人洞》二首①	七绝	534	6450
	释法演	《偈子》②	七绝		132
	王安石	《桃源行》	七古	4	
		《南浦》	七绝	26	
		《春郊》	七绝	27	
		《送陈靖中舍归武陵》③	七绝	31	
	刘攽	《华山隐者图》	五古	601	7099
		《同韩持国游五岳观时原甫暨诸公先在因寄江邻几梅圣俞》	五古	603	7130
		桃源	七律	605	7156
	释克文	《游桃源赠刘君实》④	五律		
	王令	《桃源行送张颉仲举归武陵》⑤	楚辞	1	18
北宋后期：英宗治平元年至徽宗建中靖国元年（1063—1100）	林旦	《余至象山得邑西山谷佳处，暇日过游，因其亭榭泉木离为十咏·桃源径》	五律	748	8722
	郭祥正	《桃源行寄张兵部》⑥	七古	2	39
		《酬吴著作子正》	七古	8	170
		《庐陵乐府十首》其九	五古	6	141
		《追和李白宣州清溪》	五律	7	151
		《寄题湖州东林沈氏东老庵》	七古	9	179
		《郑州太守王龙图赘之出家妓弹琵琶即席有赠》	七古	15	247

---

① 潘兴嗣作两首《秦人洞》诗，《全宋诗》漏收其中之一，即"列国战争如蚁聚，群雄割据似儿嬉。桃源洞口无多远，借问秦人知不知"。陈新、张如安：《全宋诗订补》，大象出版社2005年版，第115页。

② 同上书，第132页。

③ 王安石诗引自《临川先生文集》，四部丛刊本。如无特别说明，本书所有王安石诗歌均引自此书，以下只注明诗歌所在卷数。

④ 陈新、张如安：《全宋诗订补》，前引书，第215页。

⑤ 《王令集》卷一，沈文倬点校，上海古籍出版社1980年版，第17页。

⑥ 《郭祥正集》，孔凡礼点校，黄山书社1995年版。本书所引郭祥正诗均出自此书。

续表

分期	作者	作品	诗体	全宋诗卷次	全宋诗页码
		《四皓》	五律	17	270
		《马仁山》	五律	19	321
		《入清远峡》	七绝	28	453
		《香涧》	七绝	28	463
	章　惇	《梅山歌》	七古	780	9030
	张舜民	《渔父》	五律	838	9707
	苏　轼	《送王伯敭守虢》	七古	27	1436
		《书王定国所藏烟江迭嶂图》	七古	30	1608
		《和陶桃花源并引》①	五古	40	3197
	郑　仅	《调笑转踏·桃源仙女》②	七古		
	毛　渐	《桃源洞》	七绝	843	9763
	黄　裳	《寄卧云先生》	七古	937	11034
		《桃溪庵》	五古	938	11040
	黄庭坚	《武陵》	七绝	6	
		《和答刘太博携家游庐山见寄》③	七律	14	
	华　镇	《桃源图》	七古	1083	12316
	晁补之	《琴中宫调辞》	杂言	1121	12760
	晁说之	《高仲夷唱和诗不胜感叹辄用其韵识其事率同赋》	七律	1212	13798
	邹　浩	《悼陈生》	七古	1233	13929
	周行己	《武陵烟雨》	七绝	1272	14378
	胡致隆	《题吴生画桃源图》	七律	1288	14623

---

① 《苏轼诗集》，王文诰辑注，孔凡礼点校，中华书局1982年版。本书所引苏轼诗均出自此书。

② （宋）曾慥：《乐府雅词》卷上，影印文渊阁《四库全书》本。彭国忠：《补〈全宋诗〉81首——新补〈全宋诗〉之一》，《华东师范大学学报》（哲学社会科学版）2005年第2期。全诗如下："湲湲流水武陵溪，洞里春长日月迟。红英满地无人扫，此度刘郎去后迷。行行渐入清流浅，香风引到神仙馆。琼浆一饮觉身轻，玉砌云房瑞烟暖。"

③ 黄庭坚诗引自《豫章黄先生文集·外集》，四部丛刊本。如无特别说明，本书所有黄庭坚诗歌均引自此书。

续表

分期	作者	作品	诗体	全宋诗卷次	全宋诗页码
北南之际：徽宗崇宁元年到高宗绍兴三十二年（1101—1162）①	汪藻	《桃源行》	七古	1437	16561
	王庭珪	《和刘美中尚书听宝月弹桃源春晓》②	七古	1453	16732
	朱敦儒	《小尽行》	七古	1478	16880
	无名氏	《调笑集句·桃源》诗歌部分③	七律		
	李纲	《桃源行并序》	七古	1550	17601
		《四月六日离容南，陆行趋藤。山路崎岖，然夹道皆松阴，山崦田家景物类闽中，殊可喜也，赋古风一篇》	五古	1563	17748
		《寓琼山远华馆。一夕，梦游山间小堂，松竹环合。有道士坐堂上，诵李太白送人游桃源序，中有"良田名池，竹果森然，三十六洞，别为一天"之语，觉而异之。今假道容惠、当游、勾漏、都峤、白石、罗浮，皆洞天也。岂神者先告将有所遇耶！赋诗以纪之》	五古	1562	17748

---

① 高宗1163年6月前在位，6月宁宗即位，改年号为崇宁。

② 《全宋诗》中出现一诗分属两作者情况。王庭珪（1080—1172）《和刘美中尚书听宝月弹桃源春晓》（第1453卷，第16732页）和许志仁（生卒年不详，与姚宽相善，姚宽生于1105年，卒于1162年）《和宝月弹桃源春晓》（第1970卷，第22066页）两诗题目虽不同，但内容完全一致，可知是重复收录，故只计一人一诗。笔者推测此诗是王作的可能性较大。王庭珪与刘才邵是同乡，年岁相差无多，曾同在太学读书，两人有交往，且关系比较密切，互相赠答唱和是很正常的，而王氏此诗题目中已经明确了是和刘才邵之作。考察王、刘二人生平，两人都是庐陵人，曾同入京师读书，交往比较密切，有共同爱好，"惟我庐陵，有泸溪之王、樵溪之刘两先生……自王公游太学，刘公继至，独犯大禁。挟六一、坡、谷之书以入，昼则庋藏，夜则翻阅"。（杨万里：《樵溪居士集序》，《樵溪居士集》，影印文渊阁《四库全书》本。）二人还有其他诗歌相互唱和酬答。刘才邵（1086—1157），字美中，曾作《听宝月上人弹桃源春晓》（第1681卷，第18854页），而王诗题目即指明是和刘之作，两人诗歌题目中提到的"宝月"当是同一人。虽然刘诗中在称许宝月演奏技巧精妙之时使用了"道人妙手能逢场，朱弦写出水云乡"句，考虑徽宗时代崇道背景，称和尚为道士也是很正常的，句中"道人"就是诗题中的"宝月"。

③ 《调笑集句·桃源》，《乐府雅词》仅注明是宣和年间作品，作者不可考。

续表

分期	作者	作品	诗体	全宋诗卷次	全宋诗页码
	张 斛	《武陵春雪》	七绝	1581	17935
	郭 印	《苦热和袁应祥用韦苏州"乔木生夏凉,流云吐华月"为题十小诗》	五绝	1673	18731
	刘才邵	《听宝月上人弹桃源春晓》	七古	1681	18854
	王 洋	《送周仲固运使之官湖北》	七律	1687	18944
	郑刚中	《游西山》	五古	1697	19125
	释宗觉	《桃源》	七绝	1803	20092
	释嗣宗	《颂古二十六首》其五	七古	1822	20282
	许 尹	《和吴谨微游仙都五首》	七绝	1828	20362
	李处权	《偶书三首》其二	七绝	1833	20433
	欧阳澈	《梦仙谣并引》	七古	1850	20662
	朱 槔	《郑德予同游桃花山次韵》	七律	1859	20763
	胡 寅	《游云湖》	五古	1871	20932
		《和仁仲游桃源》	七古	1871	20936
	刘子翚	《桃源》	七绝	1922	21458
	胡 铨	《题小桃源图》	五律	1934	21588
	郑 樵	《过桃花洞田家留饮》	七律	1949	21781
	吴 芾	《和陶桃花源》	五古	1956	21841
	胡 宏	《桃源行》	七古	1972	22098
	王十朋	《和韩桃源图》	七古	2023	22671
南宋中期:高宗绍兴三十二年到宁宗开禧三年(1163—1207)	陆 游	《桃源》①	七律	5	408
		《书陶靖节桃源诗后》	七绝	23	1701
		《小舟自红桥之南过吉泽归三山二首》之二	七绝	23	1709
		《泛舟观桃花五首》其五	七绝	29	1995
		《小舟游近村舍舟步归四首》其一	七绝	33	2192
		《北园杂咏十首》其一	七绝	35	2288

---

① (宋)陆游:《剑南诗稿笺注》,钱仲联校注,上海古籍出版社1985年版。本书所引陆游诗均出自此书。

续表

分期	作者	作品	诗体	全宋诗卷次	全宋诗页码
		《遣兴四首》之四	七律	40	2540
		《车中作》	五律	51	3063
		《秋夜感遇十首以"孤村一犬吠，残月几人行"为韵》	五律	58	3372
		《东篱杂题四首》其四	五律	62	3530
		《自咏》	七律	63	3602
		《初夏出游三首》其三	七律	66	6732
		《幽居二首》其二	七律	71	3927
		《书屋壁》	五律	75	4106
	周必大	《安福欧阳绍之奉议桃花石二绝》其二	七绝	2328	26791
	史尧弼	《留题丹经卷后》	七古	2340	26899
	项安世	《次韵叙李提刑往临先正治所并所闻先正论桃源事二首》	五律	2378	27380
	薛季宣	《梦仙谣》	七古	2475	28704
		《武陵行》	七古	2475	28703
	楼 钥	《桃源图》	七古	2540	29394
	张师夔	《小桃源》	七绝	2573	29877
	刘仲达	《小桃源用张师夔韵》	七绝	2573	29877
	李韦之	《桃源》	五绝	2611	30345
	赵 藩	《严山》	五律	2621	30475
		《泊舟桃花台入妙香院》	七古	2622	30500
		《桃源道中用邢子中丈旧韵》	七律	2629	30701
		《桃川山中用陈苏旧韵示周游》	五古	2621	30484
南宋后期：宁宗嘉定元年到元初1208—14世纪初	裘万顷	《题小桃源》	七律	2742	32294
	释居简	《桃源行》	七古	2791	33061
	陈 宓	《送赵司直师恕赴常德倅》	七绝	2857	34106
	钱 时	《桃村寄题三首》其一	七绝	2875	34328
		《十六渡》	五古	2876	34353
	赵汝淳	《桃源行》	七古	2889	34449

续表

分期	作者	作品	诗体	全宋诗卷次	全宋诗页码
	魏了翁	《题桃源图》	七律	2932	34947
	叶绍翁	《烟村》	七绝	2949	35136
	刘克庄	《二月初七日寿溪十绝》其三、四、五	五绝	3055	36445
		《题桃源图一首》	六绝	3078	36725
		《即事十绝》其六	五绝	23	
		《小桃源》	七律	45	
		《源里》①	五绝	47	
	戴昺	《方岩山有仙人田，项宜父家其下，于屋之西偏筑亭、疏沼、杂莳花木为娱，奉寿母之地即以名之，自着怀仙杂咏百有一首，名胜留题亦多，未免皆泥乎神仙之说，来征余吟。余谓神仙之事，深言之则似诞，今诸贤所赋无复余蕴，使余更下注脚，不愈诞乎？且人生一世苟能超然达观惟适之安，斯人中之仙已，岂必十洲三岛间之谓哉？因即此意赋十章》②	七绝		
	严羽	《思归引》	七古	3116	37207
	李龏	《渔父》	七绝	3130	37438
	白玉蟾	《小桃源》	五律	3136	37521
	赵希迈	《小桃源》	五律	3159	37899
	王柏	《和前人小桃源韵》	五古	3166	38004
	叶茵	《潇湘八景图·渔村夕照》	七律	3185	38208
	宋自逊	《山家》	七律	3225	38832
	施枢	《题桃源图》	七绝	3283	39112

---

① （宋）刘克庄：《后村先生大全集》，四部丛刊本。本书所引刘克庄诗如无特别说明，均出自此书。

② （宋）戴昺：《东野农歌集》卷五，影印文渊阁《四库全书》本。

续表

分期	作者	作品	诗体	全宋诗卷次	全宋诗页码
	萧立之	《送人之常德》	七律	3285	39142
		《桃源》	七绝	3287	39196
	释斯植	《过桃源》	七律	3300	39326
	释文珦	《春夜梦游溪上，如世传桃源。与梵僧仙子遇具蟠桃、丹液、灵芝、胡麻于云窗雾阁间。请赋古诗，颇有思致。觉而恍然犹能记忆五句云：滩峻舟行迟，乱峰青虬蟠。一瀑素霓吼，灵桃粲丹朱。仙饭杂芝糗。遂追述梦事，足成一十七韵》	五古	3315	39515
		《记梦》	五古	3315	39516
		《过野人居》	五古	3318	39500
		《深村》	五律	3327	39669
	胡仲弓	《桃源图》	五律	3333	39773
		《题桃源图》二首	七律	3334	39788
		《桃源图》	七绝	3335	39806
	薛 嵎	《湖外别业四咏·渔村晚照》	七律	3339	39869
	姚 勉	《桃源行》	七古	3398	40503
	刘 炎	《讽州守》	五绝	3420	40661
	舒岳祥	《纪梦》①	七绝	9	
	谢枋得	《桃》	七绝	3477	41402
		《秦人洞》	七绝	3480	41419
	牟 巘	《题束季博山园二十首 桃源》	五古	3514	41969
	何梦桂	《汾阳徐祥英还家》	七古	3526	42155
		《桃源三首》	七绝	3528	42193
		《重到森溪桥二首》其二	七绝	3528	42202
	方 回	《桃源行》②	七古	50	

---

① （宋）舒岳祥：《阆风集》卷九，影印文渊阁《四库全书》本。
② （明）程敏政：《新安文献志》卷五〇，前引书。

续表

分期	作者	作品	诗体	全宋诗卷次	全宋诗页码
	周 密	《倦游》①	六言绝句		633
		《桃源道中》	五律	18	
	文天祥	《桃源县》②	五律	18	
		《题桃源图》	七绝	3582	42800
	钱 选	《小桃源》	七绝	3583	42807
	詹 复	《仙源即事》	七绝	3608	43206
	王 镃	《桃源图》	七绝	3624	43396
	郑思肖	《上平王擒章》	七律	3657	43923
	邵允祥	《小石塘源》	五古	3675	44126
	于 石	《题友人归隐图》	七律	3700	44404
	艾性夫	《次韵张龙使君十绝》其一	七绝	3705	44478
	黎廷瑞	《桃源县》	七绝	3712	44602
	陆文圭	《江阴有〈桃源图〉，方圆尺许，宫室人物如针粟可数。相传有仙宿民家，刻桶板为之，一夕而成，明日遁去。友人以本遗余，戏题二绝》	七绝	3713	44614
		《题桃源手卷》	七律	3711	44592
	徐 瑞	《己丑正月二日入山中题岩石二首》其二	五绝	3718	44655
		《癸未三月初七日泛舟东溪寻访赵石斋于方壶山中临分留呈》	五古	3720	44694
	宋 无	《铜陵五松山中》	五律	3723	44746
	关 趣	《桃源》	七绝	3741	45120
	无名氏	《小桃源》	五绝	3743	45154
	龚桂馨	《题桃花源》	七绝	3777	45591
	张翠屏	《秦人洞》	七律	3772	45502

---

① 陈新、张如安：《全宋诗订补》，前引书，第 633 页。
② （宋）文天祥：《文山集》，影印文渊阁《四库全书》本。

续表

分期	作者	作品	诗体	全宋诗卷次	全宋诗页码
	古汴高士	《桃源》②	七绝	3772	45502
	程公举	《同方谢二先生和赵元清梦游小桃源四时诗》其一③	七绝		
	胡梅所	《桃园》	七绝	3773	45524
		《千人洞》	七绝	3773	45524
	王景月	《桃源行》	七古	3785	45688
	郭 奎	《山门》④	七律		
	刘 因	《桃源行》⑤	七古	3	
	赵孟頫	《题桃源图》⑥	五古	2	
		《题商德符学士桃源春晓》	五古	3	
		《桃源》	七绝	5	
	吴 澄	《题桃源春晓图》⑦	七古	92	
	漆高泰①	《桃源洞》	七古		

---

① 此人生卒年不详，据同治《靖安县志》卷一四载，此人大约活动时间在宋末元初，清同治九年（1870）木活字本，第1437—1438页。

② 此诗又见于嘉靖《常德府志》卷一九，明嘉靖刻本。"多是渔郎露消息"句，据（宋）王象之《舆地纪胜》卷六八，前引书，第2333页载，"渔"作"黄"。

③ 程公举诗引自胡可先《〈全宋诗〉补遗100首》，《中国韵文学刊》2005年第2期。全诗如下："碧桃开落自春光，不与人间作艳阳。洵是刘郎前度到，满渠流水尚生香。"又："毕竟山中日月长，闲眠藓磴即云床。虚怀一片苍琼玉，可待桎阴转午凉。"又："野菊漫山黄叶深，抱琴携酒此幽寻。为听山峡泉声细，不觉归途日半阴。"又："木出霜根水见沙，丹涯飞雪不成花。缟衣昨夜相逢处，回首重云知几家。"

④ 郭奎诗引自胡可先《全宋诗辑佚120首（二）》，载《古籍整理研究学刊》2006年第6期。全诗如下："黄茅盖屋石为门，路转溪回更有村。果树连园收芋栗，豆花满地散鸡豚。云深易就渔樵隐，山隐全忘市井喧。何处武陵堪避世，此中佳处亦难言。"

⑤ （元）刘因：《静修集》丁亥集三卷三，影印文渊阁《四库全书》本。

⑥ 赵孟頫诗引自《松雪斋集》，海王村古籍丛刊，中国书店1991年影印本。

⑦ （元）吴澄：《吴文正文集》卷九二，影印文渊阁《四库全书》本。

表二　　　　　　　　两宋桃源诗作家作品数量统计表

分期	作家数量	作品数量
北宋初期（960—1021）	6	9
北宋中期（1022—1062）	13	24
北宋后期（1063—1100）	15	28
北南之际（1101—1162）	23	30
南宋中期（1163—1207）	10	28
南宋后期（1208—14世纪初）	55	82
总计	122	201

表三　　　　　　　　两宋桃源诗体裁数量统计表

	七律	七绝	七古	五律	五绝	五古	其他
北宋前期	3	4	1	1	0	0	0
北宋中期	2	11	3	2	0	5	1（楚辞体）
北宋后期	3	5	11	5	0	3	1（杂言体）
北南之际	4	9	10	1	1	5	0
南宋中期	6	8	5	7	1	1	0
南宋后期	14	30	11	7	9	9	2（六绝）
总计	32	67	41	23	11	23	4

从上面的表格中可以看出：单单从绝对数量上看，从北宋初到南宋末六个时期里，桃源诗歌创作呈现出逐渐递增的趋势，这种递增并不是完全平稳的，北宋初数量极少，北宋中期明显增多，北宋后期、北南之际和南宋中期进入平稳期，在南宋末期达到顶峰，出现了一个爆发。

综合考虑作品数量、作家人数、各时期时长等因素，可以发现：

1. 桃源诗歌的创作繁盛期：主要集中在三个时期：第一个时期是北宋中期仁宗天圣元年至仁宗嘉祐八年（1022—1062），约40年左右时间，这一时期出现了13位诗人的24首诗作，平均每人创作1.9首，且诗歌体裁多样，诸体兼备，以七绝形制为主，两宋桃源诗中唯一一首楚辞体诗歌也出现在这个时期；第二个时期是北宋后期，即英宗治平元年至徽宗建中靖国元年（1063—1100），桃源诗歌的创作显示出相对较为平稳的态势，此期是宋诗的"奇峰突起期"，不到40年时间，苏轼、黄庭坚等宋代诗歌集大成者均出现在这个时期，参与创作的诗人有15人，创作诗歌28首，平均每人创作约1.9首，此阶段桃源诗体裁以七古为主；第三个时期是南宋后期，从宁宗嘉定元年到元朝初年（1208—14世纪初），大约百年时间，参与创作的作家人数最多，作品数量也超过其他五个时期，计55人，82首诗，平均每人创作1.9首，在这一时期中，桃源诗再次出现诸体兼备的现象，且出现两首六言绝句，诗歌体裁主要是七绝、七律，七绝占优。

2. 桃源诗歌创作平稳期：第一个时期是北宋初期，即太祖建隆元年至真宗天禧五年（960—1021），桃源诗歌创作数量较少，参与创作的作家也最少，60多年中，仅仅有9首相关诗作，而且仔细考察这些作品，多半是借桃源来抒写隐逸山居之乐趣或者是以桃源为求仙学道的幻境，体裁也较为单一；第二个时期是北南之际，徽宗崇宁元年到高宗绍兴三十二年（1101—1162），62年左右，23人参与创作，有30首的产量，诗歌体裁以七古为主。第三个时期是南宋中期，即高宗绍兴三十二年到宁宗开禧三年（1163—1207），45年时间里，出现了28首与桃源主题相关的诗作，但实际参与创作的作家仅仅10人。实际考察，这28首当中有14首是陆游一人创作的，是一种个别现象。陆游追慕陶渊明，他的诗作中有24次使用过武陵桃源意象或典故，他好用律诗和绝句进行创作，其中七律、七绝各5首，五律4首。其他9位作家也留下了14首桃源诗，平均每人约1.5首。

桃源诗歌的创作之所以会出现这几种趋势，与各个时期的社会历史背景、学术文化思想、诗人个人遭际与社会现实之间的融合与矛盾等方面因素密切相关，这方面内容将在本书第五章详尽论述。

第三节　桃源意象在宋诗中的延伸

除了以桃源为主题的专门诗作以外，与前代相比，宋代诗歌中桃源意象的使用频率也大大增加了，举凡游览登临、艺术欣赏、赠别酬答、咏物怀人、咏怀抒情、祝寿悼亡等各种题材诗歌中都出现了桃源的影子。将这些意象梳理一下，按其所指对象划分，大致可以分为现实喻指和非现实喻指两种类型。

一　现实喻指

所谓现实喻指就是用"桃源""避秦""秦人"等《桃花源记》里使用过的意象来指代现实存在的事物。可以分为以下几种情况：

1. 同唐代桃源意象使用情况相似，宋代诗歌中也喜用桃源来比拟现实世界中幽美静谧的自然环境和人文环境，借以抒写对山居隐逸或神仙生活的钦羡。自然风光，包括名山大川、江河湖泊、山峰洞穴、地方风物、四季美景等，如杨备《七星岩》、范仲淹《风水洞》、王安石《游钟山》、刘攽《泛舟西湖》《西湖独行》《南湖诗》、苏轼《风水洞二首和李节推》、陆九渊《约斋南湖八绝》其三、孙锐《避虏入洞庭》、文有年《题淡山岩》、李昂英《罗浮桃源峒》、释鉴《桃花坑山》、释行海《天台清溪》、陈岩《浮桃涧》等，都是用"桃源"意象来描写优美宁静的山水美景；人文景观，如亭台楼阁、山郭水村、友人庄院、宫观寺庙、文物古迹等，如王安石《段氏园亭》以武陵桃源来比况朋友的亭园，荷花、杨柳、青山、百鸟，一带碧水顺墙垣流转，炊烟袅袅，烟水相映，景色秀美，令人心旷神怡。此外还有如贺铸《田园乐》、叶绍翁《烟村》、陆游《西村》、薛嵎《湖外别业四咏·渔村晚照》、刘应龟《春日田园杂兴》等，都是用桃源来喻指现实生活中的人文美景。

2. 对特定植物的赞美，如桃花、红梅、李花、桃花菊、海棠、荔枝、杏花、石榴花等植物。宋以前尚无人将武陵与除桃花之外的花卉联系在一起，而宋人从颜色的相似性角度出发，以"桃花"为媒介，把武陵与这些植物结合起来。远望红梅与桃花颜色近似，灿若云霞，张镃就曾说"隔竹红梅酷似桃"[①]，梅花便与桃花联系了起来，于是一些作家用深粉色的桃花来比拟红梅或海棠，把浅粉色或白色的桃花比作李花和杏花。看到桃花，宋人便很快联想到桃花源，如果其他植物与桃花颜色相似，这样就把其他植物与桃源理所当然地关联在了一起。下面分别看一下在宋代诗歌中出现频率较高的几种植物。

桃花、桃木：宋人以桃源来赞美桃花的诗歌数量很多，如范成大

[①] 《书苍寒堂壁二首》其二，《全宋诗》卷二六八三，前引书，第31668页。

《四时田园杂兴六十首·冬日田园杂兴十二绝》中探梅公子寻梅未果，却意外发现了"忽见小桃红似锦"，因此有了"却疑侬是武陵人"① 的疑惑。赵福元《桃木》一诗，将桃木比作来自蓬莱宫的仙女，继而将武陵、天台混合，来歌咏桃木。此外还有梅尧臣《和邻几学士桃花》、华岳《桃花》、叶茵《桃花》、赵希逢《和桃花》、俞德邻《次韵陈登父桃花》、黄嗣杲《桃花》等，都是用武陵桃源或者天台桃源来赞美桃花。

李花，彭汝砺《桃李》。

红梅：方惟深《红梅》、刘辰翁《探梅》，以及上文提到的张镃红梅诗，就是以桃喻红梅，进而用武陵典故。

桃花菊：慕容彦逢《次韵阮承书咏桃花菊六月开》、程颢《桃花菊》、黄裳《题桃花菊》等。

海棠：宋庠《郡圃海棠初开……》、魏了翁《次韵……沧江海棠》。

荔枝：李纲《初次访许子……观荔支》。

杏花：王铚《杏花》。

石榴花：薛季宣《石榴花》。

相较而言，桃和桃花菊这两种植物在宋代诗人笔下出现频率较高，这大约是因为桃花是陶渊明笔下最具代表性的物象之一。菊，是陶渊明人格的象征。桃花菊集合桃花和菊花的特点，因此也大受陶渊明诗作接受者的欢迎。宋人通过丰富的联想和想象将桃源意象的使用范围扩大到其他植物上，这种现象在宋前诗歌史上是较为罕见的。

3. 对特定人物，如僧道居士、渔父樵者、隐逸高士的赞美，同时表达个人对隐逸生活的向往。渔父是武陵桃源的发现者，而身为樵夫的刘晨、阮肇是天台桃源的见证人，渔父和樵者自然而然成了与桃源关系最为密切的描写对象，如张舜民作《渔父》诗，表达了对渔父驾着一叶扁舟，每天遨游于江湖之上、不必因担心租税赋役而惴惴不安，这种自由自在、神仙般的生活令人羡慕。还有苏轼的《再过常山和昔年留别诗》："伛偻山前叟，迎我如迎新。那知梦幻躯，念念非昔人。江湖久放浪，朝市谁相亲。却寻泉源去，桃花应避秦。"② 当年过常山时见到的老人如今

---

① 《书苍寒堂壁二首》其二，《全宋诗》卷二二六八，前引书，第26006页。
② 《苏轼诗集》卷二六，（清）王文诰辑注，孔凡礼点校，前引书，第1381页。

已经认不出"我"了，年年岁岁，时光飞逝，"我"已不是原来的那个"我"。还有很多诗人也创作了类似的诗歌，如李之仪《还俗道士》、周必大《渔父四时歌》、刘克庄《隐者》、陈枋《渔父》、武衍《赠苕上隐者》、真山民《刘伯山寄隐》《山人家》、仇远《兵间有歌舞者》等，都借用了桃源或者桃花意象。

二 非现实喻指

所谓非现实喻指即用"桃源"等意象指代人们想象中的世界，它是诗人宗教思维与理性思维共同作用下的产物，可以分为以下四种情况：

1. 仙家幻境，将桃源世界视为仙佛所居住的想象幻境，是非人间的所在。如欧阳澈《梦仙谣》，释文珦《春夜梦游溪上，如世传桃源。与梵僧仙子遇具蟠桃、丹液、灵芝、胡麻于云窗雾阁间。请赋古诗，颇有思致。觉而恍然犹能记忆五句云：滩峻舟行迟，乱峰青虬蟠。一瀑素霓吼，灵桃粲丹朱。仙饭杂芝糗。遂追述梦事，足成一十七韵》和《记梦》诗等，这些诗歌的共同之处就是把桃源当作了神仙修道的仙家境地。

2. 悟道真境，这时的桃源世界是诗人理性思维和现实经历共同作用下的产物，如王安石《达本》诗："未能达本且归根，真照无知岂待言。枯木岩前犹失路，那堪春入武陵原。"① 展现了诗人参透世事的觉悟与洒脱。

3. 理想乐园，以桃源来喻指诗人理想中的幸福家园，通常是在现实世界中很难找到或者无法实现的梦想，是诗人心中的理想社会，是一片神圣的土地。如苏轼的《书王定国所藏烟江迭嶂图》一诗，结尾"江上清空我尘土，虽有去路寻无缘。还君此画三叹息，山中故人应有招我归来篇"，桃源世界实在是无缘相见，诗人发出了无可奈何的叹息，只能寄希望于山中故人能够招"我"相携归隐吧。一些诗人好托梦为记来描述自己心中理想家园，陆游的《秋夜感遇十首以"孤村一犬吠，残月几人行"为韵》，用记梦的形式描绘自己心中的世外桃源，一片安宁和谐的田园风光。又如舒岳祥的《纪梦》，则是经历亡国之痛的诗人吟唱出的悲音。

---

① （宋）王安石：《临川先生文集》卷三四，前引书。

4. 死后居所，一般用在祝寿或悼亡类诗歌中，以"成仙"祝贺对方高寿，或者劝慰生者节制哀思，表达对生命延续的一种良好愿望，这种使用情况在南宋理宗时期出现较多，如阳枋好用桃源意象祝贺亲友寿辰，作有《寿邓提干母》《寿李使君父子同日》《寿韩司理》等诗；刘克庄的《二月初七日寿溪十绝》，也是用桃源为友人祝福。有的以"成仙"来隐喻死亡，如史浩的《姑父王知录挽辞》。

考察宋人诗歌中桃源意象的使用情况，可以发现：从内容上看，桃源的内涵与唐代相比扩大了许多。唐人以桃源来比喻环境幽雅、风景秀丽、生活安定的园林别业地方山水，宋人在继承唐代这些解说之基础上，扩大了桃源的意义，认为现实世界与桃源相比毫不逊色，甚至超过桃源，比桃源更美好。如果借用数学符号表示的话，唐诗中现实美景＝桃源，而宋诗中则是现实美景≥桃源。

此外，桃源的使用范围也更加广泛。在题材上的开掘上，宋人超越了前人，咏物写人、赠别酬答、祝寿悼亡、赞美地方、艺术欣赏等，无事不可入诗、无物不可入诗、无处不可入诗。以桃源为仙乡，唐人通常会以桃源为神仙生活的虚幻之境，而宋人则在此基础上把桃源仙乡当作是人死后的最佳归宿，因而将桃源意象用在了祝寿或悼亡类诗歌当中。桃源使用范围的扩大并非都是好事，很可能会陷入为文造情的怪圈，正如钱锺书先生批评的那样，"为皇帝做诗少不得找出周文王、汉武的轶事，为菊花做诗免不了扯进陶潜、司空图的名句"[①]，上文提到对特定植物的赞美其实已经渐露造情的端倪了，一说到桃花以及和桃花有相似点的植物，便纷纷和桃花源联系起来。这其中最牵强的莫过于对桃花菊的描写，宋人似乎是看到了这种植物的特殊性，将它当作了桃花和菊综合体，理直气壮地把陶渊明有关桃花和菊的典故都扯了进来。

从诗歌所反映的思想状况看，宋代桃源诗加入了更多的理性思考，宋人能够一分为二地看待桃源，对桃源并非一味赞美，而是辨证分析，注入宋人特有的理趣和辨证思维结果，体现了宋代诗歌以议论为诗的特点。

从写作手法上看，宋人将整篇《桃花源诗并记》完全拆解开来使用，

---

① 钱锺书：《宋诗选注》，人民文学出版社1979年版，第50页。

如桃花、渔人、避秦人、渔舟等，几乎每一个意象都能作为典故使用。宋代大型类书的编纂与传播，使宋人在典故的学习、积累、运用上远远超过了以前所有时代，多重典故混合使用，如淮南王升仙、天台桃源、烂柯传说、刘禹锡玄都观桃源诗等，凡是与桃花有关的典故都可以和武陵桃源结合起来出现在一首诗歌当中，运用得当巧妙的，的确使诗句的内容含量增加了许多，"仿佛屋子里安放些曲屏小几，陈设些古玩书画"[①]，让人无法一眼识破天机，值得细细赏读。用得不大好的，只会给读者带来阅读上的很大困难，须得费心费力去猜测解读，"很容易弄到反客为主，好好一个家陈列得像古董铺子兼寄售商店"[②]，难免有炫耀才学、堆砌典故的嫌疑，令人生厌。

  以上是对宋代桃源诗歌概况的简单介绍，下面将进入对四种阐释类型的具体分析解说。

[①] 钱锺书：《宋诗选注》，人民文学出版社1979年版。

[②] 同上。

第 四 章

宋诗中桃源主题的四种阐释类型

与前代桃源诗主题相较，宋代诗歌中的桃源主题呈现出四种不同类型，即仙乡幻境说、隐逸之境说、理想之邦说和现实世界说。这四种类型中既有继承前代阐释并加以发展演变的解读，也有与前代理解不同的全新理念。不论是继承还是创新，都体现出宋代桃源诗作者有意与前代诗人一较高下的竞技意识。所谓阐释类型，本书意指宋代桃源主题诗歌中所展现出来的对"武陵桃花源"主题的不同接受和传释之分类与特点。

第一节 四种阐释之一：仙乡幻境

尽管陶渊明对桃花源的叙写并没有多少仙话色彩，但是经过六朝神仙方术学说、隋唐佛道思想的浸染，桃花源蒙上了一层神秘飘忽的仙乡面纱。由唐代诗人所开启的以桃源为仙境之阐释传统，在宋代依然延续着，并为不同时期的文人所接受认同。这一点可以从上一章中所引用宋人诗歌评论中窥见一斑，当时较为普遍的观念仍然是以仙境说为主，因此持反对意见的人都需加以辨证，宋人诗话类作品和很多桃源诗歌前之引言以及诗人自注中可以看到大量实例。与唐代桃源诗歌不同的是，宋代以桃源为仙境的阐释出现了三种变化：第一种是更加世俗化、人间化，加入了日常生活场景，更富有生活气息。上文已经提到过，唐代桃源诗已经有了很显著的生活化倾向，特别是盛唐时代的桃源诗歌，带有明显的庄园经济色彩。在诗人笔下，桃源世界的景色是诗人个人生活环境的翻版。到了宋代，桃源诗进一步生活化，走向了世俗世界。之所以这样说，原因在于宋代桃源诗不仅仅局限于把世俗生活中的场景放入诗歌中，而且是将世俗之人的内心活动、情感体验也融入到诗句当中了。第二种变化是仙化色彩更驳杂。诗人们在赞美陶渊明笔下桃花源的同时，往往把刘晨阮肇天台遇仙、淮南王刘安得道鸡犬升天、道教壶中天地仙话传说混合进去，把桃花源视为洞天福地、神仙居所，展现了对求仙慕道生活的欣羡。第三种情况是人仙遇合、歌颂爱情的诗作出现，此类诗歌数量不多，往往是借武陵桃花源的外壳来隐喻男欢女爱，这种情况在宋词中更为常见。总之，无论是哪种变化，在仙乡幻境的桃源社会里，人间不可实现的梦想都可以转化为现实，给人们带来心灵上的慰藉。

北宋初期80余年中，太祖、太宗、真宗皇帝崇奉道教，对道士也礼敬有加，虽然"神仙可成的思想发生动摇。宋初这段历史时期，道士们却一反常态，不再引导帝王行方术、求神仙，而是给他们许多其他的建议，这些建议大多有着儒家安邦定国，求为治之道的思想内容"[①]，即便如此，皇帝召见隐士，他好奇的仍是如何得以长生。太平兴国中太宗召见陈抟，陈抟此时已年近百岁，太宗对此非常好奇，遣大臣宋琪探问："先生得玄默修养之道，可以化人乎？"陈抟回答道："抟，山野之人，于时无用，亦不知神仙黄白之事、吐纳之理，无术可传于人。假令白日上升，亦何益于世？主上龙颜秀异，有天人之表，博达今古，深究治乱，真有道仁圣之主也。正是君臣协心同德，兴化致治之秋，勤行修炼，无出于此。"[②] 即便道士们努力引导皇帝如何安邦定国、治理天下，但是皇帝心中始终放不下的是追求生命永恒，对服食炼丹之术兴趣远远大于治理国家。执政者对待道教神仙两可的态度，反映到文学创作领域当中，桃源诗歌的主题便呈现出寻仙和隐逸的交叉混合，表现为对仙乡幻境的追求向往或者是因求仙慕仙不得其法进而转向追慕隐逸生活，可以说是一种仙隐型桃源。试看张咏（946—1065）的《游桃源观》和《舟中晚望桃源山》两首诗：

一从仙去失仙源，树老台荒又几番。尘世莫嗟无分到，星坛空

[①] 任继愈：《中国道教史》（增订本），中国社会科学出版社2001年版，第516—517页。
[②] （宋）李焘：《续资治通鉴长编》卷二五，中华书局1980年标点本，第588页。

自有名存。竹边风健秋醒眼，花底泉香夜断魂。多少寻真旧题处，我来重与拂苔痕。①

仙山初指眼初明，倚棹因妨半日程。云里未忘寻去路，世间争合有浮名。岩空暗老松千尺，天静时闻鹤一声。更谢暮霞怜惜别，满波红影照峥嵘。②

诗人以"仙源""仙山"来赞美桃源山，感叹自己挣扎在尘世的罗网中，汲汲于世俗之事而无缘得见这仙境世界。这两首诗从内容上看，基本是唐代诗人将桃源视为仙境的解读之延续，依然将桃源描绘成与人间差异较大的特殊环境，而且风格上也比较接近中晚唐时的诗风，注重意境，风格上显现出清空、黯淡，如梦似幻的特色。梅询（964—1041）《桃源》一诗："武陵风景都然改，谷口桃花镇长在。自从改赐鼎州名，转觉桃源仙气灵。"③ 全诗比较直白，将桃源看做仙境。冯信可（985—1075）创作《桃源图》诗曰：

桃源东回溪转长，桃花开时春日光。幽禽出树乱红落，游鱼吹花流水香。山人正住溪之浒，屋角花开自成坞。寻源未许武陵人，隐者但作桃花主。拄杖穿花来水头，禽鱼亦解识风流。往来况有樵云叟，何惜衔杯同唱酬。一尊如出桃花色，花落尊中已无迹。醉乡泠泠白日闲，黄尘滚滚青山隔。明年此日桃花开，何人净扫溪阴苔。我亦天台约刘阮，春风一棹酒船来。④

这是一首题画诗，全诗20句，从第一句到第十六句实景描绘画面的景色，阳光灿烂的春日，诗人溯流寻源，发现山中隐者的小屋，山中人就居住在这桃花流水之滨，与林间的幽禽、溪里的游鱼比邻而居，往来的朋友是和自己志同道合的隐逸之士。诗的前半部分刻画了一幅人间生

---

① 《全宋诗》卷五〇，前引书，第504页。
② 同上。
③ 同上书，卷一九九，第1117页。
④ 同上书，卷一六二，第1823页。

活场景，最后两句借欲与天台刘阮相约而隐喻求仙慕道的意图。同时，作者化用刘禹锡玄都观桃花诗之典，寄寓对人事变幻无常的感慨。

作为庆历新政主将之一的范仲淹虽然在政治生活中具有超前而大胆的改革意识，然而在文学上，对一些传统观念却表现出一种盲目的跟风态度，至少在桃源主题诗歌创作中，他未能免俗，没有脱离神仙传说的窠臼：

> 神仙一去几千年，自遣秦人不得还。春尽桃花无处觅，空余流水到人间。①

诗人为无法找到仙人的踪迹而感到一种无可奈何的遗憾。这种遗憾没有直接说出，而是借助自然界季节更迭带来的景物变化来表达，春尽花谢，飘零的落蕊随水而逝，令人不禁产生对美好事物无力挽留的惆怅与遗恨，作者将心灵的感伤移植到世人求仙不得的怅惘之思上了。

梅尧臣（1002—1060）曾写下两首与武陵桃源相关的诗作，先来看其创作于少时的《武陵行》：

> 生事在渔樵，所居亦烟水，野艇一竿丝，朝朝狎清沚。忽自傍藤阴，乘流转山觜，始觉景气佳，潜通小溪里。常时不见春，入谷惊红蕊，幽兴穷绿波，玩芳心莫已。花外一峰明，林间碧洞启，遥闻鸡犬音，渐悟人烟迹。舍舟遂潜行，石径劣容屣，豁然有田园，竹果相丛倚。龙眉鬈髻人，倏遇心颜喜，尚作秦衣裳，那知汉名氏。自言逢世乱，避地因居此，来时手种桃，今日开如绮。更看水上花，几度逐风委，竞引饭雕胡，邀引酌琼醴。复呼童稚前，绿鬓仍皓齿，翻遣念还茅，思归钓鳣鲔。将辞亦赠言，勿道丘壑美，鼓枻出仙源，繁英犹迤逦。薄暮返苍洲，微风吹白芷，他日欲重过，茫茫何处是。②

---

① 《风水洞》，《全宋诗》，卷一六九，前引书，第 1916 页。
② 《梅尧臣集编年校注》卷三，前引书，第 56 页。

再来看他创作于晚年的《桃花源诗》:

> 鹿为马,龙为蛇,凤皇避罗麟避罝。天下逃难不知数,入海居岩皆是家。武陵源中深隐人,共将鸡犬栽桃花。花开记春不记岁,金椎自劫博浪沙。亦殊商颜采芝草,唯与少长亲胡麻。岂意异时渔者入,各各因问人间赊。秦已非秦孰为汉,奚论魏晋如割瓜。英雄灭尽有石阙,智惠(疑为"慧")屏去无年华。俗骨思归一相送,慎勿与世言云霞。出洞沿溪梦寐觉,物景都失同回槎。心寄草树欲复往,山幽水乱寻无涯。①

第一首是五言古诗,创作于诗人 33 岁时。作者展开想象,将自己设置成了武陵渔人,重新讲述了《桃花源记》故事,整体构思与原作基本一致,发现—进入—交流—走出—迷失,共五个情节,在诗歌中完整重构了武陵桃源故事。与陶渊明之作不同之处在于,梅尧臣认为桃源中居住的人是长生不死的秦时遗民,他们为了躲避当时的战乱,偶然进入了这个"仙源",初来时亲手种下的桃树,如今已是繁花似锦,而他们自己却逃过了时光的追捕,冷眼旁观着花开花落,年复一年。第二首是诗人较为满意的晚年(1056 年 55 岁时)成熟之作。② 起首两句是两个三言句,从第三句开始采用七言形式,句式参差错落,富于节奏感。在这首诗里,诗人转换了角度,站在了武陵源中"深隐人"的立场,评数历史事件。秦末天下大乱,风云变色,像凤凰麒麟般的高士们纷纷藏匿起来,躲避世间罗网。普天之下人人自危,都急急忙忙逃避着动乱,海角天涯、深山幽谷都成了人们藏身之处、隐居之所,武陵便是其中之一。"我们"避居此间,安居乐业,不知时光流逝,外间世界翻天覆地的变化都与

---

① 《梅尧臣集编年校注》卷三,前引书,卷二六,第 895 页。
② 《桃花源诗并引》引言:"嘉祐元年,予在京师邂逅与都官员外郎张侯颙,遇于书肆中。张语往时相识于唐俞家,今二十三年矣,因各言出处。张曰:'实居武陵,武陵旧迹可具道。始时陶潜为记与诗,其后往往赋咏不绝,君之仲父昔尝有作。闻君能诗,多为公卿大夫讽诵,愿得一章,夸咤远土,亦当买石刊置岩下。'既重其意。归阅故稿,则颇不惬心,遂别为一章,以塞张侯之请。"嘉祐元年即公元 1056 年,梅尧臣时年 55 岁,诗人卒于 1060 年,此诗为晚年之作,而诗人在引言中提到创作此诗是应张颙之邀,且自己对年轻时所写《武陵行》不满意,因此才另作一首,可知诗人本人更看重这首诗。

"我们"无关。谁料渔者闯入,带来了外界的消息。相较于诗人少时所作,此诗仙话色彩渐淡,但并没有完全脱离神仙幻境,这些"深隐人"依然以相对于"俗骨"的仙人自居,叮嘱渔人不要向世人透露桃源的信息。

再如张方平(1007—1091)的《桃源二客行》:"刘郎阮郎丹箓客,桃花源中有旧宅。闲寻流水过碧溪,忽闻鸡犬见人迹。琼台瑶榭知何所,紫云深处开珠户。鹤驾龙輧彩仗来,鸾歌凤舞霞舾举。世缘未断尘心狂,苦厌仙家日月长。洞门一闭恍如梦,归路古木何荒凉。"① 以刘阮天台遇仙传说为基础,借用武陵桃源之流水碧溪,鸡犬人迹之意境,描绘出一幅神仙世界的华丽画卷,美玉精雕细琢的楼台亭榭,仙鹤神龙驾驶的仪仗车队,翩翩起舞的凤凰鸾鸟,这一切都只能在仙境中找到。从"丹箓客""仙家"等用语明显能够看出道教丹鼎符箓一派的痕迹。

刘敞、刘攽兄弟二人也是以桃源为仙境说的支持者,且二人喜作桃源同题诗作。刘敞(1019—1068)所作《桃源》诗中有"山川非复壶中见,鸡犬犹传云外啼。顾视人间真敝屣,为烦仙子讬幽栖"②的句子,其中"壶中"一词源于《太平广记》卷一二引《神仙传》中"壶公"条,费长房随着壶公进入一个神奇的壶中世界,"仙宫世界,楼观重门阁道,公左右侍者数十人",饮酒所用酒器大小如拳,所盛美酒却怎么也喝不尽。费长房错过了成仙的机会回到家中,却发现"初去至归谓一日,推问家人,已一年矣"。"鸡犬"一句又化用了淮南王刘安一家鸡犬升天的仙话传说。

刘敞弟刘攽(1023—1089)所作同题诗歌《桃源》则曰:

武陵溪深山合沓,岩谷掩映秦人家。仙俗迷涂不可到,春风流水空桃花。山中道人多百岁,翠发萧条神骨异。渔舟往往傍林麓,相逢亦问人间世。③

---

① 《全宋诗》卷三〇八,前引书,第 3883 页。
② 同上书,卷四七八,第 5786 页。
③ 同上书,卷六〇五,第 7165 页。

诗人同样以桃源为有别于人间的仙乡幻境，认为仙境与俗世是隔绝的，凡人根本无法进入，"仙俗迷涂不可到，春风流水空桃花"，只有流水伴随着桃花一年又一年开放在春风里。渔人之所以能够进入桃源世界，是因为他本身就是有仙缘的人，甚或就是仙人，他常常会把渔舟停靠在山麓的桃林边，偶尔遇到世俗之人便问问人间如今怎样了。

二刘的另外两首以《华山隐者图》为题的同题诗作则叙写了秦末避乱于华山中的隐者的生活。虽然没有使用"仙""仙子""壶中"等明显带有神仙色彩的词汇，但仍然是将华山当作了与桃源无异的仙家福地。他们一方面否定求仙行为，但另一方面却又承认仙人是存在的。先看刘敞其诗：

华山隐者图

神仙不可学，浅俗如醯鸡。逍遥二三叟，乃独秦遗黎。避地思远适，名山得幽栖。深岩紫芝秀，归路桃花迷。稍远人世隔，遂忘陵谷移。至今山中人，往往犹见之。吾闻秦皇帝，甚慕真人为。驾石窥蓬莱，载车象云霓。沙丘往不返，四海忽若遗。安知全真子，近在西山垂。一千二百年，修身未尝衰。古称山泽臞，非复万乘期。观君此图意，有以和天倪。①

诗人在起首两句否定和讽刺了俗世学仙、求仙行为浅陋得如同醯鸡井蛙一般，神仙是不可刻意去"学"的。他所称道的是"逍遥二三叟，乃独秦遗黎"，"一千二百年，修身未尝衰"那些在山中勤修苦练之人方能得道，因此"至今山中人，往往犹见之"，这二三叟得以长生不死的原因在于他们全心修真，与天地万物和谐相处。刘攽则在诗中写到华山隐者的日常生活方式："明星备洒扫，巨灵为友朋。饥食玉井莲，手携三秀英"（《华山隐者图》②），服食华山之巅玉井所产之千叶莲花，便可羽化飞升，这显然也是道家修炼的法门。刘氏兄弟认为神仙不可求、不可学，但是可以通过修炼而成。晁补之（1053—1110）《琴中宫调辞》全诗仅仅

---

① 《全宋诗》卷四六七，前引书，第5656页。
② 同上书，卷六〇一，第7099页。

34个字，却简洁而概括描绘了桃源美景，叙述了桃源故事，以平淡自然的白描笔法描摹了一个远离尘世的幽雅神仙幻境："神仙神仙何处？青山里，白云际，不似人间世。源上正碧桃春，清溪乍逢人。住无因，忆红尘，出洞花纷纷。"① 凡间之人想要居住其中，却难以割舍滚滚红尘，只能对着流水落花空自嗟呀。

随着神仙道教思想愈演愈烈，这一时期的桃花源与陶渊明笔下的那个桃源世界已经有了一些距离，诗人们发挥了桃源幽深难觅的神秘性一面，借用武陵桃源中桃花流水、渔人隐者的诗意环境，来表达求仙隐逸的理想，与陶渊明赞美的带有乌托邦色彩的理想社会没有什么关系了。

从徽宗时代起，包括后来南宋的高宗、理宗等皇帝对道教都相当看重，因此以桃源为仙乡的阐释再次抬头，道教神仙方术在文化思想领域影响显著。即使同一个诗人，他对桃源的看法也出现了矛盾，有时认为桃源是仙境，有时却将桃源当作现实存在，如李纲，他在《寓琼山远华馆。一夕，梦游山间小堂，松竹环合。有道士坐堂上，诵李太白送人游桃源序，中有"良田名池，竹果森然，三十六洞，别为一天"之语，觉而异之。今假道容惠、当游、勾漏、都峤、白石、罗浮，皆洞天也。岂神者先告将有所遇耶！赋诗以纪之》一诗中提出韩愈对桃源的评价是不对的，"却笑昌黎翁，强项宁诘曲"②，因为人间有三十六洞天，神仙就在这些洞天福地之中，他们托梦给自己了。

郑仅（1047—1113）《调笑转踏·桃源仙女》诗歌部分是一首比较典型的体现武陵桃源和天台桃源传说结合的桃源诗，现摘录全诗如下：

> 溪溪流水武陵溪，洞里春长日月迟。红英满地无人扫，此度刘郎去后迷。行行渐入清流浅，香风引到神仙馆。琼浆一饮觉身轻，玉砌云房瑞烟暖。③

---

① 《全宋诗》卷一一二一，前引书，第12760页。
② 《全宋诗》卷一五六二，第17748页。
③ 唐圭璋主编：《全宋词》，中华书局1989年版，第445页。郑仅《调笑转踏·桃源仙女》词："烟暖，武陵晚。洞里春长花烂漫，红英满地溪流浅。渐听云中鸡犬。刘郎迷路香风远，误到蓬莱仙馆。"

此诗在武陵桃源故事背景上化用刘晨阮肇天台山遇仙传说，在表达求仙主题之外，暗含了人仙遇合情节在内。从郑仅的这首诗看，桃花源题材已浸润到宋代词和乐舞之中了。

如果说郑仅诗对桃源仙女与凡人爱情的描写是比较隐晦的，那么欧阳澈（1097—1127）《梦仙谣》则比较直白显露，其诗可以说是借着武陵、天台桃源传说的外壳、仙凡恋爱的情节来展现藏匿于世俗文人心中最隐秘的原初状态的性心理、性幻想：

寥阳洞口风烟好，枯木槎牙撑云岛。重重金锁绕婵娟，满地落花常不扫。萧郎闻说已乘鸾，空余九转烧丹灶。烟霞截断绝非尘，凡夫踪迹无由到。高阳有客携佳侣，访异寻幽豁襟抱。琼楼饮散恣欢游，误入蓬壶如梦觉。云关初叩阒无人，松梢鹤唳如惊报。须臾夡户迎者谁？吴宫女儿面凝脂。指点兰堂篆烟袅，珠箔玲珑窣地垂。高擎翠袖轻轻卷，半露妖娆素莲脸。嫣然一笑启檀唇，唤我跻堂语声软。相随环坐一轩秋，旋列杯盘供雅宴。倚风仙蕊似有情，竞吐芳苞喷香远。朝云一段下阳台，绰约标容尘世鲜。黛眉轻拂远山青，明眸斜盼秋波剪。兰柔柳弱不禁风，睡起芙蓉香体颤。樱桃缓启歌贯珠，夕阳花外流莺啭。曲终低语愈含情，自诉芳心犹未展。苞藏惟恐泄真香，寻常娇怯羞莺燕。为怜坐客俱多才，拚羞试许求相见。嫣然若有惜花情，愿丐锦章镌琬琰。温柔惠性已无双，更听斯言真绝艳。放怀卷白不暂停，酷嫌鹦鹉杯中浅。醉玉颓山卧绮窗，秋水一床凝角簟。悠扬好梦入巫峰，泄泄融融兴正浓。蘧然惊觉一何有，点缀余霞散眼封。依约余香虽满袂，行云缥缈已无踪。壶中天地古来有，默想风物遥应同。我闻刘阮曾迷路，武陵邂逅如花女。灵丹咀嚼顿轻身，脱洗红尘已仙去。又闻仙去有萧防，曾耦双成饮玉浆。一朝误入华阳洞，于飞终许学鸾凰。仙凡异境无凭据，每笑前闻但虚语。岂意亲逢事偶符，始信人间有奇遇。归来灯火欲黄昏，隐几无聊暗追慕。濡毫试作《梦仙谣》，端欲梦魂重默诉。①

---

① 《全宋诗》卷一八五〇，前引书，第 20662 页。

诗人首先营造了一个有着与桃花源景色同样幽美的环境，烟岚云霞遮蔽着幽渺神秘的神仙洞府，苍劲古老的枯木支撑着这座海上仙山，松涛阵阵，鹤鸣声声。为了凸显仙境色彩，诗人采用了许多神仙传说，从引用典故的情况看，作者用到了华阳洞府、海上蓬莱、壶中天地等神话仙境，萧史弄玉、高唐神女、吴王夫差女幼玉、巫山女神朝云、天台仙姝、王母仙女董双成等古代仙话传说中著名的仙人。"九转烧丹灶"是道教丹鼎派求仙炼丹的必备之物。"隐几"则是用《庄子·齐物论》中南郭子綦凭几而坐，妙悟自然。欧诗的独特之处在于重点发展了人仙遇合传说的一面，表达对仙凡通婚的羡慕，在这层表象之下，掩盖着诗人看重世俗生活、看重美好爱情的内核。从他所使用的典故来看，几乎都是仙凡通婚或者夫妇成仙的仙话故事。诗的第十三句到第四十八句，作者花费大量笔墨描写梦中仙女的绝世姿容，华丽的衣饰装扮，富丽堂皇的居室宫殿。仙女娇声软语，风姿绰约，轻歌曼舞，含情脉脉，这一切令诗人深深迷醉其中。这段人仙相恋的故事不由让人想起上文提到的唐代曹唐所作五首以刘阮入天台遇仙为主题的游仙诗，与之相比，欧阳澈的《梦仙谣》借梦境直接抒写自己对仙女的爱慕，诗人在幻梦中取代了传说中与仙女有缘之人，得以成就一段美好姻缘。仙女也不复曹诗中对爱情的隐晦、羞涩，而是像宋代流行的话本小说中诸多勇敢的女主人公一样，抛却女性的矜持，大胆热情，向诗人倾诉爱慕之情："为怜坐客俱多才，拚羞试许求相见。嫣然若有惜花情，愿丐锦章镌琬琰。"人与仙对爱情的追求都是积极热烈而主动的。爱情是人类最美好的情感，执着追求爱情在今天看来是很正常的一件事，然而在古代中国，男女之间的爱情必须要遵从严格的礼法制度，发乎情，但必须止于礼，任何对爱情的主动行为都是不合于礼教的，必然受到严厉谴责，特别是在理学思想发达、道学气氛浓厚的宋代。宋人认为，男女婚姻必须"合二姓、具六礼而归得其正"，"若婚不以礼而从人"[1]便是《易》卦中所谓的"凶"。在梦中仙境里，诗人不再顾及世俗的封建礼教、伦理纲常，可以尽情抒写心中最直观的体验与感受，甚至是最原始的性冲动。桃源对诗人来说，已不仅

---

[1] （清）黄宗羲原著，（清）全祖望补修：《宋元学案》卷四"庐陵学案"，陈金生、梁运华点校，中华书局1986年版，第192页。

仅是一个追求永恒生命的场所，更重要的是展示内心隐秘世界的避风港。

类似的还有毛渐《桃源洞》一诗："洞门流水日潺潺，桃坞依然枕水边。春色年年花自好，游人谁复遇婵娟。"① 同样曲折展现了对爱情的憧憬与幻想。

与郑、欧二人桃源诗相似的还有无名氏的《桃源》一诗，此诗据收集者彭国忠先生说是《调笑集句》的歌词部分，属于"口号"。从全诗形制来看，确实可以看作诗歌，都是整齐的七言诗句形式。② 这首诗作者采用了集句联章方法连缀而成：

> 渔舟容易入春山，别有天地非人间。玉颜亭亭花下立，鬓乱钗横特地寒。留君不住君须去，不知此地归何处。春来遍是桃花水，流水落花空相误。③

第一句集自司马光《阮郎归》词，第二句出自李白《山中问答》，第三句可能是化用了独孤及《和赠远》一诗中"玉颜亭亭与花双"一句略加变化而成，第四句是王安石《题扇》诗中最后一句，第五句是宋代蔡伸《踏莎行·佩解江皋》一词上片结句，第六句则是曹唐《刘晨阮肇游天台》中的诗句，第七句用的是王维《桃源行》诗句，第八句也未见于前人诗句，大约也是作者所作或者改造他人诗句而成。作者选择或改造的这八句诗可以分为三种类型：第一是直接或间接与武陵桃源或天台桃源相关，如第一、二、六、七、八五句；第二是与人仙遇合主题相关，如第五句，郑交甫解佩江皋故事；第三是与美丽的女人相关，如第三、四两句，这些描绘美女的诗句也常常用来形容仙女。作者精心选择了前人的八句诗，为读者演绎了一个人仙相遇而又无奈分别的爱情神话。

薛季宣（1134—1173）之《梦仙谣》诗作于乾道三年。乾道是南宋孝宗年号，三年是公元1167年，当时孝宗即位仅五年，高宗统治余波还

---

① 《全宋诗》卷八四三，前引书，第9763页。
② 其实这与郑仅的《调笑转踏》的形式相同，七言诗后有《调笑令》歌辞："相误，桃源路。万里苍苍烟水暮，留君不住君须去。秋月春风闲度。桃花零落如红雨，人面不知何处。"词也是集句。见《全宋词》第五册，前引书，第3648页。
③ （宋）曾慥：《乐府雅词》卷上，前引书。

在，可以看做是高宗时代的余绪。此诗主题同样是以桃源为仙乡幻境，桃源中人是躲避暴政的秦代人，他们虽然没有选择揭竿而起对抗暴政，成为新的王公贵胄，但却找到了人间仙境，成了长生不死的逍遥仙人。与其他以桃源为仙境的阐释略有差异的是，诗人认为桃源仙境就在人间某处封闭隐秘之地，只是凡人没有机缘找到罢了。求道须无心而求，有心者，无论你是皇帝还是普通百姓，都只是痴人说梦：

> 长城役罢骊山起，秦人断念还居里。一呼或化为侯王，避之却是神仙子。汉家宫殿生荆棘，桃源树树长春色。花香破鼻桃离离，只在人间人不知。梦中有客曾一到，屋室衣裳殊草草。狗彘鸡豚还治生，若度流年不知老。南华硗壁连天起，人家庭户多流水。红碧夭桃百种花，不似凡间锦和绮。仙人容貌闲且都，居处虽贫乐有余。老子桃红入双脸，皤然只有银为须。仙家女儿多茜衣，桃花宜面叶宜眉。离宫茅舍略相似，别有丽谯旋为题。仙君名氏犹属秦，许由往往陪游人。老人石上问行客，传今几世秦之君。为言天下方南北，秦鹿千龄经人得。嗟说来时桃始华，桃子而今未成核。祖龙往日亲曾见，六合连兵事攻战。北城紫塞南陆梁，倾资未足供输挽。诚知黔首无聊生，侧目有诛正视刑。剖心不独商王受，当时论杀诸儒生。我本何辜一何幸，避役离乡共亡命。石髓药苗聊解饥，经年陡觉侪仙圣。讯今丞相胡为者，振古如今同土苴。惊起城头角调哀，顿觉令人小天下。秦政求仙徒尔为，避秦役夫能至之。还知道可无心得，学道有心无乃痴。①

从诗后诗人自注来看，作者对桃花源的态度是模棱两可的："事异于《桃花源记》者，皆梦中闻见尔。陶潜、伍安贫记黄道真误入桃花源事，世传以为仙，或曰非也。近人有梦游仍夕者，道所闻见，为作《梦仙谣》。乾道三年孟秋几望翼日记。"而这也说明了在北南之际高宗统治时代，以桃源为仙境的阐释仍然是较为普遍的，传说似幻似真，让人宛如雾里看花，难以分辨清楚。

---

① 《全宋诗》卷二四七五，前引书，第28704页。

楼钥（1137—1213）的《桃源图》诗中虽然否定了武陵桃源是仙境的说法，认为桃源事"此事茫昧不可稽"，但是当作者见到友人《桃源图》之后，对《夷坚图志》记载七十二女仙的事却深信不疑了①，"初疑长房缩地脉，又似照影归摩尼。巨丽写成阿房赋，牵连貌出连昌辞。采女细数七十二，人言霓裳舞羽衣。楼阁玲珑在缥缈，其间恐有太真妃"，画面中雄伟壮丽的宫殿，让诗人联想起开元盛世，将七十二采女与《霓裳羽衣曲》联系起来，进一步联想到白居易《长恨歌》里贵妃成仙的记载，遗憾的是自己与蓬莱仙境无缘，"固知凡踪不可到，一梦游仙犹庶几"②。诗人的世界观在见到《桃源图》后发生了彻底改变，甚至怀疑起桃源里"未知桃源有此否"。由此可见，道教神仙方术之说的盛行造成了人们思想意识领域中的混乱和矛盾。再如陶梦桂（1180—1253）所作《小桃源》直称桃源为"小洞天"，"乾坤无处着臞仙"，于是"乞于桃源小洞天"③，和唐代诗人看法一致，将桃源当作了神仙洞府。

理宗时代是又一个道教兴盛时期，白玉蟾（1194—?）创立的道教南宗金丹派在社会上影响巨大。白氏通晓儒、释、道三教思想，在此基础上将禅宗与理学心性学说融会贯通，并用易学术语阐述金丹大法，很多学者投入他的门下，"四方学者，来如牛毛"。易学与道教金丹大法的结合对儒家学者无疑具有强大的吸引力，王柏（1197—1274）也深受影响，他创作的《和前人小桃源韵》诗体现出鲜明的道教神仙色彩：

二初何如人，夫岂古隐士。道成溯沆瀣，羊卧不再起。鸾鹤舞松声，萧骚快心耳。金灶清尘生，余丹不轻委。我来桃源游，直穷路所止。飞萝摇春烟，素雪喷清泚。了无一根桃，此名安可纪。岂是牧羊儿，即刘阮二子。不然命名者，亦别有深旨。何时驾草堂，深入此山里。翛然逃世虑，炼魄继遐轨。④

---

① （宋）洪迈：《夷坚志·夷坚丙志》卷六，何卓点校，中华书局2006年版，第413页。
② 《全宋诗》卷二六四〇，前引书，第29394页。
③ 同上书，卷二九五六，第35218页。
④ 同上书，卷三一六六，第38004页。

"金灶""余丹"是道家修炼的工具,"炼魄"则是修行之法门。"羊卧"和"牧羊儿"化用修羊公道成之后化为白石羊①和黄初平(赤松子)叱石成羊故事。②

神仙方术虽属道家事,但是由于唐宋两朝皇帝对佛教、道教的大力扶植,佛教、道教自身本土化、世俗化,与儒家思想发生了融合,在三教思想的共同影响下,桃源不再只是道家神仙的福地洞天,儒家学者的仙境梦幻,同时也成了释家和尚的参悟乐土。试看释文珦(1210—?)的《春夜梦游溪上,如世传桃源。与梵僧仙子遇具蟠桃、丹液、灵芝、胡麻于云窗雾阁间。请赋古诗,颇有思致。觉而恍然犹能记忆五句云:滩峻舟行迟,乱峰青虬蟠。一瀑素霓吼,灵桃粲丹朱。仙饭杂芝糇。遂追述梦事,足成一十七韵》一诗:

> 随意作清游,唯与筇竹偶。徘徊望原田,宛转赴林薮。隔溪更幽奇,欲往兴弥厚。渔人自知心,涉我不待叩。烂烂桃花明,粼粼白沙走。滩峻舟行迟,鞭棹入崖口。乱峰青虬蟠,一瀑素霓吼。微径上青冥,高木挂星斗。梵宇金碧开,万象发蒙蔀。老僧雪眉长,妙语涤心垢。乘云者何人,笙鹤自先后。邀余过殊庭,酌以流霞酒。灵桃粲丹朱,仙饭杂芝糇。白鹿守天坛,彩烟生药臼。谓言保其真,物我尽刍狗。窗外铁钟鸣,惊觉复何有。乃知百年间,梦境匪长久。③

此诗托梦为记,展现了作者心目中理想的桃源世界。在这个理想的幻境中,既有平畴沃野、翠竹苍松、灼灼桃花、深林小溪的人间美景,也有白眉老僧,金碧庙宇,"梵宇金碧开,万象发蒙蔀。老僧雪眉长,妙语涤心垢"的佛家清修之地,还有驾鹤仙人"乘云者何人,笙鹤自先后",白鹿仙丹"灵桃粲丹朱,仙饭杂芝糇。白鹿守天坛,彩烟生药臼"

---

① 参见(明)徐应秋《玉芝堂谈荟》卷一二,前引书:"修羊公眠华山文仙谷石上,榻穿陷。汉景帝问,公不答,化为白石羊。"又见《陕西通志》卷六五,影印文渊阁《四库全书》本。
② (宋)乐史:《太平寰宇记》卷九七,前引书。
③ 《全宋诗》卷三三一五,前引书,第39515页。

的仙道胜境。全诗结尾处曲终奏雅，原来这美好的一切都只是一个梦而已，一觉醒来，一切都化为乌有，人生百年，不过如此。再看他的另一首《记梦》诗：

> 神清发幽梦，梦到仙人峰。老仙启玄门，问我来何从。仙发映山绿，仙颜眩日红。高低种玉田，异植方茸茸。里间见翁媪，亦复非尘容。鸡犬声相闻，略与桃源同。云中飞仙人，缥缈如游龙。遄征不可即，得非是乔松。白云既变灭，仙軿亦无踪。①

诗人梦中满眼所见皆是仙境美景，高高低低的田地里种植着精美的玉石，各种各样奇异的植物欣欣向荣；大大小小的街巷里见到的老人也个个仙风道骨，不似凡人。这里鸡犬之声相闻，与桃源世界相同。仙人们在云雾缭绕的空中飞舞，翩若游龙，宛若惊鸿，转眼间踪迹不见。

以上几首诗都是所谓记梦中所见情境的诗歌，诗人在梦中游历了仙境，看到奇花异草、灵药仙丹，遇到了各种各样的仙人，有的还与仙女结下姻缘，醒来后意犹未尽，于是提笔写诗，描绘出类似桃源的仙乡洞天。笔者认为，产生这种现象的原因与当时社会思潮、时代背景密切相关。这些诗歌出现的时代里，往往神仙道教思想大行其道，人们对神仙的存在与否充满了疑惑，而作为掌握先进知识的读书人同样对这个问题是相当迷惑的，理性提醒他们根本没有神仙存在，更没有仙境，然而社会上却流传着很多神秘难解的事，而掌握社会话语权的统治阶级大力宣扬，人们自身情感的宣泄之需要，种种因素叠加在一起，这一切让人们无所适从，"言为心声"，他们必须把自己的思想情感诉诸笔端，用文学作品来展示给他人，于是只好采用了一种折中的办法：平常作诗写文走现实主义的路子，否定一切怪力乱神，冷静而理性；迷惑难解时统统托梦为记，走浪漫主义的路子，天马行空，大胆发挥想象和幻想，把白日里不敢想不该想的都表达出来，反正是在梦里，完全不必担心世俗世界的一切规约法则，换句话说，那就是可以不用担负任何责任，因为是在做梦，因此，即使同一个作家，在其不同作品当中，对桃源的解说呈现

---

① 《全宋诗》卷三三一五，前引书，第39515页。

出不同甚至矛盾的解读，也就不足为奇了。

　　与北宋初期不同，从仁宗庆历年间到哲宗末和徽宗钦宗到南宋高宗末这段时间里的桃源诗歌，除了直接表达对仙乡幻境的欣羡与向往之外，还出现了对以桃源为仙乡之说或者对神仙传说的否定和批判。之所以大量出现这类批判神仙说的桃源诗，恰恰从反面说明在当时以桃源为仙乡幻境的解说是比较兴盛的。无论是以仙境看待桃源，还是否定桃源是仙境，实际上都是把桃源看作外在于人境的地方，与人间存在绝对差异。面对国家的日益凋敝，沉浸在宗教梦幻中昏聩无能的统治者，不少有识之士发出匡救时弊的呐喊，对神仙传说的荒谬提出质疑。邹浩（1062—1111）《悼陈生》一诗，前半部分借陈生海上覆舟得遇仙人的故事描绘了一幅令人神往的福地洞天，令人歆慕不已。但是因陈生俗缘未了，功名利禄之心难平，他离开了仙源，回到尘世人间。当他发现原有的一切都已面目全非，想再入仙源时，却发现再也回不去了。结尾部分作者发出了"君不见秦皇汉武操利势，自许神仙力能致。海边方士日从横，毕竟千非无一是。书生径步蓬莱巅，况乃天人勤指示。若为名宦苦死坚，失脚青云坠平地。仙兮仙兮一何异，求不求兮两莫遂。我虽忘情亦欷歔，仲尼之门非所议，率然作诗纪其事"[①]的感慨，神仙之说太过渺茫，还是不必过于执着了吧。作为孔门弟子，本不该说怪力乱神之事，但是这些神仙传说太过荒唐，让人不得不批评一番了。

　　徽宗统治时期，道教神仙思想的传播与影响可以说达到两宋顶峰。徽宗皇帝在位期间，道教被推崇到极高的地位。他宠信道士王老志、王仔昔、徐知常等人，为这些人赐号，政和三年（1113）九月，因蔡京举荐，王仔昔被晋封为通妙先生，并且"由是道家之事日兴，而仔昔恩宠寖加"[②]。到了政和四年（1114），更是为这些道士加封先生、处士等名号，赐予锦衣美食，"秩比中大夫至将仕郎"，煊赫一时。又设立道教官职，凡道士皆有俸禄，每一道观都占有百千顷良田，经济上享有特权。从政和六年（1116）开始，在道士林灵素等人虚言妄语煽动下，徽宗进行了一系列佞道活动，修宫观、造神像、起斋醮，受神箓，举行册封仪

---

① 《全宋诗》卷一二三三，前引书，第13929页。
② （明）陈邦瞻：《宋史纪事本末》卷五一"道教之崇"，中华书局1977年版，第512页。

式，自封为教主道君皇帝，成为道教神仙说最狂热的支持者。在他的倡导支持下，整个国家都沉浸在宗教迷狂之中，百姓庶人倾其财产，向道观施舍钱财，积极参与斋醮仪式，"（政和七年）复令吏民诣宫（上清宝箓宫）（授）[受]神霄秘箓，朝市嗜进者，亦靡然趋之"①。官员显贵们则趋附于深得皇帝宠信的道教名士以换取政治利益，"朝臣戚里，夤缘关通"，"有所不快，必讬为帝诰，则莫不如志"②，朝政混乱如斯。

诗人汪藻（1079—1154）创作《桃源行》一诗，以古讽今，借批评秦始皇、汉天子访仙种桃却求长生不得的荒谬行径来谴责指斥徽宗笃信道教，导致国土丧失，山河变色。汪诗便是针对这些现象有感而发：

> 祖龙门外神传璧，方士犹言仙可得。东行欲与羡门亲，咫尺蓬莱沧海隔。那知平地有青云，只属寻常避世人。关中日月空万古，花下山川长一身。中原别后无消息，闻说胡尘因感昔。谁教晋鼎判东西，却愧秦城限南北。人间万事愈可怜，此地当时亦偶然。何事区区汉天子，种桃辛苦望长年。③

此诗表面看来是咏史，实际却是讽今，深得风人之致。前四句讲秦始皇费尽心机却无法找到一海之隔、近在咫尺的蓬莱仙山。接着转入桃源人，他们只是平常避乱之人罢了，过着与桃花流水相伴而居的隐逸生活，与外界隔绝，不通消息。日月如梭，光阴似箭，此间之人完全不知外面已经发生了翻天覆地的变化，秦朝灭亡，二晋判分，时过境迁，令人不胜唏嘘。可笑的是大汉天子（宋朝皇帝）还在盼着仙桃益寿延年。作者在古今兴亡之叹中寄寓着对现实的深切关注，晋鼎判东西，秦城限南北，与大宋王朝的命运是何其相似。"胡尘"一词用意颇深。"胡"从先秦时代开始便是当时的华夏民族，也就是后来的汉民族对周边少数民族，特别是生活在我国西北、东北、北部地区游牧、半游牧民族的一

---

① （明）陈邦瞻：《宋史纪事本末》卷五一"道教之崇"，中华书局1977年版，第514页。
② 同上书，第515页。
③ 《全宋诗》卷一四三七，前引书，第16561页。据《全宋诗》载，此诗选用刊本为四库本（明）赵子常辑《浮溪文粹》。查影印文渊阁《四库全书》，《浮溪文粹》为明代胡尧臣所刻汪藻之遗文，《全宋诗》误。

种称谓，对于掌握先进文化的汉民族来说，"胡"这个字意味着野蛮、落后，多多少少带有一些歧视色彩。然而正是让大汉民族轻视小觑的这些蛮族人却屡屡挑起战争，打得汉人毫无还击之力，甚至亡了国。泱泱大国、礼仪之邦不得不屈从于荒蛮鄙陋的番邦小民，先进文明的掌握者被落后的异族文化所取代，在"夷"与"夏"和"胡"与"华"的争夺中，华夏民族曾多次失败，这样的失败在汉人看来实在是一种奇耻大辱，但是他们却没有有效的办法来对抗强悍善战的少数民族，连统一六国、雄霸天下的秦始皇也只能靠修筑长城来防御北方剽悍的匈奴入侵，晋鼎南迁也是由于西晋王朝无力与鲜卑、匈奴、羯、氐、羌等所谓"五胡"的几个少数民族政权抗衡而被迫放弃长江以北地区。如今大宋王朝的局势与此二朝相比更是可怜，纵有一统天下的雄心壮志，却是有心无力，从太祖建国开始，面对周边西夏、辽的入侵，朝廷毫无办法，只能一味妥协退让，割地赔款以求得暂时的平静。灭辽之后的金人更是大举威逼进犯，朝廷上下束手无策，文臣武将谈金色变。长此以往，恐怕亡国的历史又要重演了。这一切令诗人忧心忡忡，心痛不已。

　　徽宗时代对桃源是仙境持批判否定态度的还有王洋，诗人曾写下"桃花之源诚有无，吾恐诞幻成荒诞"之句①，对桃源的存在表示了怀疑，指出仙境之说是荒诞而虚妄的。许尹（徽宗政和二年进士，隆兴二年致仕）也在《和吴谨微游仙都五首》其五中云："桃源归路净无尘，只是当时避世人。仙事茫茫类如此，鼎湖辙迹恐非真"②，由否定桃源神仙传说进一步批判道教求仙说的荒谬，连皇帝驭龙升天的遗迹恐怕也是假的。此外，还有南宋高宗时的胡宏和王十朋，都曾在诗作中彻底否定了桃源仙乡世界的存在。

　　以桃源为仙境的诗学接受与阐释贯穿两宋终始，伴随着社会发展的不同历史时期，诗人们对桃源仙境的态度也在发生着变化，在对其欣羡痴迷的同时，也不乏怀疑猜测，表面看起来是非常矛盾的，但实际正是宋人探索真理的求实精神影响下的必然结果。

---

① 王洋：《送周仲固运使之官湖北》，《全宋诗》卷一六八七，前引书，第 18944 页。
② 《全宋诗》卷一八二八，前引书，第 20362 页。

第二节　四种阐释之二：隐逸桃源

　　隐逸在中国可谓源远流长，从上古发源，历经千年发展演变，到宋代呈现出新的面貌。与前代相同，在太平盛世，国家繁荣稳定的时期，士人们对待隐居的态度不外乎两种：一是以隐居生活作为精神放松的方法，隐者的心情是愉悦的，这可以称为享乐型隐逸；另一种是由于个人理想破灭或者遭遇失意和打击，勘破世事无可奈何隐居，以寻求心灵上的解脱，是一种规避型隐居。在社会动荡、战乱频仍的战争年代，人们不得不选择隐遁，进入山林，逃避现实，这同样是规避型隐居。隐居的理由是多种多样的，无论是出于个人经历还是社会因素，或者其他目的，这里也不论他们是真隐还是假隐，是隐于市朝，还是藏进山林，再或亦官亦隐，选择隐遁之后的他们会暂时忘却俗世生活的烦恼，遨游江湖，笑傲山林，归隐田园，用心体验欣赏隐居生活的闲趣与自适。

　　有宋一代，在经历唐末五代战乱之后，社会政治、经济、文化、思想等迅速发展起来，这给隐逸者创造了充足的社会条件，加上唐五代隐逸之风的余波，宋朝刚一建立，隐逸便蓬蓬勃勃地发展起来，追求恬静淡泊的生活似乎成为当时的一种时尚，作为方外之人的和尚道士自不必说，连文人士大夫们也在俗世享乐之余怀恋起山林幽谷的隐逸之趣了。宋初张咏（946—1015）作《过武陵溪二首》曰：

　　　　生平苦爱山兼水，南国晴辉尽可携。即问世间谁见我，扁舟闲下武陵溪。武陵山下水冲溶，往事追寻兴莫穷。欲就渔人问闲趣，叶舟齐过蓼湾东。①

　　诗人带着平生遍游山川大河的美好愿望，以一种纯粹欣赏的眼光打量着武陵山水，乘着一叶扁舟兴致勃勃向渔人寻访武陵故事。诗中暗用桃花源事，"往事追寻兴莫穷"，诗人来到"武陵山下"，向"渔人"探问"闲趣"，如果说单一个"武陵"地名就断定诗人所指是桃源，未免有

---

① 张咏：《全宋诗》卷五一，前引书，第546页。

些牵强；但是加上"渔人"的存在，便有足够证据证实，诗人没有直说的"往事"无疑是武陵桃花源的旧事了。那么诗人是怎样看待桃源世界呢？诗中并没有明确表达，只能试着推测一下：诗人把武陵桃花源视为理想的隐逸之境了，从"即问世间谁见我，扁舟闲下武陵溪"两句来看，诗人似乎已经打算远离俗世的尘嚣，驾起小船去探寻传说中的武陵源。相较之下，李含章（太宗太平兴国五年进士。仁宗即位，知江阴军，卒）的《游桃源观》诗对桃源的解说就相当明确了：

>碧草芊绵十洞春，青苍寒迭五溪云。山萦乳窦层层秀，路隔桃花处处分。苔径竹深迷鹤迹，石坛松古漏星文。通宵回想尘寰事，好结茅茨向水滨。①

桃源观，《舆地广记》卷二七载："武陵郡，祥符五年改曰鼎州"②，而《说郛》卷二九下引宋郑景望《蒙斋笔谈》曰："渊明所记桃花源，今鼎州桃花观即是。其处余虽不及至，数以问湖湘间人，颇能言其胜事，云自晋宋来，由此上升者六人。"③ 桃源观很容易便与桃源神仙传说结合起来。因此作者在这里用了一个"尘寰事"，将桃源观当作了与世俗生活对立的隐秘之所在，而恰恰是因为有升仙的传说，这个对立才有了存在的依据，但是桃源观又是现实存在的化外之境。当厌倦尘世生活的喧嚣之时，便在芳草萋萋、桃花怒放的桃源溪水之滨结起茅屋，过着逍遥自在、脱离世俗的深隐生活。风景如画、远离尘寰的桃源深隐之乡是渴望隐逸生活的人向往的地方，"寻源未许武陵人，隐者但作桃花主"，不是只有武陵人才能寻找这个美丽的世界，真正的隐者都可以成为桃源的主人。④

蔡襄好以桃源、桃花等意象来描写春景，他在《闻福昌院春日一川花卉最盛》之二中写道："山前溪上最宜春，千树夭桃一雨新。争得扁舟

---

① 《全宋诗》卷五五，前引书，第601页。
② （宋）欧阳忞：《舆地广记》，影印文渊阁《四库全书》本。
③ （明）陶宗仪：《说郛》，影印文渊阁《四库全书》本。
④ 冯信可：《桃源图》，《全宋诗》卷一六二，前引书，第1823页。

随水去，乱花深处问秦人。"① 他的《建溪桃花》则曰："何物山桃不自羞，欲乘风力占溪流。仙源明有重来路，莫下横枝碍客舟。"② 两首诗都使用了桃花源之典。再看其所作《桃花溪》一诗：

    隐隐飞桥隔野烟，石矶西畔问渔船。桃花尽日随流水，洞在清溪何处边。③

  此诗《全唐诗》作为张旭的诗收录，但是据莫砺锋诸先生考证，当为蔡襄作品。短短四句，既是对桃花溪清新雅致的风物美景之赞叹，同时也是对《桃花源记》全文诗意性的解说。岚烟雾霭，一带飞桥，神秘而又幽远。诗人在渔父的指引下，沿着清清溪水寻找心中的桃花源，但见桃花片片随水而出，却无法找到这片乐土，淡淡的惆怅笼上心头。明人钟惺《唐诗归》卷一三称誉此诗"境深，语不须深"④。

  再如林旦（生卒年不详，历仁宗、英宗二朝）的《余至象山得邑西山谷佳处，暇日过游，因其亭榭泉木离为十咏·桃源径》诗，借赞美一条桃花盛开的小路，来表达对桃源隐逸世界的向往。诗人将司马迁对李广的称颂之辞"桃李不言，下自成蹊"化用到诗歌当中，展现对隐逸生活的向往。沿着小溪，穿过十亩桃花林，发现一个芳草萋萋、繁花似锦、碧水潺潺、晴霞倒映的隐秘坞谷。不必担心像武陵渔人一样迷失道路，只要年年春意长在，盛开的桃花将会指引寻源人前进的方向：

    十亩红桃径，穿花过水西。清泉来不断，行客到应迷。露锦披芳坞，晴霞倒碧溪。年年春意在，当会自成蹊。⑤

  诗人遭遇政治上的打击、仕途失意或者个人命运的挫折坎坷之后，仕途的险恶、官场的黑暗、暂时（或者永远）的失意，往往迫使他们兴

---

① 冯信可：《桃源图》，《全宋诗》卷三八八，前引书，第 4786 页。
② 《全宋诗》卷三八九，前引书，第 4798 页。
③ 同上书，卷一一七，第 1180 页。
④ （明）钟惺、谭元春辑：《唐诗归》，明万历四十五年刻本（1617）。
⑤ 《全宋诗》卷七四八，前引书，第 8277 页。

起归隐之心，而这种情况在两宋各个时期都是普遍存在的。

北宋后期，素有"李白后身"之称的郭祥正（1035—1113）也喜用桃源、武陵、避秦人及相关意象进行创作，现存诗作1400多首，这些意象出现了13次之多，并且还有专门诗作《桃源行寄张兵部》：

> 武陵溪上青云暮，昔人传有桃源路。时见落花随水流，咫尺神仙杳难遇。神仙有无何可量，但爱武陵山水强。松烟竹雾水村暗，鸟啼猿啸花雨香。车轮不来尘坌绝，日月自与乾坤长。闻君取身欲长往，禾熟良田给春酿。陶然一醉万事休，还我天真了无象。生胡为荣死奚戚，为笑纷纷避秦客。一身千岁何足论，更向渔家寄消息。①

皇祐五年（1053），郭祥正任星子县主簿，因与上司抵牾不合，一年左右便弃官归乡了。此时恰逢梅尧臣服母丧回到故乡宣城，郭祥正前去拜访，得以结识这位诗坛宿将，并得到其充分肯定。梅尧臣在《采石月赠郭功甫》一诗里将他比作谪仙李白，郭由此得到"李白后身"之名号，并终其一生以李白后继者自诩。② 从这首桃源诗中可以看到一个酷似李白的、豪放不羁的影子。诗前四句说传说武陵桃源中有神仙，但神仙即使近在咫尺，却也杳然如黄鹤般难以捉摸。下面忽然话锋一转，转向刻绘武陵山光水色。有没有神仙可以暂不去理会，更爱的是武陵的山水风物。接下来作者描绘了一幅生动的自然美景，苍松翠竹，小溪村庄在蒙蒙烟岚雾霭笼罩下若隐若现，林间回响着婉转动听的鸟鸣和悠长清脆的猿啸，细细的雨丝里花儿绽放，散发出沁人心脾的芬芳。远远抛开俗世红尘的喧嚣，享受着永恒的时光，与天地同寿。听说你要去这个好地方了，那么便可以享用丰收之后新酿的春酒，陶然一醉，万事皆休，重新拾起天然纯真的赤子之心，世间的一切都归于无形无象，生亦何欢，死亦何忧，

---

① 《郭祥正集》卷二，前引书，第39页。
② 《宋史·文苑六·郭祥正传》载："母梦李白而生，少有诗声。梅尧臣方擅名一时，见而叹曰：'天才如此，真太白后身也。'"（元）脱脱等：《宋史》卷四四四，中华书局1977年标点本，第13123页。又王偁《东都事略》卷一一五《文艺传》也有相同记载。此外，《王直方诗话》《诗人玉屑》等诗话类作品中也记载了梅对其的评价。

可笑那避秦之人堪不破个中玄机，枉自活了一千年，却还向渔人传递着长生不死的消息。"车轮不来尘垄绝，日月自与乾坤长"，前句化用陶渊明"结庐在人境，而无车马喧"（《饮酒》①其五），旨在说明远离尘世之逍遥自在，后句进一步补充隔绝尘寰自然能够与日月乾坤同寿。而"陶然一醉万事休"，一醉解千愁，豪迈潇洒。"生胡为荣死奚戚"则体现了作者对生与死的理性思考与探索，在他看来，生死是没有界限的，有生必有死，不须为生而高兴，为死而悲伤，表现出一种参悟生死的超然与豁达。

还有苏轼（1036—1101），这位伟大的文学家，自幼怀抱着济世理想离开了蜀地，此后他的一生几乎都是在政治斗争的旋涡中挣扎度过的，盛年时期卷入新旧两党的拉锯战里，跌宕起伏，经历三次贬谪（黄州、惠州、儋州），并且几乎丧命（乌台诗案）。重重打击之下，诗人黯然神伤，发出"我虽爱山亦自笑，独往神伤后难继。不如西湖饮美酒，红杏碧桃香覆髻。作诗寄谢采薇翁，本不避人那避世"②的感慨。当老友王廷老伯敭被再次起用，派往虢州时，苏轼写诗赠别，一方面为老友15年之后能够被再次起用，并且去往一个民风淳朴、与世无争的华山桃源而高兴，希望自己也能在闲暇之余，与老友共同享受饮酒游戏的闲适；另一方面勉励老友，要向汉代循吏龚遂一样，将这个美好的地方治理成人间乐土：

华山东麓秦遗民，当时依山来避秦。至今风俗含古意，柔桑绿水招行人。行人掉臂不回首，争入崤函土囊口。惟有使君千里来，欲饮三堂无事酒。三堂本来一事无，日长睡起闻投壶。床头砚石开云月，涧底松根斸雪腴。山棚盗散人安寝，劝买耕牛发陈廪。归来只作水衡卿，我欲携壶就君饮。③

---

① 《陶渊明集校笺》卷三，杨勇校笺，前引书，第247页。
② 《自普照游二庵》，《苏轼诗集》卷九，（清）王文诰注，孔凡礼点校，前引书，第434页。
③ 《送王伯敭守虢》，同上书，卷二，第1435页。

此诗乃元祐元年（1086）诗人在汴京送别友人所作。诗人赞美虢州之地仿佛避秦隐士居住的华山山麓一般，依然保持着淳厚古朴的上古之风，人们怡然自得，过着平静而幸福的生活。可惜天下人却蝇营狗苟，汲汲功名利禄，经过这里却毫无眷顾之心，争先恐后涌入函谷关直奔长安而去。老友王廷老千里迢迢来到此间，在三堂安闲自在地品尝着美酒。你定能如汉代龚遂治渤海之民一样，发放存储之米粮，劝勉被迫为盗之人放下刀剑、买牛耕田，过上富足安宁的日子。此诗表面上是借赠别鼓励称赞朋友，实际却暗含对亦官亦隐生活的向往。难忘济世之理想，还要保持独立的人格，诗人只能无奈地在仕与隐二者之间找到一个合适的平衡点，以寻求短暂的人生之旅中心灵暂时的安顿，只有吏隐一条路，才是这个仕与隐、出与处的最佳选择。苏轼本人对吏隐生活或者过着吏隐生活的人是比较羡慕的："故人真吏隐，小槛带岩偏"①，"伯时有道真吏隐，饮啄不羡山梁雌"②，然而这种生活对诗人来说只是一种奢望罢了，激烈的社会政治斗争，仕宦路途的险恶，这一切使诗人发出了不如归去的感喟：

书王定国所藏烟江迭嶂图

江上愁心千迭山，浮空积翠如云烟。山耶云耶远莫知，烟空云散山依然。但见两崖苍苍暗绝谷，中有百道飞来泉。萦林络石隐复见，下赴谷口为奔川。川平山开林麓断，小桥野店依山前。行人稍度乔木外，渔舟一叶江吞天。使君何从得此本，点缀毫末分清妍。不知人间何处有此境，径欲往买二顷田。君不见武昌樊口幽绝处，东坡先生留五年。春风摇江天漠漠，暮云卷雨山娟娟。丹枫翻鸦伴水宿，长松落雪惊醉眠。桃花流水在人世，武陵岂必皆神仙。江上清空我尘土，虽有去路寻无缘。还君此画三叹息，山中故人应有招我归来篇。③

---

① 《过淮三首赠景山兼寄子由》，《苏轼诗集》卷一八，（清）王文诰注，孔凡礼点校，前引书，第940页。
② 《次韵子由书李伯时所藏韩幹马》，同上书，卷二八，第1502页。
③ 《苏轼诗集》卷三〇，（清）王文诰注，孔凡礼点校，前引书，第1608页。

这首诗作于元祐三年（1088）的汴京，当时反对变法的旧党上台，经历乌台诗案之后的苏轼被重新起用，拔擢进入朝廷，短期内连连升迁，任中书舍人、翰林学士等职务，但很快就因与司马光政见不和，于元祐四年（1089）再次自请离开朝廷。虽然此时应当说是诗人仕途之中比较顺利的阶段，屡次迁升，然而元丰二年（1079）乌台诗案的阴影不可能在短期内消除，短时间内的数次升迁、变动恐怕只会令诗人对仕宦之途更添不安与畏惧。经历仕宦起伏变故的诗人连"吏隐"也不提了，而眼前《烟江迭嶂图》勾起了作者对曾经游历过的武昌樊口之美景的记忆，深深怀念起昔日谪居黄州的耕读生活，然而此时却是归隐不得，因此发出"山中故人应有招我归来篇"的感喟，希望能找到一处如同《烟江迭嶂图》所描绘的武陵桃源般的人间幽境，买两顷田，过着躬耕田园的自足生活，可惜这样的地方"虽有去路寻无缘"，只是理想中的世界，看着图画里的美景，诗人只能再三叹惋。

以桃源为深隐难觅之所的还有黄庭坚（1045—1105）作于熙宁五年（1072）的《武陵》一诗："武陵樵客出桃源，自许重游不作难。却觅洞门烟锁断，归舟风月夜深寒。"[①] 发出了桃源难觅的感喟。从这些诗作产生的时间来看，相对集中在熙宁变法、元祐更化这段时期中。这段时间国家政治生活比较复杂，北宋王朝在大一统局势下内部进行着政策改革和权力调整，思想领域相对活跃，但是斗争碰撞也较为激烈。不过，宋代文人在遭受重大挫折之后，往往能够把佛老思想、儒家理想与出世和入世的矛盾适当地调和在一起，将身心适时进行调整，以一种超然物外的态度对待新生活，心态是达观、开朗的。

相似的还有胡铨的《题小桃源图》一诗：

闲爱鹤立木，静嫌僧扣门。是非花莫笑，白黑手能言。心远阔尘境，路幽迷水村。逢人不须说，自唤小桃源。[②]

此诗是一首题画诗，据陈郁《藏一话腴》内编卷上载："淡庵胡先生

[①] （宋）黄庭坚：《豫章黄先生文集》外集卷六，前引书。
[②] 《全宋诗》卷一九三四，前引书，第21588页。

谪新州（高宗绍兴十八年），筑室城南，名小桃源，而图之，且题诗其上……或者谓寓避秦之意，又作小西湖于所之侧，亦寓不忘君之义乎？"①按：此处"避秦"语意双关，除躲避社会动荡之外，还有避权奸秦桧之意。西湖在南宋行在所临安，所以"小西湖"寓不忘君之义，身虽远遁，但心却一直记挂着南宋朝廷。"是非花莫笑，白黑手能言"，诗人借桃花和弈棋两件事来展示隐居生活的安宁与闲适。桃花灿烂，自开自谢，不关人间是是非非；手谈黑白，往来棋枰，能道世上对对错错。"花莫笑"和"手能言"其实都是诗人自身的心理体验。"心远阔尘境"句化用陶诗《饮酒》其五中"结庐在人境，而无车马喧。问君何能尔？心远地自偏"四句。"逢人"句则是化用《桃花源记》渔人禀报太守事，诗人反其意而用之，不须向外人称道，自己的居所便是桃花源。

每逢国家多事之秋，心怀天下的宋代文人一面密切关注国计民生，一面也会因无力改变现状而哀叹，这时的桃花源自然成为他们理想中躲避现实灾难的避风港，试看朱敦儒（1081—1159）《小尽行》：

> 藤州三月作小尽，梧州三月作大尽。哀哉官历今不效，忆昔升平泪成阵。我今何异桃源人，落叶为秋花作春。但恨未能与世隔，时闻丧乱空伤神。②

首先来看诗歌题目。所谓小尽，是一种农业历法的划分，夏历之月分为小尽、大尽，每月三十日为大尽，二十九日为小尽。此诗是诗人靖康年间避地两广所作③。两宋之交，宋金之间战争爆发，靖康间，金人进攻都城汴梁，朝廷处于风雨飘摇之中，根本无暇顾及颁行历法以劝农耕作。作者身居两广，得以避免兵燹之厄，面对国家混乱局面，忆起升平之时，泪流满面，痛惜不已。然而诗人却无力挽救国之时弊，只能发出无法和桃源人一样避地又避世、不问世间疾苦的哀叹。其实这首诗虽明

---

① （宋）陈郁：《藏一话腴》，影印文渊阁《四库全书》本。
② 《全宋诗》卷一四七八，前引书，第 16880 页。
③ "顷岁朝廷多事"，当指宋徽宗靖康年间与金人的多次战争。参见周紫芝《竹坡诗话》，载（清）何文焕辑《历代诗话》，前引书，第 356 页。

写桃源，却是反语带讽刺。因为官方日历没有颁布，难民只能"落叶为秋花作春"，根据自然变化来判断耕作时间，就像陶渊明《桃花源》诗中的人民一样，"虽无纪历志，四时自成岁"，被迫过着原始蒙昧的生活。

南宋皇帝大都贪图享乐，不事恢复，大臣贪生怕死、攀附权贵，失节无德，国势日渐式微，国家处于内忧外患之中，曾经恢复中原的理想已经化为泡影。许多忠直耿介之士在报国无门、回天乏力的情况下不得不选择远遁隐逸，逃离现实。南宋著名诗人陆游在《秋夜感遇十首》，以"孤村一犬吠，残月几人行"为韵，诗中写道：

> 我梦游异境，乌帽跨小蹇。桑麻夹阡陌，山川旷何远。俗有太古风，萧散到鸡犬。钟鸣忽惊觉，所造恨犹浅。①

诗人在梦中见到了一片静谧祥和的异境所在，此间山川平旷辽远，道路阡陌纵横，桑麻广布，鸡犬萧散，此中人更是谦谦好礼，颇有太古遗风。这与现实中那个尔虞我诈、互相倾轧的世界完全不同，在这里人们安居乐业，与世无争，过着幸福安宁的生活。可惜钟鸣阵阵，惊醒了诗人的梦，诗人只能带着未能细细造访这个理想世界的遗憾回到现实中了。

类似的还有叶绍翁的《烟村》一诗："隐隐烟村闻犬吠，欲寻寻不见人家。只于桥断溪回处，流出碧桃三树花。"② 借用《桃花源记》中的一些意象，如桃花、流水、犬吠、村庄来展现隐秘之地村居生活的安闲舒适。

以上谈到的是宋代桃源诗中以桃源为隐逸避地之所的一部分诗歌，这些诗歌与前代、特别是唐代桃源诗歌相比较，基本上没有太大变化，还在延续唐代隐逸的老路，仍旧是将桃源比作幽深隐秘的非人间所在，与现世生活是对立的。

随着蒙古大军铁蹄南下，南宋朝廷在风雨飘摇之中摇摇欲坠，已是无药可救，诗人们在躲避战乱盗匪的同时，唯一能做的也只有苦中作乐，

---

① 《剑南诗稿校注》卷五八，钱仲联注，前引书，第3374页。
② 《全宋诗》卷二九四九，前引书，第35136页。

自我麻醉,"朔风一夜渡江村,北望飞云不忍言。仙隐老寻双橘柚,避秦人爱小桃源"①。他们渴望找到一个美好的桃源世界,隐居起来,躲避世间的战乱、痛苦、不幸,寻求一种"安稳不知危世事"的生活。如果真有这样所在的话,一定"请君停篙莫回船",莫要回头,"编蓬便结溪上宅,采桃为薪食桃实","不用归来说消息"②。钱锺书先生评价萧立之的这句诗:"陶潜只说那渔夫'停数日辞去',唐代诗人像王维作《桃源行》,刘禹锡作《桃源行》,韩愈作《桃源图》,才引申说:'尘心未尽思乡县','翻然恐迷乡县处⋯⋯尘心如垢洗不去','人间有累不可住';萧立之这里说'归来说消息'意思深远多了。"③ 在萧诗之前还有陈宓的"会得桃花流水意,归来休向俗人言"④,二者意义相同,萧诗很可能就是点化这两句而来,找到这样一个地方便隐居下来,不要因留恋人间而失去它了。幸福平安的生活在那个动乱的时代已经成了一种奢求,来之不易。何梦桂从桃源人角度出发"早识落花流水去,当初好莫把桃栽"(《重到森溪桥二首》其二⑤),与其责怪渔夫饶舌,不如当初就不栽桃,这样连渔夫都不会发现这里了。梦想归梦想,文人们很清醒地意识到避世桃源只是一个美丽的幻梦,只能从图画中看到了。胡仲弓说:"图中想象晋桃源,问着桃源不敢言。只道乱来无境土,谁知静里有乾坤",希望能够"吟杖懒随刘阮去,漫寻春色到柴门"⑥,可惜世间已经没有一方净土供人们躲避灾难,神州大地山河破碎,曾经的桃源已是"隔溪胡骑过,贴地野鸡飞",到处是蒙古大军,"吾家白云下,都伴北人归"⑦,"篱落枯桃三五树,不应此地可避秦"⑧,哪里还有半分陶渊明笔下那个幽美静谧的桃源的影子。努力四处寻觅桃源人,可惜却一无所获,终于明白世间已经没有桃源的存在,"世上无桃源,何必移家去"⑨,茫茫天地之间却

---

① (宋)孙锐:《避房人洞庭》,《全宋诗》,卷三二二六,前引书,第38497页。
② (宋)萧立之:《送人之常德》,《全宋诗》卷三二八五,前引书,第39142页。
③ 钱锺书:《宋诗选注》,前引书,第321页。
④ (宋)陈宓:《送赵司直师恕赴常德倅》,《全宋诗》卷二八五七,前引书,第34106页。
⑤ 《全宋诗》卷三五八二,前引书,第42202页。
⑥ 《题桃源图二首》其二,《全宋诗》,卷三三三四,前引书,第39788页。
⑦ (宋)文天祥:《桃源道中》,《文山集》卷一八。
⑧ (宋)陆文圭:《桃源县》,《全宋诗》卷三七一二,前引书,第44602页。
⑨ (宋)徐瑞:《己丑正月二日入山中题岩石二首其二》,同上书,卷三七一八,第44655页。

没有一处可堪容身避居之乐土，带着满身伤痛与疲惫，吟唱着无奈而沉重的哀歌。

对于宋人来说，改朝换代、国家灭亡带来的不仅仅是战乱兵燹等现实灾难，更多的是精神上的痛苦与煎熬。与唐代的灭亡相比，宋朝有很大不同。曾经的世界最强——李唐王朝，它的解体源自王朝内部矛盾，藩镇割据、安史之乱、农民起义等一系列社会政治问题是导致唐王朝从强盛走向衰落，最终灭亡的原因。唐亡之后的接替者——朱温，依然是当时人们观念中所谓的"华夏之人"。唐代疆域辽阔，在初唐、盛唐几位皇帝，如太宗、玄宗的文治武功之下，国家强大，万民臣服，周边少数民族政权被一一击败，如剽悍骁勇的突厥人，最终输给了唐朝军队，分裂成东西两部，西突厥逃到今天的中亚、欧洲地区，东突厥则表示愿与唐国修好，其实也就是变相向唐朝投降。周边其他相对比较弱小的许多少数民族政权也纷纷向唐帝国表示了善意，接受唐朝皇帝赏赐的封号，同大唐王朝保持友好交流。其实不仅是中国境内的少数民族，其他国家不同肤色、种族的人也愿意与大唐帝国友好往来。加上唐王朝统治者本身就有少数民族血统，他们对待异族之人的态度是很宽容的，对外来文化也是欣然接受。总之，在唐帝国统治时期，在人们的观念中，民族、种族之间的差异性并不那么明显，整个国家开放自由且包容性很强。

宋朝却截然相反，太祖、太宗基本扫灭国内几个割据政权之后，也曾想继续扩大版图，出兵攻打契丹人建立的大辽国，然而却是屡战屡败，只得作罢。自此之后，宋辽两国战争不断。由于宋朝皇帝害怕重蹈唐王朝灭于武将手中的覆辙，采取了重文轻武的基本政策，导致了军事上一直处于孱弱无力的被动状态，因此不仅处处受制于辽，而且被西北地区崛起的西夏压制得抬不起头来，即便辽后来被金取代，金同样成为宋的心腹大患。无论是北宋还是南宋，赵宋王朝在对外战争、特别是与少数民族政权的交战过程中始终处于劣势。北宋毁于金人，南宋亡于蒙古，都是被少数民族，也就是儒家观念中所谓的野蛮、落后的夷人所攻灭，"夷狄之有君，不如诸夏之无也"[①]，这对汉族知识分子来说是一件非常可

[①] 《论语·八佾》，杨伯峻：《论语译注》，中华书局1958年版，第26页。

怕的事情，"微管仲，吾其披发左衽矣"①，结果便是"君不君，臣不臣"。深受儒家传统思想影响的宋代读书人认为，国家灭亡之痛便不仅仅是亡国那么单纯，而是更多了一层蛮夷乱华夏的含义在内。皇皇华夏文明的断裂，文化上的缺失对他们来说更难以接受，更是一种奇耻大辱。在这种情形之下，"文化上的根深蒂固的民族主义情绪被唤醒。所谓'民族主义'是'一种思想状态，认为国家为政治组织的理想形式，是文化创造力与经济繁荣的根源。人的至高无上的忠诚就应该献给国家，因为人的生命只有在国家的生命与国家的兴盛中才能存在'"②。

南宋灭亡之后，很多士人不愿接受元朝官职，纷纷避居山林以示对大宋王朝的忠义气节，希望能够"寻得桃源好避秦"，"花飞莫遣随流水，怕有渔郎来问津"③，但往往是避无可避，桃花源只能在梦中相见；或者像辽东丁令威一样，抛却俗缘，不问世事，化作一只白鹤，远远离开，"令威千年化作鹤，回头犹念旧城郭。城郭虽故人民非，归去归去遄高飞"④；再不就强迫自己两耳不闻窗外事，闭起双眼"长城徭役苦咨嗟，澧水偷春隐岁华。有耳不闻秦汉事，眼前日日赏桃花"⑤。文化上民族主义精神的觉醒还表现在诗人们赋予隐逸桃源以新的意义，赋予陶渊明忠孝节义之气——耻事二姓，由陆游首创，在遗民诗人手中发扬光大。陆文圭《题桃源手卷》题下原注："武陵，今鼎州常德路，桃源山在县北二十里，古迹无复遗。或谓此记，渊明寓言，即义熙题'甲子'耻事二姓之验也。岂为束带见乡里小儿，然后归隐哉？师总管出示此图，为述此意。"其诗曰："种柳栽桃总是春，兴亡千古一沾巾。只评隐者非仙者，莫悟秦人即晋人。年号记曾题甲子，儿孙肯使识君臣。南阳高士空遐想，不向柴桑去问津。"⑥ 陶渊明和他的桃花源成了宋代遗民诗人纾解精神苦闷的理想乐园，成了显示忠贞爱国之意的象征。方回《桃源行》诗自序中说道："渊明岂轻于作此记，亦私痛晋之士大夫翻然而事刘裕而无耻者

---

① 《论语·宪问》，杨伯峻：《论语译注》，前引书，第159页。
② 葛兆光：《中国思想史》（第二卷），复旦大学出版社2001年版，第123页。
③ 谢枋得（1226—1289）：《桃》，《全宋诗》卷三四七七，前引书，第41402页。
④ 何梦桂（1220—?）：《汾阳徐祥英还家》，同上书，卷三五二四，第42155页。
⑤ 郑思肖（1241—1318）：《桃源图》，同上书，卷三六二四，第43396页。
⑥ 陆文圭（1250—1332）：《题桃源手卷》，同上书，卷三七一一，第44592页。

尔……兼是时北兵破蜀，降将或为之用，因并以寓一时之感，而其实亦足以为天下后世为人臣者之劝云。"作者写作此诗的目的有二：一是赞扬陶渊明不仕刘宋的忠贞不贰；二是讽刺规劝那些出仕元朝的变节文人：

> 佩兰骚人葬鱼腹，章华台倾走麋鹿。祖龙南游万事非，肠断沅江为谁绿。王孙公子入函关，半作长城鬼不还。委质良难身死易，长歌深入桃花山。姬周以义兴，夷齐用为耻，怀王殁于期，此恨痛入髓，力不加虎狼，固有去之尔。向来长往人，素心政如此。俗人不识呼为仙，谓无君臣亦欺天。慷慨褰裳睨东海，不见当年鲁仲连。渊明胡为作此记，不纪义熙同一意。羞杀人间浅丈夫，反君事仇如犬彘。我来山中觅余香，千古义气犹如新。楚人安肯为秦臣，纵未亡秦亦避秦。①

诗人首先用屈原、胡亥之史事起句，以屈原之"佩兰骚人葬鱼腹"，自沉汨罗的高风亮节与秦二世断送秦王朝的无道恶果形成对比，一个是为国捐躯，一个是断送国家，这两个典故的选择应该说是别具深意的。"委质良难身死易，长歌深入桃花山"，死是很容易的，困难的是活着并保持高洁忠贞的品质。面对强敌，死反而是一种解脱，至少不用"此恨痛入髓"。可惜"力不加虎狼"，只能"固有去之尔"。世人应该学习陶渊明不仕刘宋的气节，而不该低贱浅薄，"反君事仇如犬彘"，即使没有能力恢复山河，也应当像楚人一样，"楚人安肯为秦臣，纵未亡秦亦避秦"，隐居起来保全对君主、对国家之忠心。

方回对陶渊明气节的称颂在遗民诗人那里得到了响应。试看王景月《桃源行》诗：

> 秦皇有地包沙漠，秦民无地堪托足。民心咫尺不待秦，秦令安能到空谷。商山紫芝青门瓜，武陵洞底栽桃花。草木不共人逃去，虞妃山赭良堪嗟。秦皇一世二世歇，秦民万世桃花开。渔子相逢五百年，已闻几度乾坤裂。靖节先生曾作记，只云贤者兹避世。时人

---

① （明）程敏政：《新安文献志》卷五〇，前引书。

浪作神仙传，空自渺茫涉奇异。君不见年来礼乐卯金刀，先生归对庐山高。所种柴桑五株柳，胜是武陵千树桃。①

秦皇不顾百姓感受，暴虐施政，虽不断开疆扩土，却不给人民安身立命的寸土片瓦，因此丧失民心，贤人高士纷纷隐遁深山。战乱四起，草木含悲，秦朝仅传二世便烟消云散了，避秦之人却高乐无忧，与桃花相伴，传承万代。靖节先生不愿为刘宋王朝服务，选择了隐逸庐山，他的节操远远超过了武陵避秦人。从修辞角度看，诗歌采用了对比和对举两种手法，第一、二句和第九、十句是对比，第五、六句和第七、八句是对举，两种手法交叉使用，充分显示出对立双方之间的差异，为读者留下深刻印象。

在谈到理想桃源的时候，有一点不得不提，那就是宋代对以山水云烟为主题的画作——《潇湘八景》的解读。据内山精也先生考证，与苏轼同时代的宋迪是《潇湘八景图》最早的创作者②，沈括《梦溪笔谈》载："度支员外郎宋迪工画，尤善为平远山水。其得意者有《平沙雁落》《远浦帆归》《山市晴岚》《江天暮雪》《洞庭秋月》《潇湘夜雨》《烟寺晚钟》《渔村落照》，谓之'八景'，好事者多传之。"③自宋迪之后，以"潇湘八景"为题的画作骤然兴起，而以潇湘八景为题的诗作也随之出现。据内山先生统计《全宋诗》72册中，共计八人咏过"潇湘八景"，他们是惠洪、王之道、喻良能、赵汝鐩、刘克庄、叶茵、杨公远、周密。此外南宋诗人刘学箕《赋祝次仲八景》也是以"潇湘八景"为主题的一组诗，所以应该共计九人。这些"潇湘八景"诗的共同之处在于"'潇湘'之地首先藉'楚辞'及'楚辞'系文学而主要带上两个鲜明的特性。一个是凭借湘妃传说装点神秘性空间，或者活跃着巫的幻想性空间。另一个是以屈原为原型的怀才不遇之士在悲愤之中漂泊的空间"④。潇湘与桃源同在湖南，湖南境内有常德县，附近有很多和桃源相关的地方、

---

① 《全宋诗》卷三七八王，前引书，第45688页。
② ［日］内山精也：《宋代八景现象考》，载［日］内山精也《传媒与真相——苏轼及其周围士大夫的文学》，朱刚等译，上海古籍出版社2005年版，第430—462页。
③ （宋）沈括：《元刊梦溪笔谈》卷一七，文物出版社1975年版，第9页。
④ ［日］内山精也：《宋代八景现象考》，前引书，第447页。

传说，而潇湘一带也曾是屈原当年被放逐的地方，屈原与渔父之间又有过隐居的探讨，"《渔父》者，屈原之所作也。屈原放逐，在江、湘之间，忧愁叹吟，仪容变易。而渔父避世隐身，钓鱼江滨，欣然自乐。时遇屈原川泽之域，怪而问之，遂相应答。楚人思念屈原，因叙其辞以相传焉。"[1] 因此潇湘和桃源很容易便被"隐逸"这个共同主题联系在一起了。以叶茵和薛嵎两人的诗作为例。

叶茵（1199—?）《潇湘八景图·渔村夕照》云：

  家家傍水开柴扉，绿杨影里沉斜辉。妻炊黄粱子挂网，独枕莓苔眠钓矶。
  得鱼博钱平生志，世间宠辱不能累。路近桃源多裔孙，定知秦晋兴亡事。[2]

又如薛嵎（1212—?）《湖外别业四咏·渔村晚照》[3] 曰：

  旧时忆得潇湘路，今喜烟波似旧时。泽畔怕逢渔父问，桃源已被世人知。
  数家草市添新户，一树寒鸦傍古祠。兰杜香深洲渚阔，小窗长日赋骚辞。[4]

两首诗题目略有差异，实际写的都是潇湘地区夕阳下渔村的美景，而且都化用武陵桃花源的意境和屈原赋中的渔父形象。第一首以渔村生活和渔人为描写对象，将"渔父避世隐身，钓鱼江滨，欣然自乐"的生活用"得鱼博钱平生志，世间宠辱不能累"，"妻炊黄粱子挂网，独枕莓苔眠钓矶"进一步具体化、生活化。结尾两句转入《桃花源记》，潇湘渔村与桃源相距不远，这里的人也许就是那些避秦人的后裔，从他们的祖

---

[1] （宋）洪兴祖：《楚辞补注》，白化文等点校，中华书局1983年版，第179页。
[2] 《全宋诗》卷三一八五，前引书，第38208页。
[3] 此诗不是咏八景之诗，但是内容上与八景之渔村夕照比较接近，故此和叶诗放在一起来讨论。
[4] 《全宋诗》卷三三三九，前引书，第39869页。

先那里一定得知秦晋兴亡更替之事了。此诗表面看来是对桃源里隐逸生活、隐居高士的赞许，但从诗的最后一句看，"定知秦晋兴亡事"，世间再也不会有与世隔绝的桃源净土了，桃源永远都只是人们理想中的一个梦幻世界。第二首同样在表达无处寻觅桃源避地异境的苦闷，不过作者很快便把这种惆怅排解掉了，他选择了像屈原一样洁身自好，"兰杜香深洲渚阔，小窗长日赋骚辞"，隐居在香草馥馥的水中之洲上，寄情于诗文创作中。宋代对"潇湘八景"的解读到了南宋时期呈现出隐逸与气节的结合，这同样是由当时特殊的社会时代背景所决定的。关于这点将在第五章进行分析。

两宋以隐逸山居为主题的桃源诗在不同社会历史时期展现出不同风貌：太平盛世里的安居享乐型隐居和战乱动荡中的无奈规避型隐居，隐逸的前提是将桃花源视为与现实生活有区别、有差异的特殊社会。这个社会可能是与诗人现实生活截然不同的天地，也可能是诗人一直在追寻的梦中国度。

元朝的大一统，结束了唐末五代以来长达300多年的分裂格局，建立起中国历史上第一个在全国范围内居统治地位的少数民族政权。元代既是一个空前统一、幅员辽阔的朝代，也是一个矛盾重重、苦难深重的朝代。元代文人在特殊的时代、特定的文化背景中，从苦苦挣扎无果到逐渐沦落为中下层书会才人的经历，使他们产生了较唐宋文人更为普遍的隐逸风尚与"陶渊明情结"。由宋入元士人有的虽然身居官位，但是在元代歧视汉人政策之下，不能像唐宋士人那样受到尊重和优待，蒙古族统治者对汉人掌握任何实权都严加防范，很多入仕文人不仅个人理想抱负无法实现，而且常常因遭受排挤打击而抑郁终身。从个人方面原因来看，如赵孟頫等人，本是宋王朝宗室后裔，一方面不甘满腹才华却无处施展，选择出仕；另一方面却不得不面对国仇家恨，舆论谴责，这种强烈的反差无疑会使诗人心中的痛苦更加强烈。他们挣扎在忠孝节义思想和济世抱负理想形成的出与处的夹缝中，因此和前代人一样，将目光投向了桃花源，表达对陶渊明桃花源理想社会模式——风光无限、小国寡民、耕者有其田的上古农耕社会，无君理想王国的憧憬与向往，"艰难苟生活，种莳偶成趣。西邻与东舍，鸡犬自来去。熙熙如上古，无复当世虑"，但是表面的平静和旷达却无法掩盖用世的追求与希望渺茫的无奈，"遥遥千载后，缅想增慨慕"，济世理想无法实现，希望能够找到一处幽境隐居，可是"虽怀隐者心，桃源在何许"①，到哪里去寻找桃源呢？世上已经无人知晓桃源的位置了，"桃源一去绝埃尘，无复渔郎再问津"②，恐怕只能从图画中寻找了，"何处有山如此图，移家欲向山中住"③。

入元为官的原宋朝文人，其处境比起遗民诗人来说更为尴尬。遗民诗人尚可采取隐遁方式暂时忘记世俗苦难、亡国之痛，或者用隐逸来成就个人爱国理想，而他们则不行，作为亡国之臣，必须要面对俗世烦恼，虽然步入仕途，但是元代特殊的政治环境使个人理想抱负无从实现，因此在他们的桃源诗歌中呈现出对小国寡民理想社会的羡慕和无法成就理想的哀怨。还有一类文人，虽然也是由宋入元，但是由于一直生活在金元地区，如刘因，他们的情况则略微特殊些，后文详述。

第三节 四种阐释之三：理想之邦

同前人一样，宋人也有将桃源视作独立于现实社会之外、难以接近的理想王国之解读，是根本无法实现的。但是他们对理想王国的看法因人而异，各有不同。在北宋王朝政治生活最为活跃的一段时间中，对理想桃源的理解也呈现出多元化趋势。第一种情况是在肯定陶渊明桃源理想基础之上，从社会理想或个人体验出发，进行更深入思考，提出新的桃源创想，可以称之为"肯定型理想之邦"。第二种情况是在否定或批判陶氏桃源理想基础之上，要求用儒家道德思想体系重建理想型桃源社会，这里用"否定型理想之邦"来指称。这两种阐释的共同之处在于它们都是对陶渊明桃源理想的重新构建。

一 肯定型理想之邦

肯定型理想之邦以王安石（1021—1086）《桃源行》诗为代表。他在这首诗里揭示了桃源之所以成为"理想之邦"的关键所在。这里是一个

---

① （宋）赵孟頫：《题桃源图》，《松雪斋集》卷二，前引书。
② （宋）赵孟頫：《桃源》，同上书，卷五。
③ （宋）赵孟頫：《题桃源图》，同上书，卷三。

"儿孙生长与世隔,虽有父子无君臣"的社会,具有最基本的社会秩序,以共同的血缘为纽带,形成亲族伦理关系;没有上下尊卑、君臣隶属关系,没有政治组织,因此也就不见争名夺利,当然也就避免了战争的破坏。在诗人看来,这样的社会在现实世界中是无法找到的,因为没有虞舜那样的圣人重现于世。时光不可倒流,所以理想之国是找不到更回不去的:

> 望夷宫中鹿为马,秦人半死长城下。避世不独商山翁,亦有桃源种桃者。此来种桃经几春,采花食实枝为薪。儿孙生长与世隔,虽有父子无君臣。渔郎漾舟迷远近,花间相见惊相问。世上那知古有秦,山中岂料今为晋。闻道长安吹战尘,春风回首一沾巾。重华一去宁复得,天下纷纷经几秦。①

此诗没有对桃源社会进行细部描写,而是选取几个典型意象:桃花、渔人、小舟,用概括性的语言对《桃花源记》故事进行总结,体现出宋诗以议论见长、富有哲理性的特点。诗人提出只有父子亲情关系而没有君主制度,实际是作者政治理想的投影,要求国家社会要遵从于法。"虽有父子无君臣"句与王安石本人治国理念密切相关,笔者将在下文第五章中进行分析,这里不再赘述。

大约与王安石同时的张舜民(英宗治平年间进士,卒于徽宗政和中)对桃源的理解同样具有理想化的现实主义色彩:

渔父
家住耒江边,门前碧水连。小舟胜养马,大罟当耕田。保甲元无籍,青苗不着钱。桃源在何处,此地有神仙。②

这是一首现实针对性很强的诗作。据陆游说,此诗大概是作者在元丰中谪官湖湘时所作,如果这个背景资料确实的话,那么更有助于我们

---

① (宋)王安石:《临川先生文集》卷四,四部丛刊本。
② 《全宋诗》卷八三八,前引书,第9707页。

理解它的含义。渔父以捕鱼为业，一叶小舟、一张渔网足以维持生活，而没有种田人的苦楚。诗人认为的理想社会是没有实行青苗、保甲等一系列变法之前的社会，也就是说，他对王安石等人进行的一系列社会改革是不满的，因此他理想中的桃源就是要保持原有社会秩序不变。

这一时期以桃源为理想社会的阐释深受社会政治斗争的影响，具有鲜明的政治倾向性。

以徽宗上台为起点，直到南宋高宗末年，这段时间里，宋王朝经历了重大的军事失利，徽、钦二帝被俘，朝廷被迫南迁，但实际上赵宋王朝的统治根基并未发生动摇，国家社会政治生活没有太大变化，社会秩序重新回归到原有的轨道上运行。虽然经历了被迫南迁的大变故，却基本上没有对宋人的思想产生太大影响，至少在高宗统治的36年当中，所有人都似乎对现状都比较满意。大约是刚刚经历战乱之后的人们渴望安宁生活，已经无法经受哪怕是任何一点点动荡吧。宋人对理想桃源的阐释再次走向了对本文的追究，要求重建理想社会。南宋王十朋（1112—1171）的《和韩桃源图》：

世有图画桃源者，皆以为仙也。故退之《桃源图诗》诋其说为妄。及观陶渊明所作《桃花源志》，乃谓先世避秦至此。则知渔人所遇乃其子孙，非始入山者能长生不死，与刘阮天台之事异焉。东坡《和陶诗》尝序而辨之矣。故予按陶志以和韩诗，聊证世俗之谬云。

嬴秦斩新开混茫，傲睨前古无虞唐。诗书为灰儒鬼哭，李斯秉笔中书堂。长城丁壮无还者，送徒更住（《历代题画诗类》卷三〇引作"往"）骊山下。避世高人何所之，出门永与家乡辞。入山惟恐不深远（原作"速"，从四库本改），岂是得已巢于斯。来时六合为秦室，未省今为何岁日。吏不到门租不输，子长丁添更何恤。春入山中桃自花，招邀隐侣倾流霞。男耕女织自婚嫁，派别支分都几家。谁泛渔舟迷处所，山开洞辟闻人语。乍相惊问卒相欢，设酒烹鸡讲宾主。可怜秦事已茫然，帝业初期万万年。犹道祖龙长在世，岂知异姓早三传。邻里殷勤争饷馈，人情与世无相异。未信壶中别有天，却讶身游与（原作"兴"，从四库本改）梦寐。山花乱眼鸟哀鸣，数日留连喜复惊。更从洞口寻乡路，逢人欲话疑非情。异日扁舟欲重顾,水眩山迷红日暮。后来图画了非真,作志渊明乃晋人。①

诗人在序言中解释了作此诗的目的,首先肯定韩愈否定神仙传说之功,接着依理分析陶渊明诗文,得到"与刘阮天台之事异焉"的结论,故追和韩愈否定神仙传说,作此《桃源图》诗。诗以写史落笔,从秦始皇夺取天下写起,指责始皇实施一系列暴虐政策,导致避世高人被迫辞家遁入山中,建立起一个"吏不到门租不输""男耕女织自婚嫁"的没有君主、没有世俗道德规范约束的自由和谐社会。韩愈诗强调此间的幽深隐秘、与世隔绝,此中人对俗世沧海桑田、改朝换代的变化一无所知。与韩文公诗作相较,王诗在此基础上更注重对桃源社会组织、制度的具体描述:"来时六合为秦室,未省今为何岁日。吏不到门租不输,子长丁添更何恤。春入山中桃自花,招邀隐侣倾流霞。男耕女织自婚嫁,派别支分都几家",与荆公"虽有父子无君臣"相合。从写作风格上看,韩诗中随处可见奇绝险怪、动人心魄的描绘,超乎常人的天马行空式想象,夜半金鸡不同寻常的鸣叫,凭空飞出的火轮,渔人骨冷魂清的内心感受等,都是诗人大胆而奇绝的想象。王诗则是按部就班地平铺直叙,语言平和,节奏舒缓,将桃源故事娓娓道来,最后卒章显其志,否定神仙说。

也许是陶渊明笔下的桃源社会太过美好,现实世界又是如此之丑恶,以致苦苦挣扎在俗世尘网、束缚于心灵与现实之矛盾中的诗人们无法相信有这样一个理想社会的存在。胡宏(1105—1161)在其创作的《桃源行》一诗中说道:

北归已过沅湘渡,骑马东风武陵路。山花无限不关心,惟爱桃花古来树。闻说桃花更有源,居人共得仙家趣。之子渔舟安在哉,我欲乘之望源去。江头相逢老渔父,烟水苍苍云日暮。投竿拱手向我言,桃源之说非真然。当时渔子渔得钱,买酒醉卧桃花边。桃花风吹入梦里,自有人世相周旋。酒醒惊怪告俦侣,远远接响俱相传。靖节先生绝世人,奈何记伪不考真,先生高步窘末代,雅志不肯为秦民。故作斯文写幽意,要似寰海杂风尘。不然川原远近蒸霞

---

① 《全宋诗》卷二○二三,前引书,第 22671 页。

开，宜有一片随水从东来。呜呼神明通八极，岂特秘尔桃源哉。我闻是言发深省，勒马却辞渔父回。及晨徧览三春色，莫便风雨空莓苔。①

胡宏号五峰先生，因秦桧专权，拒绝出仕，隐居衡山20年之久。高宗绍兴二十五年，桧死，朝廷再次征召，诗人以病拒绝。他的一生是在隐居中度过的。诗人认为世间流传的、以武陵桃花源为仙境的传说只不过是一个喝醉了的渔人在梦中所见，醒来后当作奇闻异事讲给朋友。世人不明所以，口耳相传，越传越真，连绝世独行的靖节先生也把它当作真实事件记录下来，无暇考究其真伪。其实靖节先生只是借桃源来抒写自己不愿出仕的理想罢了。奉劝世俗之人，与其去寻找根本不存在的虚幻世界，不若及时欣赏眼前无限美好的春光。

刘克庄（1187—1269）六言诗《题桃源图一首》，言简意赅，概括指出桃源是一个与世隔绝、自给自足，没有君主等级制度的理想社会，这里与俗世隔绝，环境优美，四季桃花常开："但记嬴二世尔，岂知晋太康耶。一境浑无租税，四时长有桃花。"②

姚勉（1216—1262）《桃源行》中讲述的桃源是"青山高下鳞鳞屋，秀野桑麻深泼绿。春深耕罢犊牛眠，昼静人闲鸡犬熟"，一个与人间景色无异的社会，但是作者借渔人之口"借问此是蓬莱非"，诗人相信如此美好的社会在人间是根本无法找到，恐怕是蓬莱仙境吧。此中人"笑言此亦人间耳"，正是这句话激起诗人的天下大同理想，希望"愿令天下尽桃源，不必武陵深处所"③，体现出儒家仁爱思想。

陶渊明为后世创造的桃花源是理想社会、大同世界、小国寡民、田园乐土、洞天福地、隐逸胜境等，总之可以给它冠上无数溢美之词，是历代中国人向往憧憬的美好世界。然而在宋人眼中，前人所赞叹不已的这个世界并不完美，存在很多缺陷，因此他们便根据个人对理想之国的构想、用全新的理念对桃源世界进行改造、重塑，试图构筑一个宋人心

---

① 《全宋诗》卷一九七二，前引书，第22098页。
② 《全宋诗》卷三〇七八，前引书，第36725页。
③ 同上书，卷三三九八，第40503页。

中的理想社会。究其原因，在继承传统方面，宋代文人有一种自觉的文化批判意识和独立思考的理性精神，这种意识和精神由思想领域浸染到文学领域之后，表现为喜用理性思维重新考察前代传承下来的文学作品，重新阐释前人似乎已成定论的结果。这种在理性思维指导下的怀疑与探索精神是伴随着北宋庆历到熙宁、元祐这段时间里的政治革新运动、学术领域中的疑古之风等因素而产生发展起来的，展现在文学领域当中表现出翻案诗文盛行的特质，前代、特别是唐代的桃源诗歌成了宋人翻案最多的题目之一，在否定陶渊明桃源理想基础上，重构美好社会——否定型理想之邦的阐释出现了。

二 否定型理想之邦

最早一首批判桃源理想的诗是陶弼（1015—1078）所作的《武陵》：

> 曲台风月德山云，梦想中间有几春。臣葬江鱼终爱楚，民逃花洞不思秦。①

作者首先赞美武陵桃源风光无限，与世隔绝，不知源外世事沧海桑田的变化，正是隐逸的好居所。第三、四句突然话锋一转，转用屈原为国自沉汨罗的壮举与避秦人逃入桃源而忘记国家形成对比，批评桃源人只顾惜个人生命而丧失忠正爱国之心，在诗人看来武陵中人的避世行为是不可取的。

曾巩则希望"争得时人见鸾凤，不教身去忆烟霞"②，用"鸾凤"来指代儒家圣人，希望有儒家圣人复出，行大道于天下，实现大同社会理想，便不须追寻虚幻无踪的桃源去隐居起来了。

青年诗人王令是北宋时期否定桃源理想的代表作家之一。王令（1032—1059）在《桃源行送张颉仲举归武陵》③一诗里表达了对桃源的看法：

---

① 《全宋诗》卷四〇六，前引书，第4992页。
② 曾巩：《桃花源》，《全宋诗》卷四五六，前引书，第5533页。
③ 《王令集》卷一，前引书，第17页。

山环环兮相围，溪乱乱兮涟漪，花漫漫兮不极，路缭缭兮安之？弃舟步岸兮，欲进复疑；山平阜断兮，忽得平原巨泽，莽不知其东西。桑麻言言兮，田野孔治；风回地近兮，时亦闻乎犬鸡。信有居者兮，盍亦往而从之？语何为乎独秦，服何为乎异时？见何惊兮遒错，貌何野而栖迟？问何迂兮古昔，听何感而暗噫？秦崩晋仆兮河覆山移，天颠地陷兮何有不知？上无君兮孰主，下无令兮孰随？身群居而孰法，子娶嫁而孰媒？既弃此而不用，何久保而弗离？岂畏伏於乱世兮，犹鱼潜而鸟栖；宁知君之为扰兮，不知上之可依。岂惩薄而过厚兮，遂笃信而忘欺；将久习以成俗兮，亦耳目之无知。眷叙言之绸缪，与欢意之依俙；及情终而礼阕，忽回肠而念归。更酸频而惨额，叹异世之从容；惜暂遇之偶然，嗟永离而莫同。舟招招而去岸，帆冉冉以行风；豁山霭之披祛，赫晓日之瞳曨。惊回舟而返盼，忽路断而溪穷；目恍惚兮图画，心鞺韸兮梦中。何一人之独悟，遂万世而迷踪；惟天地之茫茫兮，故神怪之或容。惟昔王之制治兮，恶魑魅之人逢；逮後世之陵夷兮，固人鬼之争雄。抑武陵之丽秀兮，故水复而山重；及崖悬而磴绝，人迹之不到兮，反疑与夫仙通！君生其地兮，宜神气之所钟；观颜面之峭峭兮，其秀犹有山水之余风。悯斯民之无知兮，久鬼覆而仙蒙；愿穷探兮远览，究非是之所从。因高言而大唱，一洗世之昏聋。

虽然开篇即描绘桃源自然环境，但作者一反前人大力夸赞桃源美景的套路，即刻便批判起来，诗人眼中的桃源失去了原本的美感："山环环兮相围，溪乱乱兮涟漪。花漫漫兮不极，路缭缭兮安之？弃舟步岸兮，欲进复疑；山平阜断兮，忽得平原巨泽，莽不知其东西。桑麻言言兮，田野孔治，风回地近兮，时亦闻乎犬鸡"，一切都是凌乱无序的，很显然作者并不喜欢这里。为何大异于前人溢美之词呢？作者很快给出了答案：借助反问，诗人从伦理道德角度来质疑、否定桃源世界的社会性质，批判其不合理性、荒谬性。无君则没有首领，那么人们该听谁的？聚族而居，该遵从什么法？没有媒妁之言，怎么能够嫁娶成婚？"如使杀人者不死，伤人者不诛，赭衣菲屦以为戮，虽尧、舜之圣，不足以治，而适所以为乱也"①。在诗人看来，桃源人是野蛮、粗俗、无知、迂阔的，他们的生活是混乱、无序的，因此有必要用世俗社会的道德、法律、制度来重塑理想型桃源社会，真正的理想社会离不开礼乐教化、道德法律，"纪纲教化，所以敦天下之本也；典章法度，所以开天下之诚也；符玺斗斛，所以公天下之平也；刑法号令，所以检天下之奸也"②。需要说明的是，王令所坚持的道德、法律、制度并非当时社会盛行之道德、法律和制度，因为他认为仁宗朝之社会政治是黑暗腐朽的、是无法挽救的，"世险有新态"③，"圣贤没已远，是非久无定。六经纸上言，黑白欲谁证？"④ "夫世之公卿大夫，不谋道德也久矣"⑤，而且此时治学之道也迥异于真正的儒家思想，"今夫章句之学，非徒不足以养材，而又善害人之材"，"然则今人名数事物之学，曷足称君子之门也？"⑥ 面对社会存在之弊端，他大声鼓呼"得志定知移俗弊，闻风犹足警斯民"⑦，大力支持王安石之变法活动，要求必须改革以拯救国家，"以今之世，上下代易，如朝暮之客耳；乃欲以古之成法责之，恐非知变者之论也"⑧，由于对桃源社会制度之不认同，于是诗人对友人提出了殷切希望："君生其地兮，宜神气之所钟；观颜面之峭峭兮，其秀犹有山水之余风。悯斯民之无知兮，久鬼覆而仙蒙；愿穷探兮远览，究非是之所从。因高言而大唱，一洗世之昏聋"，怜悯斯民为仙鬼之原始巫术所蒙骗，批判桃源人为神仙的传说，表达了诗人希望用理性文明去改造愚昧落后的社会秩序之愿望。他推崇上古三代，"方三代之盛时，教化之具修备"⑨，作为儒家思想的坚定支持者，"夫天下之所以不治，患在不用儒"⑩，他坚持认为孔孟之道、六经之学才是拯救国家社会之良方。王令一生反对仙佛思想，"仙书虚荒喜诞妄，推说事

---

① 《王令集》卷二一《策问十八首·肉刑》，前引书，第 361 页。
② 同上书，卷一二《性说》，第 222 页。
③ 同上书，卷三《寄洪与权》，第 53 页。
④ 同上书，卷五《世言》，第 82 页。
⑤ 同上书，卷一九《答吕吉甫书》，第 329 页。
⑥ 同上书，卷一七《答刘公著微之书》，第 306 页。
⑦ 同上书，卷九《赠王介甫》，第 147 页。
⑧ 同上书，卷一八《寄孙莘老书》，第 314 页。
⑨ 同上书，卷一六《见朱秘丞书》，第 289 页。
⑩ 同上书，卷一二《师说》，第 225 页。

理尤绵延，世人一读即化变，日望飞奔相迷癫"①，"浮图氏弃绝君臣，拂灭父子，断除夫妇之说"，"浮图氏夸诞牵合，以涂謩天下而云也"②。王令是个有独立见解的诗人，他从理性思维角度反思了前人曾反复歌颂过的桃源世界，提出了质疑，被欺骗之下的、蒙昧落后的无知并非真正的幸福，理想社会不应如此；以客观事实推理为依据，对桃源神仙说也进行了否定批判。在整个桃源诗的写作传统中，这首诗不同凡响，堪称独树一帜的上佳之作，值得大书特书。

与王令看法接近的晁说之（1059—1129）指出，要想重建被战争掠夺殆尽的桃源理想社会，必须依靠怀抱儒家理想的仁人志士：

高仲夷唱和诗，不胜感叹，辄用其韵识其事，率同赋

桃花源上避秦人，岂料渔舟见此身。胡虏杀人掊玉帛，简编破椟委泥尘。谁施骨肉死生惠，只有皇天后土仁。可保斯文犹未堕，庙堂宜亦用儒臣。③

和其他桃源诗歌不同，诗人既没有直接对桃源社会进行具象描绘，也未用概括性语言进行总结，而是把自己的桃源理想蕴含在诗句当中，诗人的理想国是一个没有战争杀戮、人人知书达理，充满仁爱的儒家大同社会。孔子曾发出"天之未丧斯文也，匡人其如予何"④的感叹，作者同样期望着周公文武儒家传统道德秩序重新建立起来。

史尧弼（？—1158）则表达了希望圣人设教、用理学伦理纲常来重建理想型桃源社会的愿望：

留题丹经卷后

武陵郡西桃花源，水螫山屋蛮区连。秦人避秦久寓此，种桃千树春风前。落红满地溪路断，鱼郎舍舟得洞天。瑞光浮动见官室，

---

① 《王令集》卷三《八桧图》，前引书，第50页。
② 同上书，卷一六《代韩退之答柳子厚示浩初序书》，第282页。
③ 《全宋诗》卷一二一二，前引书，第13798页。
④ 《论语·子罕》，杨伯峻：《论语译注》，前引书，第94页。

桑竹交映膏腴田。苍崖老木含太古，民物朴野天理全。男耕女织无租庸，鸡鸣犬吠通阡陌。东家西家走相问，客来何许今何年。历将时事为具言，二世不守嬴氏颠。人心归汉沛公起，四百余载瞒窃焉。迄今已复为晋有，尚何惧死长城边。岂知世态多废兴，闻之抚髀皆喟然。辞归未许留数日，陈列俎豆如宾筵。生逢乐土自可乐，山林朝市非相悬。明朝棹开落尘境，恍如梦破陵谷迁。渊明一记故实在，世俗竟作神仙传。裹粮问道不复往，大笑子骥真无缘。我今置酒嶂峰巅，醉袖起舞凌风烟。大还有诀谁所传，始自广成授黄髯。髯龙上征老聃出，谷神立说洪其源。阴符黄庭龙虎经，伯阳契易诚多端。况复后学如牛毛，支分派别徒纷然。先天一气谁真知，来如阳德升九渊。疾雷破山坤轴裂，政要主者定力坚。前弦之后后弦前，药物不可锱铢偏。黑白相寻秘融结，仿佛有象形质圆。周天运火循屯蒙，非同坡老烧凡铅。无中生子夺造化，脱骨洗髓乘云軿。鞭笞鸾凤隘八极，铜驼一笑三千年。胡为知此不自炼，先儒尝戒偷生安。人身生死犹昼夜，以道顺守全此天。何须行怪出世法，屏弃骨肉潜荒山。君臣父子与夫妇，兄弟朋友纲常间。圣人设教若大路，反趋旁径迷榛菅。方壶员峤渺何许，徒令世俗滋欺瞒。房公便合扫尘壁，大书我诗为订顽。

　　莲峰书故宫道者丹经后作也，学仙之术形容殆尽。然极其说而归之正，有晦庵感兴之遗意。读其诗则其学可知矣。前进士信武赵继珪跋。①

全诗可以分为三个部分：第一部分描绘了桃源社会的具体情况，"瑞光浮动见宫室，桑竹交映膏腴田。苍崖老木含太古，民物朴野天理全。男耕女织无租庸，鸡鸣犬吠通阡陌"，一个民风古朴、鸡犬相闻、躬耕自足的隐逸社会。但是由于世俗之人理解错误，导致把武陵桃源人当作了神仙来传扬。第二部分回顾总结道教神仙说产生发展的过程，道教神仙方术兴起之后，先是广成子传授黄帝，黄帝乘龙飞升之后，老子现世，传授谷神不死、黄帝阴符经、道德真经八十一篇，此后演变为许多支流

---

① 《全宋诗》卷二三四〇，前引书，第26899页。

宗派，每派都有自己学仙的要求，炼气、服食、炼丹等，诗人将"学仙之术形容殆尽"。第三部分诗人提出自己的看法主张，生与死如同昼夜交替循环，是天理，人应当顺应天意，以全生命，而不该想出种种怪异的办法，抛妻弃子遁入荒山去修炼求得长生，这些都是有违三纲五常的错误行径。希望能有圣人出来，将这些沉迷于学仙求道的人拯救出苦海，不要让世俗之人再受欺瞒。

南宋时的魏了翁（1178—1237）在他生活的时代号称"真儒"，是当时著名的理学大师，与真德秀并称"真魏"①。曾筑室于白鹤山下，开门授徒，"由是蜀人尽知义理之学"；在眉州之时"乃尊礼耆耇，简拔俊秀。朔望诣学宫，亲为讲说，诱掖指授，行乡饮酒礼以示教化。增贡士员以振文风。复蟆颐堰筑江乡馆，利民之事，知无不为。士论大服，俗为之变，治行彰闻"②。作为儒家道德理想信念的信奉者，他在《题桃源图》诗中对陶渊明心中的理想国提出严厉批判，在他看来，只有人人严守礼教纲常的道德社会才是真正的桃花源：

> 伏胜高堂书已出，窦公制氏乐犹传。鲁生力破秦仪陋，商皓终扶汉鼎颠。隐者宁无人礼义，武陵匪独我山川。若将此地为真有，乱我彝伦六百年。③

诗人以为不受律法约束，人人自足，不遵礼法的桃源社会是根本不存在的，如果真有的话，也必然会引起伦理纲常的失调，使社会变乱动荡。换句话说，诗人头脑里的理想社会一定是有着严格的上下尊卑等级秩序，人人遵守社会国家业已形成的法律规约、人伦纲常的法制社会。

邵允祥（遗民诗人）《上平王章_榆》则认为世事苍黄翻覆，渤澥桑田，通向桃源世界的路已经无法找到，不必再去探问桃花了。严格遵守上古礼乐制度，人人读书受教，这便是诗人理想中的桃源社会：

---

① 曾枣庄等编：《中国文学家大辞典》（宋代卷），中华书局2004年版，第989页。
② 《宋史》卷四三七《儒林七·程刘真魏（了翁）廖列传》，前引书，第12966页。
③ 《全宋诗》卷二九三二，前引书，第34947页。

武陵春暖浩无涯，城下楼船陌上车。礼乐远传吴季札，衣冠旧是汉长沙。秋高剑气横千里，夜静书声启万家。非是避秦前日路，行人何必问桃花。①

考察宋人对理想桃源社会的描述，不难发现，他们希望用天理人伦来重建桃源社会秩序，回归理性。类似的传释在前代是没有的，之所以出现这样的新变，与宋代社会盛行的理学思想密切相关，与宋人特别重视伦理纲常的价值取向有关。宋代士人认为，从中唐变乱到唐王朝灭亡，原因恐怕正是由于社会道德沦丧、伦理纲常崩坏，国家秩序混乱，最终导致社稷倾覆，因此必须避免类似情况再度出现，最好的方法莫过于以理学所提倡的人伦纲常治理天下，重建社会道德伦理秩序。理学家们认为无论是自然世界还是人类社会，万事万物的循环运行、产生灭亡都逃不出一个"理"字，天下唯"理"为最大，天道人事都应该顺从"理"才能正常运行发展，"天之生物也有序，物之既形也有秩。知序然后经正，知秩然后礼行"②。理想世界就应该是一个人人知"理"、守"理"的社会，具体说来，这个在社会领域中调节人与人之间的关系的"理"就是指三纲五常，桃花源中没有君主，这便是最大的失常，是悖理，是一个错误的存在。

无论是隐逸之地还是理想之邦，在宋人桃源诗歌中，它们都是与现实社会对立的，象征着宋人对理想世界的向往和追求。

第四节　四种阐释之四：现实世界

素来以理性著称的宋代文人，从一开始就带着强烈的参政意识和忧患意识，在理学这种国家意识形态指导下，以其特有的求真、务实、格物、穷理之精神在诗歌创作领域走出了一条大异于唐代诗歌的道路，表现在他们对桃源传说的接受与阐释上产生新的思考——桃源世界并非虚幻不实的神仙幻境，或者深隐难觅的隐逸世界、理想之国，而是可能现

---

① 《全宋诗》卷三六五七，前引书，第43923页。
② （宋）张载：《动物篇》，《张载集》，章锡琛点校，中华书局1978年版，第19页。

实存在的人类社会，人间自有桃源在，宋人甚至认为，现实世界中存在着比桃源社会更美好的地方，现实可以比理想更美丽，此类解说是前代桃源诗歌中所没有的全新的阐释。

首先来看现实即桃源的解说。这种传释大约出现在庆历新政之后、熙宁变法、元祐更化时期，恰好是北宋王朝政治生活活跃、内部政策调整和权力斗争最为激烈的一段时间，思想意识形态领域的论争不可避免地反映到文学领域当中。如果说从梅尧臣少时所作的《武陵行》中还可以找到一点点仙乡的痕迹（"自言逢世乱，避地因居此。来时手种桃，今日开如绮。更看水上花，几度逐风委。竟引饭雕胡，邀欢酌琼醴"），秦时避乱的遗民初来"仙源"时种下的桃树如今已是繁花缤纷，桃花随着流水年复一年地开放又凋谢，此中人却长生不老地旁观着花开又花谢，春去又春回；那么到了他晚年所作的《桃花源诗并序》中，仙话色彩已经逐渐褪去，武陵源中人开始退去神仙外壳，成为"深隐"之人，"天下逃难不知数，人海居岩皆是家。武陵源中深隐人，共将鸡犬栽桃花"。之所以说开始，是因为诗人对他们的描写仍然还带有一些若有若无的仙气，"花开记春不记岁""亦殊商颜采芝草，唯与少长亲胡麻"，芝草、胡麻，通常都是道教服食求仙所需要的所谓仙药或者是仙人食品，此间人有着不同于世俗之人的生活习惯。

桃源世界与现实世界的对立已经消除了，它不再是独立于世俗社会之外的神圣所在，不再是幽深难觅的隐逸之境，不再是诗人幻想中的理想邦国，而是切实存在于人间某处的现实地方。

第一个明确否定桃源仙境、在现实世界中寻找桃源的是苏轼，现摘录其诗和引言如下：

和陶桃花源并引

世传桃源事，多过其实。考渊明所记，止言先世避秦乱来此，则渔人所见，似是其子孙，非秦人不死者也。又云杀鸡作食，岂有仙而杀者乎？旧说南阳有菊水，水甘而芳，民居三十余家，饮其水，皆寿，或至百二三十岁。蜀青城山老人村，有见五世孙者，道极险远，生不识盐醯，而溪中多枸杞，根如龙蛇，饮其水，故寿。近岁道稍通，渐能致五味，而寿亦益衰，桃源盖此比也欤。使武陵太守得而至焉，则已化为争夺之场久矣。尝意天壤间，若此者甚众，不独桃源。余在颍州，梦至一官府，人物与俗间无异，而山川清远，有足乐者。顾视堂上，榜曰仇池。觉而念之，仇池武都氏故地，杨难当所保，余何为居之。明日，以问客。客有赵令畤德麟者，曰："公何问此，此乃福地，小有洞天之附庸也。杜子美盖云：'万古仇池穴，潜通小有天。'"他日工部侍郎王钦臣仲至谓余曰："吾尝奉使过仇池，有九十九泉，万山环之，可以避世，如桃源也。"

凡圣无异居，清浊共此世。心闲偶自见，念起忽已逝。欲知真一处，要使六用废。桃源信不远，藜杖可小憩。躬耕任地力，绝学抱天艺。臂鸡有时鸣，尻驾无可税。苓龟亦晨吸，杞狗或夜吠。耘樵得甘芳，龁啮谢炮制。子骥虽形隔，渊明已心诣。高山不难越，浅水何足厉。不如我仇池，高举复几岁。从来一生死，近又等痴慧。蒲涧安期境，罗浮稚川界。梦往从之游，神交发吾蔽。桃花满庭下，流水在户外。却笑逃秦人，有畏非真契。

此诗作于绍圣三年（1096）[①]。他在诗序中指出桃源中人非不死之仙，"非秦人不死者也"，根据长期以来流传的有关神仙的说法来看，神仙是跳出三界之外，不在五行之中，与天地同寿，与日月同辉，逍遥行于天地之间，与天地合为一体的独立存在。他们不食人间烟火，餐风饮露，最多偶尔享用些胡麻、仙果之类的东西，哪里肯"杀鸡作食"？世间"岂有仙而杀者乎"？渔人所见者应是避秦人传下的后裔。为证明自己所说不诬，他举出居住在南阳菊水边的居民和蜀中青城山老人村的例子，认为"尝意天壤间，若此者甚众，不独桃源"，天地之大，这种生活着长寿之人、与世隔绝的幽谷山村有很多，不只是桃花源一处。博学多才而勤于思考的诗人还对长寿现象发生的原因作出推测，长寿取决于两个条件：一是独特的自然条件，甘甜芬芳或者是生长药物的饮水；二是封闭的环境，与世隔绝，这样才能保持天真自然之心性，不受外界环境影响，一旦与受到外面环境的侵蚀，便会产生五味欲望，有名利之心，起争夺之意，"使武陵太守得而至焉，则已化为争夺之场久矣"，难保赤子之心，

[①] 从王文诰说。《苏轼诗集》卷四〇，前引书，第40卷，第2197页。

生命自然就衰减了。在诗人看来，特殊的环境只是造就长寿之人的一个偶然因素，因为青城老人村虽有特殊的枸杞水，但由于与外界交通，人产生了五味欲望，因此渐渐与俗世无异，不再享有长寿特权，可见真正能够让人生命永恒的是始终保有一颗天真无欲之心，无欲则无求，无求则心无挂碍，自然长寿。总之，环境只是外因，是次要的或然因素；没有欲望或者仅有单纯的欲望才是内因，是主要的决定因素。追求美好的生活，关键在自我心灵的纯净。引言最后，诗人还谈到仇池之梦，而这个梦经过赵令畤和王钦臣的证实，人间确实存在着一个"人物与俗间无异"的避世桃源。和其他以桃源为外在于人间社会的仙乡、隐逸之境、理想之国的阐释不同，诗人梦中的桃源世界最终落实在人间，是俗世的组成部分，而不是和现实对立的圣地。

下面具体来看看苏轼的仇池梦。诗人在引言中提到，他梦中的仇池是"武都氏故地，杨难当所保"，仇池确有其地。据《元和郡县志》载，仇池地处陇西，先秦时为氐族的一支——白马氐所居，后来被秦朝击败驱逐的羌族人又占领了这个地方，在汉献帝以前一直是西北地区少数氐族和羌族的领地，建安中被杨腾之子、勇猛多智的杨驹所占据[1]。到西晋武帝时，氐族人杨定拥有其地后始自称藩王[2]。宋武帝时杨盛及其二子杨玄、杨难当相继被封为武都郡王。[3]"仇池方百顷，其旁平地二十余里，四面斗绝而高，为羊肠蟠道三十六回而上"[4]，"上有丰水泉，煮土成盐"[5]。

杜甫曾在《秦州杂诗》二十首其十四中赞扬仇池是洞天福地，希望自己能将来能够终老此处：

---

[1] （唐）李吉甫：《元和郡县志》卷二五"凤州"，福建省重刻武英殿聚珍本丛书，清乾隆四十二年刻。此书载仇池被白马氐部落大帅杨腾之子杨驹所据。（宋）袁枢：《通鉴纪事本末》卷一三"氐据仇池"条，四部丛刊本，载杨驹据仇池时为晋惠帝元康六年（296）。

[2] 参见（宋）乐史《太平寰宇记》卷一三四"山南西道·凤州·河池县"条，前引书。

[3] （唐）李吉甫：《元和郡县志》卷二五"成州"条载："《禹贡》梁州之域，古西戎地也。后为白马氏国。西南夷自冉駹以来什数，白马最大。有山曰仇池，地方百顷，其地险固，白马氏据焉。秦逐西羌，置陇西郡。秦末，氐、羌又侵据之。元鼎六年平西南夷，置武都郡。今州界二郡之地。晋宋间，氐帅杨定、杨难当窃据仇池，自称大秦王。"

[4] （宋）袁枢：《通鉴纪事本末》卷一三"氐据仇池"条，前引书。

[5] （宋）欧阳忞：《舆地广记》卷一五"陕西秦凤路上"条，前引书。

万古仇池穴，潜通小有天。神鱼今（一作"人"，一作"久"）不见，福地语真传。近接西南境，长怀十九泉。何时（一作"当"）一茅屋，送老白云边。①

　　仇兆鳌注诗题下曰："《唐书》：'秦州在京师西七百八十里，今属陕西巩昌府。'《寰宇记》：'秦州本秦陇西郡。汉武帝分陇西，置天水郡。王莽末，隗嚣据其地。后汉更天水为汉阳郡。'《地道记》云：'汉阳有大阪，名曰陇坻，亦曰陇山，是也。魏初中，分陇右为秦州。唐武德二年仍置秦州，天宝元年改天水郡，乾元元年复为秦州。'"《旧唐书·地理志三》载："上禄，汉县，属武都郡，白马氏之所处。州南八十里仇池山，其上有百顷地，可处万家。晋时，氐酋杨难当据仇池，即此山上也。晋朝招慰乃置仇池郡，以难当为守。梁置南秦州，又改为成州。隋以上禄为仓泉县，又复为上禄。"②

　　从以上几处证据可知，杜甫笔下的就是苏轼引言中提到的杨难当所居之仇池。其地地势险要，中间是平原，四周被壁立险绝的山峰所包围，只有羊肠小道盘旋其上，外界之人很难进入其间。这里有丰富的泉水资源，即引言中提到的九十九处清泉。更重要的是，除了良田美泉等农业生产必需的基本生产资料之外，人们还可以从土中分离出盐这种重要的生活资料。优越的地理环境和资源足以使居住于此处之人不必同外界交往，互通有无，交换生产生活资料，而是自给自足、安居乐业，自成一国，免受外部世界的侵扰，自然也就不会有世俗社会的丑恶与纷争。虽然苏轼在引言中将仇池置于梦中，但实际上他是深信此处是真实的客观存在，诗人借赵令畤、王钦臣的亲身经历和杜甫的诗句来证明自己的梦是有根据的。仇池中人的生活与南阳菊水附近、青城老人村是相同的，非是虚幻不实之传闻。

　　再看诗作本文。序言中诗人已经暗示了"理想世界"就在人间，而且还说明其中人长寿的原因是由于欲望单纯。那么怎样才能做到欲望单

---

① 《杜诗详注》卷七，（清）仇兆鳌注，前引书，第588页。
② 《旧唐书》卷四〇，中华书局1975年标点本，第1631页。

纯？作者在诗的开头便做了回答："欲知真一处，要使六用废"，收拾由眼、耳、鼻、舌、身、意六根带来的俗世里的种种欲望杂念，一生死，等智慧，便可做到本性自见。本性自见便能够真正契入真一，进入美好的世界。苏轼所说的美好世界，在实体上就是世俗世界的组成部分之一，在精神则是个人内心的体验，它实际上就是实体世界与形而上精神境界的组合。只要做到"心远地自偏"，那么人间处处皆桃源。最后诗人反过来嘲笑桃源中的避秦人隔绝人世的做法是"有畏非真契"，心存畏惧而逃离，心中不静，这样是无法真正进入桃源世界的。这里可以明显看到苏轼受禅宗思想影响的痕迹。

在诗人看来，与其踏遍天涯海角去寻找桃源，不如向自己的内心去探求。他始终保持着一种随缘自适的达观态度，无论多么艰苦的环境，都能很快接受认同当地的一切，四海皆可以为家。被贬黄州，他能够"君不见武昌樊口幽绝处，东坡先生留五年"（《书王定国所藏烟江迭嶂图》），躬耕田园，自号东坡，乐天安命；再贬惠州，他依然"日啖荔枝三百颗，不妨常作岭南人"（《食荔支二首》其二）[①]。由此可知，诗人渴望追求的是心灵自由。他羡慕陶渊明躬耕田园的生活，但是在求之不得的情况下，他并没有消沉沮丧，而是及时从心灵中获得精神的慰藉，逍遥于自我构设的桃源世界，全无挂碍。尽管备受生活的打击、命运的捉弄，但苏轼却能在经受种种磨难之后，依然保持乐观与豁达的胸襟，从未沉溺于悲哀的情绪当中，即使会有片刻消沉，但很快从低落的情绪中解脱出来，积极面对苦短人生，希望在有限的人生里，把握时间、完成自我、报效国家、造福百姓，成就济世梦想。

宋代诗人们认为，只要能满足人们安居乐业之最朴素愿望的地方都可以看作是桃源，这样的地方在现实生活中是真实客观存在的，人们完全可以通过自己的努力，发现甚至创造出现实的桃源：

> 开梅山，开梅山，梅山万仞摩星躔。扪萝鸟道十步九曲折，时有僵木横崖巅。肩摩直下视南岳，回首蜀道犹平川。人家迤逦见板屋，火耕硗确多畬田。穿堂之鼓堂壁悬，两头击鼓歌声传。长藤酌

[①] 《苏轼诗集》卷四〇，前引书，第2192页。

酒跪而饮，何物爽口盐为先。白巾裹髻衣错结，野花山果青垂肩。如今丁口渐繁息，世界虽异如桃源。熙宁天子圣虑远，命将传檄令开边。给牛贷种使开垦，植桑种稻输缗钱。不持寸刃得地一千里，王道荡荡尧为天。大开庠序明礼教，抚柔新俗威无专。小臣作诗备雅乐，梅山之崖诗可镌。此诗可勒不可泯，颂声千古长潺潺。（章惇《梅山歌》①）

无论大自然提供给人类的环境是如何险恶，人们总是能竭尽全力用双手去创造美好生活，诗人章惇（1035—1105）以热情的笔触大力褒扬了人类改造自然、利用自然的行动和能力，"肩摩直下视南岳，回首蜀道犹平川"，梅山道路之崎岖难行甚至已经超过了蜀道，强烈的对比手法凸显出人民大众开边拓土之艰难，人们用辛勤的劳动和智慧的汗水，将自然条件恶劣的穷山恶水变成了五谷丰登的世外桃源。圣明的天子又派遣贤人来此兴学教化当地民众，使他们懂礼守礼，将文明的火种带到了这个荒蛮之地。需要说明的是，章惇是神宗熙宁变法的积极支持者、参与者，在开发西南边疆方面大有业绩，熙宁五年，章惇言"招谕梅山蛮猺令作省户，皆欢喜，争开道路，迎所遣招谕人"②，"籍其民，得主、客万四千八百九户，万九千八十九丁，田二十六万四百三十六亩，均定其税，使岁一输"③，昔日的不毛之地变成沃野千里，改变了当地少数民族人民穷困的生活，受到当地人民的欢迎和支持。他的诗中表现了他与熙宁天子宋神宗一致的励精图治之改革变法精神，不同于传统桃源诗。章惇被《宋史》列入《奸臣传》，实在是有些冤枉了。

在现实社会里寻找桃源的还有华镇，试看其所作《题桃源图》诗：

枝头巧语声高低，波光葱蒨深柔荑。烘爐日暖金鳞动，渔舟荡漾沿芳堤。淡红片玉满流水，中有谁家桃李蹊。刺棹沿洄忘远近，山重水转迷东西。金豪瞥见林中犬，玉羽旋闻陇上鸡。相逢巾屦如

---

① 《全宋诗》卷七八○，前引书，第9030页。
② （宋）李焘：《续资治通鉴长编》卷二四○，中华书局1986年标点本，第5830页。
③ 《宋史》卷四九四《蛮夷列传二》，前引书，第14197页。

图画，惊闻有客争邀携。穿花行到花尽处，华铺昼敞同攀跻。帘栊炫熀斗金碧，楼阁玲珑凝紫霓。琼杯石髓甘如醍，碧桃莹腻堆玻璃。殷勤历问尘寰事，闻说兴替声如嘶。自言畴昔避闾左，乡邻负抱谋岩栖。入山惟忧山路浅，穿云涉水随麏麖。山深遂与人境绝，回首但见云萋萋。年年桃花又桃实，不闻刘项鸣钲鼙。当时只恨弃桑梓，此日却悟凌丹梯。酒阑历览烟霞外，天风淅淅鹈鴂啼。尘鞿世网远心目，年龄便可乾坤齐。俗缘如瑕涤不去，荆布还念糟糠妻。思家欲归归却悔，忆路重来来已迷。碧砌朱栏无处见，溪长烟草寒凄凄。玉京云路今何在，千年图写传缣缇。高堂众客一经目，尽愿乘景骑狻猊。祖龙虐政猛于虎，疗饥消渴资黔黎。霜髻黄口不相保，四海惨戚如牢狴。当时人世无居处，往往云壑为中闺。窜身幽侧宁所乐，骨月苟免资尘泥。种桃为食不如黍，岂恶刍豢忘烹刲。全家邂逅登金策，此事渺忽无端倪。清时汪秽下膏泽，浸润生齿如孩提。日长不使糠秕，饭炊雕胡裁馺馺。岁寒岂独完袍褐，雾縠衣裘云锦袿。剪除败类毓良淑，宛若嘉谷纯无稊。干羽雍容绝征戍，春来处处操锄犁。今人不似秦人苦，寄身何用武陵溪。①

诗人花费大量笔墨描绘桃源景色，这里的人住在金碧辉煌、雕栏玉砌的房屋中，吃的是琼浆玉液、石髓碧桃，仿佛神仙一般。但此中人却不是神仙，他们能够长寿，完全是由于忘记世间人为设置的重重障碍与约束人之本性的条条规约，返回最本真的自我状态，而获得了永恒生命。看着这幅《桃源图》，众人无不兴起求仙访道之心，坐中唯有诗人是清醒的，他对此种说法提出了怀疑，"此事渺忽无端倪"，否定桃源神仙的存在。最后诗人提出了心中的桃源："剪除败类毓良淑，宛若嘉谷纯无稊。干羽雍容绝征戍，春来处处操锄犁。今人不似秦人苦，寄身何用武陵溪"，今天的社会已经是桃源理想之境了，天子剪除了作乱四方的败类，教化人民善良贤德，如今已是四海升平，人们安居乐业，哪里还需要去寻找武陵源？

与苏轼持同样观点的还有李纲（1083—1140），他也认为桃源就存在

---

① 《全宋诗》卷一○八三，前引书，第 12316 页。

于现实社会当中。试以《桃源行并序》为例：

　　桃源之事，世传以为神仙，非也。以渊明之记考之，秦人避世者子孙相传，自成一区，遂与世绝耳。今闽中深山穷谷，人迹所不到，往往有民居田园水竹，鸡犬之音相闻，礼俗淳古，虽斑白未尝识官府者，此与桃源何以异？感其事作诗以见其意。
　　武陵溪水流潺潺（兰格本作"湲"），渔舟鼓枻迷溯沿。溪穷路尽怳何处，桃花烂漫蒸川原。花间邑屋自连接，云外鸡犬声相喧。衣裳不同俎豆古，见客惊怪争来前。杀鸡为黍持劝客，借问世上今何年。自从秦乱避徭役，子孙居此因蝉联。不知汉祖以剑起，况复魏晋称戈鋋。殷勤留客不肯住，落花流水空依然。渊明作记真好事，世人粉饰言神仙。我观闽境多如此，峻溪绝岭难攀缘。其间往往有居者，自富水竹饶田园。耄倪不复识官府，岂惮黠吏催租钱。养生送死良自得，终岁饱食仍安眠。何须更论神仙事，只此便是桃花源。[①]

同苏轼一样，诗人首先否定了桃源仙人传说，认为陶渊明所记的桃源人都是当年避秦隐士的后裔，子孙绵延相传，自成一区。他指出"闽中深山穷谷，人迹所不到，往往有民居田园水竹，鸡犬之音相闻，礼俗淳古，虽斑白未尝识官府者，此与桃源何以异"，那些人迹罕至、民风淳厚、古礼尚存，而又不受官府盘剥压榨的深山幽谷便是真正的桃花源。闽中有许多僻远难觅的山野村庄，许多人在其中择地而居，自耕自种，安居乐业。由于地方偏僻，道路崎岖，官家无暇顾及这里，因此生活在这里的人从来没有与官府打过交道，不知官府为何物，更不用担心被恶吏逼索租税，人人安乐，终岁饱食无忧，保全性命颐养天年。在诗人看来，人们不必刻意去寻找所谓的桃花源，其实这个神奇的世界就在我们身边，任何一处能够自给自足、自在生活、不受剥削压榨的地方都可以说就是桃花源。诗人在生活中随处可以找到现实中的桃源，即使是适逢战乱年代，只要能不受战火波及、保持安宁的地方都是桃源：

[①] 《全宋诗》卷一五五〇，前引书，第 17601 页。

四月六日离容南，陆行趋藤，山路崎岖。然夹道皆松阴，山崦（原作"俺"，据道光本改）田家景物类闽中，殊可喜也，赋古风一篇①

孟夏草木长，清阴散扶疎。葱笼竹树间，石磴蟠萦纡。嗟我事行役，弥年困征途。及兹理归鞍，敢复论崎岖。深谷四无景，高岩倚天衢。稍从平川行，遂得田家居。篱落静窈窕，桑麻郁纷敷。新秧绿映水，鸡犬鸣相呼。中原暗锋镝，胡马方长驱。此岂桃花源，幽深了如无。逝将适闽岭，买田自耕锄。结庐乱山中，聊以全妻孥。②

诗人发现此处的山居人家与自己在闽中所见相类，周围高崖深谷环抱，世所罕闻，人迹不到，人们在这里筑室而居，耕田栽桑，春种秋收。虽然外面已是硝烟四起，烽火遍地，然而此处却依然保持原有的静谧谐和，这就是现实世界中存在的桃源。

胡宏指出，与其去寻找虚幻不实的桃花源，"不如与君归种待贲实成蹊，昼永无地生苍苔"③，表面看来似乎只是模仿桃源的外在环境，实际却是要在现实生活中自辟一地，收拾尘心，进入桃源。同样还有吴芾，种下万株桃树，把自己的居所变成与心灵合契的桃花源："所恨天见私，于此施嘉惠。贻我万株桃，漫山迷眼界。却胜武陵溪，草树相蒙蔽。相去复不远，只在吾庐外。人号小桃源，景物适相契。"④

用精神和现实的组合构建桃源世界的还有南宋著名诗人陆游。诗人对陶渊明的仰慕始于少年时代，而盛于退居之后。71岁时退居山阴的诗人回忆自己幼时读陶渊明诗废寝忘食、乐在其中的情形，记忆犹深："吾年十三四时，侍先少傅居城南小隐。偶见藤床上有渊明诗，因取读之，欣然会心。日且莫，家人呼食，读诗方乐，至夜，卒不就食。今思之，

---

① 因此诗题目过长，下文中简称《四月六日》诗。
② 《全宋诗》卷一五六三，前引书，第17748页。
③ （宋）胡宏：《和仁仲游桃源》，同上书，卷一八七一，第20936页。
④ （宋）吴芾：《和陶桃花源》，同上书，卷一九六五，第21841页。

犹数日前事也。"① 追慕热爱陶渊明的诗人一生中创作了很多和陶、拟陶之作，仅和《桃花源记并诗》主题相关的专题有诗作就有9首之多，用到与《桃花源记》相关的意象的情况就更多了，据笔者不完全统计，其中"桃源"24次，"武陵"7次，"避秦人"5次，"桃花"7次，此外还有几种意象混合使用的情况。诗人如此看重桃花源的原因，除了自小对陶渊明的敬仰之外，更多的是诗人把后半生避居山阴的隐居与陶渊明归园田居的生活重合起来，这其中最关键之处是诗人认为陶渊明的归隐行动是对东晋王朝忠直不二的表现，《桃花源记》便是靖节先生爱国思想的体现，"独为桃源人作传，固应不仕义熙年"②。诗人自幼满怀家国理想，把一腔热血全部投入到抵抗金人、收复失地的爱国事业当中，当美好的理想化为泡影之时，诗人被迫还家，过着平淡的村居生活，不能完成复国大业，只能避世以全爱国之情，这时很容易便将自己的退隐与陶渊明的隐居联系起来，想起桃花源里避秦人来。

陆游对桃源的理解也显现出向心求证的特色。试以下面几首诗为例：

遣兴四首之四

久矣微官绊此身，柴车归老亦逢辰。阮咸卧摘孤风在，白堕闲倾一笑新。万里驰驱曾远戍，六朝涵养悉遗民。清闲即是桃源境，常笑渊明欲问津。③

车中作

秋天近霜霰，吴地少风尘。时驾小车出，始知闲客真。新交孰倾盖，往事漫沾巾。处处皆堪隐，桃源莫问津。④

东篱杂题四首其四

南陌归虽久，东篱兴又新。无求觉身贵，好俭失家贫。引水常

---

① （宋）陆游：《跋渊明集》，陆游《渭南文集》卷二八，四部丛刊本。
② （宋）陆游：《书陶靖节桃源诗后》，《剑南诗稿校注》卷二三，前引书，第1701页。
③ 同上书，卷四〇，第2540页。
④ 《剑南诗稿校注》卷五一，前引书，第3063页。

终日，栽花又过春。桃源不须觅，已是葛天民。①

自　咏

　　素慕巢居穴处民，久为钓月卧云身。经行山市求灵药，物色旌亭访异人。高枕静听棋剥啄，幽窗闲对石嶙峋。吾庐已是桃源境，不为秦人更问津。②

这些诗有的是借景抒情，有的则是直抒胸臆，表达了诗人的桃源理想，桃源就在自己身边，此身安处即桃源。在诗人眼中，"清闲即是桃源境"，只要心中无杂念，不管身外之事，哪里都是桃源，"处处皆堪隐，桃源莫问津"，自己的居所也是桃源避世之地，"吾庐已是桃源境，不为秦人更问津"，自己"桃源不须觅，已是葛天民"不须向外去寻找了。同样是以现实世界为基础，向内追寻桃源世界，苏轼的桃源理想，更多融入了宗教理性认识，用宗教思维来消解身心痛苦，是融会贯通三教思想之后的顿悟之境；陆游则是带着纯然欣赏现实生活的态度去体验桃源，"心常无事气常全"，从现实生活中寻找自己的理想，而不需宗教来消解胸中之郁结，常常"闭门便造桃源境，不必秦人始是仙"③，仙人也没有自己快活。诗人以己心推及天下之人，"乐岁家家俱自得，桃源未必是神仙"④，只要年年岁岁平平安安、衣食无忧、和乐安康便是神仙生活，"人间随处有桃源"是完全可能的。

赵蕃在其所作《桃川山中用陈苏旧韵示周游》中否定了世俗人远赴深山幽谷的寻仙行为，"神仙非吾学，可以置度外"。诗人热爱现世生活，认为与其"如为千里行，数步辄一憩"，"不如返吾乡，耕凿仍树艺。及私具伏腊，输王应租税"⑤，过一种耕种自给、平静安定的生活。

周密六言诗《倦游》也体现了向心求证、实现桃源理想的特点：

---

① 《剑南诗稿校注》卷五一，前引书，第 3531 页。
② 《剑南诗稿校注》卷六三，前引书，第 3602 页。
③ （宋）陆游：《幽居二首》其二，同上书，卷七一，第 3927 页。
④ （宋）陆游：《北园杂咏十首》其一，同上书，卷三五，第 2288 页。
⑤ 《全宋诗》卷二六二一，前引书，第 30484 页。

> 眼底茂林修竹，梦中流水桃花。难莫难兮行路，悲莫悲兮无家。
> 淡薄功名鸡肋，间关世路羊肠。且携乌有是叟，同入无何有乡。
> 甫里田十万步，成都桑八百株。从教卿用卿法，不妨吾爱吾庐。①

周密六言诗实为三首六言绝句，原文排为一首，误。格式应做如上调整。诗人面对的是"茂林修竹"，头脑里则是"流水桃花"，眼前之景引起诗人武陵幻梦。人生最苦在行路，最悲是无家，功名利禄取舍如同无味之鸡肋，人生道路艰难如崎岖之羊肠，桃源既是乌有之乡，不若重新回归家园。

漆高泰（生平不详），清同治《靖安县志》载为宋代诗人，② 而清同治《南昌府志》则将其列入明代，③ 因暂无其他佐证，根据两书刊刻先后，取《靖安县志》说，姑且计入宋代诗人。他提出桃花源既不是神仙幻境，也非秦人避地之所，而是可以在现实找到的美丽世界。诗人卜居于山中，像陶渊明一样一面纵情山水之间，与自然融为一体；一面躬耕田园，诗酒自娱：

> 武陵传说遇神仙，再问桃源已窅然。元亮去后山水迁，津迷何处访高贤。此源非是避秦壇，此处桃花不浪传。山城画里纵盘旋，奇峰兀突摩大圆。名山横列镇前川，两水夹镜绝尘牵。渔舟夜泊歌扣舷，土门空豁绿杨偏。中有神皋百顷田，展兴立秒带月还。鸡鸣木末犬轻輾，黄发垂髫自年年。我来此地卜居廛，依山结构足酣眠。幽窈之中旷且平，四时递嬗乐相缘。春辉鹤岭岚拖烟，云峰响石草芊芊。时雨东来好风连，良苗怀新鹭渚拳。岩阿避暑冽寒泉，寒泉清客沁诗篇。柳阴一曲奏暮蝉，山头牧笛起炊烟。金凤催桂菊舒岩，蟹肥酒熟广尊前。团圞坐月笑语阗，露白霞苍雁语翩。冻彻梅花雪

---

① 陈新、张如安等：《〈全宋诗〉订补》，前引书，第633页。
② 同治《靖安县志》，清同治九年木活字本。
③ 同治《南昌府志》卷九，清同治十二年刻本。

里娟,幽香兼忆剡溪船。怀芹负日向西,俯仰无惭影自全。平陂世态任回旋,心苦形役皆自煎。别有桃花浪八千,朝来且种火中莲。刘叟芳踪留数椽,孝友家风着简编。五陵诸子如问焉,仙乎仙乎在乐天。

"心苦形役皆自煎",所谓世俗的牵绊、苦恼都是被一己之心所羁累。只要保持达观乐天的心态,那么就是神仙般的生活。

最后,笔者打算用宋末诗人于石的一首《小石塘源》来结束以桃源为现实世界的解说。此诗描绘了一个更为美好的世外桃源,"源深几百里,属严之建德,接婺之浦江,民俗淳古,真避世之地",古朴淳厚的民风让诗人钦羡不已,现抄录全诗如下:

万山郁回合,群木尤老苍。细路百盘折,崎岖陟羊肠。凉阴覆峭壁,萦回涧流长。绿萝下百尺,笑把清泉香。甘寒试一漱,齿颊凝冰霜。拂石坐未去,樵叟来我傍。云此涧中水,其源来浦阳。浦阳婺属邑,亦我父母邦。欲我饮此水,而不忘故乡。叟言起予意,振衣欲飞扬。便将随水源,径度千仞冈。叟前挽我衣,迟留且勿忙。吾家隔前坡,林居愧荒凉。寒醅旋可压,为子炊黄粱。微径行荦确,柴门隐松篁。推户拂尘席,延我入中堂。呼儿出长揖,阔步何蹡跹。问我从何来,惊顾走欲僵。屡呼不复出,自起致茶汤。坐不分宾主,高谈到羲皇。炊烟淡茅屋,劝我饮尽觞。葫芦烂鹅鸭,盘盯罗芥姜。一饱共酣寝,此乐殊未央。摄衣起谢叟,听我歌慨慷。风埃暗宇县,干戈几抢攘。朽骨缠蔓草,呻吟卧残创。荒丘奔狐兔,断础悲蚕螀。奔逃不相顾,流离各凄伤。十年未返业,几人失耕桑。而此源中民,熙然独徜徉。数家联聚落,茅茨带林塘。笑语声相闻,隔篱灯火光。翁妪各垂白,童稚纷成行。嫁女必近邻,生男不行商。死徙无出境,耕织各有常。地垆老瓦盆,竹几素木床。俗淳器亦古,岂识时世妆。瓜瓠满篱落,麻苎翳门墙。缺窦出鸡犬,平坡散牛羊。豚蹄一盂酒,神休答丰禳。村讴杂社鼓,醉舞衣淋浪。昼无悍吏恐,夜无群盗狂。生者遂所养,死者得所藏。其乐有如此,宜与世相忘。叟前重致词,为子言其详。使我居华屋,绮疏交洞房。使我服鲜丽,翠襦绣罗裳。食必具水陆,饮必酾琼浆。出则盛车骑，锦鞯紫游缰。归则拥歌吹，粉黛环姬姜。贵封侯万户，富储粟千仓。如此岂不乐，患至难豫防。利者祸之的，何地非战场。况有吏椎剥，宁免盗陆梁。安贫即乐土，多财必遗殃。人生守常分，世事胡可量。我闻重叹息，临风几仿徨。林霏掩苍翠，回首路杳茫。远山衔落日，惨惨尘沙黄。因思桃源中，人多寿而康。山深事简寡，居安俗淳良。不与外人接，别在天一方。儿孙自生长，古今任兴亡。世以为神仙，此说诚荒唐。平生志远游，恨不穷八荒。去家百里近，绝境见未尝。邈与桃源居，异世遥相望。安知千载下，以我非渔郎。独恨无桃花，夹岸摇红芳。花落春水涨，一苇或可航。①

这是一首五言长诗，共140句。全诗可以分为四个部分。第一部分前四十八句讲述诗人在山中巧遇砍柴老人，古道热肠的老者邀请诗人还家做客，并热情招待。两人一边享用山中美味，一面举杯高谈阔论，宾主尽欢，直到深夜还兴致勃勃，意犹未尽。第四十九句到第九十句是诗的第二部分，诗作转入对小石塘源生活场景的描述。诗人首先采用对比手法，将外界动乱纷扰、民不聊生的惨境与小石塘源居民安宁静谧的生活形成对比，以突出小石塘源之幸福、美好。外面百姓"奔逃不相顾，流离各凄伤。十年未返业，几人失耕桑"，"而此源中民，熙然独徜徉。数家联聚落，茅茨带林塘。笑语声相闻，隔篱灯火光。翁妪各垂白，童稚纷成行。嫁女必近邻，生男不行商。死徙无出境，耕织各有常。地垆老瓦盆，竹几素木床。俗淳器亦古，岂识时世妆。瓜瓠满篱落，麻苎翳门墙。缺窦出鸡犬，平坡散牛羊。豚蹄一盂酒，神休答丰穰。村讴杂社鼓，醉舞衣淋浪。昼无悍吏恐，夜无群盗狂。生者遂所养，死者得所藏。其乐有如此，宜与世相忘"，小石塘源远离乱世，不受侵扰，这里老有所养，幼有所依，男婚女嫁，繁衍生息，自成一国。人人各司其职，生活安定富足，不受金钱的诱惑。礼俗上还保留着上古遗风，未受俗世之风浸染。没有官府管辖，不需担心悍吏催租索赋，更无盗匪之祸乱。居民深受上古道德礼仪的影响，人人知礼守礼，按时举行谢神祭祀之仪式，

---

① 《全宋诗》卷三六七五，前引书，第44126页。

路不拾遗,夜不闭户,生老病死,各安天命。如此安宁和乐的生活,难怪已经忘了山外的世界。小石塘源社会正是儒家理想中的大同社会。从第九十一句"叟前重致词"到第一百一十四句"世事胡可量",共24句,是诗的第三部分。诗人借老人之口说明怎样才能全真保身,颐养天年:口腹之欲,华屋美衣、声色犬马,高官厚禄,家财万贯,人因为有了这些欲望,所以产生争夺之心,必然招来祸殃。现实世界的诱惑使人产生种种欲求,蒙蔽了人的心智,令人丧失最纯真的本性。只有甘于贫贱,乐天知命,拒绝外界不良欲望,才能保全性命、享受生命。最后,诗人根据自己的所见所闻对桃源神仙传说予以否定。桃源其实近在咫尺,可笑人们却不遗余力去四方寻找它。距家仅百里之遥的小石塘源就是桃源,希望自己能够去到这异世之境,千年之后,大约人们会把自己也当作神仙了。于石此诗可以说是宋代文人以桃源为现实客观存在的总结,是对前代诗人传释的完美继承:在一首诗中,既有对神仙说的批判,又有对桃源理想的具体解说,还有如何寻找现实桃源的方法——灭绝欲望,向心求证,同时还推测了桃源被仙话的原因是由于地处偏僻,与世隔绝,没有受到外界人事干扰,世俗人因为不了解个中玄妙才产生了误会。

  两宋时期出现的以桃源为现实世界、在现实中寻找桃源的解说是桃源母题接受史上的新变化,是宋代文人对客观世界的再认识。不论是向己心求证桃源的存在,还是以现世里不受俗世干扰、人们安居乐业的某处深山幽谷为理想世界,都是源于诗人对生活的无比热情,正是由于对生活的热爱才促使他们去主动寻找、发现日常生活中的美,去认真体验美。在这些诗人眼中,理想的世界不再是与世俗对立的存在,只要无欲无求、内心安闲自在,拒绝外界干扰,那么客观世界就会美好起来,于是人间便处处皆是桃花源了。至此,桃源世界终于从与俗世对立的一面走了出来,与现实世界走向融合,这一转变的关键在于人如何看待客观世界,如何对待一己之身。

  这里还要多说几句的是,向心求证桃源的解说与上文提到的理想之国、隐逸之境的阐释确有交叉处,它们都是个人对某种理想的追求和探寻。但是三者还是有区别的,首先,在诗人看来,理想桃源是不存在的,隐逸之境也无法找到,它们与现世社会存在着对抗,与现世是对立关系;而向心求证桃源是在客观现实存在的基础之上的求证,换句话说,是客观存在的，可以找到的，是现实社会的有机组成部分，与现世的关系是相融的。

需要说明的是，诗人们接受桃源这一母题时往往并非只是单一解说，即使是同一个作家，在他人生中不同的创作阶段，由于所处社会历史环境变化，生活体验不同，思想必然对事物的理解感受便会产生差异，以梅尧臣为例，诗人在年幼时创作的《武陵行》以桃源为仙境，而到晚年创作的《桃花源诗》仙境色彩淡化到几乎看不出，而他的《和邻几学士桃花》诗："深殿有春人到稀，武陵虽说昧当时。蹰躇莫忆人间世，恐至尘中悔却迟。"① 对桃源的理解则比较模糊，很难确切指出诗人究竟把桃源当作仙境还是深隐之所，可以肯定的是作者把桃源世界看作与现实对立的存在。这种对立的阐释是不可否认的，可以借用黄庭坚读杜诗的感受来说明这种现象存在之必然性："血气方刚时读此诗，如嚼枯木。及绵历世事，如决定无所用智，每观此篇，如渴饮水，如欲寐得啜茗，如饥咳汤饼。"② 前后不一的矛盾阐释是诗人不同人生阶段、经历世事之后的感受，都是真实客观的。

两宋时期对桃源主题的四种接受与阐释是并行的，贯穿两宋王朝终始。在同一时期内可能出现既有以桃源为仙境，又为隐逸之所的，同时也有以之为现实的解说同时存在的情况。这四种阐释并非总是势均力敌，而是在某一时期其中一种或两种可能会占主要地位，类似于今天在主流媒体指导思想下出现的主流文学，通常与当时社会流行的主导思想密切相关。以庆历新政、熙宁变法、元祐党争这几段历史来看，国家政治生活处在巨大的变革之中，新旧两党的斗争异常激烈，此时社会主导思想是求变，推翻过去祖宗陈法，建立一套全新的礼法制度。这种复杂激烈的社会斗争、思想斗争反映到文化学术领域中就表现出对前代已有定论的东西的否定、怀疑和颠覆。在这种人人称变、事事要革的社会背景之下，文学领域也呈现出力去陈言、大做翻案文章的潮流来。桃源主题诗歌在这一时期体现出的风貌就是对很久以来以桃源为仙境的传说的怀疑、否定。当变法失败，社会政治秩序重新回到旧有轨道上，以桃源为仙境、

---

① 《全宋诗》卷二六〇，前引书，第3302页。
② （宋）黄庭坚：《书陶渊明诗后寄王吉老》，《山谷题跋》卷七，津逮秘书本。

为隐逸之乡的解说便再次抬头,很多跟风之作大量出现,这时四种阐释又同时存在了。宋代诗歌在桃源这一母题的接受与传释过程的承袭与新变为后来以桃源为主题的文学创作打下了坚实基础。

第五节 两宋桃源诗歌四种阐释倾向之数量统计

纵观两宋以桃源为主题的诗歌接受史,可以发现以下四种走向:一是继续唐代诗人王维、武元衡、权德舆、刘禹锡等人以桃源为仙乡的阐释,把桃源当作外在于人世的一种"仙境",有破便有立,与此同时很多诗人也发出不同的声音,创作了很多否定神仙传说的作品。二是以桃源世界为隐逸之境,理想之邦。以桃源为深隐之所的解说与前代阐释比较接近,但也有新的时代特色。三是以桃源为理想之邦。这种解说其实是前代已有的,但是到了宋人手中,他们却表现出对前代诗人们大加赞扬的桃源大同社会不满,对桃源进行了重新改造和规划,重建理想中的乐园。四是把桃源世界当作现实社会的一部分,或者以为现实世界中可以找到桃源,一种"此身安处即桃源",向内心去寻找求证桃源。这一点上与前代差异较大。前两种走向可以说是对前代桃源母题接受的因袭模拟,但承袭之中又有变化,而且这两种阐释在两宋时期是非常盛行的,几乎每个阶段都能发现它们的影响。第三、四种则是宋代诗歌对桃源母题接受史中的新变。在两宋不同历史时期,这些阐释倾向的分布有一定差异。下面笔者将对这四种不同阐释的诗歌在各个历史时期的分布状况做一统计。

桃源诗歌四种不同阐释在两宋六个时期的分布状况,见表一、表二、表三、表四。

表一　　　　　　　仙乡幻境阐释类型诗歌统计表

时期	作者作品	作者人数	作品数量
北宋初期	张咏《游桃源观》《舟中晚望桃源山》 梅询《桃源》 范仲淹《风水洞》	3	4

续表

时期	作者作品	作者人数	作品数量
北宋中期	梅尧臣《武陵行》《桃花源诗并序》 许当《小桃溪》 张方平《桃源二客行》 刘敞《华山隐者图》《桃源》 刘攽《华山隐者图》《桃源》《同韩持国游五岳观时原甫暨诸公先在因寄江邻机梅圣俞》 释法演《偈子》	5	10
北宋后期	郭祥正《庐陵乐府十首》其九、《寄题湖州东林沈氏东老庵》《郑州太守王龙图赟之出家妓弹琵琶即席有赠》 毛渐《桃源洞》 晁补之《琴中宫调辞》 郑仅《调笑转踏·桃源仙女》	4	6
北南之际	无名氏《调笑集句·桃源》诗歌部分 李纲《寓琼山远华馆。一夕，梦游山间小堂，松竹环合。有道士坐堂上，诵李太白送人游桃源序，中有"良田名池，竹果森然，三十六洞，别为一天"之语，觉而异之。今假道容惠、当游、勾漏、都峤、白石、罗浮，皆洞天也。岂神者先告将有所遇耶！赋诗以纪之》 张斛《武陵春雪》 刘才邵《听宝月上人弹桃源春晓》 欧阳澈《梦仙谣并引》	5	5
南宋中期	周必大《安福欧阳绍之奉议桃花石二绝》其二 薛季宣《梦仙谣》 楼钥《桃源图》	3	3

续表

时期	作者作品	作者人数	作品数量
南宋后期	释文珦《春夜梦游溪上，如世传桃源。与梵僧仙子遇具蟠桃、丹液、灵芝、胡麻于云窗雾阁间。请赋古诗，颇有思致。觉而恍然犹能记忆五句云：滩峻舟行迟，乱峰青虬蟠。一瀑素霓吼，灵桃糁丹朱。仙饭杂芝糇。遂追述梦事，足成一十七韵》《记梦》 王柏《和前人小桃源韵》 胡仲弓《桃源图》《桃源图》 詹复《小桃源》 王镃《仙源即事》 宋无《铜陵五松山中》 无名氏《小桃源》 张翠屏《秦人洞》 龚桂馨《题桃花源》	10	12
总计		29	39

表二　　　　　　　　隐逸之境阐释类型诗歌统计表

时期	作者作品	作者人数	数量统计
北宋初期	张咏《过武陵溪二首》 李含章《游桃源观》 冯信可《桃源图》 陈肃《桃源洞》	4	5
北宋中期	陶弼《司马错城》《武陵》《寄桃源管明菩》 蔡襄《桃花溪》 刘敞《苍筤源》 潘兴嗣《秦人洞》二首 王安石《南浦》《春郊》《送陈靖中舍归武陵》 释克文《游桃源赠刘君实》	6	11

续表

时期	作者作品	作者人数	数量统计
北宋后期	林旦《余至象山得邑西山谷佳处，暇日过游，因其亭榭泉木离为十咏·桃源径》 郭祥正《桃源行寄张兵部》《酬吴著作子正》《追和李白宣州清溪》《四皓》《马仁山》《入清远峡》《香涧》 苏轼《送王伯敭守虢》《书王定国所藏烟江迭嶂图》 黄裳《寄卧云先生》《桃溪庵》 黄庭坚《武陵》《和答刘太博携家游庐山见寄》 周行己《武陵烟雨》 胡致隆《题吴生画桃源图》	7	16
北南之际	汪藻《桃源行》 王庭珪《和刘美中尚书听宝月弹桃源春晓》 朱敦儒《小尽行》 郭印《苦热和袁应祥用韦苏州"乔木生夏凉，流云吐华月"为题十小诗》其四 郑刚中《游西山》 释宗觉《桃源》 释嗣宗《颂古二十六首》其五 许尹《和吴谨微游仙都五首》 李处权《偶书三首》其二 胡寅《游云湖》 刘子翚《桃源》 胡铨《题小桃源图》 郑樵《过桃花洞田家留饮》 胡宏《桃源行》	14	18
南宋中期	陆游《桃源》《书陶靖节桃源诗后》 项安世《次韵叙李提刑往临先正治所并所闻先正论桃源事二首》 薛季宣《武陵行》 张师夔《小桃源》 刘仲达《小桃源用张师夔韵》		

续表

时期	作者作品	作者人数	数量统计
	李韦之《桃源》 赵蕃《严山》《泊舟桃花台入妙香院》《桃源道中用邢子中丈旧韵》	7	11
南宋后期	裘万顷《题小桃源》 释居简《桃源行》 陈宓《送赵司直师恕赴常德倅》 钱时《十六渡》 赵汝淳《桃源行》 叶绍翁《烟村》 刘克庄《二月初七日寿溪十绝》其三、四、五，《即事十绝》其六，《小桃源》《源里》 严羽《思归引》 李龏《渔父》 白玉蟾《小桃源》 赵希迈《小桃源》 叶茵《潇湘八景图·渔村夕照》 薛嵎《湖外别业四咏·渔村晚照》 宋自逊《山家》 施枢《题桃源图》 萧立之《送人之常德》《桃源》 释斯植《过桃源》 释文珦《过野人居》《深村》 胡仲弓《题桃源图》二首 刘炎《讽州守》 舒岳祥《纪梦》 谢枋得《桃》《秦人洞》 牟巘《题束季博山园二十首 桃源》 何梦桂《汾阳徐祥英还家》《桃源三首》《重到森溪桥二首》其二 文天祥《桃源道中》《桃源县》 方回《桃源行》	40	60

续表

时期	作者作品	作者人数	数量统计
	钱选《题桃源图》 郑思肖《桃源图》 艾性夫《题友人归隐图》 黎廷瑞《次韵张龙使君十绝》其一 陆文圭《桃源县》《江阴有〈桃源图〉，方圆尺许，宫室人物如针粟可数。相传有仙宿民家，刻桶板为之，一夕而成，明日遁去。友人以本遗余，戏题二绝》《题桃源手卷》 徐瑞《己丑正月二日入山中题岩石二首》其二、《癸未三月初七日泛舟东溪寻访赵石斋于方壶山中临分留呈》 关麸《桃源》 古汴高士《桃源》 程公举《同方谢二先生和赵元清梦游小桃源四时诗》 胡梅所《桃园》《千人洞》 王景月《桃源行》 郭奎《山门》 赵孟頫《题商德符学士桃源春晓》《桃源》 吴澄《题桃源春晓图》		
总计		78	116

表三　　　　　　　理想之邦的阐释类型诗歌统计表

时期	作者作品	作者人数	作品数量
北宋初期	无	0	0
北宋中期	曾巩《桃花源》 王安石《桃源行》 王令《桃源行送张颉仲举归武陵》	3	3
北宋后期	张舜民《渔父》 邹浩《悼陈生》 晁说之《高仲夷唱和诗，不胜感叹，辄用其韵识其事，率同赋》	3	3

续表

时期	作者作品	作者人数	作品数量
北南之际	王洋《送周仲固运使之官湖北》 王十朋《和韩桃源图》	2	2
南宋中期	陆游《秋夜感遇十首以"孤村一犬吠,残月几人行"为韵》 史尧弼《留题丹经卷后》	2	2
南宋后期	魏了翁《题桃源图》 刘克庄《题桃源图一首》 邵允祥《上平王燸章》 姚勉《桃源行》 赵孟頫《题桃源图》 刘因《桃源行》	6	6
总计		16	16

表四　　　　　　　　现实世界的阐释类型诗歌统计表

时期	作者作品	作者人数	作品数量
北宋初期	无	0	0
北宋中期	无	0	0
北宋后期	章惇《梅山歌》、苏轼《和陶桃花源并引》 华镇《桃源图》	3	3
北南之际	李纲《桃源行并序》《四月六日离容南陆行趋藤山路崎岖然夹道皆松阴山崦田家景物类闽中殊可喜也赋古风一篇》 朱槔《郑德予同游桃花山次韵》 胡寅《和仁仲游桃源》 吴芾《和陶桃花源》	4	5
南宋中期	陆游《小舟自红桥之南过吉泽归三山二首》之二、《泛舟观桃花五首》其五、《小舟游近村舍舟步归四首》其一、 《北园杂咏十首》其一、《遣兴四首》之四、《自咏》 《车中作》《东篱杂题四首》其四、《初夏出游三首》	2	12

续表

时期	作者作品	作者人数	作品数量
	其三、《幽居二首》其二、《书壁屋》 赵蕃《桃川山中用陈苏旧韵示周游》		
南宋后期	钱时《桃村寄题三首》其三 周密《倦游》 戴昺《方岩山有仙人田，项宜父家其下，于屋之西偏筑亭、疏沼、杂莳花木为娱，奉寿母之地即以名之，自著怀仙杂咏百有一首，名胜留题亦多，未免皆泥乎神仙之说，来征余吟。余谓神仙之事，深言之则似诞，今诸贤所赋无复余蕴，使余更下注脚，不愈诞乎？且人生一世苟能超然达观惟适之安，斯人中之仙已，岂必十洲三岛间之谓哉？因即此意赋十章》 于石《小石塘源》 漆高泰《桃源洞》	5	5
总计		14	25

表五　桃源诗歌四种不同阐释在两宋六个时期的分布状况

时期	北宋初期	北宋中期	北宋后期	北南之际	南宋中期	南宋后期	总计
仙乡幻境	4	10	6	5	3	11	39
隐逸之境	5	11	16	18	11	60	121
理想之邦	0	3	3	2	2	6	16
现实世界	0	0	3	5	12	5	25

从以上五个表的统计结果来看，可以发现以下三种趋势：

第一，直接把桃源当作仙境的观点在宋代依然持续，虽然数量不多，但分布在两宋各个历史阶段，相对比较集中在北宋中上、末期和南宋末年到亡国时期，前者恰是北宋王朝社会政治、思想文化领域经历巨大变革的时期；而后者则是南宋王朝由衰败直至灭亡，征战频繁、国破家亡的时候。

第二，传统的以桃源为隐逸之所的解说在两宋时期各个阶段数量较多，甚至延续到宋末元初一些入元士人那里。其中以南宋末期战乱年代隐逸之境的解说最为繁盛。

第三，新兴的以桃源为现实世界和重建理想社会的阐释最早出现在北宋社会政治斗争最为激烈频繁的北宋中期，兴盛于南宋中期、末期，并且一直延续到宋朝灭亡。兴盛期恰是伴随着理学思想体系的逐渐完备而到来的。

综合以上五个表格纵向考察，不难发现：

第一，北宋初期，桃源诗歌主题表现为以桃源为山川秀丽、景色宜人的仙乡幻境或者隐逸之所，这两种解说几乎是平分秋色。此时的桃源诗歌呈现出仙隐结合、亦仙亦隐，似幻还真的特点。

第二，仁宗天圣元年至仁宗嘉祐八年（1022—1062），这期间经历了北宋王朝社会政治改革，文人思想比较活跃，出现以桃源为理想世界和现实世界的解说。桃源主题阐释经历了由仙隐到现实，直至完全现实化的过程。现实化过程是通过两个方面进行的：一是以理性思维方式对神仙幻境说的直接批判；二是以儒家思想为指导，要求重塑理想型桃花源社会秩序。在这个要求变革的时代里，诗人们对陶渊明笔下的那个理想社会提出了质疑，认为它存在着缺陷，于是纷纷提出什么是理想社会以及如何建设理想社会的构想。

第三，徽宗崇宁元年到高宗绍兴三十二年（1101—1162）北南之际，桃源诗歌的主题依然表现为四种倾向并存，但是以桃源为仙境的解说数量较少，隐逸、现实两说仍占主流。现实说否定神仙幻境，把桃源视为现实世界，同时投入更多对社会丑恶现象的批判讽刺；仙境说则大量混入神仙传说，如刘阮、淮南王成仙故事；继续前代以桃源为隐逸之所的阐释，并表现出仙佛合流的趋势。

第四，高宗绍兴三十二年到宁宗开禧三年（1163—1207）是南宋偏安朝廷中兴时期。一是以陆游、萧立之为代表的诗人们对南宋皇帝贪图享乐、不事恢复，大臣贪生怕死、攀附权贵的失节行为颇为不齿，而对现实的无奈使他们再次走向追求隐居生活，表现出对桃源世界可望而不可即的向往与失落。二是在理学的强力影响下，伦理道德继续发挥强大功能，继续前一时期对神仙之说荒诞无稽的批判。三是在神仙说延续的同时，又表现出一种对仙人、仙乡的怀疑态度。这一时期以理想桃源和现实桃源的阐释占主流。

第五，宁宗嘉定元年到元朝初期（1208—14世纪初），进入南宋末年，南宋朝廷国势日渐式微，大宋王朝已经是气数将尽，回天乏力。诗人们在躲避战乱的同时，唯一能做的也只有苦中作乐、自我麻醉了。他们渴望能够找到一个美好的桃源世界，隐居起来，躲避世间的战乱、痛苦，过一种"安稳不知危世事"的生活，但是他们更清醒地认识到桃源只是一个美丽的幻梦。大宋王朝的灭亡，使诗人们将"桃花源和气节合拍起来"①，纷纷走入山林，过起了陶渊明式的隐士生活，拒绝元朝皇帝征召，以示不事二主的忠贞节操，这个时期也是桃源诗歌创作的高峰期，正是"宋之亡也，其诗称盛"②，钱谦益虽然说的是宋诗，但同样适用于桃源主题诗歌。在遗民诗人的手中，桃源成了理想中的避难隐居之地。由宋入元并且担任官职的诗人如赵孟頫等人，他们笔下的桃源又恢复了隐逸之境的面貌，其中刘因的诗与遗民诗人伤感低沉的情绪不同，在感慨大宋王朝灭亡的同时，多了一些理性的思考，强秦灭亡为什么没有给赵宋朝廷带来某种启示呢？

第六节 唐宋桃源诗之比较

从唐代开始出现的以桃源为主题的专门诗歌，无论是主题命意，还是艺术风格，又或者创作技巧上，均体现出唐代特有的风貌，而宋代诗人在此基础上进行了更深入开掘，将桃源母题诗歌创作推向又一座高峰。两代桃源诗歌各有千秋，独具特色，下面对唐宋两代桃源诗歌做一对比研究。

一 主题的开掘

唐代文人对桃花源的接受和传释是以武陵桃源为仙乡福地、隐逸幻境、理想之国，充满了奇思妙想，宋代桃源诗延续了这三种阐释，但是又与唐代不同。此外宋代还出现了新的诠释——以桃源为现实世界。

---

① 钱锺书：《宋诗选注·序》，前引书，第7页。
② （清）钱谦益：《胡致果诗序》，《牧斋有学集》，上海古籍出版社1996年版，第800页。

(一) 对桃源仙境说的继承与新变

从数量上看，唐代桃源诗里以桃源为仙乡幻境的阐释占到全部桃源诗歌数量的近80%，宋代桃源诗歌了延续这一传统，同样把桃源视为与世俗世界对立的仙乡幻境，是封闭隔离于外界的特殊场所。

唐代此类诗歌中已经出现的世俗生活场景，在宋代进一步世俗化、市民化了。如描绘仙人居所时，颇具世俗生活色彩，鸡犬相闻，茅舍草屋，园林池沼，富有农村生活气息，梅尧臣《武陵行》中便引入了"豁然有田园，竹果相丛倚"的田园生活场景。刘子翚（1101—1147）《桃源》诗里有"桃花深处蜜蜂喧，山近前峰鸡犬村。若有胡麻泛流水，武夷转作武陵源"①的刻画。世俗化还表现在把世俗人物形象引入诗歌里，前文提到欧阳澈的《梦仙谣》即为典型一例，诗人对仙女执着、热烈、大胆的爱情宣言以及体态、姿容、言语、动作的描绘，具有明显世俗化色彩，渗透着强烈的市民意识。这一点可以从当时市井流行的话本小说中找到痕迹，仿佛让读者看到了一个披着仙女外衣的多情周胜仙。

唐宋桃源仙境说最大的不同在于：从数量上看，唐代桃源诗中仙境说占到近80%，而到了宋代则仅仅有39首，占到将近全部诗歌的1/5，可知宋人对长久以来以桃源为仙境解说已经开始产生了怀疑。从内容上看，由于唐人普遍认为神仙是存在的，只要有缘、用心去寻找，就会找到。唐代流行的道教典籍中记载七十二洞天福地可为明证。宋人也承认神仙，但他们认为神仙是不可求的、不可学的，"神仙不可学，浅俗如醯鸡"，尽管如此，人还是可以通过勤奋的修习来换取生命永恒，"一千二百年，修身未尝衰"（刘敞《华山隐者图》）。宋代还出现了直接批判否定桃源神仙说的诗歌，与唐代硕果仅存，且还要存疑的唯一一首韩愈所作《桃源图》相比，无论从数量还是质量上都是一种超越。这种对神仙传说的批判不仅仅局限于文人之间，连宗教人士也对其提出质疑，如释居简（宁宗时人）提出桃源神仙"鸡黍更从仙隐设，疑是齐东野人说"②。总之，在宋代文人虽然也难免摆脱以桃源为仙境的窠臼，但是他们已经逐渐开始用理性的眼光来重新审视这种虚幻不实的无稽之谈，对

---

① 《全宋诗》卷一九二二，前引书，第21458页。
② （宋）释居简：《桃源行》，同上书，卷二七九一，第33601页。

此表示怀疑、否定。他们对神仙之说的态度是两可的，在理性思维占主导的、头脑清醒的白天，仙境是不存在的；在夜晚、似幻似梦的状态下，特别是人的欲望需要满足的时候，仙境是可能存在的，并且仙人们会使个人在现实中无法实现的愿望成真。某种程度上说，仙隐型桃源在宋代文人眼中是一种功利性的存在。

（二）对隐逸之境、理想之邦说的继承与新变

在唐代，以桃源为隐逸秘境或者理想之邦的解说比较少，仅仅有7首，解说也相对比较简单，把桃源或者具有桃源隐秘、幽静、景色秀丽的地方看成与现世社会对立的绝佳去处，脱离俗世的隐逸世界。还有少数诗人将桃源视为理想中的幸福乐园，希望能简单而快乐地生活于其间，无忧无虑，与世无争。宋代桃源诗歌中以桃源为隐逸之境的阐释数量庞大，共121首，占到全部201首诗中的约60%，并且贯穿两宋终始。宋代桃源诗中的隐逸主题在继承前代以桃源为风景如画、幽深难觅的避世深隐之处的解说基础上，又引入新的忠君爱国主题。在宋代文人看来，隐逸避世除了个人原因之外，与国家命运、个人节操密切相关。这种思潮的形成是由唐宋两个时代历史大环境、社会状况、思想、学术文化的差异决定的。在宋王朝与少数民族政权的对立和战争以及最后毁于异族手中等这些与唐王朝不同的社会历史背景影响下，宋代以桃源为隐逸之境的解说里除了隐逸的古老话题之外，还增添了不事二主的忠臣气节，具有浓厚的民族主义色彩，反映了宋代文人强烈的民族意识和心理，体现出民族主义与华夷之辩的交叉，这与唐代从考虑个人角度出发，因个人原因而选择隐遁的规避隐居不完全相同。

至于理想之国，唐代桃源诗里的理想国就是陶渊明笔下那个具有儒家大同理想、道家小国寡民社会缩影的幸福家园，人人有田耕种，有屋居可住，老幼有依，不受官府管辖剥削。宋人桃源诗里的理想国也接受了唐人的这一看法，但是出现了特别的声音：陶渊明笔下的理想国并不美好，它是有很大缺陷的，没有君主就会缺乏秩序，导致社会混乱；不守人伦纲常便是野蛮之人，因此宋人要求依"理"重建他们心中的理想乐园。在他们看来，理想社会应当是按照道学理念构筑起来的道德型社会，人人尊奉传统儒教规范，严格遵守礼教纲常，君君臣臣，父父子子，各司其职，各安天命。

(三) 向心求证的现实桃源是全新的阐释

唐代杜甫的《赤谷西崦人家》和吴融"何用深求避秦客,吾家便是武陵源"(《山居即事》四首其四)、"只此无心便无事,避人何必武陵源"(《偶书》),认为不须向外去寻找传说中的桃源,只要有一颗平常之心,安时处顺,那么人间处处是桃源,这可以看作是向心求证桃源的滥觞,但是这毕竟只是数量极少的一部分,而且更重要的是二人都只是强调"无心",换句话说,就是要求自己放弃对外界事物的关注,不去用心,要求自己学会"忘"。宋代的向心求证则不同,以苏轼等人来看,他们的向心求证是要求人们依靠自身的力量,自觉抵制、摒弃世俗欲望的诱惑,回归自然本体之自我,求取全真,与天道合一,而后获得心灵上的宁静和谐,这是一种"求"。唐人的"忘"是消极的、被迫而无奈;宋人的"求"是积极的,主动而自觉,这便是二者最大的不同。唐人强调"无心",而宋人则是"有心","有心"归于万物之原初状态,混沌一片,有心自然变成无心。

桃源仙境世俗化、否定桃源仙境传说、隐逸与气节合拍、向心求证现实桃源,体现出宋代桃源诗中出现的新变化,这些变化其实都是宋人理性思考下的产物,同时也是两宋社会历史状况、学术思想、时代精神的反映,富于理性与疑古精神的宋代文人对前代流传下来的解说进行了探索和思考,极大地丰富了桃源内涵,走出了一条异于前人的道路,在桃源母题诗歌接受史上可谓空前。

二 风格的变化

(一) 体裁多样化

以题目使用或含有"桃源"和"武陵"的诗为例,唐代桃源诗从体裁上看,主要以长篇七言歌行体为主,如王维《桃源行》、武元衡《桃源行送友》、权德舆《桃源篇》、韩愈《桃源图》、刘禹锡《桃源行》和《游桃源一百韵》等多为七言形式,五律仅见于李白、王维二人创作。

比唐代桃源诗有所突破的是,宋代诗人尝试了多种不同体裁来进行创作,桃源诗歌体裁更加多样化,几乎囊括古代诗歌所有体裁样式,七言歌行、七绝、七律、五言歌行、五古、五绝、五律、杂言、六言、楚辞体。其中七言歌行体有梅尧臣《桃花源诗》、王安石《桃源行》、华镇

《题桃源图》、汪藻《桃源行》、李纲《桃源行》、胡宏《桃源图》、王十朋《和韩桃源图》、楼钥《桃源图》、方回《桃源行》等；五言古风有苏轼《和陶桃花源》、吴芾《和陶桃花源》、王柏《和前人小桃源韵》；七律包括刘攽《桃源》、胡致隆《题吴生画桃源图》、陆游《桃源》、裘万顷《题小桃源》、魏了翁《题桃源图》、刘克庄《小桃源》、胡仲弓《题桃源图》二首；七绝有毛渐《桃源洞》、黄庭坚《武陵》、释宗觉《桃源》、刘子翚《桃源》、刘克庄《题桃源图一首》、施枢《题桃源图》、萧立之《桃源》、张师夔《小桃源》、郑思肖《桃源图》；五言歌行如梅尧臣的《武陵行》；五律如胡铨《题小桃源图》、白玉蟾《小桃源》、赵希迈《小桃源》、胡仲弓《桃源图》；五绝如刘克庄《源里》等；楚辞体如王令《桃源行送张颉仲举归武陵》；柏梁体七言如郭祥正《桃源行寄张兵部》、王庭珪《和刘美中尚书听宝月弹桃源春晓》、刘才邵《听宝月上人弹桃源春晓》。如果加上那些虽未明确以"桃源""武陵"为题，但内容与桃源主题相关的诗歌，体裁更加多样，如晁补之《琴中宫调辞》为杂言体。相形之下，唐代桃源诗歌体裁略显单一。

（二）艺术技巧的变化

唐代桃源诗歌从内容上看，多以想象中的桃源景物、社会生活为描写对象，进行客观细致地摹写，王维《桃源行》全诗32句，纯然描摹桃源景色的有13句，"渔舟逐水爱山春，两岸桃花夹去津"、"山间旷望旋平陆"、"遥看一处攒云树，近入千家散花竹"、"月明松下房栊静，日出云中鸡犬喧"、"平明间巷扫花开"、"青溪几度到云林"、"春来遍是桃花水"等，都是诗人想象中的桃源美境。其他诗句讲述了桃源人的来历，介绍桃源人生活，全诗几乎不发议论。武元衡《桃源行送友》和权德舆《桃源篇》，一为赠别诗，一为题画诗，同样是20句，同样都是用大量篇幅来描绘桃源景色，结尾处曲终奏雅，发出对桃源生活的充满无限向往的倾羡之音。即使是喜好以议论入诗的韩愈，他的《桃源图》诗同样运用了大量笔墨在描绘景物上。唐代桃源诗歌最主要的特色是充满浪漫主义色彩的奇思妙想。诗人们把陶渊明原作不曾说出或者没有详尽描写的内容铺展开来，王维便想象了桃源世界的幽美夜景，淡淡的月光笼罩着松林下层层叠叠的房屋，一切是如此安宁静谧；韩愈则展开推测，回顾了桃源先人们筚路蓝缕的开创之功，"架岩凿谷开宫室，接屋连墙千万日",前人辛苦的劳作换来后人幸福宁静的生活。更为奇特的是,他还想象出一个令人费解的异常景象,"火轮飞出客心惊",夜半时分,雄鸡突然发出鸣叫,夜空中飞出一个大大的火轮,却不知为何物,真是让人心惊胆战①。唐代诗人在陶作原有的框架基础之上,在限定的有效范围内,充分发挥大胆想象,做了脱离原作的一些尝试。从写作技巧上看,语言色彩浓艳,平实,很少使用典故。除了韩愈在《桃源图》诗中回顾历史时,使用了汉高祖斩白蛇起事和五马渡江建立东晋的典故,其他诗人几乎不用典。

与唐代桃源诗歌相较,宋代桃源诗只是在北宋初期延续过唐代的风貌,伴随着宋诗的发展成熟,很快便体现出宋代诗歌以文字为诗、以议论为诗、以才学为诗的特质。胡佺《题小桃源图》诗中"静嫌僧扣门"一句,"扣"字的使用显然是为了避免与贾岛"僧敲月下门"句中的"敲"字重复而故意换用的,展示出诗人竞一字之奇、以文字为诗的倾向性。以王安石《桃源行》为例,诗人好用典故,体现出以才学为诗的倾向,此诗中使用了秦二世望夷宫、赵高指鹿为马、商山四皓、虞舜现世等典故。使用副词连缀词句,"亦有桃源种桃者"中的"亦";"虽有父子无君臣"中的"虽",副词的加入,破坏了诗句固有的韵律,成了典型的散文句式。长于议论是此诗最鲜明的特点之一。荆公完全撇开唐人诗作中具体描写桃源景物、生活的必用手法,对桃源中人的日常生活只用两句话进行概括:"此来种桃经几秦,采花食实枝为薪",桃源社会制度是"虽有父子无君臣",无论从物质生活还是政治制度,都是回归于最简单、最基本的一切,种下桃树,靠桃实为食、桃木为柴,人与人之间只有最基础的联系纽带——血缘关系,大家过着一模一样、单纯而平静的生活,没有财货之争,自然也就不会有剥削和压迫。他将大量笔墨投注在议论中,从"世上那知古有秦"到"天下纷纷经几秦"都是在发表个人看法,朝代兴亡更替在时间的洪流中是如此的不堪一击。再如苏轼《和陶桃花源》同样体现出这三个特点:典故多,议论多,散句多。这首

---

① 前人解说此句认为,这是诗人对黎明日出景色的一种描绘。笔者不赞同这种说法,因为诗句中点明了时间是"夜半"时分,不能单单因有鸡鸣便武断推测句中的"火轮"是太阳,进而将这两句解释成是对日出景象的夸张描写。

诗中既有古代的、历史的典故，也有与作者同时的今典；既有历史记载和所闻所见之真实事件，也有神话传说、宗教体验之虚幻体验。古典、历史真实者如渊明、子骥、仇池；今典、耳闻所见是青城老人村、南阳菊水；虚幻神话如麻姑坛、安期生、罗浮山；宗教体验则为"六用""真一"。散句较多，如"欲知真一处，要使六用废""臂鸡有时鸣，尻驾无可税""高山不难越，浅水何足厉""不如我仇池""子骥虽形隔，渊明已心谙"等句，诗人有意以散句结构诗歌，整句不多，而且多发议论，六用废、一生死等痴慧，向心求证真正的桃源世界。还有如吴芾《和陶桃花源》诗，开篇两句追溯桃源中人的来历便用了散文句式"我闻桃花源，其先自秦氏"，描绘桃源生活之后，诗人转入个人所思，"我久闻其风，褰裳思一诣"，原本打算去寻找这个美好的世界，可是担心千山万水的阻隔而无法到达，只能辗转反侧，寤寐思之；上天终于降下恩惠，赐我万株桃树，漫山遍野，美境胜过了武陵溪，现在桃源已经"只在吾庐外"了。再有胡宏的《桃源行》，也使用大量散句，"之子渔舟安在哉，我欲乘之望源去""桃源之说非真然""奈何记伪不考真""不然川原远近蒸霞开，宜有一片随水从东来"，并且后两句还是反问语调表达肯定语气。此诗中出现了与屈原相关的典故，北归渡过沅湘；"莫便风雨空莓苔"反用刘禹锡玄都观桃花诗之意。在宋代桃源诗歌中，除了常见的与秦、汉、晋王朝有关的历史典故之外，还大量出现与桃花相关的神话、仙话、传说，特别是与道教有关的典故，参见本书第三章第二节。典故的使用体现了宋代文人以才学为诗的写作方法，而以散句入诗在破坏诗句整体性、完整新结构的同时，也为诗歌形式提供了新的变化，使诗句节奏改变，更活泼生动，更富于变化，有助于增强诗句的表现力。散句灵活多变，没有整句的诸多限制，不需过多考虑音韵、平仄关系，比整句使用起来方便得多，更适合于议论、品评，展现诗人复杂难言的内心世界。

　　面对唐人开创的桃源诗歌传统，宋代诗人以其特有的理性思维方式重创出一片新的天地，无论是从绝对数量，还是从主题、艺术技巧、风格上看，都不逊于唐代，有的甚至超越了唐诗。

第 五 章

宋人桃源理想成因考论

经过宋代文人的解说阐释，桃源的内涵已经远远超越了陶渊明最初赋予它的意义。究其原因，宋人桃源理想形成与两宋时期特有的社会历史文化背景、学术思想状况、文化传统、时代精神以及个人理想等方面因素密切相关。在这些因素的共同作用影响下，宋代桃源诗歌展现出独特的精神风貌。

第一节 唤醒的记忆：历史与现实

"任何一种既有的精神和思想资源对后世的影响能否重现，取决于当下的现实处境是否需要并足以唤起这部分历史记忆"[①]，"在基本相同的自然环境和社会环境下生活的人们必有许多共同的生活经验，而无数同一类型的经验在心理上留下的残迹"[②]，桃源便是这样一个"原型"，它根源于个人理想与社会现实之间的矛盾。由于无法躲避、不能解决的个人苦痛或者社会痼疾，人们只能发挥自己的想象和幻想回归到最原始的乐园或者自己创制的理想之国中以求得精神世界中暂时的宁静。它之所以能够引起后世中国人广泛关注，并且最终形成一个美丽的桃源情结流传数千年，直至今天还常常被人们提起，正是因为它能够唤起人们头脑中相似的历史记忆。

"'乐园追寻'作为人类心灵史的一大母题，反映出人类的终极向往，

[①] 丁晓、沈松勤：《北宋党争与苏轼的陶渊明情结》，《浙江大学学报》2003 年第 2 期。
[②] 周裕锴：《宋代诗学通论》，上海古籍出版社 2007 年版，第 184 页。

而这种向往最常发生在社会转型期，社会越是震荡，越易产生乐园的追求。"① 考察武陵桃花源系和刘天台桃源系传说的创作时间或记录时间，几乎都是在东晋南北朝时期，这一时期政权更替、易代频繁，社会不稳定，是中国历史上比较混乱的一段时间。从公元383年晋抵抗前秦苻坚的淝水之战，到公元420年刘裕代晋称帝。战乱频繁，徭役、赋税繁重，广大人民无法生存，陶渊明正是生活在这样的社会环境中，现实的黑暗，官场的污浊，使他不寒而栗，更不愿"为五斗米折腰，拳拳事乡里小人"，加之深受儒家"达则兼济天下，穷则独善其身"思想的浸淫，认为"觉悟当念还"（《饮酒》之十七②），做一个"洁己清操之人"，必须"逃禄而归耕""击壤以自欢"（《感士不遇赋》③），选择逃离现实社会，重返田园生活，返朴归真，隐居起来。从思想学术角度看，魏晋以来老庄易玄学思想兴盛发达为桃源的产生提供了思想渊源，儒家大同社会的道德情操、道家小国寡民的农业社会理想成为桃源理想的范本。而东汉后期形成的道教神仙思想为桃源添上了仙话色彩。桃源理想出现及盛行的三个条件：社会不稳定、宗教盛行、隐逸成风。历史总是惊人地相似，这三个条件恰恰在后世社会情景中不断重现，引发了人们感同身受的历史记忆。

真正意义上的桃源诗歌出现在唐代，而整个唐代社会思想领域的典型特征就是宗教思想繁荣，特别是道教对有唐三百多年的影响是相当显著的，在唐代被奉为国教，"玄宗御极多年，尚长生轻举之术。于大同殿立真仙之像，每中夜夙兴，焚香顶礼。天下名山，道士、中官合炼醮祭，相继于路。投龙奠玉，造精舍，采药饵，真诀仙踪，滋于岁月"④。道教在盛唐玄宗时代达到顶峰。唐代皇帝对道教服食炼丹求长生是非常痴迷的，初唐时唐太宗好服食，最后也是死于所谓仙丹。中唐时期的几位皇帝都很迷信道教长生术，宪宗、穆宗、敬宗都热衷于道教金丹服饵。宪宗曾问群臣"神仙之事信乎？"⑤ 元和十三年十一月丁亥，"以山人柳泌

---

① 叶舒宪：《山海经的文化寻踪》，湖北人民出版社2004年版，第614页。
② 《陶渊明集校笺》卷三，前引书，第274页。
③ 同上书，卷五，第431页。
④ 《旧唐书》卷二四《礼仪四》，前引书，第934页。
⑤ 同上书，卷一四《本纪第十四》，第431页。

为台州刺史，为上于天台山采药故也"①。"（元和）十四年，上服方士柳泌金丹药，起居舍人裴潾上表切谏……上怒。己亥，贬裴潾为江陵令。"②深信神仙道术的宪宗最终死于服食所谓仙药，论曰："惜服食过当"③。穆宗即位后，他一方面将柳泌等"轻怀左道，上惑先朝"之人"杖决处死"，晚年自己却"饵金石之药"。④敬宗四处派人寻找仙药，且宠信方士，宝历元年闰八月"戊午，遣中使往湖南、江南等道及天台山采药。时有道士刘从政者，说以长生久视之道，请于天下求访异人，冀获灵药。仍以从政为光禄少卿，号升玄先生"⑤。晚唐以武、宣二宗最为嗜好服饵。《旧唐书·武宗本纪三》载，他即位前即"颇好道术修摄之事"，即位不久，即"召道士赵归真等八十一人入禁中，于三殿修金箓道场，帝幸三殿，于九天坛亲受法箓"⑥。会昌六年（846）服道士丹药中毒而死。在统治者的倡导下，有唐一代，整个社会都弥漫着浓厚的道教神仙方术气息。这就是桃源在唐代呈现出仙化倾向，并且伴随李唐王朝终始的重要原因。

　　唐代对桃源的阐释还有隐逸之境、理想之邦的解说，它的产生同样与当时的社会历史状况密切相关。道教书籍中宣扬的神仙居住的福地洞天往往隐藏在名山大川中幽深隐秘之处，寻仙的欲望激起人们对山居隐逸生活的向往，加上统治者对隐逸之士的倚重，很多人都希望通过隐居而获得仕进的快捷方式，最出名的隐士大概要算隐居终南山的道士司马承祯了。还有现实社会与个人命运之间的矛盾，也会导致文人雅士们走入山林消解痛苦。在社会原因和个人原因的共同作用下，唐代隐逸风气也非常兴盛，而庄园经济的繁荣又为隐逸提供了现实场所。桃源在唐人手中变为隐逸山居、寻仙问道的理想场所，特别是盛唐时期，从最为盛行的山水田园诗作来看，很多山水田园诗作者在自己的作品中或多或少使用了桃源意象，如王昌龄、孟浩然、王维、李白、杜甫等人都把桃源

---

①　《旧唐书》卷二四《礼仪四》，前引书，第465页。
②　同上书，第471页。
③　同上书，第472页。
④　同上书，卷一六《本纪第十六》，第467、504页。
⑤　《旧唐书》卷一七上《本纪第十七》，前引书，第519页。
⑥　同上书，卷一八上《本纪第十八》，第585页。

当作了隐逸避世的地方，桃源给了他们一个解不良情绪的环境。唐代桃源诗歌大量出现在中唐以后，彼时刚刚经历了安史之乱的大唐王朝陷入了一片混乱，内忧外患并起。内乱是安史之乱遗留下来的藩镇问题，很多手握重兵的武将、节度使拥兵自重，如德宗建中三年（782），朱滔、田悦、王武俊、李纳同时称王[①]；783年，节度使朱泚更是将德宗赶出长安，自称"大秦皇帝"[②]。外患则是来自周边的异族，西部的吐蕃是对唐王朝最大的威胁，元和十四年（819），吐蕃15万大军联合党项羌围攻盐州。内外交困的环境下，连大唐都城长安也陷入混乱，最基本的生活秩序都无法保障，元和十年（815）发生了刺杀武元衡和裴度的事件，国家重臣的基本生存权都受到严重威胁，可见当时整个社会的动乱程度。进入晚唐之后，政治纷争蜂起，宦官专权、朋党之争，国家政治腐败，社会动乱加剧，中央政府实际上已丧失了对国家的控制能力。地方藩镇混战、农民起义爆发，文人看不到人生出路、国家前途，因此选择了隐居避世，诗文中带着一股难以言喻的时代悲凉，这时桃源成为人们所憧憬的安定生活场地和避世环境的代称。

宋代对桃源的阐释可以归纳为仙境说、隐逸说、理想说、现实说，这四种解说的产生与特定的社会历史环境密切相关，在社会发展某一阶段如果相似的历史事件再现，那么就会引起接受者相近或相通的感受。

两宋各个时期具有的良好宗教环境为神仙思想的滋生蔓延提供了温床。同唐以来统治者对道教佛教大力提倡相似，宋代皇帝对释家道者都推崇备至。太祖赵匡胤本人不仅敬佛礼佛，并且也崇奉道教，建隆三年两次到太清观科典。太宗笃信道教养生之术，对宰相说："老子云：'我命在我不在天，全系人之调适。'"[③] 真宗更是尊奉老子为"太上老君混元上德皇帝"，诏崇文院详校《道藏》。同时宋初的几位皇帝对隐士非常礼遇，给予很高的地位，宋初隐逸之风盛行。徽宗时代，这位皇帝对道教的推崇可以说到了无以复加的地步。政和三年（1113），作《天真降临

[①] 参见《资治通鉴》卷二二七《唐纪四十三》，中华书局2007年标点本。
[②] 同上书，卷二二九《唐纪四十九》。
[③] （宋）李焘：《续资治通鉴长编》卷二五，前引书，第588页。

示现记》颁行全国,"道教之盛至此始。"① 从政和五年(1115)开始,进行了一系列更为疯狂的崇道活动,并且自封为"玉京金阙七宝元台紫微上宫灵宝至真明皇大道君"或"奉行玉清神宵保仙、元一六、阳三五、璇玑七九、飞元大法师,都天教主"②。宣和元年(1119)春正月,"诏令寺院为宫观。林灵素欲尽废释氏以逞前憾,请于帝,该佛号大觉金仙,余为仙人、大士。僧为德士,易服饰,称姓氏。寺为宫,院为观。改女冠为女道,女尼为女德。寻诏德士并许入道学,依道士之法"③。徽宗在位时一系列过激的荒唐行为加速了北宋王朝的灭亡:宣和十七年(1125)十月,金兵分两路南下攻宋,他和钦宗被金人俘虏劫掠到北方。在国难家仇、内外交困中匆忙即位的高宗,迁都临安(今杭州),宋金两国之间的战争逐渐趋于平静,高宗当起了太平皇帝。他对道教也非常重视,借助道教力量来稳固自己的皇位,神化皇权,进行了一系列崇道活动。改建、重建、扩建、兴修宫观道场,为表达对先祖、父母的孝道,经常举行祭祀活动;宠信道士皇甫坦,召问长生久视之道,并在宫中供奉他的画像。④ 为神化皇权,大臣们在他的默许下对这位皇帝进行了一番神化,泥马驮康王渡江、崔府君祠神马阻止,使其最终得以继承皇位。⑤ 理宗认为道教教义宣扬的惩恶扬善与理学中"存天理,去人欲"的观点"有契于神情之旨",因此他"于老氏独厚"⑥。理宗不仅重视发挥道教的伦理功能,而且也是一个虔诚的宗教信徒。太常博士牟子才曾向理宗进言:"今日醮内庭,明日祷新宫;今日封祠神,明日迎佛像,依靠于衲子,听命于黄冠。"⑦ 统治者身体力行的提倡导致社会强烈的佞道风气,道教神

---

① 参见(宋)杨仲良《皇宋通鉴长编纪事本末》卷九八,黑龙江人民出版社2006年版。
② (宋)岳珂:《桯史》卷八,中华书局1981年版,第93页。
③ (明)陈邦瞻:《宋史纪事本末》卷五一,前引书,第515页。
④ 参见(宋)李心传《建炎以来系年要录》卷一八〇"绍兴二十年八月甲寅",前引书;(宋)王象之《舆地纪胜》卷三〇《江州·仙释·皇甫真人》,前引书,第1331页。
⑤ (宋)楼钥:《中兴显应观记》,《攻媿集》卷五四,四部丛刊本。"真君崔姓,庙在磁州,旁为道观。河朔人奉之五百余年矣。靖康中,高宗由康邸再使金,磁去金营不百里。既去,谒祠下,神马拥舆胅蠁炳然,州人知神之意,劝帝还。"
⑥ 《宋史》卷四五《理宗纪赞》,前引书,第889页。
⑦ 《牟子才奏》,(明)黄淮、杨士奇等辑:《历代名臣奏议》卷二八七,清文德堂改版重印本(原本为明东观阁本)。

仙说弥漫在社会各个阶层,这成为桃源仙境说在两宋320年间延续发展的必要条件。

再看隐逸说产生的历史背景。先来看一下隐逸出现的社会原因:第一,承平时期的隐逸往往是社会风气、主流思想影响下的产物。宋以前,中国历史上隐逸之风盛行的东晋南北朝和盛唐时代,社会主流思想便是隐逸。东晋南北朝时玄学、佛学、道学思想盛行,士族子弟闲来无事,喜好寄情山水去体悟人生;唐代宽松的文化政策,使社会上各种宗教思想流行,其中尤以道教、佛教为盛,皇帝对隐居山林的学道之士非常敬重,由此引发的直接后果便是以隐居求官的风气大盛,士人纷纷隐于山林,以隐逸求名,闻达于上位者,走入仕途。因此很快隐逸之风大炽。第二,社会动乱时期,面对战争带来的混乱局面,人们只能选择逃避,这时遁入深山密林,不问世事是人们保全自身的最佳选择。

两宋王朝维持了较长时间的统一局面,社会相对比较稳定,没有发生大规模内乱,经济繁荣,国家安定,成为"我国封建社会发展的最高阶段",而"两宋期内的物质文明和精神文明所达到的高度,在中国整个封建社会历史时期之内,可以说是空前绝后的"[①]。优渥的物质环境为宋代文化的高度繁荣发展提供了保障,然而经济上的绝对优势并未带来军事和国力上的强大,与唐代不同,宋代的国势从一开始就处在衰弱的状态,虽然宋太祖、太宗花费了近二十年时间先后平定了南北方十几个地方政权,基本完成统一任务,但鉴于唐代灭亡的教训,宋朝皇帝从一开始就确立了抑武重文的施政指导思想,解除武将兵权,军队直接对皇帝负责,皇帝派亲信到军队中负责督战。军队的任务主要是对内的,防止内部叛乱,对外则采取守势。太宗又两次败于辽军,因此放弃了疆土扩张,他认为"国家若无外忧,必有内患。外忧不过边事,皆可预防;惟奸邪无状,若为内患,深可惧也。帝王用心,常须谨此"[②]。这种方法有利的一面是避免了前代武将拥兵自重引起的藩镇割据,加强了中央集权,提高了文人在国家政治生活中的地位,增强了他们的政治信心和国家责任感;不利的一面是导致了军队战斗力削弱,在同周边少数民族政权的

[①] 邓广铭:《谈谈有关宋史研究的几个问题》,《社会科学战线》1986年第2期。
[②] (宋)李焘:《续资治通鉴长编》卷三二,前引书,第719页。

战斗中始终处于劣势。有宋一代,始终没有拥有同汉唐一样辽阔的疆域,并且在对周边少数民族政权的争战中总是战败一方,即使偶然的胜利也不能摆脱受制于人的命运,而这种情况在以后愈演愈烈,终于导致靖康之变。南渡迁都临安之后,大宋君臣更加丧失了恢复中原的信心,安于现状,直至最终走向灭亡。军事上屡弱无力,政治上重文抑武,使宋人再也没有唐人那种追求建功立业的壮志豪情、奔放热情的丈夫气概,"时代的精神趋于向内收敛而不是向外扩张,士人喜于深微澄静而不是广阔飞动"[①],这不仅仅是宋初情况的总结,实际上可以说是两宋时代人们普遍心态的概括,这种向内收敛的心态与隐逸主题文学很容易就合拍起来。静观沉思需要一个宁静无扰的环境,那么密林幽谷、名山大川自然成为士人思考社会人生、探求真理奥秘的最佳场所。当战乱发生或者个人罹难之时,幽深隐秘的绝谷深山又成了躲避灾难、安身立命的避风港,身处其间可以忘记外界的纷争与烦扰,平复身心创痕;国破家亡之后,遁入山林、独善其身的选择则成就了士人们忠贞节烈的爱国之心、不事二主的高风亮节。

隐逸桃源的阐释是四种阐释中数量最多的,六个时期都有分布,从北宋初期到南宋中期,这前五个时期分布比较均匀,南宋末期数量最多,占到全部隐逸桃源的一半以上。这两个时间段恰好代表了两种不同的时代背景,前五个时期代表着太平时期的隐逸,而后者则是社会动乱时的隐逸。传统隐逸发展到宋代,更显现出其强大的力量。经过五代时期长时间战乱,宋代的隐逸之风非但没有减轻,反而更加盛行起来,原因是多方面的,从历史发展角度看,隐逸之风在唐代已经非常兴盛,而唐末五代的战火使大批士人纷纷走入了山林之中以保全自身,而宋朝开国之后,这些隐士们又走出了山林,"当唐宋五季干戈纷扰之时,衣冠散处诸邑之大川长谷间,率皆即深而潜,依险而居。迨宋兴百年,无不安土乐生,于是豪杰始相与出,耕而各长雄其地,以力田课僮仆,以诗书训子弟,以孝谨保坟墓,以信义服乡闾"[②],隐士们的出山既为宋代思想文化

[①] 张毅:《宋代文学思想史》,中华书局1995年版,第18页。
[②] (宋)汪藻:《为德兴汪氏种德堂作记》,《浮溪集》卷一九,影印文渊阁《四库全书》本。

的发展提供了支持，同时也把隐逸之风传播到社会各个阶层，这无疑使宋代"先天就带些隐逸之气"①。从社会政治角度看，宋初统治者对那些淡泊名利、洁身自好，隐居于山野朝市的隐逸之士大加推崇和表彰，而且政治上主张清静无为，黄老思想盛行。如淳化四年（993），宋太宗"清静致治，黄老之深旨也。夫万务自有为以至于无为，无为之道，朕当力行之"。当时的参知政事吕端也说："国家若行黄老之道，以致升平，其效甚速。"② 过去改朝换代之际便会出现的隐士文学，在宋初君主的扶植下迅速发展起来。太宗皇帝对陈抟恩宠有加，"（陈抟）太平兴国中来朝，太宗待之甚厚。九年复来朝，上益加礼重。谓宰相宋琪等曰：'抟独善其身，不干势利，所谓方外之士也。……上益重之，下诏赐号'希夷先生'，仍赐紫衣一袭，留抟阙下，令有司增葺所止云台观。上屡与之属和诗赋，数月放还山"③。真宗对当时的名隐非常器重，祭祀汾阴时还亲自召见李渎、刘巽、郑隐、敷永、李宁和魏野等多位隐士，并且打算招他们中的一些人做官。皇帝亲力亲为，对隐居山林中的高士推崇备至，自然带来官员们的跟风之举，他们对隐士们也是非常尊敬和礼遇的，特别是一些位高权重的大臣都和隐士们过从甚密，如寇准和魏野经常一起登临游览，诗酒相酬。苏轼在杭州任通判时和僧侣惠勤、惠恩、法惠酬答唱和，往来频繁。司马光等20人也曾集资为邵雍购买房屋、田舍、庄园。交流往来过程中，隐逸生活的安闲舒适、平静怡然对挣扎在仕宦路途上的士子无疑有着巨大的吸引力。在这样的社会背景下，自古绵延不绝的隐逸文学在宋代稳定时期的社会环境里得到了特殊发展，从北宋初年直到南宋宁宗时期基本上都是比较平静的④，"不仅山林隐士们的诗作带有淡泊尘世的情调，一些身在仕途的文人创作也以清冷古朴为尚"⑤，而桃源主题恰恰是符合这种情调的，武陵桃花源适合隐逸的口味，天台桃花源则添加了神仙色彩，迎合当时道教盛行的社会思潮，宋代桃源诗歌因

---

① 刘文刚：《宋代的隐士与文学》，四川大学出版社1992年版，第2页。
② （宋）李焘：《续资治通鉴长编》卷三四，前引书，第758页。
③ 《宋史》卷四五七，前引书，第13420页。
④ 北宋末年，宋金两国的战争虽然打扰了宋人的平静生活，但持续时间不长，并且很快就建立新的朝廷南迁临安，社会迅速恢复稳定状态。
⑤ 张毅：《宋代文学思想史》，前引书，第19页。

而显现出两种阐释倾向：仙境和隐逸，有的还是两种桃源的混合体，带上了既仙又隐、亦幻亦真的情调。南宋末年，大宋王朝国势如风中残烛之火焰，飘飘摇摇、黯淡无光，随时一阵轻风都会让它迅速熄灭。宋与金、蒙古之间的战争日渐频繁，家国多变，江河日下，文人们无力挽救国家败亡的命运，此时他们的心态已不复承平年代的悠游自得，而是趋向无奈、静弱、规避，笼罩着一片凄清孤寂的衰败气象。1234年宋蒙联合攻灭金国之后，蒙古撕毁盟约，转而进攻南宋，直至1276年攻陷临安，这段时间中，两国之间的矛盾空前激烈。1279年南宋灭亡，江山易主，国破家亡，乱世重现，面对外族统治，文人士大夫心境由无奈转向绝望，唯一能做的只有遁入深山，不问世事，桃源再次成为隐逸场所的不二选择。

陶渊明桃源理想社会的产生源于对现实社会状况的不满，严酷的等级制度、士庶差别使怀抱济世理想的读书人没有上升渠道，很难进入仕途，参与国家管理；官府层层盘剥，人民生活困苦；晋宋易代时的混战局面更使普通民众家园尽毁，流离失所。于是诗人构造了一个理想的农业乌托邦社会。宋人理想的桃源社会同样是现实历史背景下的产物。理想桃源的阐释出现在从北宋变革时期（庆历到哲宗末）到南宋理宗时的这个时段里。这段时间是宋王朝相对比较平静的一段时间，受外界干扰较少，主要是国家内部政治事件较多。庆历到哲宗末年，国家的变革与不变引起以天下为己任的文人群体广泛关注与思考，如何改变大宋王朝面临的财力困穷、风俗衰坏、人才缺乏等弊端[①]，这些问题困扰着心怀天下的文人士大夫，于是多种构建理想社会的主张被提出来，这些个人设想借着桃源的外衣横空出世。诗人或者是发现了改革中存在的诸多问题，或者是反对变革步伐太快，因此也借桃源理想来抒写对现行制度的不满与批判，如上文提及的张舜民《渔父》诗表达对青苗法、保甲法的批判；王令等人则是要求用伦理纲常建立秩序井然的理想社会，否定了陶渊明的无君思想，更是对王安石变法思想中法大于一切，甚至超过君主的思想之批判。徽宗、高宗时代，道教神仙思想已经严重干扰了国家政治生活，这时文人借批判桃源神仙传说来讽刺当政者求仙活动的荒唐可笑。

---

① 参见王安石嘉祐四年（1059）向神宗所献万言书，见《续资治通鉴长编》卷三一，《宋史·王安石传》。

南宋理宗之前，理学的正统地位并未受到国家肯定，甚至在光宗、宁宗时还一度因政治斗争而遭到禁止[①]。理宗宝庆三年（1227），理宗正式下诏："朕观朱熹集注《大学》《论语》《孟子》《中庸》，发挥圣贤蕴奥，有补治道。朕励志讲学，缅怀典型，可特赠熹太师，追封信国公。"[②] 宋代桃源诗以传统儒学重建桃源理想社会的解说恰恰就集中在光宗到理宗前期这段时间里，不论国家政治导向如何对待以传统儒学为核心的理学思想，深受理学影响的宋代文人始终坚守并捍卫理学的尊严。

以桃源为现实世界的阐释虽然是社会现实与个人理想结合的产物，但同样也受到社会历史环境的制约影响。首先，从诗歌本文或诗歌序言、后记来看，诗人描述的理想社会通常是切实存在的真实环境，如苏轼提到的仇池、李纲提到的闽中等都客观存在于现实世界，这里地处幽僻，与世隔绝，和现实环境形成强烈对比。换个角度看，也正是由于现实社会的丑恶与这里的美好形成巨大反差，诗人们才发现了这些很普通的社会存在。

宋代对桃源的四种阐释都是特定社会历史背景下的产物，同样是由与前代相似的历史记忆所唤醒的人类"乐园追寻"情结。

第二节　无奈的退行：理想与遭遇

宋代特有的政治环境和政治问题促成宋代文人强烈的现实精神和忧患意识，而一系列有利的政治措施又为文人参政创造了有利条件。

宋代的政治状况可以归结为四个字：内忧外患。内忧是中央高度集权虽然有利于国家社会的长治久安，但是却造成冗官、冗费、冗兵的弊端，北宋前期，经过近 80 年的休养生息，社会呈现出一派繁荣昌盛的景象。政治经济的繁荣带来了文化教育上的兴盛发达，印刷术的改进使书籍数量大为增加，有机会受到良好教育的普通人越来越多，知识分子阶层的人数大幅增长。在重文轻武思想指导下，宋朝统治者改革科举制度，

[①] 宁宗庆元二年（1196）韩侂胄与赵汝愚的争权，将在政治上属于赵氏一派的以朱熹为代表的理学斥为"伪学"，59 人入党禁。事见《庆元党禁》，清乾隆道光间长塘鲍氏刻本。

[②] 《宋史》卷四一《理宗本纪一》，前引书，第 789 页。

增加录取人数，使读书人有了更多进入上层社会的机会，普通士人由政治生活的旁观者变成了国家政治的参与者。这种举措虽然能够有效收拢读书人为国服务之心，然而却造成了冗官的麻烦。为了安排不断增加的入仕者，官职成倍增加，名目也越来越多，甚至上下重叠、互相牵制。到北宋中期已经"五倍于旧"，最终造成"居其官不知其职者十常八九"①。为了维护社会稳定而招募的军队人数也逐年增长，由于宋帝担心武将权力过大对自己造成威胁，常使兵不知将、将不知兵，军队教习不精，加之"咸平以后，承平既久，武备渐宽。仁宗之世，西兵招刺太多，将骄士惰，徒耗国用"②，战斗力低下。冗官与冗兵的耗费，加上连年战争赔款，造成国弱民穷的局面，阶级矛盾尖锐，"然终宋之世，享国不为不长，其租税征榷，规橅节目，烦简疏密，无以大异于前世，何哉？内则牵于繁文，外则挠于强敌，供亿既多，调度不继，势不得已，征求于民"③，大宋王朝在国家内部事务上也是纷争不断，党派争斗是两宋时期政治上最大的麻烦，"谋国者处乎其间，又多伐异而党同，易动而轻变"④。北宋的党争主要表现为革新与守旧的争端，主要集中在庆历、熙宁、元丰年间。前者形成了以范仲淹和吕夷简为首的新、旧党争，后者则是以王安石与司马光为首的代表守旧和变法的两党。原本只是围绕革与不革政治问题的争夺，到了后来演变成两个党派之间无原则的互相倾轧，完全成了政治迫害。南宋的党争主要围绕着和与战之分歧展开，绍兴和议前后以秦桧和岳飞等人为代表，隆兴和议前后以汤思退和张浚为代表，嘉定和议前后以史弥远和韩侂胄为代表，南宋末年是贾似道和文天祥。几乎贯穿两宋各个时期的党派争斗给宋朝政治局面带来不利影响。

与史上其他朝代相比，宋朝外患最多、时间最长、应对最无力。北宋时期辽和西夏是大患，宋辽战争主要发生在北宋前期，太宗、真宗在位时，1004年签订澶渊之盟，以大宋每年支付四万万岁币赔款暂告结束。与西夏的战争发生在11世纪40年代前后，直至西夏1127年灭亡。南宋

---

① 《宋史》卷一六一《职官志》，前引书，第3768页。
② 同上书，卷一八七《兵志》，第4570页。
③ 同上书，卷一七三《食货志》，第4165页。
④ 同上。

与金的关系可以从三次和议来看，绍兴和议（1141）、隆兴和议（1164）、嘉定和议（1208），三次议和导致南宋北伐士气越来越弱，最后陷入偷安局面，直至1279年帝昺跳海殉国。宋朝在对外关系上，不仅是屡战屡败，毫无战斗力，更糟糕的是领导者决策上的错误，签订丧权辱国的条约，统治阶层总是处于一种强烈的恐惧当中，以苟合为基本国策，令志士仁人扼腕长叹。

　　国家内外交困的局面、复杂的社会问题，激起宋代士人以天下为己任的崇高理想，积极投身国家政治生活的济世情怀。宋代统治者重视、重用读书人的社会风气又为文人的参政提供了良好的社会条件。宋太祖曾对赵普说："五代方镇残虐，民受其祸。朕今用儒臣干事者百余人分治大藩，纵皆贪浊，亦未及武臣十之一也"①，认为文臣纵使有贪墨敛财的行为，但与武臣一旦掌握兵权，便会拥兵自重所带来的祸患相比，要小很多了。宋太宗则扩大了科举取士范围，极大鼓舞了读书人关心国家大事的热情，使文人与政治的关系更加密切起来，宋代"文人、官僚、政治家三位一体的现象较历代更为突出，因而在政治上的直接参与和直接承担也比前代更多"②。士人们不仅是坐而论道，而是带着"进亦忧，退亦忧""先天下之忧而忧，后天下之乐而乐"的入世精神和忧患意识主动投身国家政治生活。不论出与处，都能心怀天下事，他们喜谈政事，如欧阳修在论及道德文章时都不忘与国家大事联系起来，"文学止于润身，政事可以及物"③。宋代外患频繁、政府军事无力的情况，导致文人对军事、战争等本属于武将的职责也异常关心，他们不仅在文章中经常谈论军事，有的还亲上战场实践理想，北宋时期范仲淹，南宋时陆游和辛弃疾，几人都曾亲赴边防前线，直接参与指挥军事战役。总之，宋代文人具有强烈的忧患意识和爱国精神，对国家所面临的种种问题有着深刻的认识，他们渴望去革除这些弊端，富国强民。

　　从仁宗庆历年间到哲宗末年60多年时间，是北宋王朝内部政策调整时期，社会变革引起文人思想上的种种变化，个人政治理想与国家社会

---

① （明）陈邦瞻：《宋史纪事本末》卷二"收兵权"条，前引书，第10页。
② 郭预衡：《中国古代文学史》（三），上海古籍出版社1998年版，第4页。
③ （宋）吴曾：《能改斋漫录》卷一三，中华书局1960年版，第393页。

现实汇聚起来。如果说范仲淹等人的庆历新政还只是拉开变革的序幕，激起士大夫以天下为己任的责任感，那么到了王安石主持熙宁变法之际，所有参与国家管理的文人都或多或少受到了这场虽然历时不久、但却斗争激烈反复的改革与保守之战的影响，个人命运不可避免地卷入到国家政治生活的旋涡里。频繁的政治事件，党派之间的互相倾轧，使社会充满不安定因素，以司马光为首的旧党和以王安石为首的新党之间斗争激烈，新旧两党交替执政，把大批官员牵涉其中，仅元祐党籍碑所列就有309人之多。[①] 两党之争的实质不仅是进步和守旧两种势力的较量，同时也是帝权和后权的比试，斗争异常激烈，两派士人都互有损伤。作为新党领袖的王安石也曾于熙宁七年（1074）和熙宁九年（1076）两度罢相，并且第二次罢相之后便回到了南方，过起了闲居生活，再也没有机会进行改革尝试，革除社会弊端的雄心壮志在现实斗争的打压下烟消云散了，取而代之的是经历世事沧桑变化、个人命运浮沉之后的人生感悟。再如苏轼，更是这次党争的牺牲品。熙宁年间新党执政时期，由于他多次上书表达对新法不满，认为新法实行太快，损害了大多数人的利益，并且还批评神宗，因此他被改革派当作保守的旧党一派，备受排挤打击，不得不自请外放；元祐时期，旧党上台，他又被看作是新党一员，再次被放外任。哲宗亲政时期，苏轼被视为元祐旧党，经历了一贬再贬、类似流放的仕宦生涯，最后死于常州。面对激烈的政治斗争，很多仕途失意的官员选择了长期或者暂时的归隐或吏隐道路，不问世事，以求明哲保身。这时的桃源诗歌便呈现出两种倾向：一种是继续以桃源为隐逸山居之所；另一种否定神仙幻境之说，认为桃源世界是现实存在的，或者是可以靠道德规范重新建设一个美好的理想世界。持第一种看法的人，往往是政治斗争中的失意者；而坚持第二种观点的人，通常是国家政治生活中占到上峰的一方。即使是同一位诗人，他在朝与在野时对桃源主题的诠释解读上也显现出前后矛盾的情形。如王安石，当他执掌相位、大

---

① 《续编两朝纲目备要》卷六载："（龚）颐撰元祐党籍三百九人列传。"汝企和点校，中华书局1995年标点本，第112页。参见《佩文斋书画谱》卷九七"蔡京元祐党籍碑"条，影印文渊阁《四库全书》本。又见《六艺之一录》卷九三"元祐党籍碑"条，影印文渊阁《四库全书》本。

权在握、锐意改革之时，他笔下的桃源是一个"儿孙生长与世隔，虽有父子无君臣"（《桃源行》）的世界；而失意之时便发出"人生失意无南北"（《明妃曲》二首其一）的感慨。①

这里需要对王氏"虽有父子无君臣"句略微多说几句。这句诗是王氏《桃源行》诗的核心，是王安石对桃源内涵的新创，体现着他的治国理念、终极社会目标。繁荣盛世的华丽外衣无法掩盖社会客观存在的种种弊端，王安石清醒地认识到朝政混乱、冗官冗费、人才匮乏、风俗败坏等是国家面临的巨大危机，这些便是一国积弱积贫的根本原因。如果不能革除的话，将会使整个社会陷入极为危险的境地。要解决这些问题，最好的办法是取法于先代圣王、回到上古理想社会。在他看来，只有传说中的尧舜时代才是真正的理想社会，他向神宗皇帝进言，"每事当以尧舜为法。……尧舜所为，至简而不烦，至要而不迂，至易而不难"②，儒家学者推崇的上古三皇五帝时代便是王安石心中理想社会的蓝图。由此便不难理解，王提出的"虽有父子无君臣"社会与陶渊明的上古理想之治有着很明显的相似之处，只是王安石的看法更为直接明了。然而也正是因为此句过于直白显露，并且直书"无君臣"，便成为后来在特定历史时期，方回等人仅从字面意义、做寻章摘句式的接受解读之攻击目标：

> 王介甫"知有父子无君臣"之句，尤为悖理。楚虽三户，亡秦必楚，不遽亡之，则亦避之，盖深知君臣之义者。介甫殆未知也。③

---

① （宋）王安石：《临川先生文集》卷四，前引书。据蔡上翔先生的观点，此诗是嘉祐四年（1059）王安石任江东提点刑狱时所作。王安石22岁中进士，到此时已有近20年的时间，这期间只是充任地方官吏，虽曾多次上书直言时政，提出种种改革措施，却均未被采纳。特别是嘉祐三年（1058），年近四旬的王安石向仁宗皇帝献上长达万言的《上仁宗皇帝言事书》，提出了改革国家时弊、进行变革的迫切性、重要性，然而仍然没有得到皇帝的重视。《明妃曲》二首便是产生在这种背景之下，而诗人则是借昭君之口来浇注胸中块垒，一方面借"人生失意无南北"抒发自己失意不偶的遭际，一方面借此阐明自己对君臣关系的看法：为人臣子者若要有所作为，必须得到君主的信任和支持，好似男女爱情遇合一样，女子（臣子）必须要得到男子（君王）的所谓"相知"。

② （元）佚名：《宋史全文》卷一一，李之亮校注，黑龙江人民出版社2004年版，第550页。

③ 方回：《桃源行》序，《新安文献志》卷五〇，前引书。

在方回看来，王安石完全不知君臣之间的大义，违背了"理"。方氏所说的"大义"和"理"就是君君臣臣各守其分，特别强调为人臣者必须为国家的象征——君王尽忠职守，永远忠于君主，绝不能有二心。他认为，王安石此诗显然违背了作为臣子应该坚持的"大义"，否认君臣关系，有害于礼义大方。那么如何评价方回的观点呢？笔者认为，方回的评论似乎犯了"断章取义"的毛病，只见树木而不见森林，但是考察此说产生的特殊历史背景，这种说法的产生也有其必然性，因为它出现在大宋王朝被异族蛮人攻灭之后，汉族读书人经历了切肤的亡国之痛，对国家、民族产生出强烈的认同感和责任感。其实不只是方回，在国破家亡、民族对立的特殊时期，很多文人对王安石的一些貌似无君、逆君言论是非常反感的。王安石曾在另一个历史主题诗歌——《明妃曲》中发出过"人生失意无南北"（《明妃曲》二首其一）和"汉恩自浅胡自深，人生乐在相知心"（《明妃曲》二首其二）的感慨，这几句诗同样引起了轩然大波。和王安石一同求学于欧阳修的王回，对王此句进行了批判："黄山谷云往岁尝与王深父语此诗，以为词意深尽。深父曰：'不然。孔子云'夷狄之有君，不如诸夏之亡也'，'人生失意无南北'此语非是。深父斯言可谓忠孝之心矣。"① 王回对《明妃曲》的评价是从道德伦理、华夷之辨的角度提出的，他认为，夷人是野蛮而无礼的，即使有君王管理，也远远不及华夏之人没有君主，王安石的说法是不对的，无论在何种情况下，"南"要远远超过"北"，诸夏永远超越蛮夷。从艺术角度看，王诗也背离了儒家传统诗教要求的"怨而不怒，哀而不伤"的中和态度，朱弁在其所著《风月堂诗话》卷下记载了一个太学生对此诗的评述："太学生虽以治经答义为能，其间甚有可与言诗者。一日，同舍生诵介甫《明妃曲》至'汉恩自浅胡自深，人生乐在相知心'，'君不见咫尺长门闭阿娇，人生失意无南北'，咏其语称工。有木抱一者艴然不悦，曰：'诗可以兴，可以怨，虽以讽刺为主，然不失其正者，乃可贵也。若如此诗用意，则李陵偷生异域不为犯名教，汉武诛其家为滥刑矣。当介甫赋诗时，温国文正公见而恶之，为别赋二篇，其词严，其义正，盖矫其失

---

① （宋）蔡正孙：《诗林广记》后集卷一，前引书，第 190 页。

也。诸君曷不取而读之乎？'众虽心服其论，而莫敢有和之者。"① 在严肃的儒家知识分子看来，王氏此说俨然已经触犯了正统的礼教道德规范，是"不正"的。

进入南宋后，更多人从忠君爱国角度对这几句诗进行了评述，措辞更为严厉了。"至于荆公云：'汉恩自浅胡自深，人生乐在相知心'，则悖理伤道甚矣！"② 简直是对天道伦理的巨大伤害。他们将白居易的咏昭君诗与王诗对比："白乐天云：'汉使却回凭寄语，黄金何日赎娥眉。君王若问妾颜色，莫道不如宫里时'，前辈以为高出众作之上，亦谓其有恋恋不忘君之意也。……荆公之直截无忌惮，其咏昭君曰'汉恩自浅胡自深，人生乐在相知心'，推此言也，苟心不相知，臣可以叛其君，妻可以弃其夫乎？其视白乐天'黄金何日赎娥眉'之句盖天渊悬绝也"③，他们认为，王安石提倡的如果君臣、夫妇无法相知，臣便叛君、妻即弃夫的背叛行动，与白居易歌颂昭君、忠于君主的坚贞是天差地别的。更有甚者，如范冲，从李心传《建炎以来系年要录》卷七九中记载的范冲评论王诗的一段话来看："臣初未以为然，其后乃知安石顺其利欲之心，使人迷其常性，久而不自知。且如诗人多作《明妃曲》以失身为无穷之恨，至于安石为《明妃曲》则曰'汉恩自浅胡自深，人生乐在相知心'。然则刘豫不是罪过也？今之背君父之恩，投拜而为盗贼者，皆合于安石之意。此所谓坏天下人心术。"④ 不难看出，范对王安石此诗是极为不满的，王简直是在教坏全天下人之心的罪魁。李壁虽然肯定了此诗的艺术价值，赞扬王在题材开掘方面的独特创新，寓意新颖，然而他同样认为，"然诗人务一时为新奇，求出前人所未道，而不知其言之失也"⑤。王氏为了追求一种表达上的新奇而故作惊人之语，其言有失。从上面的评论可以得出结论，宋代一些文人对王安石诗歌评价缺乏公正与客观性，常常是在特定社会历史背景之下，或因为政见不和、性格不睦等原因对与自己意见相左之人无法作出正确评价。作为坚决反对变法的、王安石的政敌司马

---

① （宋）朱弁：《风月堂诗话》，影印文渊阁《四库全书》本。
② （宋）罗大经：《鹤林玉露》乙编卷二，王瑞来点校，中华书局1983年版，第141页。
③ 同上书，乙编卷四，第186页。
④ （宋）李心传：《建炎以来系年要录》卷七九，前引书，第1290页。
⑤ 《王荆公诗注》卷六，（宋）李壁注，前引书。

光曾说:"介甫文章节义过人处甚多,但性不晓事,而喜遂非,致忠直疏远,谗佞辐辏,败坏百度,以至于此。"①司马公提出了"文章"和"节义",而文章显然包括王安石的诗文著作;"节义"二字,则又必包括所谓"三纲五常"以及出处进退等涉及封建伦常道德的为人臣子、立身处世等行为品性。在这几方面,他是完全赞同的。但是从"性不晓事"以下,却是对王安石在变法过程中用人行事等举措完全予以否定的。这分明是反对那种因与一己政见相左而连带诋毁他人文章品行的错误行为。上面提到的范冲,恰恰是因他的父亲范祖禹与王安石是政治对手而说出那番彻底否定王安石其人的尖刻言语。

如果不考虑其他任何因素,单就王氏这几句诗来看,其实并没有对儒家传统观念有违背之处,孟子就曾宣称"君之视臣如手足,则臣视君如腹心;君之视臣如犬马,则臣视君如国人;君之视臣如土芥,则臣视君如寇仇"②,臣子如何对待君主,完全取决于君主本人的态度,臣子有权选择忠于君王还是背弃他。宋人在评述王诗时似乎忘记了孟子的言论,需要指出的是,这里有一个很重要的前提,他们将诗句的理解置于了南和北,即华夏与夷狄两个国家、不同民族的对立,两种文明的冲突这一历史背景下。换句话说,宋代文人看到的君臣关系不仅是国家内部的,而且是外部的、两个民族与国家之间的,即汉民族与少数民族、华夏与蛮夷之敌对情况下之君臣关系,这便牵涉到爱国与否的问题了。在面临国家危亡之际,任何人都应该且只能有一种选择,那就是始终忠于自己的国家、忠于国家的象征——君主。当北宋都城被金人攻破,朝廷被迫南迁之后,宋金之间战争不断,而宋人却无力抵抗,一向以正统、文明自居的华夏大国居然被蛮夷小国逼迫如斯,这对深受儒家思想影响的文人来说无疑是一个巨大的刺激,而南宋被蒙古灭掉之后,这种刺激进一步上升为国家矛盾和民族矛盾以及华夷矛盾三者的综合。南宋灭于蒙古,不同于历史上其他朝代的更替,此时的文人既是亡国之臣,又要遭受夷族统治,他们一生所信奉的儒家思想竟被异族践踏,在他们看来,野蛮落后的文化取代了博大精深的华夏文明,这才是令他们最为痛苦的事情。

---

① (元)佚名:《宋史全文》卷一三上,李之亮校注,前引书,第681页。
② 《孟子·离娄下》,杨伯峻:《孟子译注》,前引书,第186页。

因此王安石的这两句"汉恩自浅胡自深,人生乐在相知心"代昭君抒怀的诗句便成了众矢之的,人人皆恶之。其实"人生乐在相知心"也不能算作是王安石一人之力,屈原在《大司命》中就曾说道"悲莫悲兮生别离,乐莫乐兮新相知"①,人生之乐在于得到新的知己,王氏只是化用了此句,但是由于所处历史环境的特殊性,王的这一化用便成了大逆不道之语,他本人也被骂作是不忠不孝、大奸大恶之徒。如若不是宋金交恶且蛮夷变乱华夏,那么王安石的这几句诗恐怕仍然会被当做传世佳句作为写诗的典范了。宋亡之后,王安石《桃源行》中"知有父子无君臣"句便被遗民诗人方回拈了出来,大大批评一番,相较与前人对《明妃曲》的批驳,方回认为自己的评论有理有据,他指出,自己的批评是在一定历史条件下产生出来的,而并非不问情由、胡乱说话,"兼是时北兵破蜀,降将或为之用,因并以寓一时之感,而其实亦足以为天下后世为人臣者之劝云"。其实方回的评价恰是有意选择词句对诗人进行指摘,而这些指摘在大宋王朝灭于元人之手这种民族矛盾、国仇家恨的特定社会背景之下,在爱国主义、民族主义的大旗下越发显得正气凛然、义正词严了。

在宋人眼中,诗歌始终应该为现实服务,当王安石举起变法改革的大旗之时,他需要的是强有力的理论支持,那就是坚持以法度为准绳②,那么这实际上提出了法大于一切的主张,无论是君还是臣,都应该遵守为解决国家危机而制定的新法律,这种政治主张表现在诗歌中便成了只承认父子血缘关系而不承认君臣上下、位卑位尊的从属关系。熙宁变法失败,王安石被再度罢相之后,此时诗人宦海浮沉几十年,经历无数风雨,被迫隐居南方,过着看似闲适散淡的半官半隐生活,其时眼见着新法被执政旧党逐项废除,诗人心中更多的是矛盾和挣扎:"渐老偏谙世上情,已知吾事独难行。脱身负米将求志,戮力求田岂为名。高论颇随衰俗废,壮怀难值故人倾。相逢始觉宽愁病,搔首还添白发生。"③ 现实与理想的巨大反差让诗人清楚地意识到"吾事独难行",他不得不放弃理

---

① (宋)洪兴祖:《楚辞补注》,白化文等点校,中华书局1983年版,第68页。
② 1059年,王安石上万言书指出:"今天下之财力日以困穷,风俗日以衰坏,患在不知法度,不法先王之政也。"见《宋史》本传、《续资治通鉴长编》第188卷。
③ (宋)王安石:《偶成二首》其一,《临川先生文集》卷二〇,前引书。

想，而多变的政治风云也让诗人感到不安或心惊，"穰侯老擅关中事，尝恐诸侯客子来。我亦暮年专一壑，每闻车马便惊猜"①。这时美丽、静谧、与世隔绝的"桃花源"便成为诗人心中最佳的"一壑"，失意与痛苦中的巨大安慰。钟山脚下的美景使他流连忘返，"两山松栎暗朱藤，一水中间胜武陵"②，而江宁友人的住所同样让诗人想到了武陵源，"欹眠随水转东垣，一点炊烟映水昏。漫漫芙蕖难觅路，翛翛杨柳独知门。青山呈露新如染，白鸟嬉游静不烦。朱雀航边今有此，可能摇荡武陵源"③。

再看变法中的另一个失意者——苏轼。苏轼自幼便胸怀天下，关心政治，幼年读范滂传时便"奋厉有当世志"④；读石介《庆历圣德诗》"轼历举诗中所言韩、富、杜、范诸贤以问其师"，"欲识是诸人耳"，此时"盖已有颉颃当世贤哲之意"⑤。嘉祐六年（1061），年轻的诗人怀抱济世理想，意气风发地踏入仕途。熙宁二年（1069），神宗任命王安石为相，正式实行变法。苏、王二人政见不和，苏轼多次上书批评新法。熙宁四年（1071），王安石改革科举考试制度，神宗征询大臣意见，苏轼谏言批评神宗"求治太急，听言太广，进人太锐"⑥，受到新党敌视，不得不自请离朝，外任杭州。元丰二年八月（1079），诗人遭受了人生路途上的一次重创，在读书人备受尊重的宋代，苏轼却经历了一场莫名其妙的文字狱，"轼始就逮赴狱，有一子稍长，徒步相随，其余守舍皆妇女幼稚。至宿州，御史符下，就家取文书。州郡望风遣吏发卒，围船搜取，老幼几怖死"⑦，八月十八日入台狱，关押至十二月二十九日。经过这次牢狱之灾，苏轼变得战战兢兢，他痛悔自己早年积极参政时所写的制策太过激进，以致招来祸端，"既及进士第，贪得不已，又举制策，其实何所有。而其科号为直言极谏，故每纷然诵说古今，考论是非，以应其名耳。人苦不自知，既以此得，因以为实能之，故谯谯至今，坐此得罪几

---

① （宋）王安石：《偶书》，《临川先生文集》卷四八，前引书。
② （宋）王安石：《游钟山》，同上书，卷四六。
③ （宋）王安石：《段氏园亭》，同上书，卷二六。
④ （宋）苏辙：《东坡先生墓志铭》，《东坡全集》，影印文渊阁《四库全书》本。
⑤ 同上。
⑥ 同上书，本传。
⑦ （宋）苏轼：《黄州上文潞公书》，《苏轼文集》卷四八，孔凡礼点校，中华书局1986年版，第1379页。

死……妄论利害,揽说得失,此正制科人习气。譬之候虫时鸟自鸣自已,何足为损益?……得罪以来,深自闭塞,扁舟草履,放浪山水间,与樵渔杂处,往往为醉人所推骂。辄自喜渐不为人识。平生亲友无一字见及,有书与之亦不答,自幸庶几免矣"①。此时的诗人已失去了年轻时自己所坚持的那种昂扬向上的儒家精神,反而陷入深深的痛苦自责,对早年外露直白、经世济民的理想进行了反思,生命尚且无法保证,谈何理想信念?他不敢也不想过问世事了,宁可放浪形骸、寄情山水之间,与渔樵山野之人为伴。诗人选择了重新回归到书斋中,著书立说,从书籍里寻求心理的安慰,实现有限生命的价值,"到黄州无所用心,辄复覃思于《易》《论语》,端居深念,若有所得。……穷苦多难,寿命不可期。……轼废逐至此,岂敢复言天下事?"② 元祐年间,宣仁高氏皇后垂帘听政,旧党势力上台主政。作为旧党的苏轼也被召回朝廷。但是出于学术和具体政见的分歧,在共同打击新党势力的同时,旧党内部也分裂为蜀、洛、朔三党,党派之间互相攻讦。作为蜀党领袖的苏轼始终处于新旧两党及旧党内部三派之间错综复杂的斗争旋涡中,"二年之中,四遭口语,发策草麻,皆谓之诽谤"③。现实是黑暗和残酷的,诗人深切地体验到仕宦路途的变幻无常,同时也感受到自己的济世理想幻灭。贬谪黄州的生活使他真切体味到陶渊明诗中的自然纯真、和谐自在,元祐年间起起落落让诗人更清醒地意识到世事之无常、现实之丑恶,从此陶渊明便成为在现实与理想夹缝中挣扎浮沉的诗人之精神偶像。几乎令诗人丧命的乌台诗案将诗人对仕宦沉浮和人生无常的认知推到了极致,直接触发了他对陶渊明这一精神领袖的历史记忆,而元祐年间的蜀洛党争和绍圣以后的"绍述"党锢,则又不断促使这一记忆进一步深化。诗人和陶、拟陶,一生中留下了 120 多首效陶之作。他在《桃源行》中表达了对陶渊明理想社会模式——桃花源无尽的向往,希望在现实中向心求证桃源理想社会的存在,然而平静和旷达的外壳下包裹着的却是诗人的用世理想难以实现的无奈。

---

① (宋)苏轼:《答李端叔书》,《苏轼文集》卷四九,前引书,第 1432 页。
② (宋)苏轼:《黄州上文潞公书》,同上书,卷四八,第 1379 页。
③ (宋)苏轼:《乞郡札子》,同上书,卷二九,第 827 页。

在宋代优于前朝的政治背景下，深受儒家思想文化影响的中国文人秉承着积极入世、参与国是的政治理想，用渴望的目光深切关注着国家社会，寄无限期望于明君圣主，希望能够实现个人理想主张。但是社会现实常常和个人理想抱负产生不可调和的矛盾冲突，使满怀政治热情的士人在国家政治生活中成了如同极少数偶然掉入地球大气层中的流星般的角色，仅仅是瞬间的灿烂，便随即消失在无边无尽的黑暗之中，然而大多数时候，他们连充当流星、与大气层摩擦燃烧发光的机会都没有，便匆匆陨落了。残酷的现实无情践踏、蹂躏着文人士子的抱负，而理想的熊熊火焰却无法熄灭，在冰与火的双重煎熬中苦苦抗争着的宋代士子必须寻求一种方法以维护心灵的平衡。由于他们对国家社稷的忧患意识远远超过其他时代的读书人，对国家的责任感极为强烈，因此，当现实与理想发生冲突时，他们往往会感到异常痛苦，需要借助外界力量来化解二者的矛盾，而桃花源恰好给了他们一个消解胸中郁结之气的机会，他们可以按照自己的设想去重塑一个理想的美好社会，也可以寄情于有着桃源美景、生活安宁的地方忘却世间的烦恼。

第三节　艰难的抉择：魏阙与江湖

理想与现实的矛盾痛苦直接触发了士人出与处的二难选择，可以说是读书人永远挥之不去的阴影，无论是在承平时代，还是战乱社会，仕与隐的矛盾是中国文人心中永远难解的结，宋代文人更是从始至终挣扎在出仕与隐逸、自由与压抑当中，而桃源主题恰好给了他们一个抒写个人情怀的契机，无论是对无常人生的感慨，还是进与退的精神苦闷，在桃花源里，宋代文人找到情绪的宣泄地，他们反观自我，在反观中引发更深层次的思索。

回顾历史，隐逸在中国是一个古老的话题，在上古尧舜时代就有了许由、巢父等不屑于全天下的著名隐者。春秋战国时期出现大批出身"士"阶层的隐者，由于对当时社会现实的失望，自己的理想难以实现，他们不得不或躬耕于田园，或逍遥于山林幽谷，被后人称为"小隐"，如《论语》中提到的长沮、桀溺、荷蓧丈人等。魏晋之际，一些士人为了在心灵的自由和现实的羁绊中寻找到一个适宜的平衡点而选择了身在朝市而心在江湖的"大隐"生活。唐代是一个隐逸之风弥漫的时代,隐逸文化在唐代空前兴盛。唐人的隐居带有一定目的性和功利性,一种情况是隐逸被当作普通士人进入官场的"终南捷径",以隐求官,隐名越盛,得到官位的可能性就越高。另一种情况的隐逸是亦官亦隐、半官半隐,可以称为"吏隐",即一面当官,领着国家的俸禄,另一面却在自己的庄园里过着隐居生活,如著名诗人王维,经历安史之乱后,便选择了终南山中的蓝田别业,过起了优游自得的吏隐生活。中唐白居易以自己的亲身经历为这种吏隐生活做了新的诠释:"大隐住朝市,小隐入丘樊。丘樊太冷落,朝市太嚣喧。不如作中隐,隐在留司官。似出复似处,非忙亦非闲。不劳心与力,又免饥与寒。终岁无公事,随月有俸钱。君若好登临,城南有秋山。君若爱游荡,城东有春园。君若欲一醉,时出赴宾筵。洛中多君子,可以恣欢言。君若欲高卧,但自深掩关。亦无车马客,造次到门前。人生处一世,其道难两全。贱即苦冻馁,贵则多忧患。唯此中隐士,致身吉且安。穷通与丰约,正在四者间。"① 出京外放、远祸避害的地方官生活,似出又似处,不忙也不闲。保留官位,按月领取国家俸禄,既避免了冻饿穷愁之苦,又可以使自己的生活不至于太过冷落,的确是两全其美的好事。宋以前,无论是哪一种形式的隐逸,无论在哪一个特定历史时期,究其实质,都是士人趋利避害、保全自身或者谋求利益的一种手段而已,都带有强烈的功利性和目的性。

宋代的隐逸风气比之前代,可以说是有过之而无不及。宋代具有形成隐逸之风的各种条件。这些有利的条件除了上文提到过的历史隐逸之风、宋初统治者对隐逸高士的推崇之外(其实唐代也具备这两个条件,不能说是宋代特有的),更关键的是宋初几位皇帝吸取唐王朝灭亡的教训,采取偃武修文的态度,优待文人,增加了科举录取名额,有效地刺激了文人积极仕进的愿望,而印刷术的改进,书籍广泛流传,涌现出大批官办、私人书院学校,这些都使知识的传播更加方便,文化教育空前繁荣,学习风气盛行,种种因素培养出了一个庞大的士人阶层,越来越多的读书人参与到国家政治生活当中。虽然科举考试所录取的人数已经远远超过唐代取士,但是由于文化事业的发展,知识普及速度大大超过

---

① (唐)白居易:《中隐》,《全唐诗》卷四四五,前引书,第 5011 页。

前代，掌握一定知识技能的士人大量出现，通过科举进入仕途的士子人数远远低于全体士人人数，很大一批士人无法走入仕途，他们怀抱济世大志却没有付诸实践的机会，不得不流散在社会上，而这些人成为宋代大批隐士的主要来源之一。① 还有宋代复杂特殊的社会政治环境也造就了很多隐士。两宋时期激烈的党派之争及宋王朝对文人的利用和迫害之反复无常，在敏感的宋代文人心中投下了巨大的阴影，报国济世的远大理想和个人命运不可掌控之恐惧交织在一起，重重地挤压在他们心头。在这种矛盾痛苦的普遍心态之下，选择暂时或永久的退隐成了他们躲避黑暗现实的最佳选择。

北宋末年朝廷日益腐朽衰败，宋金之间的战争频繁爆发，靖康之难后，朝廷被迫南迁，高宗赵构建都临安，偏安东南一隅，过起了安稳舒适的日子。南宋皇帝大都贪图享乐、不事恢复，且好宠信权臣、打击忠直之士，如秦桧、史弥远、贾似道等权臣，擅权误国，整个朝廷越来越腐败。加上北方的金、蒙古对大宋王朝觊觎已久，屡次进犯，而南宋朝廷却是节节败退，已是无法挽救了。面对国家的日益衰败、政治黑暗腐败，很多忠正之士无可奈何地选择了隐遁。陆游、辛弃疾原本具有宏大的理想抱负，希望能够收复中原失地，然而却是官不逢时，遇到了只顾贪图享受的皇帝，不仅自己的理想无法实现，还处处遭受排挤打击，因此不得不选择了退隐生活。诗人目睹耳闻了许多人苟且偷安、屈身事敌或者攀附权贵的恶行丑态，愤然写下"寄奴谈笑取秦燕，愚智皆知晋鼎迁。独为桃源人作传，固应不仕义熙年"② 的诗句，借古讽今。南宋社会较为繁荣稳定的孝宗、光宗、宁宗、理宗时期，江湖诗人崛起，而江湖诗人大多是科场失意的文士或者是下级小官吏，或游走于达官显贵府第凑趣帮闲，或挂着闲散官职，流连山水风物，半官半隐。如姜夔，多次应考，皆落第而还，虽因上《大乐议》《琴瑟考古图》《圣宋铙歌十二章》③ 而获得"免解"待遇④，再次参加进士考试，仍未及第，终生布

---

① 参见刘文刚先生《宋代的隐士与文学》一书观点，前引书。
② （宋）陆游：《书陶靖节桃源诗后》，《剑南诗稿校注》卷二三，前引书，第1701页。
③ 参见《文献通考》之《乐考三》《乐考九》《乐考十六》。（元）马端临：《文献通考》，影印文渊阁《四库全书》本。
④ 光绪《江西通志》卷一百六十一，清光绪七年刻本。

衣，只得依附于萧德藻、范成大等人，结交社会名流，过着清客词人的生活。"四灵诗人"徐照、徐玑、赵师秀、翁卷中也只有徐玑和赵师秀做过小官，其他二人布衣终身，彼此以潇洒超俗的"东晋时人物"① 相称许。

南宋末年，蒙古大军的铁骑踏碎了南宋锦绣河山，延续三百多年的大宋王朝灰飞烟灭了。面对外族的统治，残酷的社会现实，诗人们性命堪忧，更无力回天，但又不甘于屈身事敌，无奈之中选择了隐遁山林的隐居生活，以示对大宋王朝的忠心耿耿。此时此刻，他们只能委婉隐晦地表达压抑着的愤恨和家国之思、黍离之悲。何梦桂宋末为大理寺卿，看到大宋王朝已回天乏力，于是称病隐退。詹复在宋亡之后，不愿仕元，以母病辞官归隐。伴随着大宋王朝的灭亡，出现了大批不事二主、为国守节的隐士。此外宋代还有一些真正享受隐逸生活、不愿出仕的真隐士，如上文提到的五峰先生胡宏，其人前半生因不满秦桧专权而隐，后半生则是不愿出仕而拒绝高宗征召，终身隐居。

以上回顾了包括宋代在内我国历史上文人的隐逸情况。虽然隐逸在各个时代都切实存在着，但实际上深受儒家济世思想影响的绝大多数读书人都不是心甘情愿轻易放弃理想、离开仕途的，出仕与隐逸可以说是纠结他们一生的问题。

孟子说"士之失位也，犹诸侯之失国家也"②，读书人只有出仕，谋得官位，才能实现自己的抱负，展示自己的才华。然而仕途险恶，官场黑暗，充斥着尔虞我诈、弱肉强食的陷阱，而且君心难测，风云变幻无常，"忆昔怒驱丞相去，犹思上蔡东门兔"③，一个不留神便会招来祸端，甚至丢掉性命，因此很多人便有了"纵有封君禄万钟，争如食邑桃千树"④ 的归隐之心。陶渊明曾发出感慨："真风告逝，大伪斯兴，闾阎懈廉退之心，市朝趋易进之心。怀正志道之士，或潜玉于当年；结己情操

---

① （宋）戴复古：《哭赵紫芝》："呜呼赵紫芝，其命止于斯。东晋时（一作朝）人物，晚唐家数诗。瘦因吟思苦，穷为宦情痴。忆在藏春圃，花边细话时。"《石屏诗集》卷二，前引书。
② 《孟子·滕文公下》，杨伯峻：《孟子译注》，前引书，第142页。
③ （宋）释居简：《桃源行》，《全宋诗》卷二七九一，前引书，第33601页。
④ 同上。

之人，或没世以徒勤"①，然而，士人们还是千方百计争入仕途，或许是为了实现个人理想抱负、济世之志，又或是追求荣华富贵、享受生活。一旦进入官场，不到万不得已，他们是不会选择离开的。他们更欣赏一种身在魏阙，心游江湖的吏隐生活。杨万里曾发出"身居金马玉堂之近，而有云峤春临之想；职在献纳论思之地，而有灞桥吟哦之色"②之语，形象概括了官吏们的普遍心态。为何官吏们能够在经历种种磨难挫折之后还能保持自己的理想和情操呢？思想上的原因在于，在儒家传统的"仁以为己任"③思想指导下，宋代士大夫把"仁"当作了自己的责任，并且整个社会舆论导向其实就是想营造这样一种精神氛围，用"仁"来约束背叛朝廷的行为，因此欧阳修、苏轼等人一生仕途坎坷，屡遭贬谪，却矢志不改其对君主和国家的责任心④，宋代形成完善并最终确立的理学体系又加强了这种约束力度。那些官场以外的士人同样也受到了这一观念的影响，他们对国家和君主怀有一种强烈的责任感和认同感。北宋初年，很多士大夫的人生抱负基本上可以通过参加科举考试的途径而得以实现，但到了北宋中后期，激烈的朋党之争往往将满怀热忱的文人知识分子拒于仕门之外，他们大都空有一腔爱国热血，却无报国之路，但是宋代君主优待士人及宽松的文化环境，使无法入仕为官的士人依然可以大胆发表自己的言论，无论在朝还是在野，都可以对国家政治生活畅所欲言，这样在所有读书人当中便形成了强烈的国家意识，激起他们参与政治生活的欲望。

当现实的世界遭到破坏、个人理想遭受挫折之后，人们总会极力规避现实，躲入精神世界中寻求安慰，在幻想的或艺术的领域里找寻精神寄托。陶渊明在社会的震荡和人生的波折中探索着和平的精神家园，宋代文人或者在混乱的政治环境里，或者在国破家亡漂泊生活中，又或是个人命运颠沛流离时同样也追求着心灵上的宁静和安稳。陶渊明抛弃了追求功名利禄的仕进之心，从静美的自然中领略到身心的解放和愉悦，

---

① （晋）陶渊明：《感士不遇赋》，《陶渊明集校笺》卷五，杨勇校笺，前引书，第255页。
② （宋）杨万里：《万居记》，《诚斋集》卷九六，四部丛刊本。
③ 《论语·泰伯》，杨伯峻：《论语译注》，前引书，第87页。
④ 参见吕变庭《北宋士大夫的人格特征》一文中的观点，《北方论丛》2005年第2期。

用自然风物、山水田园等意象构建了美好的人间乐园，而宋代文人则又从陶诗的艺术世界中发现了精神上的世外桃源，"宋代文人在不能绝然放弃外向事功人格的渴念的同时，陶诗中所体现的超现实超功利的具有无限韵味和意趣的艺术审美境界，正好让他们那痛苦动荡的心灵获得片刻的安宁，从而消减他们心中浓厚的悲剧意识"①。陶渊明的淡泊名利，厌恶世俗羁绊，真心渴望回归自然的怀抱，"久在樊笼里，复得返自然"②，"衣沾不足惜，但使愿无违"③。脱却桎梏的诗人带着喜悦的心情找到了自己渴望已久的生活，或者"采菊东篱下，悠然见南山"④，"命室携童弱，良日登远游"⑤，悠游山林，安乐闲适；或者"邻曲时时来，抗言谈在昔"⑥，"欢言酌春酒，摘我园中蔬"⑦，呼朋引伴，诗酒相酬；或者"泛览《周王传》，流观《山海图》。俯仰终宇宙，不乐复何如"⑧，读书自娱，乐在其中；或者"晨兴理荒秽，带月荷锄归"⑨，"贫居依稼穑，戮力东林隈"⑩，躬耕田园，自食其力。诗人将自我与自然山水、田园村庄和谐地融为一体，在他的笔下，客观世界与主观世界达到了完美的统一。陶渊明的高远的个人理想与高贵的人格志趣同样为宋人激赏，他遗世独立，超然物外，淡然而平和，如苍松秋菊般高洁雅致，不同于屈原的奔放直白，因此格外为崇尚儒家中和观念影响、注重个人人格修养的宋代文人所推崇。对渊明人格的仰慕，促使宋代文人在济世理想破灭、个人才华无法施展之时，遭受重重打击之后，依然能够保持乐观向上的良好心态，转向个人人格培养，不至于堕落、放浪或麻木，主动将加强人格魅力放在首位，保持独立之个性。苏轼经历乌台诗案、被贬黄州后，还

---

① 何海燕：《论宋代文人对陶渊明的接受》，《贵州大学学报》2004 年第 5 期。
② 《归园田居》五首其一，《陶渊明集校笺》卷二，杨勇校笺，前引书，第 56 页。
③ （晋）陶渊明：《归园田居》五首其三，《陶渊明集校笺》卷二，杨勇校笺，前引书，第 60 页。
④ （晋）陶渊明：《饮酒》二十首其五，同上书，卷三，第 114 页。
⑤ （晋）陶渊明：《酬刘柴桑》，同上书，卷二，第 91 页。
⑥ （晋）陶渊明：《移居》二首其一，同上书，卷二，第 86 页。
⑦ （晋）陶渊明：《读山海经》十三首其一，同上书，卷四，第 233 页。
⑧ 同上。
⑨ （晋）陶渊明：《归园田居》五首其三，同上书，卷二，第 60 页。
⑩ （晋）陶渊明：《丙辰岁八月中于下潠田舍获》，同上书，卷三，第 136 页。

能以一种积极乐观的心态去体验生活，欣赏生活中的美，固然与诗人天然的乐观豁达有关，但这种乐观天真何尝不是从陶渊明那里发现的呢？"自到此（黄州）唯以书史为乐，比从仕废学，少免荒唐也。近于侧左得荒地数十亩，买牛一具，躬耕其中。今岁旱，米贵甚，近日方得雨，日夜垦辟，欲种麦。虽劳苦，却亦有味。邻曲相逢欣欣，欲自号鏖糟陂里陶靖节，如何？"① 诗人躬耕田园、诗书相伴的生活与陶渊明归园田居之后的生活是何等相似。王安石被罢相后能在归隐钟山的生活中自得其乐，而没有大起大落的怨愤与不平，既跟渊明的处世态度极为相近，更与陶诗中所勾画的精神世界一致。

面对出与处的二元对立，如何在二者之间找到一个最佳平衡点，成为宋代文人迫切需要解决的问题。陶渊明躬耕田园的生活方式、乐观天真的生活态度，为仕途失意的诗人解决了现实生存方式的问题，那么对于思想上的苦闷，这些文人又需要怎样的办法来消除呢？他们再次将目光投向了陶渊明，发现了桃花源。当个人理想无法实现，满怀愁绪难以排解之时，文人可以选择桃源的美丽深隐，找一处深山幽谷或者山村水郭、农庄田园暂时隐居起来，与自然融为一体，物我两忘，享受生活，或者学习陶渊明"心远地自偏"，向自己的内心去探寻一个宁静的桃源世界。苏轼经历数次宦海浮沉、生死考验之后，对人生有了清醒的认知，"凡圣无异居，清浊共此世"，只要能够废六用、一生死、等痴慧，弃绝人生各种欲望，那么"桃源信不远"了。陆游晚年贬官隐居山阴，壮志未酬，复国理想破灭，是心中的桃源使诗人在现实与理想的巨大反差中找到了一个支点，"雨霁桑麻皆沃若，地偏鸡犬亦翛然。闭门便造桃源境，不必秦人始是仙"，使他能够在被迫退隐之后"心常无事气常全"②，暂时忘掉仕途的烦恼，用心体验山居生活的美好。当济世豪情突然迸发、却报国无门之时，文人们同样可以用自我理想创造一个全新的理想之国，无论是希望天下大同也好，还是要求重建社会秩序也罢，桃源为他们提供了充足的想象空间，使他们能够在其间自由驰骋。借助桃源理想，诗

---

① （宋）苏轼：《与王定国帖》，（宋）魏齐贤、叶菜编：《五百家播芳大文粹》卷四六，影印文渊阁《四库全书》本。

② （宋）陆游：《幽居二首》其二，前引书。

人可以以隐为出，在隐中关怀天下，不忘百姓生活。

总而言之，桃花源解决了宋代文人在现实与理想之冲突中遇到的重重障碍，平衡了他们在出仕与隐逸、现实与理想的对立中产生的矛盾心态。

第四节 智慧的光芒：理性与疑古

面对特殊的社会历史环境、内忧外患的严峻形势，以天下为己任的宋代文人比唐代人少了一些热情与外放的进取精神，多了几分冷静与内敛的理性思考。太祖皇帝尝问赵普曰："天下何物最大？"普熟思未答间，再问如前。普对曰："道理最大。"上屡称善。① 由于有了这个"道理最大"，人们开始注意到在各种具体知识之上，必须确立一个绝对的"理"，它是"天理"，因为"道理最大"；而且宋代士大夫议论政治的风气很盛，它不仅提高了掌握"道理"的士大夫的地位，也在士人中间形成论证"理""气""心""性"等道理的风气，更为重要的是对这些问题的思考培养了宋人的理性精神，从宋初开始，经由三先生（胡瑗、孙复、石介），到周敦颐、邵雍、程颢、程颐，再到南宋的朱熹，形成了后来所说的以传统儒学为主、兼容儒道释三家思想的新儒学，也是后来人们常提到的"理学"和"道学"。② 理学思想体系形成之后，对宋及宋以后的读书人产生了深远影响，最重要的影响之一就是培养了读书人的理性思维能力、向内探求的思维方式以及敢于向权威挑战的疑古精神。理性思维促成了理学的诞生、发展、繁荣，反过来，理学产生之后对文人理性精神的生成又起到了促进作用。

宋代的疑古之风开始于庆历年间，伴随着庆历新政的推行，出现在

---

① （宋）沈括：《续笔谈十一篇》，王云五主编：《梦溪续笔谈·梦溪补笔谈》，丛书集成初编本，商务印书馆1937年版，第39页。

② 新儒学、道学、理学其实是同一个概念，都是指宋代的儒学思想。道学的提法着眼于宋代学者力图恢复继承韩愈提倡的尊师重道传统来重建宋代儒学思想体系的努力和成果。理学是道理、心性之学，原本是佛教概念，被宋代人借来称本朝学术，以示与汉唐训诂章句之学的区别。主要是从治学方法角度提出的。新儒学的概念由陈寅恪先生提出，主要指程、朱等人在融合儒释道三教思想下对传统儒学的进行改造后形成的儒学。参见王水照等编《宋代文学通论》，河南大学出版社1997年版，第244—266页。

学术领域里，起于对汉唐以来传统注疏的怀疑，而后逐渐发展到对先秦经书的怀疑。宋代开明的文化政策、统治阶级对读书人的关注，这使士大夫的自我意识非常突出，在对待传统思想的问题上，他们带着"自觉的文化批判意识和独立思考的思辨理性"①，对流传已久的五经注本的神圣性和权威性提出了质疑，并且提出自己的全新解说。王应麟说："自汉儒至于庆历间，谈经者守训诂而不凿。《七经小传》出而稍尚新奇矣。至《三经新义》行，视汉儒之学若土梗。"② 这种敢于挑战权威、挑战经典的勇气来自宋人的理性精神，他们重新审视着这些流传千百年的、不可更改一字的"经典"，主张以常人之言视儒家经典，不迷信古所谓贤人之说，并且"这种怀疑精神已经超越了经学领域，而具有一般方法论的意义，宋人读史书、读诸子、读诗文，无一不置一'疑'字"③，如王安石就曾声称"《春秋三传》既不足信，故于诸经尤为难知"④。当然，宋人的疑，并非毫无根据的主观猜测和臆想，他们的"一切怀疑和批判都以理性思辨的尺度为准则。……所谓理性思辨的尺度，就是宋人自己所标榜的'理义大本'……'理义大本'，从阐释学的角度看，就是指经典文本历史与逻辑相统一的思想体系"⑤。宋代文人在解说经典时，"一般不是用凝固的世界观去看待传统的文化，而是把中国的传统文化放在宋代的特定社会历史过程中去透视与理解。在他们看来，典籍作为传统文化的载体是死的东西，而'自我'作为阐释的主体却是活的和能动的东西，所以宋代士大夫对待传统文化典籍的基本态度就是四个字'为我所用'"⑥。宋人将经典文本置于现实历史环境中，根据个人自我体验去重新解说，并且这种解说带有很强的主观色彩，是为"我"之需要而服务的。学术领域中疑古的学风很快就蔓延到了文学创作领域，"理"字成为作家创作的指南和批评的标尺。所谓"理"包括天理、事理、物

---

① 张毅：《宋代文学思想史》，前引书，第13页。
② （清）朱彝尊：《经义考》卷二九六，影印文渊阁《四库全书》本。
③ 周裕锴：《中国古代阐释学研究》，上海人民出版社2003年版，第208—209页。
④ （宋）王安石：《答韩求仁书》，前引书，卷七二。
⑤ 周裕锴：《中国古代阐释学研究》，前引书，第208—209页。
⑥ 吕变庭：《北宋士大夫的人格特征》，前引论文。

理、文理①，上至宇宙万物，下到人情事理，无所不包，涵盖自然、人事、物理的规律及运动变化，将整个宇宙囊括其中。借助于对"理"的挖掘探讨，他们"在继承借鉴前人的创作经验和理论主张时，能发掘出原有问题的实质所在，及其可能蕴含着的理论意义，进行创造性的诠释转化，使之适合于自己的时代要求和创作个性，从而在具体的文学时间和理论重建活动中开拓出文学思想发展的新理路"②。

宋代文学创作中理性意识的觉醒体现在庆历年间的政治改革和诗文革新运动中，表现为对社会现实问题的关注和批判，以通古今之变、究治乱之源为特色。宋人对桃源主题的接受和传释正是用现实的眼光对一种历史题材重新进行的"理性审视"，这种理性审视从对历史文本本身的阅读和分析开始，结合个人所处时代环境、生活体验、事物规律、天理人情等"理本大义"，带着疑问重新审视似乎已成定论甚至是被奉为经典的权威说法。宋代诗人对桃源主题的接受和传释活动正是疑古和理性精神的体现，主要表现为以下几个方面：

1. 对前代诗歌中没有说明或者语焉不详的细节进行探索解读，这种解读与诗人所处的社会历史环境密切相关。

宋以前，包括陶渊明本人在内，对桃源人避世的原因只说是"避秦时乱"，究竟是什么样的"乱"，陶本人没有作出具体说明，唐人也都是用"避地"二字一笔带过，直到宋人手中才作出详细解说，这种解说出现在熙宁变法前后。陶弼在《司马错城》中说道："北设长城陷敌尘，更来劳力武陵民。我疑洞里栽桃者，便是当时筑版人。"③ 诗人认为桃源人是为了躲避无休止的战争和徭役而避世的，并且躲避繁重的徭役是主要原因。荆公同样认为桃源人所避之乱是筑长城的沉重徭役，"望夷宫中鹿为马，秦人半死长城下"。两位诗人如此相似的解读并非偶然，应当是对当时特定历史环境观察思考后的结果，宋初六十多年中，仅在边境地区与辽、西夏发生过几次战争，社会稳定，国家面临的主要问题是冗官、冗兵以及战争赔款给人们带来的沉重负担，"传至真宗，内则升中告成之

---

① 周裕锴：《中国古代阐释学研究》，前引书，第92—100页。
② 同上书，第103页。
③ 《全宋诗》卷四〇六，前引书，第4990页。

事举，外则和戎安边之事滋，由是食货之议，日盛一日。仁宗之世，契丹增币，夏国增赐，养兵两陲，费累百万"①，巨大的财政支出只能经由增加赋税、徭役向百姓索取。诗人借桃源反映社会现实，首先便要分析桃源人避世的原因，结合现实环境，经过一番理性思考得出了躲避徭役赋税的结论。

2. 对桃源仙境、理想社会的怀疑和否定，进而否定桃源社会。

首先是否定桃源人神仙身份，进而否定神仙传说。此种解说是宋代桃源诗歌在桃源母题的接受与传释史上最大、最彻底的翻案之一，翻案方法是联系个人日常所见所闻，结合事物存在发展规律来解说桃源，用天理、事理、物理来论证，宇宙本体、伦理规范、历史规律、政治准则、生活常识、事物存在运动的内部机制等都是他们的理论依据。最早出现在熙宁变法的领导者王安石那里，荆公是否定桃源为仙境的第一人。前文已经提到过，韩愈虽然已经对神仙传说提出了批评，但从他对桃源的描写来看，还是带有明显的虚幻色彩。荆公则不同，他笔下的桃源完全与人间无异，"此来种桃经几春，采花食实枝为薪"，桃源人和常人一样劳动、生活，同样离不开最基本的物质生活资料来维持生命活动。苏轼在《和陶桃花源》诗的引言里分别从本文和事理两个角度、四个层次对桃源神仙说进行否定：诗人通过阅读本文，发现陶渊明只说桃源人是"先世避秦时乱来此"，而并没有承认渔夫所见的就是秦时人，据此他得出结论，渔人所见"似是其子孙，非秦人不死者也"。接着诗人从事理角度反面分析，神仙不可能"杀鸡作食"来招待渔人，"岂有仙而杀者乎"，然后诗人联系自己日常生活中南阳和青城的见闻来证实人间确有长寿之人，长寿之人并不等同于神仙。最后一层，诗人借友人之言证实仇池的现实存在，由此得出桃源社会可以在现实世界中实现的可能性。汪藻《桃源行》从历史规律出发，借对汉代皇帝求仙活动的否定来讽刺徽宗迷信神仙方术的荒唐行径。邹浩用事实说话，记叙陈生求仙不得而发狂的故事来批判神仙方术"千非无一是"，害人不浅。胡宏站在事理角度，发出疑问"不然川原远近蒸霞开，宜有一片随水从东来。呜呼神明通八极，岂特秘尔桃源哉？"如果桃源仙境真是实有，那么总会有一片桃花会随水

---

① 《宋史》卷一七三《食货志》，前引书，第4156页。

漂流，将信息传到人间的吧？史尧弼《留题丹经卷后》将"学仙之术形容殆尽"①，而后得出神仙之说无稽可笑的结论，诗人结合天理，根据人的自然本性，考虑如果神仙真的可以修成，那么"胡为知此不自炼"？对宇宙天理的认知，使诗人对生死问题有了理性认识，"人身生死犹昼夜，以道顺守全此天"，生死如同昼夜交替，是天理，应该顺应自然，物我合一，才能真正享受生命。诗人还看到了神仙长生说潜在的危害性，站在社会伦理角度提出用理学伦理纲常教化万民来消除神仙之说的影响。

其次是否定无君社会理想，要求用理学伦理纲常重建理想社会，这既是宋代文人对桃源社会的重新解读，也是他们积极探求社会规律、探索人生奥秘之后，为解决这些矛盾而设想的终极办法。在宋代理学道统思想指导下的宋代文人对无君思想提出了批判，在他们看来，没有君臣之分、上下等级差别的社会简直就是对天纪纲常的破坏，是违天理的，根本无法存在。人必须受到天理人伦的制约，这样才能知礼、守法，否则便是野蛮、落后，那么必然会导致社会的动荡和无序。苏轼向往的便是一个存在着"官府"的理想社会，是按照儒家理想建立起来的世界。

3. 对桃源隐逸主题的深化，引入坚持操守、不事二主的忠君爱国思想。

以桃源为隐逸之境的解说是桃源母题接受史上最早出现、并且影响较大的阐释之一，特别是两宋时代，在四种解说中数量最多、出现最为频繁。宋以前，隐逸桃源世界或者是士人借隐求官的理想隐居之境，或者是躲避乱世的藏身之所，它仅仅是与俗世社会对立的一个特殊存在，只是失意文人寻求心灵慰藉的理想场所。宋代诗人在接受桃源这一功能基础之上，又赋予它更为深刻的意义——爱国理想和民族气节的体现，宋人认为，陶渊明作《桃花源记》是别有一番深意的，"予窃意桃源之事以避秦为言。至云'无论魏晋'，乃寓意于刘裕托之于秦籍以为喻耳"②。从胡宏开始，对渊明先生的评价上升到爱国守节的高度："先生高步叔末代，雅志不肯为秦民。故作斯文写幽意，要似寰海杂风尘。"（《桃源行》）。陆游认为陶渊明创作《桃花源记并诗》的目的在于表达忠臣不事

---

① 《全宋诗》卷二三四〇，前引书，第26899页，此诗后附赵继珪跋。
② （宋）洪迈：《容斋随笔·三笔》卷一〇，前引书，第536页。

二主的气节,"独为桃源人作传,固应不仕义熙年"。宋人一方面不断拔高陶渊明形象,"渊明胡为作此记,不纪义熙同一意"(方回《桃源行》),"君不见年来礼乐卯金刀,先生归对庐山月高"(王景月《桃源行》),高度评价陶渊明挂冠归隐的行动,"渊明寓言,即义熙题甲子,耻事二姓之验也,岂为束带见乡里小儿,然后归隐哉?师摠管出示此图,为述此意"①,一方面便开始将桃源与爱国联系到一起,特别是宋亡之后达到顶峰。他们否定了秦人不顾国难、逃避责任的避世行为,"予谓避秦之士非秦人也,乃楚人痛其君国之亡,不忍以身为仇人役,力未足以诛秦,故去而隐于山中耳"(方回《桃源行》序),高度赞扬了楚人归隐抗秦的行动,将楚人的隐逸避世行动上升到爱国主义、民族意识的高度。在遗民诗人这里,隐逸不再是消极的逃避,而是成为一种积极的斗争手段和策略,由此桃源隐逸主题被升华成为忠君爱国的精神和高尚的道德情操。

学术思想领域内的理性和疑古精神使宋代文人在文学创作领域中开拓出一条新路子,他们以"理"为标准对桃源母题重新进行考虑,通过个人的再创作,不仅扩大了桃源的内涵,为宋代桃源文学传统的形成作出重要贡献,而且还提供了解决现实与个人理想之间矛盾冲突的方法,使传统文人找到了一处和谐安宁的精神乐园。

在禅学自性具足和宋代理学强调心性修养、立足天人合一观念所构建起来的新儒学思想体系影响下,宋代文人具有了强烈的内省态度和求实精神,他们醉心于对心性义理的探讨,认为性是心之体,情是心之用②,立足现实人生,从心性角度追溯儒家仁义道德本源,由人性而推及天理自然,进而转向社会事物,将外在客观事物转化为一种内心体验。这种哲学思潮反映到诗学领域里,带上了鲜明的"反求于内,证悟心性"③的倾向,诗歌呈现出"用意念超越物质世界"④的特点,表现在对桃源母题的接受上便是从客观存在的事实出发,向心求证现实桃源的

---

① 陆文圭:《题桃源手卷》自注,《全宋诗》卷三七一一,前引书,第44592页。
② 参见(清)黄宗羲、全祖望《宋元学案》卷四"庐陵学案",前引书。
③ 周裕锴:《宋代诗学通论》,前引书,第84页。
④ 同上书,第85页。

存在。

由于诗人个人经历、知识学养、社会背景差异，他们在向心求证桃源理想时不尽相同，大致可以分为两种情况：一种是以苏轼《和陶桃花源并引》为代表的，有一定客观现实依据，但主要以心解为主，注重内心体验，"超凡入圣，只在心念间，不外求也"①，由客观世界入、从主观世界出，抛开客体，转向对主体深层的反躬自省；另一种以李纲、陆游的解说为代表的，以客观事实存在为先决条件，用心去体验发现其中存在的美感，"搜求于象，心入于境，神会于物，因心而得"（王昌龄《诗格》）②，同样是由客观世界入、主观世界出，但是更注重客体本身存在的美感，诗人通过对客观生活细致观察，将自己的感受融入其中。两种解说都是宋代诗人求实态度和内省精神结合的产物，都体现出"吾心安处即桃源"的倾向，只是前者的哲学思辨比后者更明显些。

先来看苏轼诗作。从诗前的引言来看，诗人以历史理性的眼光、求实探索的态度，用个人见闻肯定了桃源的现实存在，否认神仙传说，并且进一步推论，天地之大，类似桃源这样的地方有很多，而自己梦中的仇池也是其中之一。虽说是梦中所见，但是诗人却借友人之口证实了它的客观性，进而赋予仇池、桃源以精神家园的内涵。"九十九泉，万山环之，可以避世"，"小洞天之附庸"的仇池既是客观实有，同时也是诗人内省体验的玄悟之境。需要说明的是，苏轼在认同仇池"官府"中"人物与俗世无异，而山川清远，有足乐者"基础上，结合佛道两家修行方法，对理想国提出了更高要求：用"闲心"去观照世界，即废除"六用"，观"真一"，破除世俗观念，达到顿悟。去除眼、耳、鼻、舌、身、意六根生出之"六贼"，见出"自性"，以"闲心"观之，所见才是仇池真境。道家则是绝圣弃智、泯灭生死界限、与天地万物一齐，"堕支体，黜聪明，离形知，同于大通"，达到"心斋坐忘"的状态，这样便能"哀乐不能入"③，同样可以进入仇池世界。在诗人看来，人固然可以在客观

---

① （宋）张元幹：《跋山谷诗稿》，《芦川归来集》卷九，上海古籍出版社1978年版，第171页。
② （明）胡震亨：《唐音癸签》卷二，上海古籍出版社1981年版，第7页。
③ 《庄子·大宗师》，《庄子集释》，前引书，第284页。

世界里找到不受世俗污染的理想之境，但是这种地方一旦与外界接触便会失去原有的本真，便不再是桃源了；因此不如向"心"探求，由内心真实地契入，做到"物我冥合""物我相忘，身心皆空"，保持心灵的清静和超脱，这样才能进入永恒桃源之境。向心而求的桃源比客观存在的桃源更为持久。桃源、仇池，对诗人来说，更像是一种人生境界，通过玄思静观，去除世间一切执念、机心，以悟道的慧眼重新审视客观世界，苦难便不见了，现实便是美好的桃源了。在诗人看来，世界完全在于"心"，理想世界须向心去求索。

苏轼之后还有李纲、吴芾、陆游、姚勉等人继承了向心求取桃源的解说。李纲认为，自己家乡闽中地区有很多深山幽谷，由于特殊的地理环境，外界人无法到达，因此生活其间的人们能够保持着淳朴民风、安居乐业，甚至从来不知道何为官府，这便是现实的桃源理想社会，哪里还须把桃源当作神仙幻境啊。吴芾称桃源"相去复不远，只在吾庐外。人号小桃源，景物适相契"（《和陶桃花源》），为了追求与桃源的形似，天真可爱的诗人还在居所之外种上万株桃树，营造现实桃源实景。陆游退居山阴之后，山村田园的自然美景、安闲舒适的乡村生活让诗人迷醉，于是推己及人，幻想桃源人一定也和自己一样，恐怕是因为迷恋武陵源山水风物，春日里灿烂缤纷的桃花美景才与世隔绝的吧，"初来自被春留住，枉道当时为避秦"（《泛舟观桃花五首》其五），"桃源自爱山川美，未必当时是避秦"（《初夏出游三首》其三）；对于自己生活的环境，诗人更是非常满意，"吾庐已是桃源境，不为秦人更问津"（《自咏》），"闭门便造桃源境，不必秦人始是仙"（《幽居二首》其二），"处处皆堪隐，桃源莫问津"（《车中作》），"桃源处处有，不独武陵人"（《书屋壁》），反复申说只要能够用心去体验，"人间处处有桃源"。戴复古也说："幽居堪避世，何必武陵溪？"（《峡山二首》其一）① 钱时（1175—1244）更是认为桃源世界近在先生会心的微笑之中，"武陵不在千山外，只在先生一笑中"（《桃村寄题三首》其一②）。姚勉以为渔家生活也有至乐之处，桃源人未必能够体会，"渔郎渔郎休太息，渔家自有神仙国。脍鲈沽酒醉芦

---

① 《全宋诗》卷二八一五，前引书，第33512页。
② 《全宋诗》卷二八七五，前引书，第34382页。

花,此乐桃源人未识",并将桃源理想推及全天下,"愿令天下尽桃源,不必武陵深处所"(《桃源行》)。

相对于苏轼从议论出发、以佛道二家明心见性、心斋坐忘的哲学思想为指导向心求证桃花源的理性色彩浓厚的阐释来说,李纲、陆游等人的解说感性因素更多些,前者融议论、传说、历史、梦境为一体,放弃对客观景物的描写,注重理性思辨,要求摒弃一切机心,明心见性,回归自然本真;后者注重客观景物环境描绘,让读者从客观存在的美景中去体验心与境合的美感,要求随缘自适,物我合一。不过,二者都是以客观现实为依据的,体现了宋人的求实精神,从现实世界中寻找桃源真境。

当理想或愿望无法在现实中实现时,宋人便会让它们以幻梦的形式出现,在梦的世界中,人可以天马行空地去想象、幻想,不必在意世俗规约制度、客观天理法则等,可以完全不受任何束缚去体验愿望理想实现的快感。这一点上宋代文人与唐代文人不同,宋人太过于客观理性,他们总是以天理来衡量一切事物,以对桃源的态度来看,无论是以桃源为仙境还是为理想中的隐逸之所,唐人实实在在相信仙乡或者隐逸居所是客观存在的,他们认为神仙是可求的,洞天福地就确实遍布在名山大川之中,桃源就在其中的某个地方,源中人的生活应该和自己差不多。因此,唐代桃源诗歌带有明显的世俗化、生活化色彩,如王维《桃源行》中对桃源环境的描绘,"山口潜行始隈隩,山开旷望旋平陆。遥看一处攒云树,近入千家散花竹","月明松下房栊静,日出云中鸡犬喧",与他在山水田园诗中对山川庄园的描写何其相似,"涧芳袭人衣,山月映石壁","逍遥荫松柏"(《蓝田山石门精舍》)[①],"王维笔下的灵境不是枯寂凄黯的,而是幽美恬适的。他以自在的笔触描绘了仙源中人自在的生活"[②],仙源中自在的生活其实就是诗人纵情山水、隐居庄园的写照。在唐代文人心中,桃源不是幻梦,是真实的。宋人则不同,他们笔下的仙隐桃源世界更接近于古代传说中的神仙居所,金碧辉煌的宫殿,黄金为顶,玉

---

① 《王右丞集笺注》卷三,(清)赵殿臣笺注,前引书,第33页。
② 程千帆:《相同的题材与不同的主题、形象、风格——四篇桃源诗的比较研究》,前引书。

作栏杆,仿佛《山海经》中的昆仑仙境、海上神山,带有强烈的幻想色彩。由此可见,宋人对幻境和现实之间的界限的认知是非常清晰的,理性告诉他们,神仙是虚幻不实的传说。但是,对生命永恒的渴望、对美好生活的憧憬偶尔也会让理智的宋人产生一些幻想,过分的理智要求他们不能直接说出来,于是只能求助于梦境或者是假托齐东野人之语来抒写,宋代出现大量纪梦诗的原因就在于此。诗人借梦为托词来抒写心中的理想与苦闷,借梦来描写在现实中无法表达或不便表达的意识活动。舒岳祥在《纪梦》诗的序言中构建了一个不似人间的神仙世界:

> 十月十二日五更,梦师泉李珏尚书(今不知其南北,但知其在中朝官兵部尚书耳)送二客来谒予。谋之先亲薄有以赆之。既而,与出郊行。回顾其后道士周希彰布褐芒屦,亦至。初见一所,似村市。列肆门尽闭。但步榍皆黑油窗,用白纸糊,约度可三四十间。店之东有堂五间,如津亭。逢一人,似识其面而忘其姓名。衣巾装束如行客。揖予而去。堂东西夹有丈夫、妇人十许人,方饮食笑语中,有妇人硕丽盛饰,意其为邸第人也。予避而去之。偶逢刘养源,与同行。少顷,见有宅第一区,门墙无甚高大。前对大路,路旁林木水石可爱。因入而游焉。园径窈窕,桃花盛开,其特异,非人间所见之比。有指曰:此玉桃也。花肉红色,鲜丽不可名状。摘花头就掌玩之。其下有三足,如黄杨子状,上若大笑花而明艳活动。步廊周遭行无穷,而花亦无穷,迟回不忍去。既觉,犹不忘也。世方兵乱,安得有此处,庶几残年获逢治世而见此境界耶!不然,则流水桃花,壶中天地,抑予二亲已在此乐国耶?故记之。①

面对现实的战乱,诗人渴望在未来时间里会出现这样一个美好的乐国,希望有生之年能够看到太平盛世再现人间。

当个人"本我"的欲望与俗世严格的礼法制度塑造的"超我"发生严重冲突之时,"自我"在幻想中调节二者之间的矛盾,使之进入一个相对平衡的状态。幻想或梦境中的桃源世界可以满足人的任何愿望,生命

---

① (宋)舒岳祥:《阆风集》卷九,前引书。

永恒、爱情美满、七情六欲等人之本能欲望都能够实现，如对爱情的渴望，"春色年年花自好，游人谁复遇婵娟"（毛渐《桃源洞》），春意融融的美景引发了作者对爱情的向往，于是在世俗生活中不能轻易言说的爱情借助刘阮遇仙的传说展现出来了，因为桃源世界是一个不受礼法制度管辖的理想社会，人们可以大胆表达自己的情感世界；甚至更隐秘难言、在现世生活中伦理道德要求下根本不允许存在的原始欲望，也可以在桃源理想世界中毫不隐晦地显露出来。如欧阳澈《梦仙谣》诗，作者借桃源外壳和梦境双重虚幻形式曲折隐晦地展现人最本能欲望——对性的幻想。在"存天理，灭人欲"道学思想盛行的宋代社会，人的原始欲望是不被尊重、不被承认。甚至是被严格禁止的，然而既然是人的原始本能欲望，那它的客观实在性不会因人为枷锁的桎梏而消失，总会以这样那样的形式展现出来，桃源恰恰就为它提供了一个适宜的环境，有效纾解了人的需求。

宋代诗人在历史与现实、现实与理想的冲突里，以其特有的理性与疑古精神，用求实与内省的方法，在隐逸与出仕的矛盾中重新诠释了流传已久的桃源母题，在他们看来，桃源是神仙环境，是隐逸世界，是理想王国，是现实存在，它既是民族气节、民族意识的体现，又是实现欲望的天堂，还是慰藉心灵的乐园。

第 六 章

宋代桃源诗歌创作方法研究[①]

宋人选择桃源主题作为诗歌创作的题材，首先要面对的就是唐代诗人留下的一批比较优秀的桃源诗歌，怎样才能翻越唐诗这座高峰，创作出更优秀的作品，是宋代诗人倾力探索的一个问题。在同一主题下进行创作，无异于现代考试中的命题作文，"金德瑛曰：凡古人与后人共赋一题者，最可观其用意关键……使拘拘陈迹，则古有名篇，后可搁笔，何庸多赘？……大抵后人须精刻过前人，然后可以争胜。试取古人同题者参观，无不皆然。苟无新意，不必重作"[②]。除了需要作者对题目有各自不同的领会之外，对创作方法同样要求甚高，宋代诗人在这两方面较唐人都有所突破。

第一节　翻案成章

任何一种艺术都会面对模仿与创造、继承与革新的困难，面对前人、特别是唐代诗人已经着力解说过的桃源母题，宋代诗人同样面临着尴尬处境，是延续前代最常见的神仙幻境、隐逸之地的阐释，还是自出机杼，另作文章呢？苏轼主张求新求变，认为只有"一变古法"，才能"出新意于法度之中，寄妙理于豪放之外"，要求"自是一家"，"自出新意，不践

[①] 本章的写作参考了周裕锴先生《宋代诗学通论》一书中第三章"师古与创新：'出入众作，自成一家'"，特此表示感谢。

[②] （清）陆以湉：《冷庐杂识》，中华书局1984年版，第399页。

古人"①，不重复古人已经说过的话，不走古人走过的路，就是要在研味前代诗歌基础上，在有限的范围之内重新开掘出全新的意义，道出前人所未道之处，最常见方法即翻案法。

所谓"翻案"，就是反前人文意、诗意、句意而用之②，是对前人作文命意的否定或翻转。晚唐诗人杜牧精于翻案，他的《赤壁》《题商山四皓庙》《题乌江亭》都是典型的翻案作品，胡仔说他的这几首诗"反说其事""好异于人"③，既是客观评鉴，其实也是对翻案法的解说，即从相反的角度去言说事物、与一般人看法相异。从诗意角度来看，翻案法能够使"同一诗意原型"，"引发不同指向的诗意翻新，换言之，翻案是多向的，而非单向的"④。具体到关于翻案方法，美国学者斯图尔·萨进德进行了总结，值得借鉴：

  在宋代的材料中，我们可以发现为后来者争得一席之地的六种主要策略：一，模仿和补充；二，从反面立意的修正；三，对前人的认同；四，指出前人的前人；五，将自我升华为诗歌之源，并在与世隔绝的状态中囊括前人；六，按自己的意思将前人纳入诗歌，从而取代超越他们。⑤

宋代诗人选择桃源主题进行创作时，便采用了其中几种翻案方法，使单一诗意原型转换出多向阐释。

第一，对主题的翻案，否定自唐以来形成的以桃源为仙乡洞天的传统解说。将桃源视为仙境可以说是唐人一种普遍的意识，由于《桃花源记并诗》本文的空白，诞生不久后便被六朝盛行的道家神仙说所浸染，流传到唐代之后，在唐代神仙道教思想盛行的社会大背景下，唐代诗人

---

① （宋）苏轼：《书唐氏刘家书后》，《苏轼文集》卷六九，第2206页；《书吴道子画后》，同上书，卷七〇，第2211页；《与鲜于子骏三首》之二，同上书，卷五三，第1560页；《评草书》，同上书，卷六九，第2183页。
② 参见《苕溪渔隐丛话》后集卷四，前引书，第20页。
③ 同上书，卷一五，第108页。
④ 周裕锴：《宋代诗学通论》，前引书，第196页。
⑤ ［美］斯图尔·萨进德：《后来者能居上吗：宋人与唐诗》，莫砺锋主编《神女之探索》，上海古籍出版社1994年版，第75—106页。

笔下的桃源自然而然带上了浓厚的神仙色彩。从王维《桃源行》开始到中唐刘禹锡、权德舆、武元衡等人,都将桃源当作了神仙居住的洞天福地。清王先谦称"《桃花源》章,自陶靖节之记,至唐,乃仙之"①。近人王瑶以为"唐人作《桃源行》,以之为永生之神仙"②,陶渊明作记,最初本无意神仙之说,在特定历史环境下逐渐被神仙传说附会,在唐代道教学仙求长生风气的影响之下,桃花源成了人们追求向往的神仙洞天。面对已经成定论的桃源仙境说,宋人将学术领域里不盲目跟从、不迷信古人之言的疑古和理性精神投入到对桃源的审视当中,从多个角度辨析神仙说的荒谬。

他们追究《桃花源记并诗》本文得出结论,"渊明《桃花源记》初无仙语,盖缘诗中有'奇踪隐五百,一朝敞神界'之句,后人不审,遂多以为仙"③。"考渊明所记,止言先世避秦乱来此,则渔人所见,似是其子孙,非秦人不死者也。又云杀鸡作食,岂有仙而杀者乎?"④ "桃源之事,世传以为神仙,非也。以渊明之记考之,秦人避世者子孙相传,自成一区,遂与世绝耳。"⑤ "及观陶渊明所作《桃花源志》,乃谓先世避秦至此。则知渔人所遇乃其子孙,非始入山者能长生不死,与刘阮天台之事异焉。"⑥ 对《桃花源记并诗》本文的误读导致了桃源人被仙化成长生不死的仙人,他们其实和世人无异,"我闻桃花源,其先自秦世。当时避地人,岁久俱已逝。其后长子孙,生理还不废。种桃以自营,结茅以自憩"⑦。宋人分别从《桃花源记并诗》本文语言的模糊性、疏漏处,"情节的空白处"⑧,来对神仙传说进行否定翻案。

在理性和求实精神的指导下,宋人凡事都要进行合理性推测,他们认为,也许是由于"抑武陵之丽秀兮,故水复而山重。及崖悬而磴绝,

---

① 北大中文系:《陶渊明诗文汇评》,中华书局1961年版,第353页。
② 王瑶:《读陶随录》,《中古文学史论》,北京大学出版社1998年版,第385页。
③ 《荆溪林下偶谈》卷二,前引书。
④ (宋)苏轼:《和陶桃花源并引》引言。
⑤ (宋)李纲:《桃源行并序》序言。
⑥ (宋)王十朋:《和韩桃源图》序言。
⑦ (宋)吴芾:《和陶桃花源》。
⑧ 张高评:《同题竞作宋诗之遗妍开发——以〈阳关图〉〈续丽人行〉为例》,《文与哲》2006年第9期。

人迹之不到兮，反疑与夫仙通"（王令《桃源行送张颉仲举归武陵》），武陵景色秀美，但地理环境比较险恶，几乎没有人能到达，因此增加了它的神秘性，被不明究理的人们误传成仙乡。"桃源咫尺仙凡判，还求不得曰仙乡"①，地理环境的隔绝使桃源人想归归不得，被误认为是神仙，这可以看做是对《桃花源记》中"遂与外人间隔"句的一种"模仿和合理补充"，同样是宋代诗歌翻案法之一。桃源还有可能只是某人一个无心的美丽误会，"当时渔子渔得钱，买酒醉卧桃花边。桃花风吹入梦里，自有人世相周旋。酒醒惊怪告俦侣，远近接响俱相传。靖节先生绝世人，奈何记伪不考真"。倘若真有桃源，那么"不然川原远近蒸霞开，宜有一片随水从东来"②，为何没有一片桃花为人间送来消息呢？宋人由对桃源神仙传说的怀疑否定扩展到对所有的神仙传说真实性都提出怀疑，"仙事茫茫类如此，鼎湖辙迹恐非真"③，"余谓神仙之事，深言之则似诞……且人生一世，苟能超然达观惟适之安，斯人中之仙已，岂必十洲三岛间之谓哉？"④ 由对神仙之事的批判，宋人推而广之，认为"世间多少荒唐事，何独神仙有是哉"⑤，人世间很多荒唐事迹恐怕都是人们杜撰出来的，不能深究。

第二，细节的翻案。对《桃花源记并诗》及前代桃源诗中的细节进行合理推测之后进行翻案，常在古人未到立论处，别出手眼、另立新论，如对陶渊明创作《桃花源记并诗》的目的及桃源人避秦的原因进行推测，这同样是对前人诗作的模仿和补充。宋人利用诗歌为现实政治服务的功能来指导创作，如王安石便将政治领域的主张"天变不足畏，祖宗不足法，人言不足畏"运用到文学创作当中，选择桃源母题，借古喻今，直接服务于变法，将桃源人避秦的原因归结为无法忍受繁重的赋役、徭役。除了沉重的徭役，薛季宣以为秦朝的严刑峻法是导致秦人避世的重要原因："秦君植木咸阳市，秦民血作东流水。秦风薄恶法秋荼，秦郊行人半

---

① （宋）薛季宣：《武陵行》。
② （宋）胡宏：《桃源行》。
③ （宋）许尹：《和吴谨微游仙都五首》其五。
④ （宋）戴昺：《方岩山有仙人田……因即此意赋十章》。
⑤ （宋）陆文圭：《江阴有〈桃源图〉，方圆尺许，宫室人物如针粟可数。相传有仙宿民家，刻桶板为之，一夕而成，明日遁去。友人以本遗余，戏题二绝》其一。

无趾"（《武陵行》）。细节的翻案还有将羡慕避秦人能够逃离乱世、自在生活转向否定他们只顾保全个人、不问国家命运的逃避行为，这种方法便是"对前人的认同"，如陶弼"臣葬江鱼终爱楚，民逃花洞不思秦"（《武陵》）句，借对屈原为国守节、自沉汨罗的赞扬，来批判秦朝遗民毫无国家责任感的逃避行为。还有一种方法是"从反面立意的修正"，如郭祥正《桃源行寄张兵部》最后两句"一身千岁何足论，更向渔家寄消息"是对《桃花源记》中"不足为外人道也"的否定，即使是能够长寿过千年也没什么了不起，偏偏要将这一切告诉那个渔人，"生胡为荣死奚戚，为笑纷纷避秦客"，对桃源人过分珍视永恒生命，勘不破生死界限予以否定。何梦桂"相逢休问秦时事，世上兴亡又几春"（《桃源三首》其一）对桃源人向渔人打听"问今是何世"的举动表示不赞同，以此寄寓国家兴亡之感，黍离之悲。

第三，翻案之翻案，通常是"按自己的意思将前人纳入诗歌，从而取代或超越她们"，否定无君社会理想可以说是一种翻案之翻案，王安石对神仙说提出否定，这是对桃源主题的一次翻案，意在借翻案来显示变革之心；而王令、晁说之、王洋、史尧弼等人要求用礼教道德纲常重建社会秩序则是对王安石无君理想的否定，同时也是对变法的否定。以王令诗作为例，诗人用一连串问句将无君社会理想具体化了，无君无主，法令不行，那么连最基本的人伦道德——婚嫁都是违礼的，在这种生存环境里的人只可能是野蛮而愚钝的。他关于无君社会的描写完全是出于自己的主观推测，而并非王安石的本人意见。两次翻案的结果是桃源内涵进一步扩大了，由神仙幻境一变为无君社会，进而再变为理学家的理学社会。方回对桃源的翻案，先是将桃源人视为楚国遗民，进而将他们推到了忠君爱国的高度，把王安石在《桃源行》诗中表达的无君理想视作不知君臣之义的悖理谬言。

现在可以做这样一个总结：陶渊明创造了桃源，到唐代演变为三种：仙乡福地、隐逸世界、理想之邦。宋人一方面继承了这三种解说，另一方面又进行了重新考虑，经过层层翻案，又衍生出三种次生阐释：否定桃源仙境说，进而否定神仙传说；否定桃源人的隐居行为，进而衍生出爱国忠君的解说；否定无君社会理想，以儒家传统伦理道德重塑理想型社会①。单一的诗意原型，经过层层翻案，否定之否定，演化出多种含义。翻案法为宋人提供了展示个性的空间，展现才学的机会，同时也为同一主题文学创作方法作出典型示范。

以上谈到的是对主题的翻案。在宋代桃源诗歌当中还有对前人句意的翻案。杨万里《诚斋诗话》云：

> 孔子、程子相见倾盖，邹阳云："倾盖如故。"孙侔与东坡不相识，乃以诗寄坡，坡和云："与君盖亦不须倾。"刘宽责吏，以蒲为鞭，宽厚至矣。东坡云："有鞭不使安用蒲。"老杜有诗云："忽忆往时秋井塌，古人白骨生苍苔，如何不饮令心哀？"东坡则云："何须更待秋井塌，见人白骨方衔杯。"此皆翻案法也。②

句意的翻案是对前人所创诗句句意添加否定性词语或者采用疑问语气对原意进行翻转，达到比原意更进一层的表达效果，从反面立意来修正前人的说法。宋代诗人中以苏轼最为擅长此法。他的"山中故人应有招我归来篇"③ 句语出淮南小山《招隐士》"王孙兮归来，山中兮不可以久留"④，但是诗人却反其意而用之。原文意在请隐士出山，回归人世；苏轼翻为山中故友要我抛开尘世生活，回归山林，用意与《招隐士》刚好相反。"桃花流水在人世，武陵岂必皆神仙"，则是对李白"桃花流水窅然去，别有天地非人间"⑤ 以及韩愈"神仙有无何渺茫，桃源之说诚荒唐。世俗那知伪与真，至今传者武陵人"（《桃源图》）几句句意的翻案。胡铨的《题小桃源图》一诗中"静嫌僧扣门"一句，翻贾岛《过李凝幽居》诗中"鸟宿池边树，僧敲月下门"句，相传贾岛因琢磨用"敲"还是"推"字不小心冲撞了韩愈的仪仗，韩愈非但没有生气，反而一起和

---

① 这三种次生阐释可以看作是桃源仙境说、桃源隐逸说、桃源理想说衍生出来的，因此在前文的阐述中分别放在这三种阐释倾向之下而没有单独分开解说。
② （宋）杨万里：《诚斋诗话》，吴文治等编：《宋诗话全编》，前引书，第5937页。
③ （宋）苏轼：《书王定国所藏烟江迭嶂图》，《苏轼诗集》卷三〇，（清）王文诰注，孔凡礼点校，前引书，第1608页。
④ （宋）洪兴祖：《楚辞补注》，白化文等点校，前引书，第232页。
⑤ （唐）李白：《山中问答》，《李太白全集》卷一九，（清）王琦注，前引书，第874页。

他讨论，最后建议贾岛用"敲"字以凸显"静"，夜深人静之时，万籁俱寂，晚归的僧人轻敲山门。"敲"则必然会有声，而有声恰恰反衬了夜之静谧无声，即"鸟鸣山更幽"之法，用有声来衬托"无声"。胡诗化用了这句意境，改"敲"为"扣"，显然是作者有意避免与韩愈"敲"字重复而换用的，并且诗人连这样的"静"都觉得不满足，所以用一"嫌"字，深夜寺庙之外偶然响起的敲门声都是对"静"的一种破坏。诗人采用否定句式，就前人构思的意境翻过来写，造成一种新的境界。再如胡宏《桃源行》最后两句"及晨遍览三春色，莫便风雨空莓苔"，所用翻案之法比前者更为彻底。"百亩中庭半是苔，桃花净尽菜花开"，原为刘禹锡《再游玄都观绝句》①中起首两句，诗人原意是感慨世事变化无常，十四年间，物非人非，千株夭桃如今被菜花青苔取代，当年的种桃道士也不知去向何方。胡宏反用其意，既然"莓苔"已经取代"桃千树"，那么为何不及时欣赏这美丽的春景，否则风雨一来便辜负了大好春光。刘氏以为"莓苔"代替了"桃千树"是件令人遗憾的事，而胡氏却把遗憾翻转成欣喜，赋予景物新的意义。类似的还有胡寅"不如与君归种待蕡实成蹊，昼永无地生苍苔"（《和仁仲游桃源》），"蕡实"出自《诗经·桃夭》，"成蹊"出于《史记·李广列传》，都是与桃相关，作者借用这两个典故指代桃树，希望与友回归田园，遍植桃树，使田园不再因遍地苍苔而凄凉荒芜。以上这些语句、词汇均是从反面立意，对前人诗句意义进行翻案。

宏观上看，宋代桃源诗歌就是一次对前代，尤其是唐代的翻案，这种翻案是多元化的，既有通过对陶渊明原作本文的细读、借助理性思辨对唐人深信不疑的神仙幻境说之批驳，也有用宋代理学思想指导下形成的道统观对桃源社会实行改造，还有个人政治理念指引下形成新型理想社会观，再有用积极、乐观的态度去寻找现实生活中的桃源。总之，多元化的翻案手法，使桃源这个"意义原型"②的内涵更加扩大、深化、升华，丰富了桃源文学传统。

---

① 《刘禹锡集笺证》卷二四，瞿蜕园笺证，前引书，第703页。
② 周裕锴：《宋代诗学通论》，前引书，第196页。

第二节　夺胎换骨

首先来看何谓"夺胎换骨"。"夺胎换骨"的提法最早见于惠洪《冷斋夜话》卷一：

> 山谷云："诗意无穷，而人之才有限。以有限之才，追无穷之意，虽渊明、少陵不得工也。"然不易其意而造其语，谓之换骨法；窥入其意而形容之，谓之夺胎法。

从他所举诗句来看：

> 李翰林诗曰："鸟飞不尽暮天碧。"又曰："青天尽处没孤鸿。"……山谷作《登达观台诗》曰："瘦藤拄到风烟上，乞与游人眼界开。不知眼界阔多少，白鸟去尽青天回。"凡此之类皆换骨法也。……乐天诗"醉貌如霜叶，虽红不是春"，东坡诗"儿童误喜朱颜在，一笑那知是酒红"，此夺胎法也。①

再从惠洪本人实践来看，他曾作《古诗云："芦花白间蓼花红，一日秋江惨淡中。两个鹭鸶相对立，几人唤作水屏风。"然其理可取，而其词鄙野。余为改之，曰　换骨法》一诗来解说"换骨法"：

> 芦花蓼花能白红，数曲秋江惨淡中。好是飞来双白鹭，为谁妆点水屏风。②

惠洪对于"夺胎"法"窥入其意而形容之"说得不是很明白，根据他所列举诗句来看，应当是在透彻理解前人诗意基础之上，用自己的语言、构思重新演绎发挥，使诗歌意义更为深刻，意境更为深化，与《诗

---

①　（宋）惠洪：《冷斋夜话》，影印文渊阁《四库全书》本。
②　（宋）惠洪：《石门文字禅》卷一六，四部丛刊本。

宪》所谓"夺胎者，因人之意，触类而长之"的含义比较接近。对"换骨"解说比较清楚，就是在不改变前人诗意或句意基础上，换用别的词汇或方式表达与前人一样的意义，"换骨者，意同而语异也"①。也就是周裕锴先生所说的："'夺胎'的隐喻义应是夺取前人的诗意而转生出自己的诗意，而转生是通过自己语言的演绎发挥（'形容之'）来完成的。""'换骨'中的'不易其意'即保留前人之诗胎，'造其语'即换去前人的凡骨（陈言）而生出自己的仙骨（新语）。"②通俗一点说，就是刘大杰先生在《中国文学发展史》中的阐述："换骨是意同语异，用前人的诗意，再用自己的言语出之。脱胎是因前人的诗意而更深刻化，造成自己的意境。"③

相比较而言，夺胎之法对作者的个人能力，如理解能力、文化修养、写作技巧等要求更高些。葛立方指出：

> 诗家有换骨法，谓用古人意而点化之，使加工也。李白诗云："白发三千丈，缘愁似个长。"荆公点化之，则云："缲成白发三千丈。"刘禹锡云："遥望洞庭湖翠水，白银盘里一青螺。"山谷点化之云："可惜不当湖水面，银山堆里看青山。"孔稚圭《白苎歌》云："山虚钟磬彻。"山谷点化之云："山空响管弦。"卢同诗云："草石是新情。"山谷点化之云："小山作朋友，香草当姬妾。"……④

这里所说的"点化"，有仿效前人的写法加以变化的意思，"加工"则要求对原诗花一番提炼、修饰的功夫。

杨万里对"夺胎换骨"的理论提出了一种新的见解。他在《诚斋诗话》中说："杜（甫）《梦李白》云：'落月满屋梁，犹疑照颜色。'山谷《簟》诗云：'落日映江波，依稀比颜色。'……此皆用古人句律，而不用其句意，以故为新，夺胎换骨。"⑤"用古人句律而不用其句意"，是从写

---

① （宋）无名氏撰：《诗宪》，吴文治编：《宋诗话全编》，前引书，10785页。
② 周裕锴：《宋代诗学通论》，前引书，第187页。
③ 刘大杰：《中国文学发展史》下册，百花文艺出版社1999年版，第163页。
④ （宋）葛立方：《韵语阳秋》卷二，（清）何文焕编：《历代诗话》，前引书，第495页。
⑤ （宋）杨万里：《诚斋诗话》，吴文治编：《宋诗话全编》，前引书，第5943页。

作技巧角度提出的，即仿真使用前人句法结构进行再创作，不能因袭原意。与惠洪的说法不同，要求更高些，不只是深化、升华前人意义，而是要脱离古人句意，自创新意。推而广之，其实不只是古人句律形式，还可以扩展到文法结构、布局谋篇的模拟。

总结宋人对"夺胎换骨"的理解，由低到高可以分为三个层次，最低层次是沿袭前人开创的意义、意境不变；开拓深化前人意义、意境次之；最高层次则是完全脱离开前人意义、意境，自出机杼，重创全新意义。实现的方法都是要求诗人自创新语，其中以后两种意义更大。具体放在宋代桃源诗歌中看，这三种情况都有所体现，而且同样包括对诗意和句意两方面改造。

一 诗意的改造

宋代很多桃源诗仍然沿袭了唐代以桃源为仙乡福地的解说，并且添加了更多仙话成分在内。唐人桃源诗中通常只用一些"仙""仙源""仙子"之类的词语，最多加入天台遇仙传说。宋人不仅使用了这些表意明显的词汇和传说，而且引用更多神仙传说进入诗歌，如淮南王升仙、王质烂柯、蓬莱仙山、海上瀛洲、壶中天地、华阳洞府、老君赤松、巫山神女、双成飞琼等，以此来诠释桃源是一个不同于人间世界的仙境，他们用堆砌繁琐的仙话故事重新诠释了自唐以来盛行的桃源仙乡说。这种最低层次的改造实际上因袭成分居多，缺乏新意，没有多少变化。典故堆积，过分修饰，非但没有对诗意有所帮助，反而失去了唐代桃源诗里的那种清新、淡雅、圆融浑成的纯美意境，倒像一个把春夏秋冬四季衣物裹在身上炫耀财富的贵妇，乍看上去，金光灿灿，刺人眼目；走近去看，却是不伦不类，莫名其妙。诸多典故成了他们卖弄学问的一种手段。

宋代诗人将桃源隐逸之境与爱国守节联系起来，升华了桃源主题，这可以说是夺胎换骨的较高境界。在前代诗人包括陶渊明本人的阐释里，桃源是人们逃避、脱离现实灾祸的一处理想的隐居之地，而宋代诗人手中，原本只是一种无奈的、消极的、逃避行为与屈原联系起来[1]，一变而

---

[1] 参见前文所录陶弼《武陵》、薛嵎《渔村晚照》、方回《桃源行》。宋人虽不赞成屈原自杀殉国的行为，但对他的爱国之心、高洁品质是很佩服的。

第六章　宋代桃源诗歌创作方法研究　225

为积极的、不事二主、忠贞守志的爱国之举，陶渊明弃官归田的行动也由不仕权贵的高洁品质一跃而成不仕刘宋的忠君爱国行动。

　　需要详细说明的是第三个层次，脱离前人诗意，自创新语，开创一片新天地，显示出宋人深邃的哲学智慧与卓识远见。宋代诗人向心求证现实桃源便可以看作杨万里所理解的"夺胎换骨"的产物。仍旧以苏轼《和陶桃花源并引》为例。从体制结构上看，苏作完全承袭《桃花源记并诗》行文结构，采用文加诗的组合方式，文在前，诗在后，文与诗之间形成一种有效的互补关系，诗可以说是文的概括说明，由于诗歌文体的局限性，诗句有些无法表达或不便表达的意义，语意模糊断裂之处，引言则将其补充完整，使意脉流转顺畅。二者形成一个有机整体。由于是和陶氏之作，苏诗同样采用了五言古体形制，也是32句，所押之韵字也和陶诗相同，分别是"世""逝""废""憩""艺""税""吷""制""诣""厉""岁""慧""界""蔽""外""契"，都是去声韵。其中"诣""慧""契"属广韵十二霁韵，"吷"属二十废韵，"界"属十六怪韵，"外"属十五卦韵，其余十字属十三祭韵。在相同行文、句法、韵字诸多局限下，苏轼对桃源进行了全新阐释——吾心安处即桃源，无论身处何地，只要能消除欲望，安时处顺，一生死、等痴慧，人间处处皆桃源。这种解说与前代对桃源的理解完全不同，以前诸多解说有一个共同之处，将桃源视为与人心无关的客观环境，不论是仙乡福地，还是隐逸之境，抑或理想社会，它都是一个独立于人的外在世界，并且始终与现实社会存在对抗。苏轼从人自身出发，将客观世界与人的思想联系起来，使桃源转化为客观现实与主观世界的混合体，由此桃源与现实从对抗走向融合，人不再需要追求外在的想象中的美好世界，而只要转向内心便可寻获它，并且这个桃源内涵更为丰富，它可以是小国寡民、理想社会、神仙幻境等，究竟是什么，完全取决于人是如何看待它的。

　　在所有和陶桃花源诗作当中，苏轼此篇有几点堪称第一：

　　诗意翻新超过前代所有诗人，包括后人大加赞赏的王安石《桃源行》（王氏的功绩在于不囿于古人陈见，翻案成章，但是从对桃源解说来看，只能算作夺胎换骨的第二个层次），后来其他宋代诗人也几乎无人能出其右。吴芾《和陶桃花源》虽然也是类似诗作，但是吴作缺乏苏作中那种深邃的哲学智慧，他将大量笔墨用在描绘桃源自然和社会环境上，在诗的结尾处才曲终奏雅，表明态度，"相去复不远，只在吾庐外。人号小桃源，景物适相契"，过于一般化、程序化，缺乏深度。

第二个"第一"是写作难度最大。此诗名为"和陶"，从引言到诗歌体制、诗文关系上都是模仿《桃花源记并诗》，甚至选用韵字都与陶诗完全一样，真真正正是在和陶、拟陶。全诗160字，有16字已经限定，只能用仅剩的144个字来进行创作，难度可想而知。苏轼之后的宋代诗人虽然也有和诗，也采用了同样的五言形制，如吴苪诗作，但是吴作只有诗没有文，形式上与陶作有差异。苏轼将历史、传说、现实、议论通过诗文结合的形式有机融合，浑然一体。苏轼之所以挑战如此难度，大约与他本人对陶渊明的钦慕和喜爱分不开，另外就是有意与前人竞技的心理了。面对唐诗这座难以逾越的高峰，宋人自然不甘落后，于是处处希望能够超越唐人，除了在诗意、诗境上的开拓之外，写作技巧也成为重要竞技项目之一。这种有意选择限定形制进行创作之行为，虽然不免有故意炫耀的嫌疑，但的确超越了前人，显示了诗人高超的艺术技巧。

夺胎换骨法也体现在对前人诗文结构的仿真。苏轼另一首与桃源主题相关的诗作《书王定国所藏〈烟江迭嶂图〉》，整篇布局袭用了孟子作文使用的"两扇法"①，先写图中之景，但是却先不说是图画，而是将图中所绘之景当作实景来描绘。这可以称为"第一扇"。画面景物描摹完毕，用一句"使君何从得此本，点缀毫末分清妍"，揭晓答案，告诉读者，前面渲染的景色不过是一幅图画。紧接着，话锋一转，转入抒怀，这便是第二扇。从创作手法看，第一扇的创作借鉴了杜甫《奉先刘少府新画山水障歌》②的写作方法，故意先误导读者以为所描绘的对象是客观现实，引起读者心理期待，世间竟然有如此美境，不由自主便跟随着诗人的笔触遍览奇景。突然间诗人抛出答案，刚才引导读者看到的只是一幅栩栩如生的景物画而已。这时，读者便会产生如梦方醒，但又难忘梦

---

① 王文诰注苏轼此诗曰："《孟子》长篇多两扇法……至则并以取之人诗。如此诗即用两扇法，以上自首句凭空突起，至此为一扇，道图中之景也。"见《苏轼诗集》之《书王定国所藏〈烟江迭嶂图〉》，前引书。

② 《杜诗详注》卷四，（清）仇兆鳌注，前引书，第275页。

境的巨大心理反差，出现了第二次心理期待。作者适时抓住了这次等待，将自己的感受展示给读者。读者也因为先前巨大的心理落差引起的空白需要及时填充，因而很快便接受了作者思想，心有戚戚焉了。

在模仿前人的同时，宋人还将目光投入到本朝文学领域中，学习借鉴新的写作技巧。宋代经济的繁荣催生了市民阶层的出现，市民文艺得到充分发展，其主要形式是"说话"和戏剧。说话的兴盛促成了话本小说的产生发展。从现存宋代话本小说来看，以爱情小说成就较高，这类小说来自于街头小巷中的新鲜故事，通常以普通市民为主要描写对象，特别多以妇女为主角，展现她们对生活、对爱情婚姻的态度，与以前才子佳人故事中女主人公的矜持、做作完全不同，她们对爱情的追求是大胆而直白的。欧阳澈的《梦仙谣》中出现直白显露的爱情描写，与宋代话本爱情小说中的人物塑造手法非常相似，但更多的是受到唐代张鷟《游仙窟》故事的影响。再从他的创作手法来看，诗人模拟吴宫女儿谈吐语气，自述芳心，表白爱慕之情的描写还借鉴了话本小说中民间说话艺人以一人之口敷衍各种人物的音容笑貌，装扮成各种人物，肖其声口，显其性格，用丰富的细节塑造人物形象的艺术技巧。

二　句意的改造

"夺胎换骨"表现在句意方面，多是点化前人意义或意境，用自己的语言重新诠释。

梅尧臣"凤皇避罗麟避罝"（《桃花源诗》）句是对"嬴氏乱天纪，贤者避其世。黄绮之商山，伊人亦云逝"四句的精炼概括，"凤皇"和"麒麟"用来指代"贤者"和"伊人"，"罗"与"罝"借喻嬴氏变乱社会正常秩序，导致动乱局面。而梅氏此诗中"天下逃难不知数，入海居岩皆是家"句被苏轼以"行人掉臂不回首，争入崤函土囊口"（《送王伯敭守虢》）来重新解说。曾巩"争得时人见鸾凤"（《桃源》）与王安石"重华一去宁复得"（《桃源行》）有异曲同工之妙。王安石的小诗《南浦》："南浦随花去，回舟路已迷。暗香无觅处，日落画桥西。"[①] 借用了《桃花源记》中"遂迷不复得路"的情节来构思，侧面烘托，含蓄蕴藉，

[①] （宋）王安石：《临川先生文集》卷二六，前引书。

如盐着水，不留痕迹，景色之美宛若蒙着轻纱的豆蔻少女，神秘而美丽。同时这四句也是对杜甫"桃红客若至，定似昔人迷"（《卜居》）[1] 和韩愈"欲知花岛处，水上觅红云"（《花岛》)[2] 句的改造。黄庭坚"武陵樵客出桃源，自许重游不作难"（《武陵》）句则是对武陵渔人"既出，得其船，便扶向路，处处志之。及郡下，诣太守，说如此。太守即遣人随其往，寻向所志，遂迷，不复得路"情节的诗意总结，渔人自作聪明，留下记号，准备再次造访，当他向官家报告这一消息之后，便再也找不到桃源了。宋人常化用陶诗意境入桃源诗，其中最多的是对"结庐在人境，而无车马喧。问君何能尔，心远地自偏"句的模拟，如胡铨有"心远阔尘境"句和郭祥正的"车轮不来尘垒绝"句，它们都被用来诠释记中"遂与外人间隔"的环境。胡诗化用的是后两句，特别是"阔"字的使用，作者有意避免了习见的"别""离"等字，换用"阔"字造成一种新鲜感。郭诗中"车轮不来"比陶诗原句更进一步，诗人干脆拒绝一切车马往来。从陶诗原作看，并非是要拒绝一切与外间世界的往来，而是说因为自己的心静所以不怕外界打扰，杜甫"虽有车马客，而无人世喧"[3] 的理解颇为到位，郭祥正则彻底斩断了与外界世界的联系，改变了陶诗原意。姚勉"愿令天下尽桃源，不必武陵深处所"（《桃源行》）句式、意义均源自老杜"安得广厦千万间，大庇天下寒士俱欢颜"[4]，同样具有强烈的现实性和人民性。

对句意的深化和升华的是王安石"虽有父子无君臣"句。陶诗对桃源社会环境的描绘是"春蚕收长丝，秋熟靡王税"和"童孺纵行歌，斑白欢游诣"，被王氏扩展深入解说成只有父子血缘亲情关系而没有君主首领上下尊卑等级制度，陶渊明上古大同社会的理想被深化。王令进一步将无君社会展开"上无君兮孰主，下无令兮孰随？身群居而孰法，子娶嫁而孰媒？"没有君主首领领导，该听从谁的呢？群居杂处法律不行，嫁

---

[1] （唐）杜甫：《卜居》，《杜诗详注》卷一八，（清）仇兆鳌注，前引书，第1609页。
[2] （唐）韩愈：《朱文公校昌黎先生文集》卷九，（宋）朱熹校，四部丛刊本。
[3] （唐）杜甫：《阆州东楼筵奉送十一舅往青城》，《杜诗详注》卷一二，（清）仇兆鳌注，前引书，第1038页。
[4] （唐）杜甫：《茅屋为秋风所破歌》，《杜诗详注》卷一〇，（清）仇兆鳌注，前引书，第831页。

娶自由,"宁知君之为扰兮,不知上之可依。岂惩薄而过厚兮,遂笃信而忘欺;将久习以成俗兮,亦耳目之无知",只看到君主管理时的不自由,却不知道真正能够依靠的依然是一国之君,长此以往,终将使社会变质。朱敦儒"但恨未能与世隔,时闻丧乱空伤神"(《小尽行》)句点化翻转了唐诗"山中无历日,寒尽不知年"[①]句,"与世隔"是在"无历日、不知年"基础上的深化,不仅不知道时日,并且完全不问世事。"山中"两句又是点化陶渊明《桃花源诗》里"虽无纪历志,四时自成岁"句而成。朱诗与陶诗之间的距离比较大,由"无纪历"跨越到"与世隔",从时间的不同引申到空间的差异,深化了陶作原意。

宋代桃源诗歌中也不乏学习前人句律而自创新意,将句意深化的比较高妙的夺胎换骨法。陶弼"臣葬江鱼终爱楚,民逃花洞不思秦"(《武陵》)句模拟了杜甫《存殁口号》二首里"席谦不见近弹棋,毕曜仍旧传小诗"(其一)、"郑公粉绘随长夜,曹霸丹青已白头"(其二)[②]句式,席谦、曹霸存,毕曜、郑公亡,每篇都是一存一殁,一生一死对举。陶诗中"臣"死、"民"存,也是生死对举,其中"臣葬江鱼"指代屈原自沉汨罗、为国捐躯;"民逃花洞"是指秦代遗民避居桃源、保全性命。一死一生的对比中体现出作者对爱国精神的敬仰,对逃避行为的批判。"秦皇有地包沙漠,秦民无地堪托足"和"秦皇一世二世歇,秦民万世桃花开"(王景月《桃源行》)也是两组对举,其中第二组相对比较明显,幻想长生不老、王朝基业千秋万代的"秦皇"死去了,毫无立锥之地、被迫逃亡的"秦民"却能够伴着桃花长存于世。第一组诗句是在第二组基础上的变体,虽然不是严格的存殁对举,但同样是两种截然不同的情况作为对比出现。

"夺胎换骨"的使用扩大了桃源这一意义原型的内涵,桃源主题得以深化、升华,使宋代桃源诗歌呈现出异彩纷呈的局面。宋人渴望超越前人,特别是唐人,现在看来,至少在桃源诗歌领域内,宋人开创了一片属于自己的天空。

---

① (唐)太上隐者诗。(宋)阮阅《增修诗话总龟》前集卷一三,人民文学出版社1987年版,第153页引《古今诗话》。

② 《杜诗详注》卷一六,(清)仇兆鳌注,前引书,卷一六,第1452页。

第三节　点铁成金

　　荆公尝言："世间好语言,已被老杜道尽;世间俗语言,已被乐天道尽。"① 语言成了困扰宋代诗人创作的瓶颈,好句、好语已经被唐人用尽了,似乎无论怎样绞尽脑汁,都会发现与前人暗合,都是"陈言"了。抛弃"陈言",创造全新语言进行创作是不可能的,因为语言作为一种约定俗成的音义结合符号系统,要受到一定社会制度、习惯、思想、文化等诸多条件限制,新词的产生和人们对新词的接受都需要一个过程,任何一个作家都无法使用只有自己明白的语言进行创作。在新的、被大家广泛接受的语言词汇出现之前,剩下的路就只有继续使用所谓的"陈言"进行创作了。面对"陈言",宋人提出"点铁成金"说。

　　"点铁成金",最早见于黄庭坚晚年给外甥洪驹父的书信之中。他强调："自作语最难,老杜作诗,退之作文,无一字无来处,盖后人读书少,故谓韩杜自作此语耳。古之能为文章者,真能陶冶万物,虽取古人之陈言入于翰墨,如灵丹一粒,点铁成金。"② 取古人已经使用过的语言,加以创造性改造,再放入自己的诗文中,使原本是陈言的"铁"转变为"金"。将这段话与惠洪所说夺胎换骨法比较,可以看出它们有着共同的思想脉络,确系出自一家之机杼。"自作语最难"与诗意无穷,人才有限③的意思基本相通,"取古人之陈言入于翰墨,如灵丹一粒,点铁成金",也就是点化古人语句入自己的作品,同时也可作为一种写诗的技巧,与"夺胎""换骨"相互补充,它与葛立方所说的"点化""加工"颇为相似,不过是一个重点在意、一个重点在辞而已。同时,"点铁成金"不仅是写作方法,还可看作是采用这种方法时所需要达到的表达效果,金人王若虚曾把"夺胎换骨""点铁成金"讥之为"剽窃之黠者"④,未免有些过激与偏颇。将陈旧的语言通过个人创造性发挥改造,使之重

---

① （宋）胡仔：《苕溪渔隐丛话》前集卷一四引《陈辅之诗话》,前引书,第90页。
② （宋）黄庭坚：《答洪驹父书三首》其三,《豫章黄先生文集》卷一九,四部丛刊本。
③ 参见惠洪《冷斋夜话》卷一引黄庭坚语,影印文渊阁《四库全书》本。
④ （金）王若虚：《滹南集》卷四〇,影印文渊阁《四库全书》本。

新焕发出生命力,这何尝不是一种革新?

宋人已经找到了对待陈言的方法——点铁成金,接下来的问题又出现了,怎样才能点铁成金呢?关键在于"灵丹一粒"。灵丹本是道家术语,有灵丹一粒便可使凡人得道。禅宗用它来比喻使俗世之人顿悟的方法。《景德传灯录》卷一八灵照禅师曰:"灵丹一粒,点铁成金。至理一言,点凡成圣。"① 黄庭坚借来譬喻将前人留下的旧材料、旧语言进行创造性改造后融入自己作品当中,以故为新,化腐朽为神奇,这里"灵丹"便是个人独创性的思维方式,具体说来就是杨万里《诚斋诗话》中说到的:"诗家用古人语,而不用其意,最为妙法。如山谷《猩猩毛笔》是也。猩猩喜着屐,故用阮孚事。其毛作笔,用之抄书,故用惠施事。二事皆借人以咏物,初非猩猩毛笔事也。"② 用言不用意,有点类似于"夺胎换骨"最高境界,用律不用意,只是前者重在对语言的改造,后者看重意义的重建。不过二者都是要求作者开启创造性思维,对已有的、陈旧的形式或语言重新开发利用,创造出全新意义。从杨万里所举黄庭坚写猩猩毛笔事来看,用人事来咏物,所选用的"古人语"与猩猩毛笔本身并无关系,由此可知陈言的利用需要注意"利用成语典故或袭用前人诗句,必须在意义上与原典文本的意义有相当大的距离"③,与原典文本意义相同或接近的点化是没有意义的,只是对前人的重复,甚至难逃抄袭剽窃的嫌疑。

从宋人桃源诗歌的创作来看,可能是无意中的暗合,也许是有意的抄袭,很多诗句中明显能看出前人诗作的痕迹,难逃陈言之窠臼。如韩愈《桃源图》中"川原近远烝红霞"一句,被李纲化用为"桃花烂漫蒸川原"(《桃源行》),又被胡宏直接放入诗句当中,"不然川原远近蒸霞开"(《桃源行》)。王维"坐看红树不知远"(《桃源行》)被胡寅用"但且欲沿溪看红树"(《和仁仲游桃源》)点化。萧立之"采桃为薪食桃实"(《送人之常德》)是王安石"采花食实枝为薪"(《桃源图》)的袭用。

---

① (宋)释道原:《景德传灯录》,兰吉富主编:《禅宗全书》,台北文殊出版社1988年版,第174页。
② (宋)杨万里:《诚斋诗话》,吴文治等编:《宋诗话全编》,前引书,第5931页。
③ 周裕锴:《宋代诗学通论》,前引书,第178页。

漆高泰"展兴立秽带月还"(《桃源洞》)将陶渊明"晨兴理荒秽,带月荷锄归"(《归园田居》五首其三)① 二句合而为一。陶渊明《读山海经》其一中"孟夏草木长,绕屋树扶疏。众鸟欣有托,吾亦爱吾庐"② 四句经常被宋人在桃源诗歌中化用,李纲《四月六日》诗将陶诗"孟夏草木长"句一字未改,当作自己诗作首句。此诗第二句"清阴散扶疎"显然来源于"绕屋树扶疏",只是根据描写景物的需要去掉了"屋","树"则被换成"清阴","扶疏(疎)"一词没有变化。

也有一些点化利用相对较好的。朱槔"酒行杯面恐飞花"(《郑德予同游桃花山次韵》)与苏轼"一笑哪知是酒红"都是形容人之醉貌,朱诗里用"飞花"取代"酒红",意同语异。"飞花"在前代诗人那里通常是用来描摹随风飘荡的花朵,如梁简文帝"玩飞花之入户"(《序愁赋》),李白"飞花入户笑床空"③,等。飞花还可以是雪花、桃花,梁代裴子野一首咏雪诗里有"落树似飞花"(《咏雪》)④ 句,用"飞花"比拟漫天飞舞的雪花;简文帝咏初桃诗"飞花入露井"(《初桃》)⑤ 将飘入井中的桃花称为"飞花",这些诗句无一例外,都是将"飞花"看作是实实在在的景物。朱槔则不同,他用"飞花"比喻人脸上的酒红,与前人用语指代含义不同。姚勉《桃源行》中有"红云杳霭望欲迷,绛雪缤纷落无数"两句,其中"红云""绛雪"二词可谓点睛之笔,二词看似普通,但含义深刻。从客观生活角度看,桃花灿烂,蔚为云霞,远远望去,仿佛天边美丽的红色云霞;片片花瓣,随风飘落,恰似老天降下绛色的雪花,"红云""绛雪"二词用得恰到好处。从渊源上看,这两个词原意都与神仙有关,《翼圣传》云:"玉帝所居常有红云拥之。"⑥《汉武内传》云:"西王母曰:'仙之上药,有玄霜绛雪。'"⑦ 诗人选择这两个词语作为桃花的代称,既是对现实美景的生动刻画,同时也暗含了桃与神仙的关系。此外,

---

① 《陶渊明集校笺》卷二,杨勇校笺,前引书,第2卷,第60页。
② 同上书,卷四,第233页。
③ (唐)李白:《春怨》,《李太白全集》卷二五,前引书,第1175页。
④ (明)冯惟讷:《古诗纪》卷一〇〇,影印文渊阁《四库全书》本。
⑤ 同上书,卷七九。
⑥ (宋)祝穆:《古今事文类聚》前集卷二,影印文渊阁《四库全书》本。
⑦ (宋)李昉:《太平御览》卷一二,前引书。

很多诗人以"红雨"指代飘零的桃花,如李贺有"桃花乱落如红雨"(《将进酒》)①的句子。诗人似有意避免与之相合,故而将"红"用"绛"、"雨"用"雪"来置换,洗清了抄袭的嫌疑。还有"插竹谩标来处路,鸣榔无复旧时游"两句,所谓"鸣榔",本意是"叩木惊鱼"②的一种捕鱼方法;而"插竹",据《锦绣万花谷》后集卷六云:"扈渎,《吴都记》曰:'松江东泻泻海口名曰扈渎。'《舆地志》曰:'扈业者,滨海渔捕之名。插竹列于海中,以绳编之,向岸张两翼,潮上即没,潮落即出。鱼随潮,碍竹不得出,名之曰扈。'"③两个词都与渔夫有直接关系,作者选用这两个词显然是经过一番深思熟虑的,渔夫插竹作标记,敲打船身击节为歌的图景已远远超越了前人的概念性解说。白玉蟾"自有鸤夫妇,仍多竹子孙"(《小桃源》)句里使用了"鸤夫妇"和"竹子孙"两个意象,"鸤夫妇"源于《诗经·鸤鸠》。"鸤鸠在桑,其子七兮"④,鸤鸠喂养小鸟,从上到下,平均专一,故此这首诗被历代解说者认为是赞美君子专一不二,"能定志而有所守者也,有所守则可以为善"⑤。"竹子孙",《竹谱》云:"(慈竹)丛生,一丛多至数十百竿,根窠盘结不引他处。四时出笋,经岁始成竹,子孙齐荣,前抱后引。"⑥由于这种生长特性,慈竹被人们看作是孝慈的象征,故此得名。从诗作上下文看,两组词意义发生了明显变化。作者将"鸤夫妇"和"竹子孙"对举来描写小桃源和谐安乐的自然环境,鸤鸠夫妇带着自己的孩子,全家其乐融融、自由自在;慈竹枝干丛生环抱,仿佛几世同堂,子孙繁茂,这种使用生动有趣,突破了刻板的经学解说和理性概念,极富生活气息。

有些诗人虽然使用了与原典文本意义接近、甚至完全相同的词汇、诗句入于自己的作品中,但是经过精心点化,却也创造出超越前人或者与之有异的意义效果。薛季宣《梦仙谣》中"惊起城头角调哀,顿觉令

---

① (宋)吴曾:《能改斋漫录》卷八,前引书,第207页。
② (宋)任广:《书叙指南》卷九,影印文渊阁《四库全书》本。
③ (宋)《锦绣万花谷》,北京图书馆出版社2003年版,第208页。
④ 《诗经·曹风·鸤鸠》,周振甫:《诗经译注》,前引书,第208页。
⑤ (宋)蔡卞:《毛诗名物解》卷六,影印文渊阁《四库全书》本。
⑥ (元)李衎:《竹谱》,影印文渊阁《四库全书》引《永乐大典》本。

人小天下"句,这里的"小天下"是由于"城头角调哀",角调悲鸣,给诗人带来关于战争的痛苦回忆,想起秦皇等人为了夺取天下的一己之私,挑起战争,给人们造成无尽的灾难,与天下民众的苦难相较,诗人顿觉天下并不那么重要了。这里"小天下"的用法与前人不同。《论语》中提到孔子登东山而小鲁,登泰山而小天下,杜甫化用此意,"会当凌绝顶,一览众山小"①,都是因登高眼界突然开阔而引起的一种愉悦而豪迈的心理感受。薛诗同是登高,但引起的是痛苦感受,由痛苦引发出轻视天下之意。再看赵蕃"雨笠烟蓑春正好,尽抛手板便从渠"(《桃源道中用邢子丈旧韵》)句,"雨笠烟蓑"指代渔隐生活,化用了张志和《渔歌子》里"青箬笠,绿蓑衣,斜风细雨不须归"意境,而张诗中对渔父生活的描写则借用了"桃花流水"意象,"桃花流水鳜鱼肥",赵蕃此句可以说是间接袭用桃花源典故。"抛手板"却比较新颖。"手板"本是官员手执之物,入朝议事时可以临时记录东西在上面。这首诗里"手板"被诗人作为仕宦生活的代称来使用,令人最为称道的是诗人用一"抛"字,毫无留恋扔掉官位的象征,表明了弃官归隐的决心,"抛手板"可与渊明"挂冠"相媲美。萧立之《送人之常德》"海图拆补儿女衣,轻衫笑指秦人溪",前句袭用老杜《北征》②诗句"床前两小女,补绽才过膝。海图折波涛,旧绣移曲折。天吴及紫凤,颠倒在短褐"。杜诗意在抒写战乱中家人生活的艰难困苦,小女儿衣服破烂却无钱修补,家人只把诗人穿过的官服剪下一块,东拼西凑,勉强缝补起来,官服上的海图、旧绣都因拼凑而扭曲了。萧立之将这段描写总结为"海图拆补儿女衣"之后融入自己的诗作中。但看"海图"句本身并无出奇之处,甚至可以说是一种拙劣的蹈袭,但是联系下句"轻衫笑指秦人溪"不难发现,萧诗推翻了老杜原意,诗人拆官服补儿女衣的举动是因为自己要辞官归隐,官服已然无用,当然可以拆毁,并且诗人是带着愉快的心情来做这件事的,所以才会"笑指秦人溪",与老杜经历丧乱的悲凉、心痛家人遭遇的感伤完全不同。叶茵《潇湘八景图·渔村夕照》用"妻炊黄粱子挂网,独枕莓苔眠钓矶"的画面来展示渔村生活闲适,渔夫生活的逍遥,"黄粱"本是

---

① (唐) 杜甫:《望岳》,《杜诗详注》卷一,前引书,第 3 页。
② 《杜诗详注》卷五,前引书,第 395 页。

一梦,这里被作者视为图画中渔村生活的真实写照。①

通过对前人旧语言的创造性点化,宋代诗人在桃源诗歌的创作中实现了梅尧臣提出、欧阳修转述的"意新语工,得前人所未道者"的主张,使僵化、过时的语言重新焕发出生命力,同时也开掘出诗歌全新的境界。

---

① (宋)欧阳修:《六一诗话》,(清)何文焕辑:《历代诗话》,前引书,第267页。

结束语

宋以后的桃源诗歌

　　自《桃花源记》以来，桃花源的故事在不断地被演绎，而桃源故事之所以能够流传如此之广，影响如此之大，究其原因，与中华民族的文学理想、文化精神和审美心理以及人类共有的憧憬美好世界的本能愿望有着不可分割的关系。桃花源里民风古朴，民情淳厚，丰衣足食，到处体现着和谐、安定、富饶和温馨的气氛，这其实是以农耕文化为基础的华夏民族集体无意识的体现，也正因如此，"桃花源"一出现便成为中华民族永恒的文学理想而让人欣然向往之；道教是中国本土成长起来的宗教，神仙思想深深植根于世俗大众心理之中，唐代桃花源从人境到仙境的转变迎合了每一位世俗之人的心绪，成为个人追求生命永恒，永远享受人间所有快乐的终极幻想；达则兼济天下，穷则独善其身，然而在中国文人的内心深处，出仕与隐逸是他们永远无法摆脱的矛盾，而作为文人隐逸之宗的陶渊明恰恰为挣扎在出与处中的中国文人树立了一个榜样，成为中国文人调节心理平衡的效法对象，他们只有在与世无争的桃花源里才能得到灵魂的安宁；现实中个人与社会产生纠葛、而人又不得不被迫屈从于社会，这时他们往往会期盼着一个个桃源出现，置身其中，自我的愿望、欲望都可以成为现实。

　　同前代人一样，宋代人也在不断探寻着自己期待中的桃花源。从他们对桃源主题的接受和解说来看，宋人心中的桃花源是神仙幻境，可以实现现实生活中无法达成的任何愿望和梦想。在这里，人可以尽情享受自己想要的一切，除了华屋美居、锦衣玉食、轻歌曼舞等最基本的感官欲望之外，男女爱情、永恒生命等终极梦想也能够变成现实，通过人仙相恋而获得永葆青春、长生不死的能力，既得到情感世界的满足，又可以永生长存于天地间。宋人心中的桃花源是隐逸之境、避地之邦，桃花源可以为在现实斗争中的失败者提供暂时或者永久的避难所，让他们在其中慢慢医治伤痛；它也能给战争的受害者带来心灵上的慰藉，使他们在无尽的苦难中心存一丝希望；它又是亡国之民缅怀故国家园、保持人格独立、表达爱国守节情操的栖居之所。宋人心中的桃花源是理想社会，他们不满足于陶渊明笔下那个小国寡民、民风淳厚的农耕国度，更反对王安石无君社会理想，借助桃源理想社会的外壳重建新的社会伦理道德秩序，用儒家纲常教化民众，严守上下尊卑等级制度，忠于君主，以国君为自己的倚靠，不能"宁知君之为扰兮"，而"不知上之可依"[①]。他们还对上位者进行委婉讽喻，寄予期望，希望他们能够保民爱民，体认生民之不易，轻徭薄赋，创造安定富足的社会环境，使人们安居乐业，这样才能常保国之平安，才能令民众知晓"上之可依"。这种理念从宋初便开始产生，在一些宋人文章中体现更为明显，如王禹偁《录海人书》一文，借助东海某岛夷人之口刻画了一个海上桃花源，在结尾几句，用海上桃源人之口吻对皇帝提出了要求："'子能以吾族之事闻于天子乎？使薄天下之赋，休天下之兵，息天下之役，则万民怡怡如吾族之所居处也。又何仙之求？何寿之祷邪？'"[②] 天下安危稳定系于天子一念之仁。当社会动荡、变乱之时，人们更是迫切地寻找一处避难之所：

> 宣政间，杨可试、可弼、可辅兄弟读书，精通易数，明风角、鸟占、云祲、孤虚之术，于兵书尤邃，三人皆名将也。自燕山回，语先人曰："吾数载前在西京山中遇出世人，语甚款（四库本作"欵"，疑为"款"），老人颇相喜，劝予勿仕，隐去可也。予问何地可隐？老人曰："欲知之否？"乃引余入山，有大穴焉。老人入，杨从之。穴渐小，扶服以入，约三四十步即渐宽。又三四十步，出穴，即田土鸡犬，陶冶居民，大聚落也。至一家，其人来迎，笑谓老人久不来矣。老人谓曰："此公欲来，能相容否？"对曰："此中地阔而民居鲜少，常欲人来居而不可得，敢不容邪？"乃以酒相饮，酒味薄

---

① （宋）王令：《桃源行送张颉仲举归武陵》，《王令集》卷一，前引书，第17页。
② （宋）王禹偁：《小畜集》卷一四，四部丛刊本。

而醇，其香郁烈，人间所无。且杀鸡为黍，意极欢至。语杨曰："速来居此，不幸天下乱。以一丸泥封穴，则人何得而至。"又曰："此间居民虽异姓，然皆信厚和睦，同气不若也，故能同居。苟志趣不同，疑间争夺，则皆不愿其来。吾今观子，神气骨相，非贵官即名士也，老人肯相引至此，则子必贤者矣。吾此间凡衣服、饮食、牛畜、丝纩、麻枲之属皆不私藏，与众均之，故可同处。子果来，勿携金珠锦绣珍异等物，在此俱无用，且起争端。徒手而来可也。"指一家，曰："彼来亦未久，有绮縠珠玑之属，众共焚之，所享者惟米薪鱼肉蔬果，此殊不缺也。惟计口授地以耕以蚕，不可取衣食于他人耳。"杨谢而从之。又戒曰："子来或迟，则封穴矣。"迫暮，与老人同出。"今吾兄弟皆休官以往矣。公能相从否？"于是三杨自中山归洛，乃尽捐囊箱所有，易丝与绵布绢，先寄穴中人。后闻可试幅巾布袍卖卜，二弟筑室山中不出，俟天下果扰攘，则共入穴，自是声不相闻。先人常遣人至筑室之地访之，则屋已易三主，三杨所向不可得而知。及绍兴和好之成，金人归我三京，余至京师访旧居，忽有人问此。有康通判居否出一书相示，则杨手札也。书中致问吾家，意极殷勤，且云："予居于此，饮食安寝，终日无一毫事，何必更求仙乎？公能来甚善。"余报以先人没于辛亥岁，家今居宜兴。俟三京帖，然则奉老母以还，先生再能寄声以付诸孤，则可访先生于清净境中矣。未几，金人渝盟，予颠顿还江南，自此不复通问。[①]

穴中之人具有相同志趣，品德高尚、贤能敦厚、与人不争，个个自食其力、自耕自足，外边之人想要进入此间，首先自己必须为"贤者、名士、贵官"，还必须有人引荐并得穴中人许可，方能定居于此，可见进入之难，而一旦外间变乱，洞穴便被封闭起来，与世隔绝，让人无处找寻，显然此间也是与桃花源无异的地方。桃花源是一个幸福圆满、快乐无忧的神秘乐土之所在，它恍然若在水一方之伊人，对人若即若离，只可隔岸相望，却无法靠近。从渔人发现桃源的曲折经过，到失去桃源的怅惘，从高尚士刘子骥的欲往未果，到桃源世界的湮灭无闻，都为之蒙

---

① （宋）康与之：《昨梦录》，影印文渊阁《四库全书》。

上一层厚重的神秘面纱。武陵渔人之所以能进入桃源世界，就在于他"缘溪行，忘路之远近"的"忘"的态度，这一毫无心机的自然态度使他能窥晓心灵深处难得一见的超然境界，而他失去了桃源的唯一途径，也正在于他为心机所累，"处处识之"的行动进入"诣太守"的举止，使"不复得路"固在意料之中。宋人对桃花源的第四种阐释便是在对《桃花源记并诗》本文的认知和个体生命体悟合力作用下的产物。天真乐观、豁达开朗的苏轼将桃源空间转换到现实世界中，告诉世人，到达桃源的正确路径就在个人心念意识之中，只要能够灭除机心、取消欲望，齐生死、等智慧，物我合一，便会发现人间处处是桃源。

宋代文人心中的桃花源是一个小国寡民、自给自足的田园社会；是一片与世隔绝、不受世俗污染的虚幻净土；是享受永恒生命、享乐生活的洞天仙界；是道学家实现复古理想的乐土，是男人的仲夏夜之梦，是理想国，是乌托邦，是避风港，是诗人心灵栖居的家园；是虚幻的世界，荒唐的迷信，诬妄的传说……它可以是很多很多，究竟是什么，最终取决于人自己的态度。

桃花源故事从南北朝时期开始就在不断地被历代文人墨客所接受演绎着，到两宋时期达到了桃源诗歌创作最高峰。经过两宋文人的接受与传释，桃源的内涵被空前扩大，除了前代仙乡洞天、隐逸之境以及理想社会的解说之外，又增加了向心求证、在现实中寻找桃源的解说。

元代文人创作桃源诗，共计是 41 人 64 首诗。[①] 与唐宋两代相比，元代桃源诗歌的数量虽然比宋代少（宋代 122 人，201 首），但是也出现了一些新的变化。

一　仙境桃源宗教化与道教的发展壮大

唐代道教的兴盛为扑朔迷离的桃源从人间世界转化为神仙幻境提供了肥沃的土壤，唐宋两代以桃源为仙乡幻境、福地洞天的解说在元代得以传承下来，并且染上了浓重的宗教色彩。

元代诗人仍然将桃源视为神仙居所，他们好用"仙源""仙境""灵

[①] 这个数据来自于笔者对《元诗选》（初集、二集、三集）、《元诗选补遗》、影印文渊阁《四库全书》中的元人别集及诗歌总集的统计。

境"等来指称桃源,如释善住认为桃源"只尺仙源去不赊",找到桃源之后,希望能够"相见毋烦问尘事,且同尊酒醉烟霞"(《桃花源诗》)①。丁鹤年说"若使仙源通一线,如何避得虎狼秦"(《题桃源图》)②,周权感叹"武陵太守意未省,强要寻源造灵境。若使灵境长可通,淳俗定变浇漓风"(《桃源图》)③。仙境是如此令人向往却又如此神秘,仙境中生活的桃源人自然就是人人企羡了。傅若金在《桃源图》里说道:"闻说避秦地,花间忘岁年。偶逢渔父问,长使世人传。丘壑浑疑幻,林庐或近仙。至今图画里,惆怅武陵船。"④ 仙人踪迹难觅,让人空留遗恨。

在以桃源为仙境的阐释基础之上,许多诗人将浓郁的道教色彩混入其中,诗中不仅采用了徐福采药、商山芝田、安期修炼、蓬莱瀛海等常见的道教典故,如"徐生采药渡瀛海","四翁采芝列头白"(虞集《桃源图》)⑤,"忽见安期蓬海东,剑佩从风降玄鹤"(张天英《武陵春晓曲书于玉山佳处》)⑥),而且还常常提及许多道教术语,如金丹大药、铅汞龙虎一类修炼法门,在他们看来桃花源已然成为道教信徒的活动场所。以揭傒斯《题桃源图并序》为例:

江左龙虎山南十里有桃源者,刘王二尊师所辟也,临江范亨父为之记,余为赋五言诗十七韵。

桃源非一处。龙虎画难同。内外关逾铁,高低石作丛。黄旛青剑北,紫盖白云东。蟾影当霄迥,蛾眉抱月弓。千重藏曲折,四面削虚空。地户吟风黑,天池浴日红。雪霜翻溅瀑,雷雨泻崩洪。暗识猿啼远,晴闻鸟语工。危甃三井秘,绝涧九桥通。江合仙岩怒,山连鬼谷雄。刘王开辟后,秦晋有无中。时见看桃侣,频逢采药翁。丹台寒漠漠,琳宇气熊熊。济胜非无具,缘源恐莫穷。烟霞俄变灭,

---

① (元)释善住:《谷响集》卷二,影印文渊阁《四库全书》本。
② (元)丁鹤年:《鹤年诗集》卷三,影印文渊阁《四库全书》本。
③ (元)周权:《此山诗集》卷六,影印文渊阁《四库全书》本。
④ (清)顾嗣立:《元诗选》二集,中华书局1987年版,第465页。
⑤ (元)虞集:《道院遗稿》卷二,影印文渊阁《四库全书》本。
⑥ (清)顾嗣立:《元诗选》三集,前引书,第381页。

草树杳茏葱。四序何劳志，群愚傥击蒙。谁言武陵近，十里上清宫。①

起句即申明观点，世间桃源并非仅仅武陵一处，龙虎山上清宫地势险要，自然造化鬼斧神工，风景幽美，仙气缭绕，黄幡紫盖，丹台仙岩，是道家修炼的绝佳场所。虽然武陵桃源不可求，然而仍然可以从上清宫里寻觅到仙境。又如吴景奎《题鲜于伯机书桃源诗》：

流水桃花驻客车，青松白石二仙居。鹅群不待崇虚致，茧纸争求困学书。丹灶云开光掩冉，琼林月上影扶疏。旧题满壁多风雨，欲卷跳龙上太虚。②

"丹灶"是道教，特别是全真教炼丹修行的必备之重器；"上太虚"则是每一个道教信徒的终极梦想，也是道教仙人的最终归宿。

再如陈高《桃源春晓》：

武陵源上景，自古阅幽遐。风物图中见，烟云洞口遮。蓝堆山色近，练卷瀑流斜。露菌茎茎碧，春桃树树花。丹砂升晓日，红锦散川霞。野老衣冠古，何人殿宇华。渔郎迷旧路，尘世隔仙家。荣辱槐根蚁，纷争草底蜗。蓬莱环弱水，商岭渺黄沙。此地如堪觅，孤舟便欲拿。③

蓬莱仙岛被三千弱水环绕，商山更在渺渺黄沙深处，武陵桃花源同样是"尘世隔仙家"，这里诗人显然已将武陵桃源当作幽深隐秘的世外之地了。

元代以桃源为仙乡幻境的解说呈现出宗教化倾向，这与道教在元代的兴盛密切相关。元代统治者对宗教的态度是宽容的，绝大多数情况下

---

① （清）顾嗣立：《元诗选》，前引书，第1061页。
② （元）吴景奎：《药房樵唱》卷二，影印文渊阁《四库全书》本。
③ （元）陈高：《不系舟渔集》卷八，影印文渊阁《四库全书》本。

对佛教、藏传佛教、道教都比较支持。金末元初，王重阳初创全真教，长春真人丘处机西行会见成吉思汗，太祖对丘深为器重，封为"神仙"，并降旨让丘处机掌管天下道教，赐虎符，还免除了全真教道士的赋税差役。元世祖至元六年（1269），诏赠长春演道主教真人号。元武宗至大三年（1310），又加封为长春全德神化明应真君。全真教在元代统治者的扶植之下，走向全盛。全真教教义主张儒、释、道"三教同源"，倡导"三教平等"，"三教合一"，"由于全真教依附金元权贵，不得不突出儒家的'修齐治平'和'诚敬''仁孝'的思想，又不能不强调读书究理，结果使全真教从'不资参学，不立文字'发展到'渐知读书''讲论经典'，并把'涵泳义理'看成是入门的途径了"（《甘水仙源录》卷五）①。全真教在思想上与儒家学术产生了共鸣，其宗教旨归与读书人追求之儒家义理有许多不谋而合之处，因而很容易为其接受与认同。

　　全真教教义要求教众清心寡欲，刻苦修行，仿照禅宗丛林制度，要求教徒清居修行，清居就需要大量宫观，在统治者的支持下，全真教教众建宫观、修道院作为修行场所，"13世纪初，全真派教脉宏大，教势囊括北部中国。昆嵛山一带，为全真教的发祥地，在当地政府的支持下，以昆嵛、宁海为中心，形成了一个东至文登、荣成，西至福山、栖彼、掖县，南至乳山、海阳，北至海岸的庞大的宫观区"②。这些宫观多修筑在景色宜人的名山大川之中，环境清雅幽美，与尘世隔绝，使人忘却凡间人世的种种机心。这对苦苦挣扎在兼济天下和独善其身的矛盾中的儒林士子们具有强烈的吸引力，使他们对这里充满钦慕和幻想。王重阳及全真七子提出了内丹修行大法："祖师云：'本来真性好金丹，四假为炉炼作团。不染不思除妄想，自然滚出赴仙坛。'"③马丹阳也曾经说过："虽歌词中每咏龙虎婴姹，皆寄言尔。"④道教内丹修炼之术风靡一时，这同样为读书人接受下来，他们的诗文作品中道教色彩就非常明显了。体现到桃源主题诗歌当中，便显现出一种趋势，即把本来已经经过数百年

---

① 参见曲训言《全真教述略》，《烟台师范学院学报》1991年第4期。
② 同上。
③ 论志焕编次：《盘山栖云王真人语录》，道藏23\702中。
④ 王颐中：《丹阳真人语录》，道藏23\702中。

仙化的桃源主题进一步宗教化，让桃源由仙人居住的福地洞天进而变成炼丹修炼的宗教道场。

全真教是"有元一代的文学，发生了极其深刻的影响"，"它影响了一个时代的文化精神，一个时代的文人心理、心态与精神气质"①，其三教主张既满足了统治者的需要，又迎合了知识分子的儒学传统观念，因此得到了广大儒家知识分子的某种程度上的认可。

二 主题的矛盾与诗人理想及社会现实

在前代桃源主题诗歌当中，不论是将桃源当作隐逸之境还是理想社会，在同一首诗中，诗人通常只会表达一种倾向，或是向往欣羡，或是批评否定。元代桃源主题诗歌却出现了矛盾之处，既渴望避世隐居，却又对当世社会、圣主贤臣大加赞扬，渴望能够一展才华，实现兼济天下的愿望。在出与处、仕与隐的问题上发生了冲突。诗人们极力试图为自己的出仕作出一番辩驳，自己不归隐往往是不得不为之的行动。试以许衡所作《题武郎中桃溪归隐图五首》为例：

> 武陵曾有避秦人，人世高跨拟慕真。不道当今异前世，枉寻幽隐伴饥民。红芳未比红衣好，绿水争如绿酒醇。营得一官裨圣政，谁能康济自家身。
>
> 桃溪将拟武陵溪，只恐桃溪隐未宜。诗卷久怀天下咏，画图今遣俗人窥。严陵晦迹终垂钓，韩伯韬声猥学医。此辈君侯休羡慕，但当匡救主民疲。
>
> 桃溪风景写横披，浑似秦人避乱时。万树春红罗锦绮，一湾晴碧卷琉璃。饮中更听琴声雅，静里初无俗事羁。他日君侯归此隐，肯容闲客日追随。
>
> 门外秋千摆翠烟，篱边鸡犬亦闲闲。更教烂熳花千树，对着萦纡水一湾。好景已凭摩诘画，他年重约长卿还。寻思此世人心别，又爱功名又爱山。
>
> 果肯归来学隐沦，闲中别有一乾坤。可人碧草自春意，入调朱

---

① 查洪德：《理学背景下的元代文论与诗文》，中华书局2005年版，第7页。

弦醒醉魂。花满春风看锦浪，水明凉月话黄昏。此中意趣知多少，莫对簪缨取次论。①

在这五首诗里，诗人刻画出一幅清丽绝俗的桃源美景，言语之间流露出沉醉与神往；另一面却又不断地解释无法归隐的原因，是要"营得一官神圣政"，"但当匡主救民疲"，因此不能仅仅"康济自家身"，待到功成身退之后才"他年重约长卿还"，自己和世间人一样，"又爱功名又爱山"。再看赵孟頫的《题桃源图》：

> 战国方忿争，嬴秦复狂怒。冤哉鱼肉民，死者不知数。斯人逃空谷，是殆天所怒。山深无来径，林密绝归路。艰难苟生活，种莳偶成趣。西邻与东舍，鸡犬自来去。熙熙如上古，无复当世虑。安知捕鱼郎，延缘至其处。遥遥千载后，缅想增慨慕。即今生齿繁，险绝悉开露。山中无木客，川上靡渔父。虽怀隐者心，桃源在何许。况兹太平世，尧舜方在御。干戈久戢已，老幼乐含哺。田畴毕耕耨，努力勤艺树。毋为问迷津，穷探事高举。②

这首诗可以分作三个层次来理解。从"战国方忿争"到"缅想增慨慕"为第一个层次，诗人表达了对桃源居民"熙熙如上古"理想社会生活的钦慕，上天是如此宽厚，给了这些饱经苦难的秦时鱼肉之民一个"山深无来径，林密绝归路"的空谷，使他们能够没有"当世之虑"，安居乐业。即使在千载之后，这种"西邻与东舍，鸡犬自来去。熙熙如上古，无复当世虑"的桃源生活也是令诗人"缅想增慨慕"的。接着诗人笔锋一转，转入对无法在当今之世找到这样一个与世隔绝的桃源世界的忧虑，自己"虽怀隐者心"，但是苦于"即今生齿繁，险绝悉开露。山中无木客，川上靡渔父"，如今生民众多，即使险要的绝境之处也被开垦出来，况且自己又没有木客、渔父的指点，因此即使想归隐桃源也是有心无力了。第三层承接第二层"即今生齿繁"而来，极力褒扬当今繁荣社

---

① （元）许衡：《鲁斋遗书》卷一一，影印文渊阁《四库全书》本。
② （元）赵孟頫：《松雪斋集》卷三，海王村古籍丛刊，中国书店1991年影印本。

会，盛赞统治者有如尧舜在御，最后归结到"毋为问迷津，穷探事高举"，在这样一个和平安定、圣主再世的和谐社会，不必再去寻求那传说中的绝境桃源了。类似的还有谢应芳《题桃源图》诗：

> 昔年曾读桃源记，会得陶潜言外意。柴桑避世如避秦，恨不山深绝其事。借人为喻说桃源，渔郎之游皆寓言。不然溪上山如故，何乃舟回径迷路。若令此景真在山，此翁必入穷跻攀。编书不用书甲子，姓名无复留人间。只今唐虞太平世，花柳村村足佳致。不须重展画图看，四海桃源复何异。①

诗人在结尾处同样盛赞自己所处之太平盛世，四海一家，与桃源无异，自然不需羡慕桃源中人。

元人在认同桃源隐逸、赞赏大同社会的同时，与前代解说明显差异之处在于他们一面接受了桃源是隐逸之境、理想社会，一面认为自己所生活的现世和桃源世界同样美好，不再愿意去追寻那如梦似幻的传说了，他们更情愿为自己现实存在的这个世界而奉献。当然，这种心甘情愿、甚至可以说是迫切的出世愿望必须是遇到贤君圣主之时才能得以实现的。当君主求贤若渴，网罗人才之时，他们立刻感到热血沸腾，自己何其有幸，生逢尧舜圣人治下，这时辅政匡时的理想便压倒了隐逸生活的闲适，"人生天地间，岂不志功名"，"慨然慕义气，远与千古朝"（刘因《拟古三首》）②。元代的统治者也没有让他们失望，元世祖曾多次派人到江南地区求贤访逸，"举文学才识可以从政及茂才异等，列名上闻；以听擢用"③，下令国子监招收儒生，"置博士弟子员，宜优其廪饩"④，对一些举世闻名的大儒贤才，世祖更是礼遇有加，如许衡，一生当中五次受征召，五次归隐。赵孟頫虽为宋王室宗室子孙，世祖同样数次派人征请，对其非常欣赏，"孟頫才气英迈，神采焕发，如神仙中人。世祖顾之喜，

---

① （元）谢应芳：《龟巢集》卷二，影印文渊阁《四库全书》本。
② （元）刘因：《静修集》续集卷一，前引书。
③ 《元史》卷四，中华书局 1976 年标点本，第 69 页。
④ 同上书，卷一三〇，第 3176 页。

使坐。右丞叶李上或言：'孟頫，宋宗室子，不宜使近左右。'帝不听。时方立尚书省，命孟頫草诏颁天下。帝览之喜，曰：'得朕心之所欲言者矣。'"① 君臣遇合带给读书人匡时济世的契机，但是同时也给他们带来了难以辨清的罪名，许衡被刘因在《退斋记》一文中质疑为"以术欺世"，起因便是他的五仕五隐，许的这五首桃源诗，某种程度上可以说是对自己理想抱负所进行的解释和辩护。对于赵孟頫，他更为尴尬，不得不挣扎在忠孝节义的思想和济世抱负形成的出与处的矛盾中，因此同前代人一样，将目光投向了桃花源，表达对陶渊明桃花源理想社会模式——风光无限、小国寡民、耕者有其田的上古农耕社会，无君理想王国的憧憬与向往，与此同时又必须对上位者的激赏应有所表示，还要对唾骂他无行的人们作出合理解说，于是在他的这首桃源诗中也同样表现出了隐逸与理想的双重主题的矛盾。

值得注意的是，在特定的少数民族政权统治之下，汉族知识分子普遍受到压抑和打击，忽必烈在至元二年（1265）下诏"以蒙古人充各路达鲁花赤，汉人充总管，回回人充同知，永为定制"②，汉人很难真正进入政权核心。因此不论是由宋入元的士人，如赵孟頫、吴澄等人，还是原来金人治下的汉族知识分子，如许衡、刘因，他们虽然身居官位，但是并不能如同唐宋士人那样受到真正的尊重和优待，蒙古族统治者对汉人掌握任何实权都严加防范，很多入仕文人不仅个人理想抱负无法实现，并且常常因遭受排挤打击而抑郁终身，"然当时在下臣民，以统治于异族人种之下，每多生不逢辰之感；故凡文人学士，以及士夫者流，每欲藉笔墨，以书写其感想寄托，以为消遣。故从事绘画者，非寓康乐林泉之意，即带渊明怀晋之思"③。他们转向渴望隐居桃源以暗示对宋王朝矢志不渝。一些诗人表达了以隐逸来坚守忠君爱国之节操的理念；一些诗人则寄托了身在魏阙的忏悔，要求重新回归隐逸世界。他们将目光再次投向陶潜所作之《桃花源记并诗》本文，去分析探究陶渊明创作《桃花源记》的目的究竟何在。王恽在其所作《题桃源图后》中认为，桃源故事

---

① 《元史》卷一七二，中华书局1976年标点本，第4018页。
② 同上书，卷六，第106页。
③ 潘天寿：《中国绘画史》，团结出版社2006年版，第162页。

流传久远，在不同时代文人墨客传说歌咏之下，已经敷衍得越来越丰富多彩，王安石以诗证实，韩愈却以之为虚，让人更无法辨别真伪，"桃源之境诚有无"，渊明"遐观高举深意在"，他"始信避秦原寓说，渊明遗世更羁栖"（《桃源图三首》）①。陶渊明的"深意"究竟是什么呢？如果说王恽的解读还有几分模糊的话，吴师道《吴礼部诗话》对渊明的寓意解说就明确得多了：

> 《桃花源记并诗》，洪景卢云："后人因陶公记诗，不过称赞仙家之乐，唯韩公有'渺茫宁知伪与真'云云，不及所以作记之意。窃意桃源之事，以避秦为言；至云无论魏晋，乃寓意刘裕，托之于秦尔。又引胡仁仲诗大略云：'靖节先生绝世人，奈何记伪不考真。先生高步窘末代，雅志不肯为秦民。故作斯文写幽意，要似寰海离风尘。'斯说得之。愚早岁尝《题桃源图》云：'古今所传避秦者，如茹芝之老，采药之女，入海之童，往往不少。桃源事未必无，特所记渔父迷不复得路者，有似于异境幻界神仙家之云。此韩公所以有是言。'愚观翁慨然叔季，瘠痛羲皇，限异时所赋'路若经商山，为我少踟蹰。多谢绮与甪，精爽今何如'，慕向至矣。其于桃源固所乐闻，故今诗云：'黄绮之商山，伊人亦云逝。愿言蹑轻风，高举寻吾契。'于此可以知其心，而事之有无，奚足论哉"颇与前辈之意相发。②

陶公创作《桃花源》的目的是借避秦之说，来表达对东晋王朝的故国之思、黍离之悲，避秦之寓实乃避刘之意，避秦之举是忠君爱国之行。在元代这个少数民族政权统治压抑之下，最痛苦的莫过于汉族知识分子，理想的幻灭促使他们回归桃花源，但是这种回归是非自愿的，是心有不甘，于是民族气节这时便成了一面让他们高举的大旗。

继元代之后，明代诗人掀起了新一轮的桃源诗歌创作，他们对桃源主题兴趣浓厚，创作了大量以"桃源行""桃花源""桃源""桃源图"

---

① （清）陈邦彦：《历代题画诗类》卷三一，清康熙四十六年内府刻本。
② 丁福保：《历代诗话续编》，前引书，第586页。

等为题的专门诗作。从对桃源的接受和阐释来看，依然是隐逸之境、理想社会、仙乡幻境、现实世界四种传释。祝允明在《钱园桃花源》诗中表达了对桃源仙境的钦慕，"桑麻活计从岩穴，萝兔芳缘隔世尘。只有白云遮不断，卜居还许我为邻"①。明代诗人好借桃源这个和平安宁、没有战乱、自耕自足、没有官府租税盘剥的理想社会来讽刺批判现实社会中的战争与丑恶。桃源中"君臣道虽乖，父子伦不废。桑麻接墟里，林泉任游憩。奉先洁苹藻，课子匪文艺。永结比邻欢，凤驾久已税。树颠有鸡鸣，花间闻犬吠。柴门倚山开，衣服随身制。物外自成村，世人孰能诣。川平土气和，老稚无札厉。草木递荣枯，因之验时岁。禽鸟声相和，猿狖性多慧"（李贤《桃花源》②）的温馨与幸福和人们现实生活里"腐草樛枝架短檐，傍床翁姥鬓鬖鬖。笯鸡瓮粟输租罄，纵到渔郎莫款承"（胡直《桃源行四首》之二）③、"饥媪扶藜诉乞怜，石壕悍吏索丁钱。撞开篱落声如豹，道是官家入觋年"（《桃源行四首》之四）的悲惨场景形成鲜明对比，令人对桃源理想社会充满了渴慕与憧憬。然而诗人们深知，避秦人那种"深山深处幸逃生，免作长城城下鬼"，"自耕自食无拘挛，举头但看青青天。城市不通惟食淡，山中无历岂知年"，幸福地快乐地生活恐怕只是传说而已，毕竟是"此事前人死未闻"，让人难以相信。如若真的"呜呼！人生不幸逢末世，不虞太和治"，不必去寻找虚幻荒诞的桃源了，只需"含哺而嬉鼓腹游，世间亦与山无异"（丘浚《桃源行》）。④畲翔的五绝《桃花源》诗将开满桃花的小坞比作武陵桃源，化用《桃花源诗》情节、意境，"远浦渔歌入，前林鸟语喧"。比较有特殊的是胡奎的《桃源即事》，此诗虽以"桃源"为题，但却不是通常人们所理解的武陵桃源或是天台桃源，而是歌颂男女爱情，"槲叶覆身花压鬓，相逢不是避秦人"，原来是"少妇与郎行负薪"，一对情意绵绵的年轻夫妻，也许是新婚不久吧，在繁重的劳动之余藏身花树下，互诉情爱。借桃源写爱情并非明人首创，在宋代诗人那里已经出现了，如上文提到的毛渐《桃

---

① （明）祝允明：《钱园桃花源》，《怀星堂集》卷八，影印文渊阁《四库全书》本。
② （明）李贤：《桃花源》，《古穰集》卷二四，影印文渊阁《四库全书》本。
③ （明）胡直：《桃源行四首》，《衡庐精舍藏稿》卷七，影印文渊阁《四库全书》本。
④ （明）丘浚：《桃源行》，《重编琼台会稿》卷二，影印文渊阁《四库全书》本。

源洞》和欧阳澈《梦仙谣》两诗,只是明代人将宋代桃源诗歌中的人仙恋爱转向了普通男女之间的爱情,这可以说是一种创新了。从艺术技巧上看,明人桃源诗也缺乏创新,基本是在沿袭前人创作,显现出向唐诗学习的倾向,用唐人诗意诗境入诗,或者直接将唐人诗语随手拈来,嵌入自己诗句当中,上文提到的李贤《桃花源》诗可以看到鲜明的王维田园诗作痕迹。

比起明代诗人来,清人对桃源主题的传释又趋于单一化,似乎重新回到了唐人的老路上,将桃源视为神仙洞府或是隐逸之境。清代以桃源为题的专门诗作不多,魏裔介、施闰章、乾隆皇帝三人有专题诗作。施诗将桃源比作仙境,"天留看瀑布,客喜住仙源"[1],接着便是一番环境描写,并无特别之处。魏裔介指出无论是唐人以桃源为仙境的看法,还是苏轼将桃源人当作避秦人后代的观点,都是"无异于说梦"[2],并且渊明此作目的也并非是要以此表明不仕二主的忠君思想。他认为渊明就是为了自己的隐居理想而作此记此诗,桃源不远,就在诗人居住的柴桑。乾隆的两首诗分别是《拟桃花源中人送渔郎出源》和《拟渔人复至桃花源不复得路》[3],代言体诗歌,第一首是七言,第二首是五言,分别站在桃源人和渔人的角度展开丰富的联想和想象,敷衍讲述《桃花源记》中渔人离开时,桃源人送别的情景以及渔人还家之后面对官吏催索租钱而后悔不已的心情。两诗的共同之处是将桃源当作了与现实社会完全不同的神仙洞天。"送君还复闭洞天,洞里花香春浩浩",解释了为何渔人做过记号,却仍然无法找到桃源的原因。渔人"重来问仙源,历历想前度。云水两渺茫,欲涉迷故路",只能痛悔不已。

概而言之,对宋代桃源诗歌可以做这样一个评价,套用王安石评唐诗的一句话,世上桃源诗已被宋人作尽,元、明、清三代直至今天,在诗歌领域,人们对桃源的接受和阐释仍然无法跳出宋人所划定的范围。

随着时代的发展、文明的进步,有的解说逐渐湮灭了,比如说仙境

---

[1] (清)施闰章:《黄山连雨信宿桃花源怀吴灿如昭素》,《学馀堂诗文集》卷三〇,影印文渊阁《四库全书》本。

[2] (清)魏裔介:《桃源行》,《兼济堂文集》卷一八,影印文渊阁《四库全书》本。

[3] (清)弘历:《拟桃花源中人送渔郎出源》《拟渔人复至桃花源不复得路》,《乐善堂全集定本》,明乾隆二十四年刻本,第22卷。

说，相信在科学昌明的今天，不会有人再去寻仙求长生了，自然也就没有人将桃源解释成仙人居所。有的解说则在随着时代的变化也悄悄地发生着变化，如隐逸之境和现实世界的解说在当今社会中依然发挥着调节人与自然、社会之间的平衡关系的作用，当个人与社会现实、自然环境发生冲突碰撞时，退回到桃源世界对个体而言，无疑是一个很好的安慰，无论是向外寻找不同于自己身边的环境、以求得身心纾解，还是静下心来，从身边发现现实生活的美好，其实都是自我在构建一个心灵的隐蔽所，都是一种自我保护，而桃源恰恰为人们提供了这个安全的避风港。又如理想社会说，虽然各个时代对理想社会的理解各不相同，然而桃源却始终作为理想社会的象征被一代代憧憬美好未来的中国人传承下来，并将永远传递下去。

参考文献

(按作者姓名音序排列)

专著类

A

[英]爱德华·泰勒:《原始文化:神话、宗教、哲学、语言、艺术和习俗发展之研究》,连树声等译,上海文艺出版社1992年版。

B

(汉)班固:《汉武帝内传》,影印文渊阁《四库全书》本。

北京大学古文献研究所编:《全宋诗》(1—72册),北京大学出版社1991—1998年版。

北京大学中文系编:《陶渊明诗文汇评》,中华书局1961年版。

C

(宋)蔡卞:《毛诗名物解》,影印文渊阁《四库全书》本。

蔡上翔:《王荆公年谱考略》,上海人民出版社1974年版。

(清)蔡正孙:《诗林广记》,中华书局1982年版。

曹旭:《诗品研究》,上海古籍出版社1998年版。

(唐)曹邺:《曹祠部集》,影印文渊阁《四库全书》本。

嘉靖《常德府志》,明嘉靖刻本。(清)陈邦彦:《御定历代题画诗类》,清康熙四十六年(1707)内府刻本。

(明)陈邦瞻:《宋史纪事本末》,中华书局1977年版。

(宋)陈葆光:《三洞群仙录》,明正统十年(1455)刻本。

(元)陈高:《不系舟渔集》,影印文渊阁《四库全书》本。

（晋）陈寿：《三国志》，（宋）裴松之注，中华书局1987年版。

陈新、张如安等：《全宋诗订补》，大象出版社2005年版。

陈衍：《宋诗精华录》，江西人民出版社1984年版。

（明）程敏政：《新安文献志》，影印文渊阁《四库全书》本。

D

（宋）戴昺：《东野农歌集》，影印文渊阁《四库全书》本。（宋）戴复古：《石屏诗集》，影印文渊阁《四库全书》本。

丁福保：《历代诗话续编》，中华书局1983年版。

（元）丁鹤年：《鹤年诗集》，影印文渊阁《四库全书》本。

（汉）东方朔：《神异经》，影印文渊阁《四库全书》本。

（唐）杜甫：《杜诗详注》，仇兆鳌注，中华书局1979年版。

（唐）段成式：《酉阳杂俎》，方南生点校，中华书局1981年版。

F

（刘宋）范晔：《后汉书》，（唐）李贤注，中华书局2000年版。

（唐）房玄龄等：《晋书》，中华书局1974年版。

（明）冯惟讷：《古诗纪》，影印文渊阁《四库全书》本。

傅璇琮、蒋寅等：《中国古代文学通论》（宋代卷），辽宁人民出版社2005年版。

G

（晋）干宝：《搜神记》，中华书局1979年版。

（宋）高似孙：《剡录》，《邵武徐氏丛书》，光绪中（1875—1908）。

葛兆光：《中国思想史》，复旦大学出版社2001年版。

葛兆光：《汉字的魔方：中国古典诗歌语言学札记》，复旦大学出版社2008年版。

（清）顾嗣立：《元诗选》，中华书局1987年版。

郭庆藩：《庄子集释》，中华书局1961年版。

郭祥正：《郭祥正集》，孔凡礼点校，黄山书社1995年版。

郭预衡：《中国古代文学史》第三册，上海古籍出版社1998年版。

H

（明）黄淮、杨士奇等：《历代名臣奏议》，清文德堂改版重印本（原本为明东观阁本）。

（宋）黄庭坚：《豫章黄先生文集》，四部丛刊本。

（唐）韩愈：《朱文公校昌黎先生文集》，（宋）朱熹校，四部丛刊本。

（清）黄宗羲、全祖望：《宋元学案》，陈金生、梁运华点校，中华书局1986年版。

（元）郝经：《陵川集》，影印文渊阁《四库全书》本。

（宋）何汶：《竹庄诗话》，中华书局1984年版。

（清）何文焕辑：《历代诗话》，中华书局2004年版。

何新：《诸神的起源》，北京工业大学出版社2007年版。

（清）弘历：《乐善堂全集定本》，清乾隆二十四年（1759）武英殿刻本。

（宋）洪迈：《容斋随笔》，上海古籍出版社1978年版。

（宋）洪迈：《夷坚志》，何卓点校，中华书局2006年版。

（宋）洪兴祖：《楚辞补注》，白化文等点校，中华书局1983年版。

（宋）胡仔：《苕溪渔隐丛话》，廖德明校点，人民文学出版社1962年版。

（明）胡震亨：《唐音癸签》，上海古籍出版社1981年版。

（明）胡直：《衡庐精舍藏稿》，影印文渊阁《四库全书》本。

（宋）惠洪：《冷斋夜话》，影印文渊阁《四库全书》本。

（宋）惠洪：《石门文字禅》，四部丛刊本。

J

（宋）《锦乡万花谷》，北京图书出版社2003年版。

光绪《江西通志》，清光绪七年（1881）刻本。

（宋）江少虞：《宋朝事实类苑》，上海古籍出版社1981年版。

同治《靖安县志》，清同治九年（1870）木活字本。

K

（宋）康与之：《昨梦录》，影印文渊阁《四库全书》本。

L

《老子道德经》，（晋）王弼注，广雅书局光绪二十五年（1899）重刊武英殿聚珍本。（唐）李白：《李太白全集》，（清）王琦注，中华书局1977年版。

李崇智：《中国历代年号考》（修订本），中华书局2001年版。

（宋）李昉等：《太平广记》，中华书局1961年版。
（宋）李昉等：《太平御览》，清嘉庆年间歙县鲍氏刻本。
（唐）李吉甫：《元和郡县志》，贺次君点校，中华书局1981年版。
李剑锋：《元前陶渊明接受史》，齐鲁书社，2002年版。
（元）李衎：《竹谱》，影印文渊阁《四库全书》引《永乐大典》本。
（明）李贤：《古穰集》，影印文渊阁《四库全书》本。
（宋）李心传：《建炎以来系年要录》，中华书局1988年版。
（宋）李焘：《续资治通鉴长编》，中华书局1986年版。
李泽厚：《中国思想史论》，安徽文艺出版社1999年版。
（清）厉鹗：《宋诗纪事》，影印文渊阁《四库全书》本。
刘大杰：《中国文学发展史》，百花文艺出版社1999年版。
（刘宋）刘敬叔：《异苑》，清嘉庆十年（1805）张氏旷照阁本。
（宋）刘克庄：《后村先生大全集》，四部丛刊本。
（宋）刘才邵：《檆溪居士集》，影印文渊阁《四库全书》本。
（后晋）刘昫等：《旧唐书》，中华书局1975年版。
刘文刚：《宋代的隐士与文学》，四川大学出版社1992年版。
（元）刘因：《静修集》，影印文渊阁《四库全书》本。
（唐）刘禹锡：《刘禹锡集笺证》，瞿蜕园笺证，上海古籍出版社1989年版。
（宋）楼钥：《攻媿集》，四部丛刊本。
逯钦立：《先秦汉魏南北朝诗》，中华书局1983年版。
（隋）卢思道：《卢思道集校注》，祝尚书校注，巴蜀书社2001年版。
（清）陆以湉：《冷庐杂识》，中华书局1984年版。
（宋）陆游：《剑南诗稿校注》，钱仲联点校，上海古籍出版社1985年版。
（宋）陆游：《老学庵笔记》，李剑雄、刘德权点校，中华书局1979年版。
（宋）陆游：《渭南文集》，四部丛刊本。
（宋）罗大经：《鹤林玉露》，王瑞来点校，中华书局1983年版。

M

（元）马端临：《文献通考》，影印文渊阁《四库全书》本。
（宋）梅尧臣：《梅尧臣集编年校注》，朱东润编年校注，上海古籍出版社

1980 年版。

（唐）孟浩然：《孟浩然诗集笺注》（增订本），佟培基笺注，上海古籍出版社 2013 年版。

（唐）孟郊：《孟郊诗集校注》，华忱之、喻学才校注，人民文学出版社 1995 年版。

N

［日］内山精也：《传媒与真相——苏轼及其周围士大夫的文学》，朱刚、益西拉姆等译，上海古籍出版社 2005 年版。

莫砺锋：《神女之探索》，上海古籍出版社 1994 年版。

O

（唐）欧阳询：《艺文类聚》，汪少楹校，上海古籍出版社 1999 年版。

（宋）欧阳修：《欧阳修全集》，中国书店 1986 年版。

（宋）欧阳修、宋祁等：《新唐书》，中华书局 2000 年版。

（宋）欧阳忞：《舆地广记》，影印文渊阁《四库全书》本。

P

潘天寿：《中国绘画史》，团结出版社 2006 年版。

（清）彭定求等：《全唐诗》，中华书局 2005 年重印本。

《佩文斋广群芳谱》，影印文渊阁《四库全书》本。

Q

（宋）樵川樵叟：《庆元党禁》，清乾隆道光间，长塘鲍氏刻本。

（清）钱谦益：《牧斋有学集》，上海古籍出版社 1996 年版。

钱锺书：《宋诗选注》，人民文学出版社 1979 年版。

钱锺书：《谈艺录》（补订本），生活·读书·新知三联书店 2001 年版。

（清）全祖望：《宋诗纪事》，四部丛刊本。

（明）丘浚：《重编琼台会稿》，影印文渊阁《四库全书》本。

R

（梁）任昉：《述异记》，商务印书馆 1927 年版。

任继愈：《中国道教史》（增订本），中国社会科学出版社 2001 年版。

（宋）任广：《书叙指南》，影印文渊阁《四库全书》本。

（宋）阮阅：《增修诗话总龟》，人民文学出版社 1987 年版。

S

（元）萨都剌：《雁门集》，上海古籍出版社 1982 年版。

（宋）沈括：《元刊梦溪笔谈》，文物出版社 1975 年版。

（宋）沈括：《梦溪续笔谈·梦溪补笔谈》，丛书集成初编，王云五主编，商务印书馆 1937 年版。

（梁）沈约：《宋书》，中华书局 1990 年版。

（宋）释道原：《景德传灯录》，上海书店 1985 年版。

（唐）释道世：《法苑珠林校注》，周叔迦、苏晋仁校注，中华书局 2003 年版。

（清）施闰章：《学馀堂诗文集》，影印文渊阁《四库全书》本。

（元）释善住：《谷响集》，影印文渊阁《四库全书》本。

（明）《诗渊》，书目文献出版社 1985 年版。

［德］叔本华：《爱与生的苦恼——生命哲学的启蒙者》，陈晓南译，中国和平出版社 1986 年版。

（宋）舒岳祥：《阆风集》，影印文渊阁《四库全书》本。

《说郛》，商务印书馆 1927 年版。

（宋）司马光：《资治通鉴》，中华书局 2007 年版。

（汉）司马迁：《史记》，上海古籍出版社 1997 年版。

（宋）苏轼：《苏轼诗集》，王文诰辑注，孔凡礼点校，中华书局 1982 年版。

（宋）苏轼：《苏轼文集》，孔凡礼点校，中华书局 1986 年版。

（宋）苏辙：《栾城集》，四部丛刊本。

（明）宋濂等：《元史》，中华书局 1976 年版。

T

汤用彤：《魏晋玄学论稿》，《魏晋玄学与政治思想》，上海古籍出版社 2001 年版。

唐圭璋：《全宋词》，中华书局 1989 年版。

（晋）陶渊明：《陶渊明集校笺》，杨勇校笺，上海古籍出版社 2007 年版。

（晋）陶潜：《搜神后记》，汪绍楹点校，中华书局 1981 年版。

（元）脱脱等：《宋史》，中华书局 1977 年版。

W

（宋）王安石：《临川先生文集》，四部丛刊本。

（宋）王安石：《王荆公诗注》，（宋）李壁注，影印文渊阁《四库全书》本。

（宋）王溥：《唐会要》，上海古籍出版社1991年版。

（汉）王充：《论衡》，上海人民出版社1974年版。

闻一多：《闻一多全集》，朱自清、郭沫若等编，开明书店1948年版。

王宏喜：《文体结构举要》，经济管理出版社1992年版。

（唐）王绩：《王无功文集》，朝理洲点校，上海古籍出版社1987年版。

（宋）王令：《王令集》，沈文倬点校，上海古籍出版社1980年版。

王云武主编：《礼记今注今译》，王梦鸥注译，台湾商务印书馆1979年版。

（金）王若虚：《滹南集》，影印文渊阁《四库全书》本。

王水照编：《宋代文学通论》，河南大学出版社1997年版。

（宋）王庭珪：《庐溪文集》，影印文渊阁《四库全书》本。

王孝廉：《中国的神话世界》，作家出版社1991年版。

（宋）王象之：《舆地纪胜》，李勇先校点，中华书局1992年版。

（唐）王维：《王右丞集笺注》，（清）赵殿臣笺注，上海古籍出版社1984年版。

王瑶：《中古文学史论》，北京大学出版社1986年版。

王瑶：《〈陶渊明集〉前言》，《中国文学：古代与现代》，北京大学出版社2008年版。

（汉）王逸：《楚辞补注》，（宋）洪兴祖补注，中华书局1983年版。

（宋）王禹偁：《小畜集》，四部丛刊本。

（宋）汪藻：《浮溪集》，四部丛刊本。

（宋）魏齐贤、叶棻编：《五百家播芳大全文粹》，影印文渊阁《四库全书》本。

（清）魏裔介：《兼济堂文集》，影印文渊阁《四库全书》本。

（宋）文天祥：《文山先生集》，影印文渊阁《四库全书》本。

（清）吴楚材、吴调侯：《古文观止》，中华书局1987年版。

（元）吴景奎：《药房樵唱》，影印文渊阁《四库全书》本。

吴文治主编：《宋诗话全编》（1—10册），江苏古籍出版社1998年版。

（宋）吴曾：《能改斋漫录》，中华书局 1960 年版。

（宋）吴子良：《荆溪林下偶谈》，王谟辑：《增订汉魏丛书》，金溪王氏乾隆五十六年（1791）刻本。

X

《新宋学》第一辑，上海辞书出版社 2001 年版。

（梁）萧统：《昭明太子集》，影印文渊阁《四库全书》本。

（梁）萧统：《昭明太子文集》，四部丛刊本。

（梁）萧统选编：《日本足利学校藏宋刊明州本六臣注〈文选〉》，（唐）吕延济、刘良、张铣、吕向、李周翰、李善等注，人民文学出版社 2003 年版。

（齐）谢朓：《谢宣城诗集》，四部丛刊本。

徐葆耕编：《瑞恰慈：科学与诗》，清华大学出版社 2003 年版。

（元）许衡：《鲁斋遗书》，影印文渊阁《四库全书》本。

（陈）徐陵：《徐陵集校笺》，许逸民校笺，中华书局 2008 年版。

（明）徐应秋：《玉芝堂谈荟》，明徐氏蒨园，康熙四十二（1703）年修补印本。

Y

杨伯峻：《列子集释》，中华书局 1979 年版。

杨伯峻：《论语译注》，中华书局 1980 年版。

杨伯峻：《春秋左传注》，中华书局 1990 年版。

杨伯峻：《孟子译注》，中华书局 2005 年版。

（宋）杨万里：《诚斋集》，四部丛刊本。

（宋）杨仲良：《皇宋通鉴长编纪事本末》，台湾商务印书馆 1981 年版。

［德］姚斯：《文学史作为向文学理论的挑战》，《接受美学与接受理论》，R.C. 霍拉勃著，金元浦等译，辽宁人民出版社 1987 年版。

（元）佚名：《宋史全文》，黑龙江人民出版社 2004 年版。

（宋）佚名：《续编两朝纲目备要》，汝企和点校，中华书局 1995 年版。

（元）虞集：《道院遗稿》，影印文渊阁《四库全书》本。

（北朝）庾信：《庾子山集注》，倪璠注，许逸民校点，中华书局 1979 年版。

袁珂：《中国神话传说》，中国民间文艺出版社 1984 年版。

袁珂：《山海经校注》，上海古籍出版社1980年版。

（宋）岳珂：《桯史》，吴企明点校，中华书局1981年版。

（宋）乐史：《太平寰宇记》，影印文渊阁《四库全书》本。

Z

（宋）曾慥：《类说》，北京图书馆古籍出版编辑组编：《北京图书馆古籍珍本丛刊》，书目文献出版社1998年版。

（宋）曾慥：《乐府雅词》，影印文渊阁《四库全书》本。

曾枣庄等：《中国文学家大辞典》（宋代卷），中华书局2004年版。

（明）张溥辑：《汉魏六朝百三家集》，影印（清）光绪五年（1879）彭懋谦信述堂刊本，江苏古籍出版社2001年版。

查洪德：《理学背景下的元代文论与诗文》，中华书局2005年版。

（宋）张君房编：《云笈七签》，四部丛刊本。

张毅：《宋代文学思想史》，中华书局1995年版。

（清）张英、王士禛等：《渊鉴类函》，同文图书馆民国六年（1917）石印本。

（宋）张元幹：《芦川归来集》，影印文渊阁《四库全书》本。

（宋）张载：《张载集》，章锡琛点校，中华书局1987年版。

雍正《浙江通志》，民国二十五年（1936）刻本。

（元）周权：《此山诗集》，影印文渊阁《四库全书》本。

周裕锴：《中国古代阐释学研究》，上海人民出版社2003年版。

周裕锴：《宋代诗学通论》，上海古籍出版社，2007年版。

周振甫：《诗经译注》，江苏教育出版社2006年版。

钟优民：《陶学发展史》，吉林教育出版社2000年版。

（明）钟惺、谭元春辑：《唐诗归》，明万历四十五年刻本（1617）刻本。

（宋）祝穆：《方舆胜览》，中华书局2003年版。

（宋）祝穆：《古今事文类聚》，影印文渊阁《四库全书》本。

朱谦之：《老子校译》，中华书局1963年版。

（宋）朱熹：《朱子语类》，中华书局1986年版。

（清）朱彝尊：《经义考》，影印文渊阁《四库全书》本。

（明）祝允明：《怀星堂集》，影印文渊阁《四库全书》本。

（梁）宗懔：《荆楚岁时记校注》，王毓荣校注，台湾文津出版社1988

年版。

主要期刊论文

卞东波：《〈全宋诗〉失收诗人及其佚诗丛考——以稀见汉籍〈唐宋千家联珠诗格〉为中心》，载《古籍整理研究学刊》2006年第5期。

陈恬仪：《外境追寻到内心契入——由唐至宋诗中桃花源主题的转变》，黎活仁等主编：《宋词的时空观》，（台北）大安出版社2001年版。

陈寅恪：《桃花源记旁证》，载《清华学报》1936年。

陈永正：《明嘉靖本〈广东通志〉中的宋佚诗》，载《岭南文史》2006年第1期。

陈永正：《从广东方志及地方文献中新发现的〈全宋诗〉辑佚83首》，载《岭南文史》2007年第3期。

程千帆：《学诗愚得》，载《武汉大学学报》（哲学社会科学版）1994年第1期。

邓广铭：《谈谈有关宋史研究的几个问题》，载《社会科学战线》1986年第2期。

丁晓、沈松勤：《北宋党争与苏轼的陶渊明情结》，载《浙江大学学报》2003年第2期。

董昌运：《陈意翻新语气警锐——王安石〈桃源行〉赏析》，载《名作欣赏》1994年第4期。

韩立平、彭国忠：《〈全宋诗〉补59首》，《古籍整理研究学刊》2006年第5期。

韩震军：《〈全宋诗〉续补》（上），载《中国韵文学刊》2006年第4期。

何海燕：《论宋代文人对陶渊明的接受》，《贵州大学学报》2004年第5期。

何胜莉、朱宪超：《桃源母题的异代阐释》，载《西南交通大学学报》（社会科学版）2003年第2期。

洪振宁：《从温州地方文献订补〈全宋诗〉续录》，载《温州大学学报》（社会科学版）2007年第1期。

胡建升：《〈全宋诗〉10家补遗》，载《兰州学刊》2007年第1期。

胡可先：《〈全宋诗〉误收唐诗考》，载《中国典籍与文化》2005年第

3 期。

胡可先：《〈全宋诗〉补遗 100 首》，载《中国韵文学刊》2005 年第 6 期。

胡可先：《〈全宋诗〉辑佚 120 首》（一），《古籍整理研究学刊》2006 年第 5 期。

胡可先：《〈全宋诗〉辑佚 120 首》（二），《古籍整理研究学刊》2006 年第 6 期。

胡念贻：《略论宋诗的发展》，载《齐鲁学刊》1982 年第 2 期。

李红霞：《论唐代桃源意象的新变》，载《西南民族学院学报》（哲学社会科学版）2002 年第 1 期。

李君明：《从广东方志及地方文献中新发现的〈全宋诗〉辑佚 73 首》，载《岭南文史》2007 年第 2 期。

林继中：《田园夕阳话晚唐》，载《漳州师范学院学报》1994 年第 3 期。

刘中文：《异化的乌托邦——唐人"桃花源"题咏的承与变》，载《学术交流》2006 年第 6 期。

吕变庭：《北宋士大夫的人格特征》，载《北方论丛》2005 年第 2 期。

莫砺锋：《〈唐诗三百首〉中有宋诗吗?》，载《文学遗产》2001 年第 5 期。

莫砺锋：《宋诗三论》，载《广西师范大学学报》（哲学社会科学版）2005 年第 2 期。

宁稼雨、牛景丽：《人境·仙境·心境——桃源故事的流变及其文化意蕴》，载《宁夏师范学院学报》（社会科学版）2007 年第 2 期。

潘猛补：《从温州地方文献订补〈全宋诗〉》，载《温州师范学院学报》（哲学社会科学版）2006 年第 4 期。

彭国忠：《补〈全宋诗〉81 首——新补〈全宋诗〉之一》，载《华东师范大学学报》2005 年第 2 期。

曲训言：《全真教述略》，载《烟台师范学院学报》1991 年第 4 期。

汤华泉：《宣城地方文献中的宋佚诗——〈全宋诗〉补辑》，载《安徽师范大学学报》（人文社会科学版）2004 年第 6 期。

汤华泉：《新见石刻文献中的宋佚诗——补〈全宋诗〉》，载《中国韵文学刊》2006 年第 3 期。

汤华泉：《太平府文献中的宋佚诗——〈全宋诗〉补辑》，载《合肥学院学报》（社会科学版）2006 年第 3 期。

汤华泉：《〈全宋诗〉补佚丛札》，载《大学图书情报学刊》2006 年第 6 期。

汤华泉：《新辑徽州文献中的宋佚诗》，载《淮北职业技术学院学报》2007 年第 2 期。

王润华：《"桃源勿遽返，再访恐君迷"》，《唐代文学研究》第五辑，广西师范大学出版社 1994 年版。

吴宗海：《全宋诗遗珠》，载《江苏大学学报》（社会科学版）2006 年第 6 期。

吴宗海：《〈全宋诗〉遗诗》，载《井冈山学院学报》（哲学社会科学版）2006 年第 9 期。

吴宗海：《〈成都文类〉中的〈全宋诗〉佚诗》，载《中国典籍与文化》2007 年第 1 期。

萧兵：《〈山海经〉的乐园情结》，载《淮阴师专学报》1997 年第 2 期。

徐治堂：《"桃花源"理想的深层意蕴》，载《渭南师范学院学报》2001 年第 3 期。

袁传璋：《〈桃花源记并诗〉疑义管窥》，载《安庆师范学院学报》1994 年第 1 期。

张隆溪：《乌托邦：世俗理念与中国传统》，载《山东社会科学》2008 年第 9 期。

张高评：《〈明妃曲〉之同题竞作与宋诗之创意研发——以王昭君之"悲怨不幸与琵琶传恨"为例》，载《中国学术年刊》第 29 期（春季号），2007 年 3 月。

张高评：《同题竞作与宋诗之遗妍开发——以〈阳关图〉〈续丽人行〉为例》，载《文与哲》2006 年第 9 期。

张远林、王兆鹏：《宋诗分期问题研究述评》，载《阴山学刊》2002 年第 4 期。

郑文惠：《新形式典范的建构——〈桃花源诗并记〉新探》，"世变与创化：汉唐、唐宋转换期之文艺现象"研讨会会议论文，1999 年。

赵山林：《古代文人的桃源情节》，载《文艺理论研究》2000 年第

5 期。

周裕锴:《元祐诗风的趋同性及其文化意义》,载《新宋学》第一辑,上海辞书出版社 2001 年版。

后 记

本书是在笔者博士学位论文基础上修改完善而成的。论文完成于2009年，囿于工作和学习原因，辗转南北，一直无暇顾及，直到2013年定居汴梁古城，才重新动笔进行修订补正。回首走过的岁月，点点滴滴，酸甜苦辣，尽在其中。首先，初稿的完成离不开我的博士导师周裕锴先生悉心指点，从论文题目的选择、材料的收集、大纲的修改，到论文的写作、定稿过程，无不倾注着先生的无数心血。2015年仲秋之月杭州西子湖畔，先生再次对我的论文提出了中肯的修改意见。先生以严谨的治学之道、宽厚仁慈的胸怀、积极乐观的生活态度，为我树立了一辈子学习的典范。其次要感谢河南大学著名教授齐文榜先生，齐先生对书稿中的模糊不明之处提出了非常宝贵之建议。还要向曾经为我传道、授业、解惑的四川大学项楚、祝尚书、马德富、刘文刚等诸位先生致以最诚挚的谢意，诸位先生渊博的知识、孜孜不倦的教诲是我一生中巨大的财富。

非常感谢我的同门张仲裁、杨吉华、胡蔚，在我最需要帮助的时候，无私地伸出援助之手。感谢河南大学附属中学高中语文组的诸位老师帮忙校稿。

我要感谢我的家人，他们在背后的默默支持是我前进的动力。在此，祝愿他们身体健康，心情愉快！

2009年9月定稿于桂林甲山
2015年12月改订于河南大学